EL VERANO DEL CANDIDATO

BRIAN FREEMAN

EL VERANO DEL CANDIDATO

Traducción de Begoña Prat Rojo

Círculo de Lectores

Para Marcia y en recuerdo de Ali Gunn

El pecado acecha en tu puerta.
Te codicia, pero debes dominarlo.

Génesis 4,7

Prólogo

DIEZ AÑOS ATRÁS

Avanzó entre los naranjos con zancadas rápidas y furiosas, aplastando a su paso el lecho de frutas que perfumaba la noche con un olor cítrico y dulzón.

Las huellas de la suela de caucho de las botas quedaban impresas sobre la tierra, todavía húmeda tras la lluvia de la tarde. No hizo ningún esfuerzo por ocultar su rastro. En los próximos días, seguirían sus pasos hasta el lugar donde había aparcado la furgoneta robada. Tomarían fotografías y sacarían moldes y revisarían docenas de marcas de calzado. Le contarían al mundo que había comprado unas Herman Survivors en Wal-Mart, como miles de cazadores. Encontrarían la GMC Sierra abandonada en el aparcamiento de un Sonny's Real Pit Bar-B-Q en Haines City y la furgoneta los llevaría hasta el garaje de un bungaló de los años cincuenta a medio kilómetro del golfo, en Indian Rocks Beach. El propietario, un pinzón de las nieves[1] de Wisconsin que pasaba los veranos en la costa de Florida, no tendría constancia de que el vehículo hubiera desaparecido.

Nada de todo aquello revestía ninguna importancia.

Nunca lo encontrarían.

El pegajoso calor había creado una película de sudor sobre su cuerpo y le empapaba la ropa. Los hilillos de humedad invitaban a mosquitos y jejenes a darse un festín sobre su cara. Ignoró el zum-

1. En el lenguaje coloquial de Florida, hace referencia a los estadounidenses de las regiones frías que van a pasar allí el invierno. *(N. de la T.)*

bido de sus oídos y el aleteo de las polillas. Marchó junto a las hileras de árboles que se erguían a los lados, como un soldado concentrado en su misión.

El tiempo se acababa. Debía darse prisa.

Vio el santuario en lo alto, por encima de su cabeza, coronando la colina. La torre de piedra brillaba bajo la luz de los focos. Los lugareños la distinguían desde las cenagosas tierras bajas, a kilómetros de distancia. Parecía fuera de lugar, demasiado perfecta y ornamentada para los lagartos de matorral y el musgo negro del centro de Florida, como si la hubieran arrancado de una catedral europea. El mármol rosáceo brillaba con el color del caramelo. El campanario estaba embellecido con una celosía de cerámica en la que se representaban flamencos y babuinos retozando en el Edén. En la torre, la serpiente susurraba dulces palabras al oído de Eva sin que Adán lo supiera.

Estaba a punto de colarse en la fiesta del paraíso. Un espectro invisible. El portador de la muerte.

Mataría al hijo afortunado.

«¿Qué estás haciendo?»

Se paró en seco. El cálido viento confería vida a los naranjos. La fruta madura se balanceaba en las ramas. Miró a su espalda, pero sólo lo acompañaba la voz que sonaba en su cabeza.

«¿Qué pasa? Tengo miedo.»

Se golpeó la frente con un puño enguantado para apartar los recuerdos, pero aun así no pudo evitar revivir las sensaciones. El pánico. El miedo. La oscuridad y la luz cruzaron por su mente tan rápido que apenas podía percibirlas. Un escalofrío le recorría el cuerpo, un golpe en el pecho. Y sangre, mucha sangre, acumulándose y desbordándose como un lago carmesí bajo la luz de la luna.

«¿Por qué hay tanta sangre?»

Permaneció inmóvil y esperó a que la vocecilla desapareciera. Había demasiado en juego para obsesionarse con hechos que no podía cambiar. En aquel momento, no podía permitirse el lujo de sucumbir a las emociones. La única a la que podía abrir la puerta de su corazón era el odio. Si conseguía canalizarlo, saborear su amargura, podría hacer lo que había ido a hacer.

El naranjal terminaba en una cuesta que llevaba al santuario en lo alto de la colina, la más alta en un territorio eminentemente llano. Ascendió abriéndose paso a través de la alta hierba que lo rodeaba. Los insectos, que se arremolinaban en torno a él como una nube punzante, se habían vuelto insaciables y empezó a aplastarlos. Su chiflido resultaba ensordecedor. Las lagartijas, sorprendidas por la luz de la linterna, se escurrían por el camino frente a él. Se sentía como si estuviera marchando por una selva tropical virgen, bajo un aire espeso y húmedo que le oprimía el pecho.

Cinco minutos después, ya en lo alto de la colina, salió a un campo de césped bellamente cuidado donde se celebraba una fiesta. Vio el titileo de las antorchas, que perfilaba la silueta de la multitud congregada sobre la hierba. De aquella reunión de gente acomodada se elevaba un borboteo de ruidos humanos: risas, voces estruendosas, el tintineo de las copas de vino. Un centenar de personas, tal vez más. El sonido metálico del carrillón dentro de la torre se extendía por la cima. La melodía le resultaba familiar.

Se cubrió la cabeza con una capucha y se preparó para lo que estaba a punto de suceder. Cosas desagradables y necesarias. Era un hombre con una misión. Sólo que nadie sabría cuál.

–Birch quería una noche mágica –murmuró Diane Fairmont mientras examinaba a la multitud desde la tarima levantada sobre el césped–. Supongo que la ha conseguido.

–Supongo que sí –convino Tarla Bolton.

Tarla se apartó un largo mechón de pelo rubio de la cara. Su amiga tenía razón. A los pies de la tarima, la noche estaba realmente animada. Los invitados, ataviados con sus mejores galas, vagaban entre las sombras danzantes como si fueran hadas. Vio hombres altos con traje y esmoquin. Todos tenían dinero, que era lo que cualquier político deseaba en esa clase de actos. Las mujeres llevaban vestidos veraniegos que ondeaban en la brisa de la colina. Las más jóvenes lucían sus escotes por encima de la seda, mientras las esposas de mayor edad las escrutaban con mirada cínica.

Bebían Chardonnay. Reían. Aspiraban el viento húmedo de Florida, que olía a jazmín amarillo. El sonido del carillón del campanario le recordó el ruido de los viejos cubos de metal que los niños golpeaban como si fueran tambores.

–¿Sabes qué canción tocan las campanas? –preguntó Diane.

Tarla ladeó la cabeza, dejando a la vista sus pendientes de diamante, y se echó a reír.

–Seguro que es algo antiguo y clásico, pero a mí me suena a Supertramp. ¿Te acuerdas de aquella canción?

–¿Cuál?

–«Goodbye Stranger.»

La ironía agrió el rostro de Diane.

–Va de aventuras de una noche, ¿verdad? Lo más probable es que Birch haya pedido que la toquen.

Se apartó de Tarla y se sentó en la silla colocada tras el micrófono. La silla que debía ocupar la leal esposa. Cuando Birch hablara, todas las cámaras la grabarían allí. Riendo. Aplaudiendo. La mujer detrás del gran hombre, vestida con un conjunto conservador, atractiva pero inofensiva. Ésa era la imagen que Birch esperaba de ella. Los votantes no querían ver a una esposa florero en la mansión del gobernador.

Tarla contempló a su amiga, marchita por el calor. Estaba pálida, despojada de su habitual tono dorado veraniego. Se había pasado la mayor parte de la noche evitando a la gente. Cuando Diane volvió la cabeza para mirar la torre rosada, Tarla advirtió una punzada de dolor en el rostro de su amiga.

–¿Te encuentras bien?

–No es nada.

–No tienes buen aspecto –dijo Tarla.

–Estoy bien –insistió Diane–. Déjalo, por favor. La campaña es agotadora. Estoy cansada.

Tarla sopesó presionar a su amiga, pero finalmente decidió no hacerlo. Faltaban aún unos cuantos días para que tuviera que regresar al rodaje en Mallorca, y, como hacía todos los veranos, se hospedaba con Diane en la mansión de Birch. Ya hablarían en otro momento. Aquella noche era para la política. Aquella noche debían ocultarse tras una máscara.

Tarla y Diane habían crecido juntas en la tranquila localidad de Lake Wales, en el centro de Florida. Habían pasado los veranos de su infancia allí, en el santuario de Bok, aplastando chinches chupadoras mientras permanecían tendidas sobre la hierba cerca del campanario, hablando de chicos y de sus sueños. Tarla sabía ya entonces que su mejor amiga siempre le había tenido envidia. Tarla era esbelta, rubia, alta. En su adolescencia, había huido de Lake Wales a Hollywood y había hecho lo que nadie debería poder hacer: lo había conseguido. Había triunfado como actriz. Protagonizaba películas y ganaba dinero. Cuando a los veintiún años ambas se habían convertido en madres solteras, Tarla había podido permitirse llevar a Cab con ella a sus rodajes por todo el mundo, mientras que Diane dependía de cupones de beneficencia para alimentar a Drew.

Birch Fairmont contrató a Diane como secretaria en Welsh Capital cuando Drew tenía diez años. La escogió por su cuerpo y sus pechos en la misma medida que por su habilidad con el Microsoft Excel. Con treinta años, madre soltera y sin remordimientos por haberle robado el marido a otra, que fue lo que hizo cuando Birch se divorció de su primera esposa. Nunca había fingido que su relación con él no fuera simplemente mercenaria. Había logrado justo lo que deseaba: una mansión en Mountain Lakes States, vacaciones en la isla y seguridad permanente para su hijo. Aunque había pagado un precio muy alto que Diane llevaba escrito en el rostro.

Tarla tomó asiento junto a su amiga. El resto de las sillas estaban vacías, pero Birch y su séquito no tardarían en ocuparlas para pronunciar el discurso ante los pudientes invitados. «Votadme, pero, sobre todo, dadme vuestro dinero.» En realidad, Birch no lo necesitaba. Había financiado la mayor parte de su campaña con sus propios millones, fruto de sus inversiones en fondos de capital de riesgo.

–¿Te has enterado? Han encontrado a esa pobre niña –comentó Diane.

–¿Qué niña?

–La que había desaparecido. Alison, creo que se llamaba. Catorce años. Han hablado de ella en las noticias durante todo el fin de semana. Han encontrado su cuerpo oculto en una zanja. Es horrible.

–¿La conocías?

–No, pero debería escribir a sus padres. No quiero ni imaginar por lo que deben de estar pasando.

Tarla no sabía qué decir. No entendía la mente criminal; le resultaba incomprensible que alguien pudiera infligir cualquier clase de sufrimiento a otro ser humano. La desconcertaba que su único hijo hubiera elegido dedicarse a la resolución de crímenes. Con su físico, Cab Bolton podría haber sido actor o modelo, pero en lugar de eso investigaba asesinatos. Tarla detestaba la profesión de su hijo, y estaba convencida de que la había elegido como una especie de rebelión contra su mundo hollywoodiense.

–El fin de semana pasado vi a Drew –dijo Tarla para cambiar de tema, pensando en madres e hijos.

–Sí, acaba de volver.

–¿Cómo está? –preguntó, aun sabiendo que «No muy bien» iba a ser la respuesta.

El hijo de Diane había luchado contra las drogas durante gran parte de su vida y hacía tiempo que se había rendido a su adicción. El tema había sido una fuente de dolor para Diane –y de discusiones con Birch– que la había acompañado a lo largo de todo su matrimonio.

–Los médicos creen que está mejor, pero eso ya nos lo han dicho antes –contestó Diane–. Tarde o temprano vuelve a caer.

–Lo sé. Lo siento.

–Has tenido suerte con Cab.

–Así es, pero Cab es un solitario, como yo. Nunca me cuenta nada.

–Yo no estoy tan segura –señaló Diane.

Tarla sonrió.

–¿No? Cuando estuvo aquí este mismo verano pasó más tiempo contigo que conmigo. Su pasatiempo favorito es evitar a su madre.

–Te quiere, y es una joya –la sermoneó Diane, en un tono lacónico que quería decir: «Lo tienes todo».

Tarla no protestó. Diane estaba en lo cierto.

La mirada de su amiga se clavó en su marido, que se encontraba entre la gente. Era fácil distinguir a Birch Fairmont. Su voz era estentórea y su risa, exagerada, para que todo el mundo le oyera. Tenía una melena leonina de pelo gris que brillaba como cera bajo las antorchas y lucía un bronceado de Florida. La mayoría de la gente languidecía bajo la humedad, y sin embargo Birch resplandecía. Era corpulento, con una nariz protuberante, mejillas rollizas, barbilla prominente y una tripa que sobresalía por encima del cinturón. No era alto, pero destilaba carisma y seguridad, la clase de magnetismo que atraía a la gente. Estaba hecho a medida para que los votantes lo compraran.

–Lyle y Caprice están convencidos de que va a ganar –comentó Diane.

Tarla no se sorprendió.

–Eso he oído.

–Entró en liza como protesta, cuando nadie esperaba que consiguiera nada. Y ahora Lyle dice que va en cabeza.

–El candidato murió y el nuevo demócrata está más a la izquierda que Nancy Pelosi –resopló Tarla–. Chuck Warren, el republicano, se codea con los pirados de la extrema derecha. En comparación con esos payasos, Birch parece un estadista.

–La cosa va en serio –insistió Diane–. Caprice opina que estas elecciones podrían significar el nacimiento de un tercer partido nacional.

Tarla cometió el error de reírse, pues sabía que su reacción iba a molestar a su amiga.

–Eso es lo mismo que dijeron de ese luchador de Minnesota. ¿Birch tiene planeado raparse la cabeza y colgarse una boa de plumas del cuello?

–No me hace gracia, Tarla –le espetó Diane–. Yo creo en esto.

–No estoy cuestionando el mensaje –repuso Tarla–, sólo al mensajero.

Tarla se negaba a morderse la lengua en todo lo referente a Birch. Durante demasiados años, había visto a Diane encerrada como un pájaro en una jaula, cantando cada vez que él se lo ordenaba. Pero también sabía que Diane estaba en lo cierto: era probable que Birch ganara. La sola idea le parecía espantosa. Según todas las encuestas iba en cabeza, pero las encuestas no significaban mucho dos meses antes de las elecciones. Los otros dos partidos no iban a rendirse. Chuck Warren ya había empezado a atacar a Birch acerca del derecho a la posesión de armas; el jefe de campaña de los demócratas, Ogden Bush, prometía un ataque de publicidad negativa, y Tarla no tenía muy claro que Birch y su equipo supieran jugar lo bastante sucio como para salir victoriosos.

Eran las nueve. El carillón del campanario quedó en silencio y un murmullo se extendió entre la multitud. Los elegantes invitados miraban a su alrededor, expectantes. Tarla vio a Birch subir los escalones de la tarima, seguido por los responsables de su campaña. Exhibía una amplia y falsa sonrisa. Ya había caído bajo el influjo de la política, del aroma del poder, de los aduladores que se arrastraban a su estela. No era la clase de hombre que cambiaría Washington a mejor. Se dejaría seducir como todos los demás.

A Tarla nunca le había gustado Birch, y él lo sabía.

Se levantó de la silla para saludarlo. Se le veía resplandeciente con su traje negro, los dientes blanqueados de color marfil. Birch paseó la mirada por su vestido de lentejuelas plateadas y la hundió en su escote como un espeleólogo en una cueva. La rodeó en un fuerte abrazo, apretándole los pechos, y deslizó la mano hacia la parte baja de su espalda. Tarla pensó que, si los medios de comunicación no estuvieran allí, la habría agarrado del culo.

–Suerte que hay una tribuna –susurró él–. Cada vez que te veo se me pone dura, Tarla.

–Eres un cerdo –le contestó ella, también en un susurro.

Birch se rio como si hubieran compartido una broma privada. «Mi querida amiga, la estrella de Hollywood.» Luego se inclinó para besar a su mujer en la mejilla, con una expresión de falsa devoción, y murmuró algo al oído de Diane. Tarla estaba lo bastante cerca como para oírlo. Era actriz y sabía cuándo alguien estaba fingiendo.

–Por el amor de Dios, Diane, no estamos en un puto funeral. Alegra esa cara.

Diane se obligó a esbozar una media sonrisa para las cámaras. Birch se colocó tras la tribuna y levantó los brazos para saludar a la concurrencia. El público prorrumpió en aplausos. A su alrededor, dos docenas de donantes y personal de campaña llenaron las sillas del estrado, sin dejar de aplaudir. La noche era cálida; el sudor brillaba en sus rostros, sonrojados debido a la bebida gratis. Tarla reconoció a la mayoría. Directivos de empresas naranjeras. Ejecutivos de Disney. Gente con talonarios abultados.

Lyle Piper, el jefe de gabinete de Birch, permanecía detrás del candidato, gritando instrucciones por el móvil. Su prometida, Caprice, hacía lo mismo. Los aplausos continuaron; la gente coreaba una y otra vez el nombre de Birch como si fuera un cántico religioso. Al lado del candidato, Lyle parecía un hombre menudo. Era de constitución delgada y dedos finos como los de un pájaro. Llevaba el ralo cabello rubio peinado como un director ejecutivo conservador, y se comportaba como tal. En las ocasiones en que Tarla había hablado con él, no recordaba haberlo visto sonreír jamás. Era visceral y moralista en todos los temas, desde la política fiscal hasta el colesterol. Aun así, lo consideraba menos hipócrita que otros políticos que Tarla había conocido. En lo referente a la responsabilidad personal, predicaba con el ejemplo. Lyle había perdido a sus padres hacía cuatro años, cuando él tenía veinticuatro, y desde entonces se hacía cargo de sus dos hermanos menores. No era un trabajo fácil.

Lyle rodeó el codo de Caprice con su brazo. Lyle Piper y Caprice Dean formaban una poderosa pareja política en Florida, pero también eran idealistas de una forma en que sólo pueden serlo los jóvenes. Aún creían que podían cambiar el mundo. Creían en un nuevo partido político de centro. Creían que Birch Fairmont sería el rostro de algo que podía acabar con los extremistas de los otros dos bandos.

Tarla podría haberles dicho en aquel mismo momento que eran unos ingenuos.

Caprice se inclinó hacia Diane. Si Lyle aparentaba más edad de la que tenía, ella parecía más joven. Era guapa y de formas rotundas, con el pelo largo y oscuro, piel tersa y sin asomo del clásico bronceado de Florida, y llevaba unas gafas de pasta negras en lo alto de su redondeada nariz. Vestía un chaleco color Burdeos, pantalones negros y zapatos de tacón manchados de barro. Su voz estaba quebrada por la emoción.

–¿No es maravilloso?

–Espléndido –contestó Diane con voz inexpresiva.

Los dos colaboradores se sentaron junto a Diane. Birch levantó los brazos para acallar a la concurrencia, pero ésta parecía estar celebrando la suelta de globos en una convención. Era el Día del Trabajo y todos habían visto las encuestas. Olían el ímpetu, la adrenalina que corría por las venas de los yonquis de la política. Aquél era su hombre. Birch Fairmont, candidato al Congreso de Estados Unidos por el Distrito Doce representando al recién creado Common Way.

Tarla no le quitaba ojo a Lyle Piper y le sorprendió lo que veía. Las cámaras se habían desentendido de él y una sombra oscura se traslucía en su rostro. Entrelazó las manos en el regazo y se quedó mirando sus zapatos de cuero con una expresión pétrea. Caprice le cogió de la mano y, por un momento, la máscara de entusiasmo también desapareció de su rostro. No importaba lo que le contaran al mundo: ambos conocían la verdad acerca del candidato que hablaba desde el estrado. Estaban bailando con el diablo. Eso era la política.

–Queridos amigos –empezó Birch, levantando una nueva ronda de vítores.

El micrófono proyectaba su voz por todo el parque. La torre brillaba a escasos cien metros. Los focos iluminaban el escenario, pero los invitados permanecían entre las sombras. Más allá, al borde del césped, el mundo era negro y el parque se fundía con el bosque circundante.

Tarla miró a Diane, en cuyo rostro se dibujaba una expresión extraña. Su amiga contemplaba a Birch con orgullo, miedo y odio a la vez.

–Queridos amigos –repitió Birch.

Más aplausos.

–En menos de dos meses, demostraremos a América que se puede elegir entre algo más que retórica divisoria y eslóganes vacíos –continuó, zambulléndose en su discurso electoral–. Que, a pesar de nuestras diferencias, podemos hallar un consenso. Que podemos confiar en el sentido común, y no en el sinsentido. Que existe de verdad un camino conjunto para todos nosotros.

Tarla vio el rostro de Birch en los carteles que los voluntarios ondeaban por encima de las cabezas del público, leyó su lema y meneó la cabeza ante lo que consideró una desfachatez: «El hombre común». Birch era muchas cosas, pero no un hombre común. Era un hombre de negocios que valía cien millones de dólares, algo sin duda nada común.

–¡Os necesito a mi lado! –vociferó Birch.

El candidato esperó a que el clamor de la multitud se intensificara. Ése era el método para conseguir una excitación desaforada entre el público, de modo que el aplauso al final de cada frase sonara aún más alto que el anterior. Pero, en lugar de eso, no obtuvo reacción alguna, a excepción de una ráfaga de aplausos incómodos que murió tan rápido como había arrancado.

Inquieto, Birch volvió a intentarlo.

–¡Necesito que todos y cada uno de vosotros forméis parte del camino común!

Las cabezas se volvieron, pero nadie lo vitoreó. Murmullos de preocupación se extendieron entre los asistentes. Birch estaba visiblemente molesto. Miró a Lyle por encima del hombro y le susurró entre dientes: «¿Qué coño pasa?».

Como el resto de los presentes, la atención de Lyle estaba centrada en otra parte. Todos habían reparado en un hombre que permanecía en una esquina del estrado. Había salido de la nada protegido por el manto de la noche. Iba vestido completamente de negro: camiseta de nailon negra de manga larga, vaqueros negros ceñidos, guantes negros y, como un fantasma de Dickens, una capucha negra. Su presencia dejó a todo el mundo petrificado, sumido en un silencio inmóvil. Tarla contuvo el aliento al verlo. Lo supo. Todo el mundo lo supo.

Algo malo estaba a punto de ocurrir.

Uno de los invitados pasó a la acción. Tarla lo reconoció enseguida: era el director de una de las mayores empresas de cítricos de la zona. Casado, con tres hijos. Se levantó de su asiento en la segunda fila de la tarima y se dirigió hacia el hombre vestido de negro. Llegó a tres metros de él antes de que el otro se llevara la mano derecha a la espalda y se sacara una pistola semiautomática del cinturón. Levantó la mano enguantada y, con calma, descerrajó un tiro en la cabeza del director, que se desplomó y cayó del estrado sobre el césped mullido.

La detonación, como un trueno inesperado, despertó a la multitud. El caos se adueñó del lugar. Empezaron a oírse gritos. La concurrencia se volvió en tropel, como una ola, y salió en estampida hacia los caminos de hierba que conducían al campanario.

El tumulto no pareció afectar al hombre de negro. Tenía una misión, y avanzaba por el estrado en dirección a Birch Fairmont. Los VIP permanecían paralizados en sus sillas, contemplando cómo se desataba la violencia. Una mujer de la última fila se puso en pie para escapar, pero el hombre de negro disparó y la alcanzó en el hombro.

Una mancha roja se extendió por su pecho mientras ella gemía y caía sobre el suelo de madera. Nadie más se atrevió a moverse.

El olor del humo de las balas ardía en la nariz de Tarla. A medida que el intruso se acercaba, se sintió mareada. Birch tenía la expresión de un pasajero en un avión a punto de estrellarse, de un hombre que contempla los últimos segundos de su existencia. En este momento estás vivo; al siguiente, estarás muerto. Cerró los puños y se encaró al hombre armado. No huyó, porque sabía que no tenía adónde ir. Un gesto de frustración ensombreció su rostro.

–Hijo de...

Birch no terminó de pronunciar el insulto. El hombre de negro disparó cuatro veces, una dos tres cuatro, bum bum bum bum, las balas atravesando el pecho de Birch, abriéndose paso entre costillas, órganos y sangre. Birch trastabilló pero no se derrumbó, y el hombre volvió a disparar, esta vez una ráfaga dirigida al corazón, y Birch dobló las rodillas. Alargó la mano hacia el púlpito, pero, como un ciego, no alcanzó a agarrarlo y cayó de costado mientras de su boca se derramaba sangre color cereza. La camisa blanca era ahora carmesí. El rostro bronceado se había vuelto ceniciento.

–¡Birch! –gritó Diane.

El hombre de negro giró sobre sus talones y hundió el arma en la cara de Diane, pero Tarla se levantó y se interpuso entre ambos. Un único pensamiento ocupaba su mente: proteger a su mejor amiga. El humo que salía del cañón, a escasos centímetros de ella, se le metió en la nariz y la boca y la hizo toser. El metal rozaba su frente. No veía los ojos del hombre ocultos bajo la capucha, pero estaba lo bastante cerca para poder oler su sudor y percibir un levísimo temblor en su mano. Subida a sus zapatos de tacón, era más alta que él. Extraños detalles en los que fijarse en un momento como aquél. Era un asesino, pero sólo un hombre.

Tarla pensó en su hijo, porque quería que él fuera la última imagen que ocupara su pensamiento en este mundo. Cab, con sus dos metros de altura, rubio, divertido, cínico, endiabladamente inteligente, guapísimo. Cab, lo único que había creado en toda su vida por lo que no sentía nada más que puro orgullo.

Y entonces, la pistola se apartó de su cara. Se apartó, dejándola con vida. Las náuseas y el alivio apenas permitían a Tarla mantenerse en pie. La sangre de Birch formaba un charco a sus pies. «Se ha acabado», pensó, pero se equivocaba. El hombre de negro apuntó con la pistola a Lyle Piper, cuyo rostro traslucía una expresión de aturdimiento y confusión, como si hubiera tropezado con una pesadilla. Junto a Lyle, la joven voz de Caprice trinaba como la de una soprano, gritando palabras de incredulidad, casi irreconocible.

–¿Qué haces qué haces qué haces qué haces?

Tarla contempló con horror mudo cómo el hombre volvía a disparar un solo tiro mortal, sin piedad. En un abrir y cerrar de ojos, Lyle cayó de espaldas y Caprice se vio cubierta de salpicaduras de sangre y sesos. Él estaba muerto y ella, sola.

Una palabra, un grito largo e interminable, hendido por el dolor, se elevó del estrado.

–¡No no no no no no no!

El vértigo se apoderó de Tarla y anuló sus sentidos. El mundo daba vueltas y se desintegraba como las figuras de un caleidoscopio. Parpadeó una vez, y el hombre armado había desaparecido. Oyó las sirenas y vio las luces giratorias multicolores. Volvió a parpadear, y se encontró en una cama de hospital, a kilómetros de distancia.

Primera parte

LOS EXTREMOS

I

–*Chayla* –masculló el dirigente sindical, apretando insistentemente el botón del ascensor en el vestíbulo del Tampa Hyatt Regency–. ¿Qué coño de nombre es ése para una tormenta?

Su colega, más joven, se rio mientras bebía un capuchino de Starbuck's, que le dejó un rastro de espuma sobre el labio.

–Eh, es mejor que *Debby*. *Chayla* suena a bruja malvada, ¿no? Una de esas que podría seducirte y después desvalijarte, y aun así le darías las gracias. *Debby*... es como si te atracara una *girl scout*.

–Ya, bueno, la verdad es que no me importa qué nombre le pongan. Si nos alcanza, estamos hablando de cientos de millones en daños, Brent. ¿Estáis siguiendo las previsiones?

–Por supuesto. Según algunos modelos, alcanzará tierra en la costa del golfo el miércoles de la próxima semana, pero todavía podría desplazarse al norte, hacia Nueva Orleans, en cuyo caso aquí sólo llovería.

Walter Fleming, el dirigente sindical, le dio una rosquilla de chocolate a medio comer a su compañero, que iba vestido de forma impecable. Por regla general, a Walter no le gustaban los asesores políticos con aspecto de figurines. Eran demasiado listos para su propio bien. Nadie podía ser más tonto que la gente realmente lista, sobre todo cuando trabajaban para el gobierno.

–Sólo te pido que no la cagues, ¿vale? No hay nada que te haga perder votos más rápido que un desastre mal gestionado. Sobre todo si llega el próximo miércoles. El Cuatro de Julio.

El asesor sonrió con suficiencia parapetado detrás de la taza de café.

–Relájate, Walter. Estamos en ello. Además, si viene hacia nosotros, tus chicos tendrán más trabajo, ¿no?

Walter se rascó el pelo gris cortado al rape, un estilo que no había cambiado desde su época de marine.

–No se trata de eso, y que nadie te oiga hablar así.

Ambos hombres llevaban acreditaciones de la reunión del sindicato industrial que se celebraba en el centro de convenciones. Durante más de quince años, Walter había sido el segundo en el escalafón de la dirección del sindicato. No tenía ningún interés en ocupar el primer puesto. El jefe del sindicato debía vestir trajes caros, tratar con los periodistas y publicar las últimas noticias en Twitter, mientras que Walter podía llevar vaqueros y dedicarse al verdadero trabajo político entre bambalinas. Si alguien en Tallahassee quería que se hiciera algo sin publicidad, sabían a quién llamar. Y no era al mandamás. Llamaban a Walter.

El asesor –Brent Reed, treinta años, pelo moreno y rizado, perilla– había llamado a Walter cuando los datos de las encuestas empezaron a caer en picado. Reed era sólo el chico de los recados. La llamada provenía de mucho más arriba en la cadena alimentaria de la campaña, pero ninguno de los cabecillas quería ensuciarse las manos. Ése era el trabajo de Walter. Después de cincuenta años vinculado a los demócratas, desde que era un chaval de dieciocho, Walter conocía a todo el mundo que era alguien en Florida, y sabía cómo conseguir que las cosas sucedieran.

–Dios, qué lentos son estos ascensores –se quejó mientras esperaban en el vestíbulo.

–Sí, nunca hay un electricista cerca cuando se le necesita –bromeó Reed.

–Gracioso. Muy gracioso.

Brent sacó el iPhone de su bolsillo y deslizó el pulgar por la pantalla. Walter supuso que estaría consultando su página de Facebook, dándole a «Me gusta» en algún comentario sobre unas vacaciones en Las Vegas o un gatito vestido con un jersey. Los chicos de hoy en día eran unos estúpidos.

–En fin, siempre podrás decir que ya me lo habías advertido –continuó Brent, con la vista fija en la pantalla de su smartphone mientras tomaba un sorbo de café–. Por lo visto, Diane Fairmont va en cabeza. Gana por tres puntos a Ramona Cortes en la carrera a tres bandas. Y por ocho a ya sabes quién.

–Te lo dije. La gente no ha olvidado lo que le ocurrió a su marido hace diez años. Según las encuestas, cuenta con un respaldo de ¿cuánto? ¿Un sesenta y cinco por ciento? Es mucho mejor que el de nuestro chico. Ahora debe de andar por un treinta y siete por ciento.

–Quizá deberíamos pegarle un tiro a su mujer –volvió a bromear Reed–. Así podrá competir con Diane por el voto compasivo.

Walter echó un vistazo al vestíbulo del hotel y luego agarró con su musculoso puño la solapa de seda del traje de Reed, al tiempo que siseaba al alto y elegante asesor:

–¿Quieres ver publicada una declaración como ésa en los periódicos? Haz el puto favor de bajar la voz.

–Cálmate, Walter. Aquí no hay nadie.

–Será mejor que aprendas una cosa: hay espías por todas partes. Tienes que hablar como si todo lo que sale por tu boca se escuchara por un micrófono abierto. ¿Aún no te has dado cuenta de que esto es una guerra? Los republicanos lo averiguaron hace tiempo y los de Common Way han hecho un trabajo espléndido poniéndose a la altura.

Brent se encogió de hombros.

–Por eso te hemos llamado, ¿no?

–Habéis tardado lo vuestro.

–Tal vez, pero mi gente se está poniendo nerviosa. Quieren ver progresos. ¿Qué se supone que debo decirles?

Walter meneó la cabeza. Si algo había aprendido en esos cincuenta años, era que cada nueva generación tenía que volver a aprender de los mismos errores. Dale a un chaval el diploma universitario de un máster en política y seguirá siendo un tarugo. Walter, que era quince centímetros más bajo que Brent Reed y pesaba treinta y cinco kilos más, dejó escapar un suspiro con olor a cigarrillo.

–Hablaremos de esto en mi habitación. Aquí no.

–Como quieras.

Las puertas del ascensor se abrieron al fin. Un puñado de clientes del hotel salieron al vestíbulo. La mayoría eran delegados asistentes a la convención que saludaron a Walter como si de una celebridad se tratara. Él repartió unos cuantos apretones de manos y charló con ellos sin prestar atención al impaciente asesor. Brent mantuvo las puertas abiertas hasta que saltó la alarma, momento en el que Walter se metió dentro y pulsó el botón del sexto piso del Hyatt con su grueso pulgar.

Justo cuando las puertas empezaban a cerrarse, un brazo desnudo se introdujo en el reducido espacio y se agitó como una varita mágica. Las puertas se abrieron de nuevo y una chica se unió a ellos en la cabina del ascensor. Walter alargó una manga de su chaqueta de tweed para mantener las puertas abiertas hasta que la muchacha estuvo dentro. Era joven. A Walter todo el mundo le parecía joven, pero imaginó que la chica no debía de tener más de veinte años. No era baja, pero sí extremadamente delgada: toda huesos, sin curvas ni pechos. Estaba mascando chicle. Llevaba un top rosa por encima del ombligo y unos pantalones de pana tan cortos que Walter pudo ver la curva de sus nalgas cuando ella se volvió y quedó de cara a la puerta para pulsar el botón del décimo piso.

–¡Uau! –dijo Brent.

La idea que Walter tenía de «¡uau!» era Kim Novak, pero reconoció que la chica del ascensor era mona, del mismo modo que su hija pequeña. Por las chanclas asomaban unas uñas pintadas de rosa. Tenía el pelo largo, abundante y negro; la cara, pálida y pecosa, con una boca pequeña de forma ovalada. Una cruz plateada le colgaba de la oreja derecha. No podía verle los ojos, escondidos tras unas gafas de sol con montura de leopardo. La joven tiró del asa de su enorme bolso, que le colgaba de un brazo. Llevaba auriculares y un iPod metido en el bolsillo trasero de sus ceñidos pantalones, con la música tan alta que Walter podía oír perfectamente la letra. La chica tarareaba por lo bajo y sus caderas se balanceaban al ritmo de la canción, mientras movía la cabeza adelante y atrás.

–¿Qué coño es ese ruido? –preguntó Walter–. ¿Se supone que es música?

–Parece Rihanna. «Roc Me Out.» *Rihanna*. Ése sí sería un buen nombre para una tormenta.

–Pues se va a quedar sorda antes de cumplir los treinta –comentó Walter.

Brent tenía la vista clavada en el balanceo del bien proporcionado trasero de la chica.

–¿Qué?

–Olvídalo.

–El caso es que tengo que presentarles algo a mi gente –continuó Brent–. ¿Hemos descubierto ya algún trapo sucio de Common Way?

–En mi habitación –repitió Walter entre dientes.

–Anda ya, ¿crees que la chica puede oírnos?

Brent alzó la voz y se dirigió a la joven:

–Eh, cariño, ¿por qué no me das un meneo en el suelo? Madre mía, ese culo podría detener el tráfico.

–¡Por Dios, Brent!

–Olvídate de ella; está en su mundo –le dijo Brent, y tenía razón.

La chica, ajena a la conversación, seguía bailando al ritmo de Rihanna mientras subían.

–¿Y?

–Vale, todavía no tenemos nada –explicó Walter–. Ya te dije que tardaríamos un tiempo. Descubriremos algo que podamos utilizar en su contra, pero es necesario mantener un perfil bajo. Si los de Common Way nos pillan espiando, se acabó el juego.

–¿Has conseguido infiltrar a alguien en su campaña?

–Eso es asunto mío, no tuyo. Y será mejor para ti que siga siendo así.

Tras una pausa, Walter añadió:

–Recuerda que ahora Ogden Bush trabaja para ellos, no para nosotros. Lo último que queremos es que empiece a atar cabos. Ogden me conoce.

–Bush. Puto chaquetero.

–Así es la política. Nosotros le jodemos, él nos jode. Tarde o temprano, querremos que vuelva a estar de nuestro lado. Mientras tanto, ten paciencia y déjame hacer mi trabajo.

–¿Cuándo tienes pensado darnos algo? ¿Después de las elecciones? Entonces ya no nos servirá de mucho.

–No podemos sacar mierda de la nada. Hay que hacerlo bien.

–Bueno, esto nos está costando un montón de pasta, y esperamos obtener resultados lo antes posible.

–¿A qué viene tanta prisa? –preguntó Walter.

–Nuestro chico ve que el barco se está hundiendo. No está contento, y no tardará en tomar decisiones que ninguno de nosotros desea.

Walter se tomó un momento para digerir el significado de aquellas palabras.

–¿Me estás diciendo que se plantea retirar su candidatura?

–Mejor retirarse que caer vencido. Vive hoy, lucha mañana; esas cosas. Prefiere que Diane gane a Ramona Cortes.

–¿Cuándo?

–Depende de *Chayla*. No quiere anunciarlo hasta ver qué ocurre con la tormenta. Además, creíamos que conseguirías desenterrar algo por lo que valga la pena continuar. Para eso te llamamos, Walter. ¿Qué quieres que le diga?

Walter se mesó la barba entrecana.

–Dile que espere un poco. Que no cometa ninguna estupidez.

–¿Y si no hay nada que descubrir? –preguntó Brent.

–Tienen trapos sucios –insistió Walter–. Esos tipos habrán cometido un error en algún momento, y se lo vamos a lanzar a la cara. Pero no servirá de nada si él ya se ha retirado.

Las puertas del ascensor se abrieron en la sexta planta y Walter salió hecho una furia. Tenía una botella de Stoli en su habitación y necesitaba una copa. Estaba enfadado con Brent, estaba enfadado con los imbéciles de Tallahassee. Política. Pasaban los años y todo seguía igual. Las elecciones eran siempre una carrera hacia el pozo.

Brent le dio un golpecito en el hombro a la chica y mantuvo la mano en la puerta abierta del ascensor. Ella no se quitó las gafas, pero sí uno de los auriculares.

–¿Sí?

–Me gusta tu música –dijo Brent.

–Pues vale –contestó ella, y volvió a colocarse el auricula
de que él pudiera añadir nada.

Walter sonrió y Brent pareció deshincharse. A la chica se le daba bien mandar a los moscones a paseo. Mientras las puertas se cerraban, Walter la escrutó con la mirada y pensó: «Yo te he visto antes».

Peach Piper se sacó la peluca negra y la metió dentro del bolso junto con su iPod.

Su verdadero pelo era rubio, cortado en una melenita que apenas le cubría la pecosa frente. A continuación, se quitó las gafas y dejó al descubierto sus ojos azul cielo. Se sacó el top por la cabeza –no llevaba sujetador–, se bajó la cremallera de los pantalones cortos y se quedó temblando en el ascensor vestida sólo con unas braguitas de color violeta. Sin apartar la vista de los botones del ascensor, sacó una camiseta de Magic Kingdom y unos pantalones cargo blancos y anchos de su bolso y se los puso de un salto. Sustituyó las chanclas por unas Crocs y el pendiente de la cruz por un gran aro dorado.

Una vez hubo acabado, sacó una mochila de nailon del bolso, metió dentro el bolso y la ropa, y se la colgó de los hombros justo cuando las puertas se abrían en la décima planta. Una mujer negra y su hijo entraron en el ascensor. El niño miró a Peach, soltó una risita y le susurró algo a su madre. Peach se dio cuenta de que no se había subido la cremallera de los pantalones y lo hizo discretamente, mientras pulsaba el botón para regresar al vestíbulo.

Las puertas volvieron a abrirse en la sexta planta para que subieran otros dos delegados de la convención. Cuando vio que Walter Fleming y Brent Reed seguían en el pasillo del hotel, Peach sintió una breve punzada de preocupación. Fleming le daba la espalda, lo cual estaba bien, porque el viejo jefe sindical era quien de verdad le preocupaba. Era listo y observador. En cambio, Brent Reed no era más que un gilipollas. Clavó la mirada en ella y Peach le devolvió una sonrisa radiante desde el ascensor. Brent no se percató de nada.

No la había reconocido de la noche anterior en el bar, cuando Peach era una pelirroja con un vestido negro corto. Ni de la furgoneta de comida aparcada cerca de la orilla del río, cuando Peach era una fan de los Marlins que llevaba una gorra de béisbol y un chándal dorado.

Bajó del ascensor y cruzó el vestíbulo. Entonces salió a la calurosa tarde de junio, corrió por la calle entre el tráfico y avanzó dos manzanas hasta llegar a un pequeño parque junto al río. Era un día perfecto, o al menos tan perfecto como podía serlo en Tampa durante el húmedo verano, con el cielo azul y la brisa del golfo. Se sentó en un banco entre las palmeras, a unos pasos del agua turquesa, sacó la grabadora Sony del bolsillo lateral de su bolso y conectó los auriculares. Después de rebobinar, escuchó la conversación que Fleming y Reed habían mantenido en el ascensor.

«Eh, cariño, ¿por qué no me das un meneo en el suelo? Madre mía, ese culo podría detener el tráfico.»

Gilipollas.

Peach repasó la cinta tres veces y luego marcó el número de la fundación Common Way. Las oficinas se hallaban en el rascacielos de un banco a sólo unas manzanas de allí, pero en realidad Peach trabajaba investigando a la oposición, en un departamento cuyas oficinas de incógnito se apretujaban en el extremo más sórdido del centro. El teléfono estableció línea y su hermano Deacon contestó al segundo timbre.

–Hola, enana.

–Hola.

–¿Dónde estás?

–Cerca del río. Ahora voy.

–¿Cómo lo llevas?

–El seguimiento de Reed por fin ha dado sus frutos.

–No te habrás enrollado con él, ¿no?

Peach no contestó.

–Lo siento, sé que eso es un insulto –se disculpó Deacon, y ella pudo oír como sonreía–. Bueno, ¿y qué has averiguado?

–Será mejor que le digas a Caprice que se ponga en contacto con la señora Fairmont.

–En este momento están ofreciendo una recepción para los medios en casa de Diane. ¿Es importante?

–Sí, creo que sí. Walter Fleming va a por nosotros. Creo que tiene un espía dentro de Common Way.

–Bueno, ya nos lo imaginábamos. ¿Eso es todo?

–No, hay más –contestó Peach–. Dile que el gobernador se está planteando retirarse de la carrera electoral.

2

Desde la terraza del segundo piso, Cab Bolton contempló cómo Diane Fairmont se ponía la máscara de candidata a las elecciones para el entrevistador de la televisión. Bajo los focos, se la veía a sus anchas. Natural. Cálida. Cómoda en su propia piel. Estaba sentada en una silla muy ornamentada cerca del borde de un estanque, en los ondulantes jardines de su finca de Tampa. Unos enormes nenúfares flotaban sobre el agua verdosa. Un perezoso cisne blanco se deslizaba a su espalda, trazando ondas en la superficie. Las maquilladoras revoloteaban alrededor de Diane como moscas, asegurándose de que el sudor no empapara su piel, de que su tono fuera el adecuado para las cámaras.

El periodista, un hombre de rasgos asiáticos de veintitantos años, hizo un gesto en dirección al cisne y dijo algo que hizo reír a Diane. Su sonrisa parecía sincera, y en sus ojos oscuros relucía un brillo de inteligencia. Había llegado a la mitad de la cincuentena, igual que la madre de Cab. Llevaba la melena castaña cortada a la altura de los hombros; un peinado prudente, lustroso, pero no llamativo. Unos sencillos pendientes de perlas, sin ninguna otra joya. Su traje era oscuro, serio, solvente, pero la blusa era de un azul pálido: amistosa, seductora. Tenía las manos elegantemente cruzadas sobre el regazo y las piernas muy juntas. Era más que probable que todo su atuendo se hubiera sometido al veredicto de las encuestas.

A Cab le sorprendía la facilidad con la que Diane había adoptado una imagen pública, porque la mujer a la que había conocido en el pasado era una solitaria introvertida que ocultaba sus heridas emocionales. Se preguntaba si su nuevo personaje no sería más que una fachada, pero estaba dispuesto a creer que la gente cambiaba con los años. Hacía mucho tiempo que no la veía. Sus caminos no se habían cruzado desde aquella fatídica semana de junio de hacía diez años en casa de Birch Fairmont, durante el verano que lo cambió todo.

El verano que terminó en un Día del Trabajo arrasado por la muerte y la sangre.

Cab se apoyó sobre la barandilla de piedra de la terraza, flanqueada por columnas que adornaban la fachada del edificio. Los jardines que se extendían a sus pies conformaban una exuberante mezcla de palmeras, sauces llorones, nudosos robles y frondosas palmas enanas. El césped estaba salpicado por esculturas de bronce que representaban garzas y peces, y de los estanques brotaban fuentes que parecían baldaquines. Cab apenas alcanzaba a ver el asfalto de Bayshore Boulevard a través de la vegetación, más allá de los muros de la finca y las tranquilas aguas de Hillsborough Bay. Se encontraban dentro de los límites urbanos de la península de Tampa, pero aquél era un mundo privado, cuidadosamente resguardado de las miradas ajenas gracias a un muro de piedra y gruesos setos meticulosamente podados.

Aun así, su proyección política obligaba a Diane a invitar a los medios a una pequeña recepción para darse a conocer. Los votantes tenían que evaluar a su futura gobernadora. De ahí el traje oscuro, los discretos tacones y la apariencia de sencillez. De ahí las preguntas amables de los compasivos presentadores de programas de entretenimiento acerca de su experiencia como madre soltera, de los años en los que tenía que ajustarse el cinturón. Sí, ahora era rica, pero no lo había sido siempre, y su vida estaba marcada por una gran tragedia.

–¿Champán, cariño? –preguntó una voz chispeante.

Su madre apareció en el balcón, cogiéndolo por sorpresa. Tarla nunca avisaba antes de dejarse caer por su vida. Se limitaba a aparecer y desaparecer. Habían llegado por separado a la finca de Diane aquella misma tarde. Cab había conducido más de doscientos cincuenta kilómetros por la costa oeste de Florida desde su casa en la ciudad costera de Naples. Tarla vivía mucho más cerca de Diane, en un ático de un bloque de apartamentos en Clearwater, en la costa del golfo, a media hora de distancia. Cab había estado buscando a su madre desde su llegada, pero a Tarla se le daba bien ocultarse hasta que quería ser encontrada.

–Claro, ¿por qué no?

Cab dio un sorbo a la copa de cristal que le tendió Tarla. El champán era magnífico: seco y burbujeante. Diane podía permitirse lo mejor, y no había nada de malo en que los representantes de los medios estuvieran un poco achispados cuando le plantearan sus preguntas.

–¿Sabes por qué a Florida se la conoce como «El estado del Sol»? –preguntó Tarla, arqueando levemente sus rubias cejas en un gesto travieso.

–¿Por qué?

–Porque poner «Esperando la muerte» en las matrículas habría quedado de pena.

Cab puso en blanco sus ojos azul aciano.

–¿De verdad te apetece hacer bromas como ésa cuando tu mejor amiga opta al cargo de gobernadora? Es posible que los jubilados que viven por aquí no sepan apreciar tu sentido del humor tanto como yo.

–Yo misma he llegado casi a la edad de la jubilación, cariño.

–Por favor –repuso Cab–. Tienes cincuenta y cinco años, y pareces Naomi Watts.

–Vaya, eres un encanto.

Cab no mentía. Tarla se había retirado del *show business* cinematográfico unos años atrás, pero seguía pareciendo una estrella de Hollywood. Lo cierto era que él también lo parecía. No hacía falta ser un lince para percatarse de que eran madre e hijo: los mismos ojos, el mismo pelo rubio aclarado por el sol, la misma cara afilada y angulosa. Cab medía dos metros y tenía un cuello estilizado que acentuaba su altura. Sus andares eran desgarbados, no siempre elegantes, pero imposibles de olvidar. Llevaba el pelo engominado y de punta, lo que a veces le hacía parecer un erizo de mar. Su nariz tenía la forma de una rampa de saltos de esquí, y su cutis era suave como el de un bebé, como si siempre fuera recién afeitado. Llevaba un diamante de un quilate en la oreja izquierda y era muy quisquilloso con su indumentaria: vestía trajes a medida incluso en los días en que la humedad se abatía sobre Florida.

Habría pasado desapercibido en Rodeo Drive o en South Beach, pero no ocurría lo mismo en la mayoría de los escenarios del crimen. Eso no le preocupaba. Cuando la gente lo subestimaba por su aspecto, le estaba facilitando el trabajo. Sin embargo, Cab sabía que, como muchos de sus colegas se encargaban de recordarle siempre que tenían ocasión, en realidad no pertenecía al mundo policial. No estaba seguro de pertenecer a ninguna parte. A sus treinta y cinco años, seguía intentando averiguar qué quería ser de mayor.

–Te agradezco mucho que seas mi pareja esta noche –le dijo Tarla.

Cab sonrió.

–No me lo perdería por nada del mundo. Los políticos y los periodistas son mis dos especímenes favoritos después de los asesinos en serie.

–El sarcasmo no te pega, Cab.

–Y aun así, no renuncio a él –repuso Cab.

–Sólo hay dos horas y media de camino hasta Naples. No es tanto.

–Con el Corvette son más bien dos –admitió él.

–¿Lo ves? No me siento culpable. A menos que te haya estropeado un fin de semana romántico con Wawa.

–Se llama Lala –replicó Cab–. Y no, no has estropeado nada.

–Ah.

Tarla dio un sorbo al champán y dirigió una mirada sagaz a su hijo. Su pelo rubio, que en toda su vida jamás había conocido las raíces canosas, le caía por los hombros en ondas cuidadosamente alborotadas.

–¿Todo bien en el paraíso? –preguntó.

–Estamos bien. Lamento decepcionarte.

–¿Acaso he dicho yo que no me gustara?

–No hace falta. Es católica, cubana y republicana.

–No tengo ningún problema con los cubanos, cariño –repuso Tarla con una sonrisa.

–Estamos bien –repitió él–. Le han asignado una misión especial y últimamente no la veo mucho. Hablamos por teléfono de vez en cuando.

–Oh, bueno, el sexo telefónico tampoco está tan mal.

Cab se frotó la frente en un gesto de exasperación.

–¿En serio, mamá?

–Sólo bromeaba, cielo. Dios, esta noche estás de muy mal humor.

Él se bebió su champán sin responder. Aunque jamás lo habría admitido ante Tarla, lo cierto era que su relación con Lala llevaba varios meses bastante tensa. Lala Mosqueda era su compañera ocasional en la policía de Naples y también su amante ocasional. Habían empezado una relación algunos meses atrás. Lala no era sólo una aventura y no tenía ningún interés en el sexo casual, y eso suponía una perspectiva aterradora para alguien como Cab, quien durante doce años no había confiado en ninguna mujer que se le acercara. Eran opuestos en casi todos los aspectos: Lala era menuda, morena e intensa, vehementemente religiosa y conservadora; Cab era absurdamente alto, rubio y con aspecto huidizo, y por lo general no se tomaba en serio nada excepto su trabajo, mucho menos la religión y la política.

Aun así, se sentían atraídos como el imán y el acero. En primavera, Cab se había desplazado a Door County, en Wisconsin, para trabajar en una compleja y desagradable investigación por asesinato, y había pasado gran parte del tiempo conduciendo por remotos caminos de tierra, hablando con Lala por el móvil y dándose cuenta de lo mucho que la echaba de menos. Al regresar a Naples habían intentado retomar su relación, pero por cada paso adelante que daban, retrocedían otro. No ayudaba mucho que, durante varias semanas, Lala hubiera estado fuera de Naples y sin posibilidad de contactar con él, ni tampoco que la madre liberal y angelina de Cab no fuera capaz de comprender la atracción que su hijo hollywoodiense sentía por una agente de policía cubana y de derechas.

–¿De verdad crees que me parezco a Naomi Watts? –preguntó Tarla.

–Sí.

–Tengo los pechos más grandes que ella –dijo su madre–. Claro que los míos han recibido algo de ayuda.

–Intento no pensar en ello –repuso Cab.

–Sé sincero. ¿Cuál crees que está más animado hoy?

–Paso –contestó él.

Tarla se rio, una risa gutural que había hecho flaquear las rodillas de cinéfilos y compañeros de profesión durante treinta años. Su figura seguía siendo esbelta; hacía ejercicio con el mismo frenesí que cuando aparecía en la gran pantalla.

–Sabes que estoy de guasa, ¿verdad? –susurró al tiempo que se inclinaba hacia Cab.

–Sí, claro.

–Bien, dame tu copa. Voy a rellenártela.

Su madre desapareció con un destello de satén color albaricoque. Cab meneó la cabeza: Tarla era Tarla, y no podía hacer nada para cambiarla. Aún se estaba haciendo a la idea de que volviera a formar parte de su vida. Durante años, su madre había vivido en Hollywood y luego en Londres, mientras él pasaba del FBI a la policía y luego a la investigación privada, para volver después a la policía en lugares como Barcelona o Rhode Island. Su incapacidad para asentarse le había valido el sobrenombre de Cabra Bolton. No obstante, llevaba resistiendo ya dos años la pegajosa costa del golfo, en parte porque estaba cansado de ir de un lado a otro y en parte por Lala.

Tres meses atrás, Tarla había llegado a la conclusión de que por fin Cab estaba echando raíces y, de improviso, había decidido trasladarse de Londres a Florida. Entonces se había limitado a hacer una llamada a su hijo para avisarle de su llegada. Él seguía inmerso en la investigación que lo había llevado a Door County cuando ella se presentó en su apartamento y se encontró con Lala, desnuda, saliendo de la ducha. A partir de ese momento, las cosas no habían hecho más que empeorar entre las dos mujeres de su vida.

Le gustaba tener cerca a su madre, pero también se alegraba de haberla convencido para que se comprara un apartamento en la costa del golfo, no lejos de donde vivía Diane, en lugar de cumplir su plan original, que era instalarse en el mismo edificio que Cab en Naples. Dos horas de distancia entre ellos a través de la I-75 parecía lo adecuado. Aunque no podía culpar a Tarla de todos sus problemas con Lala, se había esforzado en lo posible por mantenerla alejada de su vida.

Cab observó desde el balcón la sucesión de entrevistas que tenían lugar en el jardín. No alcanzaba a oír el intercambio de preguntas y respuestas, pero sabía que todas estaban relacionadas con la campaña política, algo que para Cab consistía tan sólo en el arte de ayudar a los votantes a decidir qué candidato mentía mejor. El presentador asiático había terminado y otra periodista, una mujer de pelo negro como el carbón que le hizo pensar en Lala, se disponía a tomar el relevo. En el intervalo, Diane dejó vagar la mirada y sus ojos se encontraron con los de él en el espacio sombreado que se extendía entre el jardín y el balcón. Su compostura se quebró por un instante. Diez años; habían pasado diez años. Diane le hizo un gesto con la cabeza y le dedicó la más leve de las sonrisas. Él le devolvió el saludo.

Eso fue todo; aquél era el momento que Cab había temido durante tanto tiempo.

–Ha nacido para esto, ¿verdad?

Se volvió hacia la voz, agradecido por la interrupción. Un hombre se reunió con él en el balcón.

–¿Disculpe?

–Diane. Sabe tratar con la prensa. Le he dicho que debería haberse presentado a las elecciones hace diez años. Habría ganado por goleada. ¿Quién sabe dónde estaría ahora? Joder, puede que en la Casa Blanca.

–Acababan de asesinar a su marido –señaló Cab.

–Ya, bueno, a eso me refiero. Era la candidata perfecta.

El hombre estiró el cuello para mirar a Cab. La mayoría de la gente lo hacía. Era treinta centímetros más bajo que Cab, y, aunque debía de tener unos cuarenta años, se esforzaba mucho por no aparentar más de treinta. Llevaba el pelo negro azabache recogido en una larga coleta. Su cuerpo era todo músculo y lucía un moreno tostado propio de Florida. Vestía una camiseta negra, una chaqueta informal verde pastel, pantalones blancos y Topsiders sin calcetines. En la chaqueta llevaba prendida una chapa redonda y roja en la que se leía: «Gobernadora Diane».

–Yo te conozco, ¿verdad? –dijo el hombre–. Eres el hijo de Tarla, el detective.

–Ése soy yo.

–Garth Oakes –se presentó el hombre, tendiéndole la mano. Su apretón era firme como una roca–. Soy un emprendedor. Vídeos de *fitness*. Probablemente hayas visto mis anuncios en la tele: «Di hola a Garth... ¡y adiós a los michelines!».

A veces, desde que vivía en Florida, Cab tenía la impresión de estar paseándose por una novela de Carl Hiaasen.

–Lo siento, no veo mucho la tele.

–Ya, bueno, no importa. Si todo el mundo tuviera tu aspecto, me quedaría sin negocio.

Garth sostenía en la mano una taza y el cordel de la bolsita de té colgaba por el borde. Cab distinguió el olor de la canela y el clavo.

–Te recuerdo de los viejos tiempos en Lake Wales. Estuviste en casa de Birch ese verano, ¿verdad? Eres como una jirafa, difícil de olvidar.

–La gente dice que parezco más bien una garza –replicó Cab.

–Una garza. Ya, muy bueno. Lo pillo. El caso es que en aquella época yo pasaba mucho tiempo allí. Le daba masajes a Diane y le preparaba tablas de entrenamiento. Nos veíamos varias veces a la semana. En parte ejercicio y en parte terapia. Estábamos muy unidos. Necesitaba de veras tener a alguien con quien hablar, ¿sabes? Primero lo de Birch y luego, unos años después, perdió a Drew. La estocada definitiva. Fue muy duro.

–Sin duda.

–Si me lo preguntas, creo que lo pasó mucho peor con la muerte de su hijo. Se pasaba horas llorando sobre mi hombro. Y, cuando no lloraba, sólo hablaba de acabar con los putos camellos. De hacerles pagar por lo que habían hecho. Cuando se enfada es de armas tomar, te lo aseguro. No digo que lo de Birch no la afectara. Que asesinen a tu marido es algo terrible, pero Diane y Birch... bueno...

Su voz se desvaneció.

–No creo que a Diane le guste demasiado oírte decir esas cosas, Garth –señaló Cab.

–Eh, esto queda entre nosotros, ¿de acuerdo? Una charla de hombre a hombre. Tarla es la mejor amiga de Diane; supongo que toda esta mierda no te viene de nuevas.

Cab apoyó la mano sobre el hombro de Garth. El tejido de la chaqueta verde parecía barato, una ganga que uno podía encontrar por treinta dólares en unos grandes almacenes. Si Garth vendía vídeos, no debían de ser muchos.

–Discúlpame, tengo que ir a buscar a mi madre.

–Oh, claro. Me alegro de haber hablado contigo.

Cab dejó a Garth en el balcón, sorbiendo su té con las piernas separadas, como si fuera el dueño de la mansión. En el interior, Cab se encontró en un pasillo con suelos de mármol que recorría todo el edificio. Unas puertas dobles se abrían al dormitorio principal. La habitación de Diane. Había comprado la mansión junto a la bahía unos años atrás, cuando se mudó de Lake Wales, un pueblo del interior, a la gran ciudad costera de Tampa. Le había explicado a Tarla que en Lake Wales había demasiados recuerdos. Asociaba el pueblo con su infancia, con el asesinato de Birch, con el suicidio de Drew. En Tampa podía empezar de cero, en una casa a un paso de las oficinas de la fundación Common Way. La fundación, creada con los millones donados tras el asesinato de Birch, había constituido el centro de su vida durante una década.

Cab se quedó en el umbral y echó un vistazo al dormitorio. Los cuadros, la colcha, el papel de un rojo intenso que cubría las paredes: todo estaba decorado con pájaros tropicales. Una lámpara de techo proyectaba un círculo de luz sobre la cama. La habitación estaba pulcramente ordenada y no contenía ningún objeto personal, excepto un retrato de Drew –el hijo de Diane– sobre la recargada mesilla de noche y una fotografía de Diane y Tarla tomada en su infancia. No vio ninguna foto de Birch Fairmont.

Cab se dirigió al extremo del corredor, donde unas escaleras enmoquetadas en blanco llevaban a la planta baja. Mientras bajaba los escalones, se encontró de frente con una atractiva mujer que avanzaba en dirección contraria. Tenía una piel de porcelana y una larga melena castaña con mechas. Su cara se iluminó al verlo.

–Señor Bolton, estás aquí –dijo.

–Aquí estoy.

–Tu madre me ha dicho que estabas arriba. Te he estado buscando.

Cab esbozó una sonrisa cauta.

–Ah.

–Me llamo Caprice Dean. Soy la directora ejecutiva de la fundación Common Way. Tarla debe de haberte comentado que quería hablar contigo.

–En realidad no –dijo Cab–, pero suelo ser el último en enterarme de todo lo referente a mi madre.

Caprice se rio.

–Sé a qué te refieres.

–¿Qué puedo hacer por ti, Caprice?
–De hecho –contestó Caprice–, quiero contratarte.

Se sentaron en una glorieta en el jardín, donde la vegetación creaba una tranquila arboleda. Cab había contado al menos cincuenta personas dentro y alrededor de la propiedad, pero el sendero que llevaba hasta aquel refugio quedaba a salvo de miradas indiscretas. Ambos sostenían una copa de chispeante champán. Las ramas de plumacho ondeaban entre los pilares del cenador, abierto a la corriente de brisa húmeda procedente de la bahía.

–Es bonito, ¿verdad? –dijo Caprice–. Aquí estamos a resguardo. Por eso le gusta tanto a Diane. Es como si la ciudad no existiera. Aunque esta noche los bárbaros hayan cruzado la verja.

–¿Te refieres a los medios? –preguntó Cab.

–Por supuesto –contestó ella con una sonrisa.

–Bueno, si Diane valora tanto su soledad, ¿por qué se presenta a gobernadora? –quiso saber Cab–. Los políticos no disfrutan de intimidad. Y ella lo sabe.

Caprice asintió.

–Tienes razón. Hoy en día los candidatos son objeto de todo tipo de comentarios. La verdad es que lo discutimos durante mucho tiempo, y yo no creía que poner a Diane bajo los focos fuera una buena idea.

–¿Y por qué decidió presentarse? Supongo que no fue sólo gracias a los consejos de Garth Oakes.

Caprice se rio.

–Veo que has conocido a Garth. No es santo de mi devoción, pero a Diane le gusta. No, emprender la campaña fue una decisión de Diane. Estaba convencida de que debía encabezar la lista.

–¿Y por qué te oponías tú? –preguntó Cab.

–Oh, no me malinterpretes. Yo creía que debíamos presentarnos a las elecciones. Llevamos diez años promoviendo las ideas de la fundación. Tomando parte en el debate. Apoyando y rechazando a candidatos concretos. Y ahora estamos preparados para entrar en el juego.

–En otras palabras, consideras que el gobernador es políticamente débil y no soportas la idea de que una conservadora recalcitrante como la fiscal general Cortes acabe en Tallahassee.

–Eso también es cierto –convino ella.

–Diane va por delante en las encuestas –señaló Cab–. Y eso es bueno, ¿no?

–Sí, pero hay locos sueltos que quieren dibujar una diana en su pecho. Como le ocurrió a Birch.

–¿Crees que corre peligro?

–Sí. Por eso nos gustaría contar con tu ayuda.

–Ya veo. ¿Qué clase de ayuda?

Caprice no contestó enseguida. Dibujó un pequeño círculo con su copa sobre la mesa de mármol que había entre ellos. Un rizo de lustroso pelo castaño le cayó sobre la frente, y se lo apartó. Estudió a Cab con una mirada de curiosidad.

–¿Sabes? Tarla me advirtió sobre ti.

–¿Ah, sí?

–Sí. Me dijo que eras la persona más apolítica sobre la faz de la tierra.

–Culpable –reconoció Cab.

–Entonces no puedes entenderlo.

–¿Entender qué?

–Por qué todo esto es tan importante.

Lo dijo con intensidad, con expresión seria. Era una mujer apasionada, como Lala. Cab se preguntó por qué se sentía atraído por mujeres tan distintas de él. Mujeres entregadas a una causa, que la defendían contra viento y marea. Cab estaba hecho de otra pasta, pero Caprice creía fervientemente en unos ideales, y lo cierto era que la encontraba muy atractiva.

En parte era por su aspecto. En su juventud debía de haber sido guapa; ahora, una mujer madura cerca de los cuarenta, era hermosa. Su rostro era suave y terso, y sus ojos, oscuros e inquisitivos.

A Cab le gustaba la blancura de su piel, tan poco propia de Florida. Saltaba a la vista que se sentía a gusto con su cuerpo, que era rollizo de un modo atractivo. Llevaba un vestido azul medianoche que ofrecía una buena vista de sus bien torneadas piernas por encima de las rodillas y de las protuberantes curvas de sus pechos. Su mirada era natural, resuelta, nada tímida, insinuante ni afectada. Su franqueza le resultaba a Cab tan atractiva como su físico.

–No es que no me importe –dijo.

–Crees que todos los políticos son iguales.

–Exacto.

–Bueno, pues no lo somos.

Caprice se puso en pie y se dirigió al extremo opuesto del cenador. Sus movimientos eran gráciles. Se dio la vuelta y apoyó la espalda en el saliente de piedra.

–Estudié Ciencias Políticas en la UCF. Detestaba por igual a demócratas y republicanos, y sigo haciéndolo. Lo único que les importa es la ideología, no el sentido común. Mi novio, Lyle, pensaba lo mismo. Éramos dos jóvenes ambiciosos. Nos comprometimos con la idea de crear un partido de centro independiente que compitiera cara a cara con los otros dos, que no fuera tan sólo un movimiento sin opciones. Con la campaña de Birch, creímos que habíamos dado el primer paso.

–Lo lamento. Sé lo que perdiste ese día.

–Con todo el respeto, Bolton, no lo sabes. Estoy segura de que tu madre te explicó lo ocurrido en aquel estrado, pero no puedes comprender lo que significa perder a alguien a quien amas, quedar cubierta con su sangre y sus sesos.

Cab no contestó. No se trataba de jugar a «pues yo más», pero lo cierto era que él también había perdido a alguien a quien amaba de forma violenta. Tiempo atrás, en una playa a las afueras de Barcelona, se había enfrentado a una mujer llamada Vivian Frost. Nunca en su vida se había enamorado tan perdida e ingenuamente de nadie como de Vivian, y sabía que nunca volvería a hacerlo. Había renunciado a todo por ella, incluido su trabajo en el FBI, sólo para descubrir que era la pareja de un terrorista y que había formado parte de una trama que causó la muerte de veintisiete personas en un atentado con bomba cometido en una estación de tren española. Le había mentido. Lo había manipulado.

Allí, en aquella playa, él le había disparado al corazón.

Cab sabía qué significaba perder a alguien.

–Algo así te cambia la vida –dijo mientras se reunía con Caprice en el otro extremo de la glorieta.

–Así es –convino ella–. Diane y yo creamos la fundación Common Way ese mismo año. Gente de todo el país se indignó por la violencia desatada y nos apoyó financieramente. El asesinato fue un intento de silenciar lo que Lyle y Birch trataban de hacer, y la fundación les rendía homenaje a ellos y a sus principios. Nos mantuvimos al margen del proceso, pero tomamos partido. Movimos los hilos. Apoyamos a algunos candidatos y sus políticas, y no dudamos en atacar a ambos partidos por su negativa a contar la verdad. Aprendimos la lección.

–¿Y qué lección es ésa?

–Que hay que jugar duro –contestó Caprice.

–Jugar duro. ¿Por eso contratasteis a un especialista en juego sucio como Ogden Bush para la campaña de Diane? –Cab sonrió y añadió–: Aunque no me interese la política, leo los periódicos, ¿sabes?

Caprice hizo una mueca al oír aquel nombre.

–Fue Diane quien escogió a Ogden, no yo.

–Aun así, es un demócrata conocido por sus salvajes campañas negativas, ¿no es cierto? ¿No entra eso en contradicción con tu discurso de «no somos todos iguales»?

–Supongo que podría decirse que sí –convino ella–. Ogden se distanció de los demócratas hace un par de años, así que ahora se vende al mejor postor. El año pasado nos fue de gran ayuda con la legislación del derecho a voto. Yo confiaba en que no íbamos a ficharlo para la campaña, pero Diane creyó que podría ayudarla a ganarse a los votantes liberales. En política, no se puede ser tan quisquilloso con los compañeros de cama.

Caprice se inclinó hacia él y sus hombros se rozaron.

–Bueno, ¿y para qué me necesitáis? –quiso saber Cab.

–Ya te lo he dicho, Bolton. Queremos contratarte.

–Llámame Cab –le pidió él.

La expresión de Caprice se suavizó.

–De acuerdo. Es un nombre poco común. ¿Por qué Cab?

–Tarla estaba en un bar comiendo cabrito cuando rompió aguas.

–Qué tierno. ¿Es verdad?

Cab sonrió pero no contestó. En realidad, no lo sabía. Tarla nunca se lo había contado. Ni tampoco quién era su padre. Con el paso de los años, Cab había ido inventando historias nuevas para rellenar las lagunas.

–No te pareces a ningún detective que haya conocido –comentó Caprice–. ¿Todos los detectives de Naples llevan el pelo de punta?

–Uso un gel de Londres.

–Me gusta. ¿Y el pendiente de diamante?

–Me lo regaló una mujer mayor y rica.

–¿Y cuánto mides? ¿Dos metros y medio?

–Más o menos.

–Diría que tu traje cuesta lo mismo que gano yo al mes trabajando en la fundación.

–Más o menos.

–No te disculpas por tener dinero, ¿verdad?

–No. Las cosas son así. Tarla es rica y me ha convertido en una persona rica, con lo cual puedo permitirme hacer lo que quiera. En mi caso, eso suele significar tratar con gente que hace cosas desagradables.

–Y ésa es la razón por la que quiero contratarte.

–Ya tengo un trabajo –replicó Cab.

–De hecho, he hablado con tu superior en Naples. Y no parece haberle molestado tener que prestarte por un tiempo.

–Me lo imagino. Él tampoco cree que mi aspecto se corresponda con el de un detective. Por desgracia, el hecho de que hayas hablado con el teniente a mis espaldas me inclina a rechazar cualquier trabajo que me ofrezcas. Detesto que me manipulen. Tal vez las cosas funcionen así en Common Way, pero eso no va conmigo.

–Escúchame –le pidió Caprice, cogiéndolo suavemente del brazo mientras él se volvía para marcharse. Sus dedos eran cálidos.

Cab se encogió de hombros.

–¿Qué quieres?

–Diane corre peligro. Me preocupa que alguien esté planeando asesinarla.

–Contrata a un guardaespaldas.

–Ya lo he hecho.

–Entonces ¿para qué me necesitas?

–Quiero que averigües qué sucedió realmente hace diez años –explicó Caprice–, y si podría volver a ocurrir.

–El FBI concluyó que detrás del asesinato había un grupo paramilitar de derechas. Su líder, Hamilton Brock, está en la cárcel.

–Por fraude fiscal –observó Caprice–, no por asesinato. Nadie quiso hablar, y nunca consiguieron determinar con exactitud quién había apretado el gatillo. El grupo sigue operativo incluso con Brock entre rejas. ¿Crees que no puede dirigirlo desde su celda?

–Habla con la policía. Con el FBI.

–Ya lo he hecho, y lo están investigando. Sin embargo, si algo he aprendido en todo este tiempo es que obtenemos mejores resultados cuando hacemos las cosas a nuestra manera. No quiero que intervengan terceros a los que no puedo controlar. Quiero a mi propio hombre.

–¿Y crees que a mí puedes controlarme? –preguntó Cab.

–Me gustaría intentarlo –contestó Caprice, con una doble intención que a ninguno de los dos les pasó por alto.

Cab notó que el calor le subía por la espalda de la camisa.

–No me dedico a la seguridad.

–No es eso lo que estoy buscando. Quiero saber quién se ocultaba bajo aquella capucha y apretó el gatillo. ¿Quién mató a Birch y a Lyle? Es la única forma de detenerlos.

–Estás hablando de desenterrar un crimen cometido hace diez años después de que una sólida investigación no obtuviera ningún resultado –repuso Cab–. No hubo testigos, ni arma, ni ADN. Los paramilitares se cerraron en banda. Ese hombre era un fantasma, y no sé por qué crees que yo sería capaz de conseguir progresos donde el FBI no lo logró. Además, tu suposición es un tanto temeraria. Si de verdad existe una amenaza creíble contra Diane, lo más probable es que no tenga relación con el pasado.

–A veces se necesita un nuevo par de ojos para ver con claridad, Cab. Y estoy segura de que existe una amenaza.

Caprice llevaba un pequeño bolso de raso a conjunto con el vestido. Abrió el cierre, buscó en el interior y sacó una hoja de papel doblada.

–Esto llegó a la fundación la semana pasada –dijo tendiéndosela a Cab.

Cab desdobló el papel. Era una copia de un artículo publicado diez años atrás, en el que aparecía una fotografía tomada en el santuario de Bok poco después de los asesinatos. Vio cuerpos tendidos boca abajo sobre el estrado. Agentes de policía. Supervivientes en estado de shock, incluidas su madre, Diane y Caprice, todas ellas diez años más jóvenes e inocentes.

Sobre la fotografía, alguien había escrito con un rotulador rojo sangre:

He vuelto. ¿Me has echado de menos?

3

«Ciudad de Tampa»

El mural, como una fotografía de postal sobredimensionada, estaba pintado en la pared de ladrillo del edificio que ocupaba una agencia publicitaria en el callejón entre Florida Avenue y Franklin Avenue, en el extremo noroeste del barrio del centro. Peach lo veía cada día al encajonar su Thunderbird bicolor de los ochenta en la plaza 52 del aparcamiento. En las mayúsculas que formaban el nombre de la ciudad se representaban las diversas atracciones turísticas locales. La Sulphur Springs Water Tower. El Plant Museum.

Lugares a los que nunca había encontrado tiempo para ir.

Por la ventanilla abierta entraba el denso aire vespertino, que le humedecía la ropa. A Peach no le importaba; odiaba el frío y le encantaba el calor, incluso en los implacables días de verano. Contempló el mural y se preguntó por qué, en todos aquellos años, no había visitado ni una sola vez el Plant Museum. En una ocasión, Justin le había contado que la chica de la escultura de bronce giratoria se parecía mucho a ella, con el flequillo corto, la mirada perdida y el pecho tan liso como las colinas de Florida. Peach pensó que algún día debería acercarse al museo para ver si la escultura le hablaba. Tal vez, en otra vida, había sido la modelo del artista. Peach creía firmemente en la reencarnación.

Dejó el motor encendido y puso la radio. En las dos últimas semanas no había estado de humor para escuchar música, pero en aquel momento le apetecía oír algo de Train o de Bruno Mars o incluso de Adele, aunque a esas alturas ya se le había pasado la fiebre por la solista. Pulsó el botón del canal de música pop, pero en lugar de sus canciones tristes, se encontró con una desagradable y chirriante ópera cantada probablemente en alemán o ruso, uno de esos idiomas cuya pronunciación implicaba sin duda escupir las palabras.

Justin.

Justin con sus camisetas de Beethoven. Había vuelto a cambiar sus emisoras pregrabadas y ella acababa de darse cuenta. «Te lo digo, Peach, no hay ni una sola nota musical escrita después de 1849 que merezca la pena escuchar.»

Apagó la radio y salió del coche. Junto a su T-Bird, en la plaza 51, había un Mercedes SL descapotable plateado. A pesar de ser un modelo de hacía diez años, estaba en perfecto estado. Lo lavaban todas las semanas, y el motor deportivo ronroneaba a ciento treinta kilómetros por hora por las carreteras secundarias. Su hermano Deacon lo cuidaba como a un bebé, del mismo modo en antes que lo había hecho su hermano mayor Lyle. Peach pasó la yema del meñique por el chasis. Liso y suave. A Lyle habría gustado saber que seguían conservando el coche.

Lyle sólo lo había disfrutado durante un mes antes de...

Antes.

Peach había vuelto a pensar en el pasado. Dos semanas atrás había recordado a cuánta gente le habían arrancado. A los ocho años se había quedado huérfana, cuando sus padres, misioneros, murieron en un viaje por Colombia. A los doce, había tenido la sensación de que volvía a quedarse huérfana, cuando un soldado de la Alianza del Imperio de la Libertad mató de un disparo a su hermano mayor, Lyle, así como a Birch Fairmont.

Ahora tenía veintidós, aunque la gente solía tomarla por una adolescente. Y había vuelto a ocurrir. Otra muerte. Otra pérdida.

Peach se sentía incapaz de reaccionar.

Contempló las calles de la ciudad. Era media tarde, pero en un viernes 29 de junio, eso significaba que aún quedaban cuatro horas de luz. Las calles estaban poco concurridas. No había nada en aquella aletargada zona de la ciudad que pudiera atraer a las multitudes después del trabajo. Por costumbre, comprobó las ventanas y los balcones de los edificios de apartamentos cercanos por si alguien la observaba. Deacon le decía que era una paranoica, pero no podía evitarlo. Una vez se hubo asegurado de que estaba sola, cruzó el aparcamiento en dirección a la puerta de la oficina.

El departamento de investigación de la fundación Common Way estaba ubicado en un edificio anodino sin apenas ventanas y coronado por un tejado metálico marrón. La mitad del edificio estaba vacía. El resto del espacio estaba ocupado por una cuadrícula de cubículos propiedad de la fundación. Atravesó las puertas dobles que daban a Florida Street, a sólo una manzana de la autopista 275. El número era el 1100, pero el último cero se había descolgado y parecía un ojo que controlara el tráfico.

Peach detestaba estar en la oficina. El espacio era claustrofóbico, con las paredes pintadas de un blanco sucio. Odiaba estar encerrada, sentada frente a un escritorio realizando llamadas, tecleando en el portátil. Le gustaba hacer las cosas a la vieja usanza. El papel. Los carretes de fotos. En casa, ni siquiera tenía ordenador. «Una vez que toda la información sobre ti está digitalizada, dejas de ser su dueño. Y entonces dejas de ser dueño de ti mismo.» Justin.

Peach quería estar donde estaba la gente. Había cierta seguridad en los grupos. Su timidez rayaba en lo enfermizo, y no tenía verdaderos amigos, pero le gustaba observar a la gente, estudiarla, analizarla, escucharla. Era lo que mejor se le daba. «Inthum», lo llamaba Justin. Inteligencia humana. Peach era la persona a la que enviaban cuando necesitaban que alguien se mezclara entre la multitud y volviera con pruebas acerca de qué estaban maquinando sus enemigos.

A Peach no le gustaba pensar en los demás como sus enemigos, pero eso es lo que eran. Se lo habían demostrado una y otra vez.

Dentro de la oficina, Peach examinó las paredes de los cubículos, forradas de tela beis. Oyó la cacofonía de voces y el repiqueteo de los teclados. Estaban en plena campaña y todo el mundo trabajaba hasta tarde. Avanzó pegada al muro hacia la oficina de su hermano. La pared estaba cubierta de noticias sobre políticos y política, en una especie de tablón de anuncios pretecnológico donde los investigadores compartían información que no llegaba necesariamente a internet. Meteduras de pata. Conflictos. Fotografías. Cosas que podían usarse contra terceros.

Se dejó caer en la silla para las visitas de Deacon y se balanceó adelante y atrás con gesto nervioso. Su hermano estaba sentado frente al ordenador, y sus dedos volaban sobre el teclado.

–Hola –lo saludó.

–Eh, buen trabajo hoy. ¿Tienes la grabadora?

Peach se metió la mano en el bolsillo y sacó la grabadora Sony que había utilizado para espiar a Walter Fleming y Brent Reed.

–La revisaré con Dragon antes de devolvértela –dijo Deacon.

–Vale.

–He hablado con Caprice. Opina que hay que mantener la noticia en secreto. Cree que si la historia del gobernador ve la luz demasiado pronto, se verá obligado a negarla y seguir en la carrera.

–No me digas.

–¿Vas a volver mañana a la convención?

–Sí, probablemente. No tengo nada más que hacer.

Deacon dejó lo que estaba haciendo y miró a su hermana.

–Oye, ¿por qué no te marchas a casa y descansas? Alguien podría sustituirte durante el fin de semana.

–No sé. Tal vez.

–¿Has comido?

–Media ensalada.

–Tienes que comer.

–Lo que tú digas –repuso Peach–. No tengo hambre.

–Sé que estás disgustada.

–No estoy disgustada. No estoy nada. Eso es lo que me fastidia, ¿sabes? No siento nada, y no sé qué hacer al respecto.

–Te lo he dicho: ve a casa –insistió Deacon–. Duerme un poco. O haz ejercicio; sal a correr un rato.

–Tal vez –repitió ella–. ¿Llegarás pronto a casa?

–Más bien tarde. Antes quiero pasarme por el gimnasio.

Deacon hacía ejercicio todos los días. Era el único modo de soportar el estrés de la política. Era delgado y fuerte, pero tenía una cara de rasgos suaves, con el pelo pelirrojo y rebelde, y ojos de un azul arrebatador. Era el vivo retrato de su padre. La misma nariz larga y un poco aguileña. La misma sonrisa encantadora. Casi nunca se afeitaba y solía lucir una barba rojiza de tres días. Volvía locas a las mujeres. En el gimnasio, se acercaban a él como si su sudor desprendiera alguna clase de feromona, aunque nunca mantenía relaciones serias con ninguna. Peach y Deacon vivían para el trabajo.

Habían compartido vivienda desde que asesinaron a Lyle. En aquella época, Lyle era su tutor legal. Deacon y ella no estaban muy unidos por entonces, porque Deacon se había convertido en un niño malhumorado tras la muerte de sus padres. Estaba enfadado con ellos. Enfadado con Lyle. Enfadado con el mundo. Para Deacon, seis años mayor, Peach no era más que una niña irritante y él, un adolescente con mejores cosas que hacer. Todo aquello cambió después del Día del Trabajo. A los dieciocho años, y tras heredar el dinero de Lyle, compró una casita en Tampa y Peach se marchó a vivir con él. Caprice lo contrató para trabajar en la nueva fundación. Cuatro años atrás, cuando Peach cumplió los dieciocho, se unió también a la fundación.

–Anda, ve –repitió Deacon–. Nos vemos en casa. Y come algo.

–Sí, vale. Nos vemos luego.

Peach se levantó de la silla y atravesó el laberinto hasta llegar a su propio cubículo. El escritorio estaba ordenado y el monitor, cubierto de polvo. Ni siquiera había un calendario colgado en la pared. Tenía tres fotos clavadas con chinchetas. En una se veía a Lyle junto a su Mercedes nuevo, exigente y orgulloso, en agosto de aquel último verano. La otra era de Deacon, de dos años atrás, en una excursión dominical a Honeymoon Island, en el golfo. Gafas de sol, sin camiseta, moreno y en forma. En la última foto aparecía un hombre no mucho mayor que ella, con un sombrero de fieltro, un bigote retorcido como el dibujo animado de un ladrón de trenes y un fingido gesto de enfado para la cámara. Era alto y delgado como un espárrago, y cruzaba los brazos sobre su escuálido pecho. Llevaba vaqueros anchos y una camiseta con *El grito* estampado.

Justin.

Peach se levantó, fue al cubículo de al lado y se sentó en la silla de él. Ya no había nada en el reducido espacio que le recordara a Justin. Se lo habían llevado todo. El ordenador era nuevo. Los cajones estaban vacíos. Incluso habían arrancado de la pared el póster de Mozart y el calendario de gatitos que Peach le había regalado por Navidad. Todo lo que quedaba era su voz en la cabeza de Peach.

Justin sobre Florida: «Es la capital estadounidense de las cucarachas. Y también hay montones de bichos».

Justin sobre el dinero: «Mis padres son ricos y las personas más infelices que hayas conocido nunca. No dejan de mandarme dinero, porque quieren que yo también sea infeliz».

Justin sobre la poesía: «El mejor poema de todos los tiempos es "El tigre" de Blake».

Justin sobre el sexo: «No hay nada que se cargue el amor más rápido que el sexo. De modo que, si nunca nos acostamos, siempre estaremos enamorados».

Nunca se habían acostado.

–¿Hola?

Peach alzó la vista cuando una voz interrumpió sus recuerdos. Una mujer hispana de treinta y tantos años estaba de pie en la entrada del cubículo. Sostenía una taza de café en la mano y llevaba unas gafas negras propias del Clark Kent de los cincuenta.

–¿Quién eres? –preguntó Peach.

La mujer no tuvo tiempo de contestar, porque alguien apareció tras ella y la relegó a un segundo plano. Peach frunció un poco más el ceño ante la visión de aquel inesperado protagonista.

–Ah, Peach, estás aquí –exclamó Ogden Bush–. Felicidades; me he enterado de tu golpe maestro de hoy con Walter y Brent.

–¿Ah, sí?

Bush sonrió. Tenía la sonrisa arrogante de un lobo que viviera entre gallinas.

–Yo me entero de todo. Es mi trabajo.

Su trabajo era dirigir las investigaciones acerca de la oposición para la campaña de Diane. Apuntar hacia los republicanos. Apuntar hacia los demócratas. Filtrar historias a los medios. Elaborar publicidad negativa. Llevaba dos meses en el edificio, desde que Diane había anunciado formalmente su candidatura. Las actividades de la fundación se habían visto engullidas de forma no oficial por las actividades de la campaña, y se llevaban a cabo en el mismo espacio. Bush había contratado a su propio personal, que trabajaba codo con codo con Peach, Deacon y el resto de empleados de la fundación. Ahora, el operativo político metía las narices en todas partes.

A Peach no le gustaba Ogden, pero tampoco le gustaba mucha otra gente. «Estamos solos, Peach. Todos estamos solos.» Justin.

Ogden no era leal a Diane ni a la fundación. Era un asalariado que seguía el rastro del dinero. Diez años atrás, estaba en el lado opuesto, trabajando para los liberales demócratas contra Birch Fairmont. Ahora se había pasado al bando de Diane, porque era ella quien pagaba sus facturas. Bush era inteligente y duro, pero Peach no se fiaba de la gente que se dejaba llevar según soplara el viento.

Para ser hombre no era muy alto, medía apenas un metro ochenta, y acababa de cumplir cuarenta años. Tenía la piel de ébano. Un anillo de rubí de gran tamaño le adornaba un dedo. Sus ojos color carbón tenían la agudeza de un águila, pero también una forma de mirar a través de Peach, y no a ella, que la hacía pensar que no la consideraba más que una simple presa. Lucía un bigote fino y cuidado, y una barba que reseguía la línea angulosa de su mandíbula. Llevaba el pelo negro cortado a máquina, con borrones grises sobre las orejas, y vestía trajes de una talla menos de la que debería para resaltar su cuerpo atlético y bien torneado. Los trajes eran caros y modernos, para que todo el mundo reconociera en él a un hombre de éxito.

«La gente sólo te presta atención cuando sabe que puedes hacerles algo –le había dicho a Peach cuando se conocieron–. Bueno o malo, no importa.»

Bush apretó el hombro de la mujer que permanecía en la entrada del cubículo.

–Ésta es mi nueva investigadora, Annalie Martine. Quiero que mañana te acompañe a la convención. Me gustaría que viera el lado «inthum» de las cosas.

–Yo trabajo sola –replicó Peach.

–Que te acompañe –repitió Bush, ignorando su queja–. Aprenderá rápido. Tiene muy buenas referencias.

Peach no se pronunció. Odiaba que la emparejaran con desconocidos y Bush lo sabía, pero no le importaba.

–Estaba seguro de que tarde o temprano Brent Reed se iría de la lengua –continuó Bush en tono empalagoso–. ¿Qué hay de Walter Fleming? ¿Ha dicho algo interesante?

–Ha hablado de ti –contestó Peach.

–¿Ah, sí?

–Le preocupaba que averiguaras lo que estaba haciendo. Creo que ha infiltrado a un topo en la campaña.

–Bueno, eso sería muy típico de Walter –observó Bush–. No te preocupes. Es un viejo zorro, pero conozco sus trucos. En fin, enséñale a Annalie cómo funciona todo, ¿vale? Cuento contigo, Peach.

Bush desapareció al tiempo que su teléfono empezaba a sonar, y la nube de almizcle de su colonia se marchó con él. Annalie le dedicó a Peach una sonrisa de disculpa. Se la veía incómoda.

–Perdona por aparecer así.

Peach se encogió de hombros.

–Da igual.

–Esto...

–¿Qué? –preguntó Peach.

Entonces se dio cuenta de que estaba sentada en la silla de Justin, y que la silla de Justin ahora pertenecía a aquella mujer. A aquella desconocida.

–Lo siento –se disculpó Peach, y se puso en pie.

–No hay problema.

Annalie no se sentó. Se quedaron las dos de pie en el reducido espacio, a apenas medio metro de distancia, frente a frente. Eran de la misma estatura. Peach era delgada en extremo, mientras que las curvas de Annalie se marcaban bajo la camiseta y los vaqueros. Habría parecido más joven y atractiva sin aquellas gafas ni el severo moño con el que recogía su melena negra en la nuca. Era guapa, con la piel suave y dorada, y maquillaje ahumado en los ojos, pero no trataba de llamar la atención.

–Sé lo difícil que es que te endosen a un novato –dijo Annalie–. Tengo suerte de estar aquí. Necesitaba el trabajo.

–Ogden ha dicho que tus referencias eran espectaculares –indicó Peach.

–Bueno, mi padre trabaja para un gran donante de la fundación.

–¿Has hecho alguna vez este tipo de trabajo? –preguntó Peach.

–Más o menos. Trabajé para una detective privado en Jacksonville. Ya sabes, maridos infieles y cosas así.

–¿En la calle o en un despacho?

–Un poco de todo.

–Debes de tenerlos muy bien puestos para aceptar este trabajo –comentó Peach–. ¿No temes que esté maldito?

Annalie ladeó la cabeza.

–¿Maldito? No te sigo.

–¿No te ha hablado Ogden del chico al que sustituyes?

–No, sólo dijo que había una vacante en el equipo de investigación. Imaginé que el chico que antes ocupaba el puesto había dimitido o lo habían despedido.

–No dimitió –replicó Peach–. Ni tampoco lo despidieron. Justin murió asesinado hace dos semanas.

4

El sol se hundió en las aguas del golfo, y a Cab no le hubiera extrañado que chisporroteara como un huevo al caer en una sartén de aceite hirviendo. Las puestas de sol de Florida nunca pasaban de moda. Los jirones de nubes adquirían una tonalidad rojiza, como rosas recién cortadas, y los bancos de arena se teñían con los colores del arcoíris. Desde la planta veinte, Cab bajó la vista hacia la arena blanca de la playa de Clearwater. Las siluetas de los bañistas y los buscadores de conchas, de pie a la orilla de las cálidas aguas, se recortaban contra el sol. A su alrededor, las sombrillas punteaban la playa como gotas de pintura blanca.

Sacó el móvil y marcó el número de Lala Mosqueda. La llamada se desvió al buzón de voz, como siempre últimamente. Le había dejado varios mensajes. Ella no había contestado a ninguno.

–¿Wawa? –dijo su madre.

Tarla estaba en el umbral, entre las puertas correderas de cristal, enfundada aún en el vestido que se había puesto para asistir a la recepción de Diane.

–Hace mucho que esa broma dejó de tener gracia –dijo Cab.

–Lo siento, tienes razón.

Su madre se reunió con él en la terraza y apoyó los codos en la barandilla. La cálida brisa procedente del mar hizo ondear su pelo.

–¿Cómo me llama ella? ¿La bruja de Hollywood?

–Algo así –contestó Cab.

–Bien hecho –dijo Tarla con una sonrisa, y añadió, como si le preguntara si quería el café solo o cortado–: ¿Estás enamorado de ella o es sólo sexo?

–Siguiente pregunta.

–Oh, vamos, cielo.

–No nací con el gen del amor –dijo Cab, lo cual era mentira. Había estado locamente enamorado de Vivian Frost en Barcelona–. Aunque tampoco me van las aventuras vulgares y sin sentido.

–Detecto cierto tono acusatorio en tus palabras.

–Es posible.

A lo largo de su vida, Cab no recordaba que su madre hubiera mantenido una relación seria con nadie. Iba de amorío en amorío, y había roto más de un matrimonio. Cab quería a su madre, pero había días en que la detestaba. Era hermosa, pero también una solitaria, y a veces la culpaba por ser como era.

En otras palabras: Cab se parecía mucho a ella.

–No pretendo que rompáis –dijo Tarla–. Si quieres que las cosas funcionen con Lala, haz que funcionen. Pero seamos sinceros, cariño: te he visto con Caprice Dean esta tarde. Saltaban chispas.

–Es atractiva. Eso es todo.

–¿Y eso es un pecado? Conozco a Caprice desde hace años. Es guapa, lista, seria y una mujer de éxito. Si Diane no se presentara a las elecciones este año, lo más probable es que Caprice hubiera ocupado su puesto. Y a pesar de su juventud, creo que habría ganado. Ésa es la clase de mujer con la que deberías estar, Cab.

–La verdad es que no necesito tus consejos amorosos, mamá –replicó Cab–. Cuando me pediste que viniera este fin de semana, ¿sabías que Caprice quería que investigara para ella?

–Es posible que me lo comentara –confirmó Tarla.

–De modo que me has hecho venir bajo un falso pretexto.

–¿Habrías venido si no? Además, así puedo verte. No abandoné Londres por la vida cultural de Clearwater. El marisco es maravilloso y los chicos que se ven por la playa son muy monos, pero por lo demás, esto es un páramo. Estoy aquí por ti, Cab. A menos que prefieras que me marche.

–Yo no he dicho eso –contestó Cab–. Me alegro de que estés aquí.

Se preguntó si era completamente cierto. Siempre habían mantenido una relación estrecha pero también codependiente, y a veces se rebelaba contra eso. En su niñez, la había acompañado en sus rodajes por todo el mundo, y aunque había conocido a gente famosa y sitios increíbles, se sentía como un vagabundo, sin raíces. Tarla era también muy reservada y había partes de su vida que guardaba bajo llave, como la verdad sobre su padre. Cab había aprendido a hacer lo mismo. A los dieciocho años, se marchó a UCLA, se licenció en tres años y, para sorpresa de su madre, de entre todas las opciones había escogido ingresar en la policía. Tarla estaba dispuesta a abrirle puertas y conseguirle papeles, pero él no quería una vida en Hollywood.

Y ahora ella se había retirado. Volvían a estar juntos después de pasar casi veinte años en extremos opuestos del mundo. Era como empezar de cero.

Cab dio media vuelta y entró en el piso. En comparación con el calor veraniego, dentro hacía un frío glacial. No visitaba la casa de Tarla desde hacía varias semanas, y en el ínterin ella se había dedicado a decorarla. El enorme apartamento era como ella. Frío. Moderno. Caro. No era un sitio donde pudieras sentarte y apoyar los pies sobre la mesa.

Tarla también abandonó la terraza. Se dirigió a la barra, se sirvió una copa de vino y sostuvo la botella en alto mientras dirigía una mirada interrogativa a Cab. Él negó con la cabeza. Su madre bebía más de lo que recordaba.

–Y bien ¿por qué se presenta Diane al cargo de gobernadora? –preguntó Cab–. Siempre me habías dicho que no quería ensuciarse las manos. Que prefería trabajar entre bastidores.

Tarla se encogió de hombros.

–No creo que lo haga de corazón, pero le surgió la oportunidad y no pudo negarse. El escándalo de los sobornos en que se ha visto envuelto su jefe de gabinete ha hecho perder puntos al gobernador. Y Ramona Cortes, la republicana, es otra reaccionaria siniestra.

–En realidad, Ramona no es tan siniestra –objetó Cab en tono melifluo.

Tarla arqueó las cejas.

–¿La conoces?

–Es una de las primas de Lala –contestó él–. Tiene como doscientas.

–Fascinante. Bueno, los donantes de la fundación presionaron a Diane para que se presentara y así cerrarle el paso a Ramona. Temen que si Cortes se convierte en gobernadora, decida lanzar una bomba atómica sobre Oklahoma.

Cab sonrió.

–Los extremos dependen del cristal con que se miren. ¿De verdad crees en la pureza virginal de Common Way?

–¿Yo? Yo soy una salvaje excéntrica que abraza los árboles, ya lo sabes. La demócrata de los demócratas. Pero Diane es mi mejor amiga y sería una buena gobernadora. Eso es lo que creo.

Cab no dijo nada.

–Sé que ella no te gusta –añadió Tarla–, aunque no entiendo bien por qué.

–Eso no es cierto.

Tarla se sentó a su lado en el sofá ocre y negro, con cojines hexagonales a rayas.

–Siempre la has evitado. Ni siquiera viniste al funeral de Drew, y eso que prácticamente te ordené que asistieras.

–Eso fue hace nueve años, y estaba ocupado con una investigación por asesinato en Newport. Mandé flores.

–Sí, qué considerado –le espetó Tarla–. Drew se pegó un tiro, por el amor de Dios. Diane estaba histérica. Siguió a ese horrible camello hasta un bar y tuvieron que sujetarla para que no arremetiera contra él.

–Lo recuerdo –dijo Cab.

–Sólo digo que la vida de Diane ha sido mucho más difícil que cualquier situación a la que tú o yo hayamos tenido que enfrentarnos. No tienes ni idea de lo que ha sufrido, Cab. Es una buena persona y quiero prestarle todo mi apoyo. Si puedes ayudarla, me encantaría que lo hicieras.

–He aceptado el trabajo –confesó Cab.

–¿Ah, sí?

–Sí.

Tarla se bebió el vino y se sonrojó levemente, avergonzada.

–Ah. Bien, gracias.

–Tengo una cita con Chuck Warren por la mañana.

–¿El fascista?

Cab sonrió.

–No todos los republicanos son fascistas.

–Warren lo es.

–Bueno, fue el candidato republicano al Congreso hace diez años. Tras el asesinato de Birch, lo señalaron por mostrarse demasiado amigable con los extremistas de la derecha. Me gustaría saber qué tiene que decir sobre lo que ocurrió entonces.

–¿Y crees que te contará la verdad? –preguntó Tarla.

–No, pero las mentiras son más interesantes. Por lo general, aprendo más de las mentiras que de las verdades.

–Vives en un mundo extraño, Cab.

–No más extraño que el tuyo.

–Cierto.

Su madre sonrió, pero entonces su expresión se tornó sombría.

–¿Crees que Diane corre algún peligro?

–No lo sé. Las amenazas a los candidatos políticos son el pan nuestro de cada día, pero ésta es bastante concreta.

–Caprice cree que quienquiera que matara a Birch, podría ir ahora a por Diane –dijo Tarla.

–¿Y tú qué crees?

–¿Yo? No tengo ni idea. ¿Qué iba a saber yo?

–Tú estabas allí –señaló Cab.

Tarla se levantó y volvió a llenarse la copa en la barra.

–Me parece que no deberías perder el tiempo con el pasado. Diez años es mucho tiempo. Dudo que haya alguna conexión.

Cab se reunió con ella junto a la barra.

–Nunca me has contado mucho de lo que te pasó esa noche.

–No lo recuerdo –replicó Tarla, y se apartó de él.

El tono de indiferencia de su voz resultaba poco convincente. Cuando se interpretaba a sí misma, su madre era una pésima actriz.

–Me desmayé, Cab. Me desperté en el hospital. Esa noche se ha borrado de mi memoria.

–Estuviste a escasos centímetros del asesino. Más cerca que cualquiera de los supervivientes.

–No lo recuerdo –insistió Tarla–. La gente me dijo que protegí a Diane, pero no recuerdo haberlo hecho.

Cab le dio un beso en la coronilla.

–Lo siento. Sé que debió de ser una experiencia horrible.

Cab no la presionó, consciente de que Tarla no era una persona a quien se pudiera presionar. Ante la insistencia, se encerraba aún más en su caparazón, como una tortuga. Cab también sabía que su viejo axioma seguía siendo pertinente: las mentiras decían más de lo que nunca podrían decir las verdades.

Tarla estaba mintiendo.

Había algo acerca de aquella noche que no quería que él supiera.

5

La cierva apareció de la nada, como un monstruo del armario. De repente, allí estaba.

Peach dio un respingo, sorprendida, y clavó el pie en el freno. El Thunderbird dio una sacudida antes de detenerse, lanzándola hacia delante y haciendo que se clavara el cinturón de seguridad. La joven hembra, momentáneamente petrificada, miró con curiosidad los faros del coche. Cuando Peach los apagó, avanzó al trote entre los árboles con sus patas larguiruchas, hacia el lago.

«¿Ves esa crucecita blanca? –le había dicho a Justin el fin de semana que pasaron en Lake Wales, un mes atrás–. Tienes que conducir con cuidado cuando pases por aquí.»

Peach cerró los ojos y se llevó las manos a la cara. Estaba llorando. Abrió la portezuela del coche y, con las rodillas temblorosas, salió a la oscuridad. Se agarró a la puerta para mantener el equilibrio y luego avanzó con pasos vacilantes por la hierba. Los insectos se lanzaron sobre ella, zumbando y picando. Miró a su alrededor en busca de la cierva, pero ya había desaparecido en dirección al agua. Tenía los pies mojados. Por un momento, imaginó que estaba sobre un charco de sangre, pero al bajar la vista hacia las agujas de pino que cubrían la tierra, vio que sólo eran los charcos de lluvia que se habían formado tras un chubasco vespertino.

Peach estaba sola en mitad de los senderos que se extendían por el Lake Seminole Park. Deacon y ella vivían en un bungaló rosa en la calle Noventa y Ocho de Seminole, en línea recta por el puente Gandy al salir de Tampa en dirección oeste. La casa, en la que llevaban diez años viviendo, se encontraba al otro lado de la valla que marcaba el límite oriental del parque. Aunque estaba prohibido caminar de noche por el parque, todos los vigilantes la conocían. Para ellos, era Peach *la Paranoica,* pero también la chica que había perdido a sus padres en Colombia y a su hermano en el tiroteo del Día del Trabajo. Que fuera tan paranoica como quisiera. Que aparcara donde le apeteciera.

No le gustaba que vieran su coche junto a su casa. No quería que nadie supiera quién era ni dónde vivía, de modo que condujo el T-Bird hasta el extremo de las carreteras asfaltadas del parque, cerca de la zona de picnic desierta. A unos veinte metros, un sendero llevaba hasta una puerta abierta en la valla. Salió del coche y se deslizó entre las palmeras achaparradas. Oyó los crujidos y los cacareos de un averío de gallinas que entraba y salía del parque desde una pequeña granja cercana. No muy lejos, un pavo graznó. Peach se agachó para cruzar la puerta y avanzó junto a la valla a lo largo de una manzana hasta llegar frente a la calle donde se encontraba su casa.

Unos enormes robles se cernían sobre el tejado. La casa databa de los años sesenta y estaba rodeada por una verja de madera combada que Deacon siempre prometía reparar, al igual que el tejado. Con la última tormenta se habían desprendido algunas tejas y había goteras en el baño, y las gotas de agua le caían sobre la cabeza cuando se sentaba en la taza. Un cartel advertía a los intrusos de que tuvieran cuidado con los perros, aunque nunca habían tenido ninguno. No vio el Mercedes en el camino de entrada y no esperaba que Deacon llegara hasta al cabo de unas horas.

Entró en la casa, que olía al pescado que había cocinado en el microondas la noche anterior. Ninguno de los dos era un amo de casa ejemplar, mucho menos en época de campaña electoral. Sobre la encimera y las mesas se acumulaban montones de correo comercial y periódicos. Las superficies de madera, cubiertas de polvo, se habían teñido de gris. En lugar de encender la luz, Peach avanzó en la oscuridad hacia su dormitorio, junto a la fachada sur de la casa, con vistas al parque. Una vez allí, corrió las pesadas cortinas y encendió la luz.

Media docena de maniquíes blancos la contemplaban con sus cuencas vacías. Los veía reflejados en el espejo de cuerpo entero, como si la habitación estuviera habitada por fantasmas petrificados en extrañas posturas. A Deacon le daban grima. Cuando era adolescente, Peach les había puesto nombre: Ditty, Sexpot, Petunia, Rickles, Harley y Bon Bon. Cada uno llevaba una peluca y un conjunto distinto, perfectos para disfrazarse. Una hippy de pelo largo. Una rubia explosiva. Una motera punk con tatuajes y el pelo de color rojo fuego. A lo largo del último año había sido todas esas mujeres.

No había dedicado mucho tiempo a ser ella misma.

Se sacó las Crocs y se dejó caer de espaldas sobre la cama de matrimonio. Extendió los brazos y las piernas formando una cruz y contempló el techo, cuya pintura estaba recorrida por finas grietas. Sabía que debía comer algo, pero no tenía hambre. Lo único que quería era dormir, y llevaba muchos días sin poder hacerlo.

Le sonó el móvil y, con un suspiro, se lo sacó del bolsillo. Era un número oculto.

–¿Sí?

–¿Hablo con Peach Piper?

–¿Quién es? –preguntó ella.

–Señorita Piper –dijo la voz con un marcado acento de Georgia–, soy el detective Curtis Clay, de la policía de Saint Petersburg. Me gustaría hablar con usted acerca de un colega suyo llamado Justin Kiel.

Estaban sentados en la playa a la orilla del Lake Wales, rodeados de niños que chapoteaban en el agua. Al otro lado del lago, las lujosas casas ribereñas trepaban por la leve pendiente, con cuidados jardines que le recordaban las antiguas plantaciones. El zumbido de los motores y el olor a gasolina de las lanchas que arrastraban los flotadores gigantes por el lago inundaban el aire.

Peach llevaba un bañador amarillo de una pieza y se rodeaba las huesudas rodillas con los brazos. Justin llevaba un bañador de pantalón corto que se posaba como una lona sobre sus largas y esqueléticas piernas. Estaban mojados después de haberse bañado en el lago. Él cogió su sombrero y se lo plantó a Peach en la cabeza como si fuera una corona.

–Eso es. Te queda muy bien –dijo.

Peach soltó una risita.

–Eres un bobo.

Mientras estaban allí sentados, cubiertos de arena, Justin la cogió de la mano, en silencio. Y entonces Peach lo supo: «Es mi novio». Llevaban un año trabajando uno al lado del otro en la fundación, y ella se sentía más unida a él de lo que nunca se había sentido a nadie, pero jamás habría creído que fuera algo más. Y ahora lo era.

Peach nunca había conocido a nadie como él. Era extravagante, con sus sombreros redondos y su bigote pasado de moda. Tenía acné, algo que probablemente disgustara a muchas chicas. Unos mechones de pelo lisos como el papel le acariciaban las cejas. Sólo tenía dos años más que ella, pero hablaba como una persona mayor, como alguien que hubiera vivido mucho tiempo. Tenía una opinión acerca de todo y la transmitía con la pomposidad de un profesor. Los ordenadores se le daban bien, pero mantenía casi toda su vida fuera de la red. No tenía móvil. No tenía tarjeta de crédito, ni siquiera un talonario. Sólo efectivo. Le encantaba ir a anticuarios y asistir a las ferias estatales y comprar cachivaches centenarios: cualquier cosa sin cables, con abolladuras y golpes y manchas de agua, cualquier cosa que atesorara la historia de alguien y que tuviera una historia que contar.

Después de tantos años de soledad, Peach había encontrado por fin un alma gemela.

–Entonces ¿crees que me equivoco? –le preguntó a Justin.

Estaba nerviosa por lo que él pudiera contestar.

–Tú nunca te equivocas. ¿A qué te refieres?

–Bueno, a lo del celibato.

–Hace mucho que lo decidiste, ¿no? –dijo Justin–. Es en lo que crees, y lo respeto.

–¿Y no quieres sexo? Los hombres siempre quieren.

Justin se rascó la cabeza. Tenía el pelo mojado y de punta, como cerillas.

–La gente puede mantener relaciones muy estrechas sin necesidad de sexo. Me parece genial que busques algo distinto.

No era la primera vez que se lo decía, pero si de verdad iban a hacerlo, si iban a ser novios, Peach necesitaba saber si él querría que lo suyo fuera también físico. Si tenía que hacerlo con alguien, sería con él, pero la mera idea del sexo la hacía sentir sucia. Podían estar desnudos, si él quería. Podían besarse y abrazarse. La cuestión era que, desde que tenía memoria, se había prometido a sí misma que siempre sería virgen.

–¿Te afecta estar aquí? –preguntó Justin.

–¿Qué quieres decir?

–En Lake Wales. Donde asesinaron a tu hermano.

Peach vaciló.

–Sí.

–Lo siento. No debería habértelo propuesto.

–No, no te disculpes. Fui yo quien aceptó.

–¿Habías vuelto desde entonces?

–No, pero es un sitio bonito. Debería significar algo más que muerte y dolor.

–¿Te acuerdas de aquella época? –quiso saber él.

–Recuerdo algunas cosas.

Peach se detuvo un momento y añadió:

–Mis padres ya casi se han desvanecido de mi memoria y ahora me está pasando lo mismo con Lyle. Ya no puedo oírlo en mi cabeza. Se está marchando. Por eso trabajo en la fundación: hace que una parte de él siga viva.

Se quedaron un rato en silencio. El intenso sol les secó la piel mientras Peach notaba cómo la cara y los hombros se le enrojecían y se le llenaban de pecas. Un hombre con un golden retriever corría por la orilla frente a ellos, salpicando agua y arena húmeda.

–¿Te gusta lo que hacemos? –preguntó Justin.

–¿Que si me gusta?

–El trabajo. ¿Disfrutas?

–La verdad es que nunca pienso en ello. Se me da bien. Es importante.

–¿Lo es?

Peach volvió la cara e hizo visera con la mano para mirarle.

–¿Qué significa eso?

Justin inspiró lentamente.

–No sé, algunos días me pregunto quiénes son los buenos y quiénes los malos, y si hay alguna diferencia.

–Nosotros somos los buenos –sentenció Peach.

Él sonrió.

–Tú sí, de eso estoy seguro.

El cielo estaba despejado, pero una nube ensombrecía el rostro de Justin.

–¿Qué ocurre, Justin? ¿Te pasa algo?

–No, nada.

Justin se inclinó hacia ella y posó un beso en su mejilla sin decir nada más. Peach estaba sorprendida. Por regla general, Justin llegaba hasta el fondo de cualquier asunto antes de dejarlo correr. Hablaba y hablaba hasta que ella alzaba una bandera blanca. Sin embargo, esta vez no había sido así y eso le produjo cierta desazón. Le disgustaba la idea de que él pudiera estar ocultándole algo.

–Sólo he reservado una habitación en el motel –comentó Justin–. ¿Te parece bien?

–Claro.

–¿Una cama?

–Sí.

–Pero nada de sexo –la tranquilizó él–. No te preocupes.

–No estoy preocupada.

–¿Tanto confías en mí? –preguntó él.

–Eres casi la única persona en quien confío –contestó Peach.

Entonces lo miró con toda la intensidad de la que era capaz, porque quería que él comprendiera que lo decía en serio.

–Puedes contarme lo que sea. Lo sabes, ¿verdad?

–¿Conocía bien al señor Kiel? –preguntó el detective Clay.

Peach permanecía inmóvil en la cama, con el teléfono pegado a la oreja. Los ojos vacíos de los maniquíes la miraban, preguntándose qué diría. Pasó tanto rato callada que el detective consideró que debía repetir la pregunta.

–No –contestó al fin–. No lo conocía en absoluto. Era prácticamente un desconocido.

Tras su respuesta se hizo un silencio incómodo.

–Eso no es lo que me han contado.

–Bueno, pues así era.

–Usted trabajaba a menudo con él, ¿verdad?

–A veces.

–¿Pero era un desconocido?

–Éramos compañeros de trabajo –replicó Peach–. Eso es todo.

La voz del detective se tiñó de un tono más frío y su acento de Georgia dejó de ser tan amistoso:

–Señorita Piper, doy por hecho que quiere usted que atrapemos a quienquiera que acabó con la vida del señor Kiel, ¿cierto?

–Claro.

–Así que, si puede proporcionarnos cualquier información que nos sea de ayuda, lo hará, ¿verdad?

–No hay mucho que contar.

El detective dejó escapar un sonoro suspiro sobre el auricular.

–¿Sabía que el señor Kiel vendía drogas? ¿Que era un camello?

Peach sintió deseos de gritar. Tenía palpitaciones. «¡No lo era! ¡Eso es mentira!»

–No.

–¿Alguna vez lo vio vendiendo drogas? ¿O consumiéndolas?

–No.

–¿Le vendió drogas a usted, señorita Piper?

–No.

–No soy de Narcóticos. Puede contarme la verdad.

–He dicho que no.

–Está al tanto de que al señor Kiel le dispararon en una operación de venta de drogas que salió mal, ¿no es cierto? Había droga escondida en la habitación del motel donde encontraron su cuerpo.

El dormitorio empezó a girar alrededor de Peach. Se puso en pie algo desorientada, consiguió llegar hasta la pared y se deslizó hasta quedar sentada en el suelo. La mano que tenía libre estaba cerrada en un puño y los párpados, apretados con fuerza.

–Sólo sé lo que leí en los periódicos.

–¿Sabe si el señor Kiel tenía algún enemigo?

–No.

–¿En qué trabajaban usted y él cuando lo mataron?

Peach se limpió la nariz.

–¿Qué?

–En qué trabajaban usted y él cuando lo mataron.

–En nada.

–¿No estaban trabajando juntos?

–No. Hacía días que no le veía ni hablaba con él.

Eso era cierto. Justin llevaba una semana desaparecido del mapa, y Peach se había asustado. «¿Dónde estás? ¿Qué está pasando?»

–¿El señor Kiel estaba trabajando solo? ¿Le contó algo al respecto?

–No, nada.

No le había dicho ni media palabra. Peach no sabía qué estaba pasando en su vida, la había excluido.

–¿Puede contarme algo más, señorita Piper?

–No, no sé nada.

–Está bien, le agradezco su ayuda.

Peach creyó detectar cierto sarcasmo. En el fondo de su voz había un rastro de mezquindad. Después de colgar, Peach apretó el móvil contra sus labios y se preguntó por qué le había mentido. Quería que atraparan al asesino de Justin y sabía cosas que nadie más conocía. Sin ella, la policía despacharía el caso como cualquier otro asesinato relacionado con las drogas. Lo sumarían a su estadística. Tomarían a Justin por lo que no era.

«No importa, Peach. Todos morimos, no somos más que polvo. Y no dejaremos ningún legado», habría dicho él.

Pero sí que importaba.

Podía contarles algo relevante que les ayudara a averiguar la verdad. Habían registrado su apartamento, pero las respuestas no se encontraban allí. Había otro lugar, aunque Peach no sabía dónde estaba. Un refugio. Un escondite.

Sin levantarse del suelo, Peach buscó el número del departamento de policía de Saint Petersburg y llamó. Cuando la telefonista contestó, preguntó por el detective Curtis Clay. Hablaría con él; esta vez le daría lo que quería. Le contaría todo lo que sabía.

–Un momento, señorita –dijo la mujer al otro lado del teléfono, y añadió–: ¿Puede repetirme el nombre?

–Detective Curtis Clay.

–Lo lamento, señorita, aquí no trabaja ningún detective con ese nombre. Tal vez se haya equivocado de localidad. Puede intentarlo en Tampa o en alguna otra ciudad del golfo.

–Él ha dicho que era de la policía de Saint Pete –insistió Peach.

–Lo siento mucho, señorita, aquí no trabaja ningún detective Clay. ¿Quiere que le pase con...?

–Me habré equivocado –la interrumpió Peach bruscamente, y colgó el teléfono.

6

Al igual que miles de viviendas embargadas en la península de Tampa, la casa de Asbury Place se estaba deteriorando con rapidez. Los propietarios se habían marchado en abril y habían abandonado Florida para mudarse con su familia a Salisbury, en Carolina del Norte. El césped del jardín había crecido hasta los quince centímetros de altura y estaba entreverado de malas hierbas que habían echado raíces. Del olmo cincuentenario que se inclinaba sobre el tejado se habían desprendido gruesas ramas rotas que alfombraban el camino de entrada. Los canalones, combados, habían manchado de óxido el estuco. Las ventanas estaban cegadas con tablones cubiertos de grafiti.

Para el banco, aquella casa era una propiedad más de una larga lista, la quinta vivienda de aquel vecindario que corría la misma suerte. Nadie tenía tiempo para ocuparse de ellas.

La casa se hallaba a dos manzanas de las plácidas aguas de la bahía.

A dos manzanas de la finca cercada de Diane Fairmont.

Aquélla era la desquiciada democracia de Florida, donde las mansiones de millones de dólares compartían espacio con casuchas en cuyos jardines se oxidaban las camionetas.

El hombre había aparcado a setecientos metros, cerca de un complejo de apartamentos junto a Bayshore Boulevard. Nadie se fijaría en el coche ni lo recordaría más adelante. Eran más de las doce de una noche cálida animada por el canto de las cigarras. Avanzó por la calle que bordeaba la bahía con una gorra de los

Dolphins calada en la frente. A pesar de ser noche cerrada, se cubría los ojos con unas gafas de sol. Los faros de algunos coches iluminaban su silueta, pero por lo demás estaba solo. Cuando llegó a West Alline, caminó en la oscuridad hacia la casa abandonada de la esquina.

A su alrededor, la mayoría de las casas estaban a oscuras. Media manzana más allá, el bullicio y la música de una fiesta escapaban por las ventanas. Oyó las voces de la gente en el jardín, pero el hombre no podía ver a los invitados ni ellos lo veían a él. El olor a humo de cigarrillo se extendía por la calle.

Esquivó las ramas caídas de la entrada. La puerta principal estaba protegida por un seto descuidado, y habían apedreado y hecho añicos la farola que se erguía cerca de los escalones. En la puerta y las ventanas delanteras había pegados carteles en los que se leía: «Prohibido pasar». Se había colado en la vivienda tres semanas atrás y había cambiado la cerradura, de modo que tenía su propia llave. Pasarían semanas antes de que el banco, o tal vez la policía, descubrieran la intrusión. En cualquier caso, para entonces todo habría terminado y él habría desaparecido.

Entró en la casa y cerró la puerta a su espalda. Hacía calor y olía a humedad. Habían cortado la electricidad y el agua, dejando que la casa se cociera en la humedad veraniega. El hombre se dirigió a la izquierda y, tras cruzar el lavadero, entró en el garaje, donde se descolgó la mochila del hombro y encendió una linterna. Las cucarachas se dispersaron y desaparecieron bajo las estanterías de metal y entre las vigas. Sobre el suelo de cemento, en el lugar donde habían aparcado los coches durante años, había manchas de aceite.

El hombre había colgado un tablón de corcho en la pared más cercana y había hecho un collage con artículos fotocopiados de los periódicos de Florida clavados con chinchetas. Algunos databan de sólo unas semanas atrás; otros, de hacía años.

Examinó los titulares.

UN AÑO DESPUÉS, LA TRAGEDIA GOLPEA DE NUEVO:
FAIRMONT SOBRECOGIDA POR EL SUICIDIO DE SU HIJO

FRANK MACY CONDENADO A OCHO AÑOS
POR HOMICIDIO IMPRUDENTE

CRECE LA INFLUENCIA DE LA FUNDACIÓN COMMON WAY...
Y TAMBIÉN LA POLÉMICA

FAIRMONT SE PRESENTA AL CARGO DE GOBERNADORA

Sacó un papel de la mochila y lo colgó en el tablón. Era un artículo publicado hacía sólo unas horas en la página web de una cadena de televisión local. Incluía una fotografía muy pixelada de Diane Fairmont, extraída de la grabación de una entrevista en el jardín de su propiedad.

A dos manzanas de allí.

Cogió un rotulador rojo de la mochila y dibujó un círculo alrededor de la cabeza de Diane. Con dos rápidos trazos cruzados, convirtió el círculo en una diana. Aspiró el aroma tóxico de la tinta fresca. Como un artista, garabateó una sola palabra sobre el cuerpo de Diane.

Venganza

No tuvo tiempo de admirar su obra de arte: en algún lugar de la casa, amortiguado pero inconfundible, se oyó un sonido de cristales rotos. Después, el suelo tembló bajo el peso de unos pasos.

Allí había alguien más. No estaba solo.

Apagó la linterna y entró sigilosamente en la casa, dejando que sus ojos se acostumbraran a la oscuridad. Bajo sus pies, la moqueta estaba áspera y gastada. Aguzó el oído y no oyó nada, pero la presión del aire había cambiado: había una ventana abierta. Entonces detectó un olor dulzón y desagradable. Heces. Alguien había usado uno de los baños sin agua de la casa.

Empuñó el cuchillo que llevaba en el bolsillo trasero. La hoja dentada se curvaba y terminaba en una punta feroz. Ya había tomado la precaución de enfundarse las manos en guantes quirúrgicos para no dejar huellas.

Una melodía adolescente de One Direction llenaba la casa. El volumen estaba lo bastante alto como para que cualquier vecino lo oyera y se acercara a investigar... o llamara a la policía. Siguió el sonido de la música hasta la habitación trasera, cuya puerta estaba cerrada. Ocultó el cuchillo tras la palma de la mano, hizo girar silenciosamente el pomo y abrió la puerta.

La llama de una vela que olía a fresas titilaba en el suelo, proyectando luces danzantes. En la habitación no había muebles, pero vio marcas en el lugar de la moqueta donde había estado la cama. El papel floreado de las paredes había empezado a bufarse y a despegarse de las esquinas a medida que la humedad se filtraba por debajo. Una de las ventanas cegadas estaba rota, y el hombre vio las ramas que se agitaban en el jardín trasero. Una brisa pegajosa se colaba por el hueco. La música provenía de unos altavoces a pilas a los que habían conectado un iPod, y el hombre se agachó y lo apagó. Vio una botella de vino volcada en el suelo de la que se derramaba Cabernet como si fuera sangre. Junto a ella había una copa de vino rota.

Cuando la música dejó de sonar, una chica apareció en el marco del vestidor. Iba descalza. Llevaba unas bragas y una camiseta de tirantes de malla azul celeste. Su media melena castaña y rizada estaba sucia. Dirigió la mirada hacia los altavoces y entonces lo vio allí, esperándola.

–¡Oh, mierda!

Se lanzó hacia la ventana, pero él estaba preparado. La agarró de la muñeca, se la retorció y se la sujetó a la espalda. La chica soltó un grito de dolor, pero él le cubrió la boca con una mano enguantada.

–Silencio.

–¡Lo siento, lo siento! –suplicó ella cuando él apartó la mano–. Dios, no sabía que hubiera alguien en la casa.

Él la empujó contra la pared del dormitorio.

–¿Quién eres?

La muchacha cruzó los brazos por encima del pecho y se balanceó sobre los talones.

–Soy Tina. Oye, ¿puedo irme? Hay tantas casas abandonadas que supuse que a nadie le importaría que me colara.

–¿Por qué estás aquí? ¿Dónde vives?

–Hasta hace dos días vivía con mi novio. El muy cabrón me echó de casa porque nos llegó una factura de teléfono de doscientos dólares. Por favor, ¿quién no tiene mensajes ilimitados hoy en día?

–¿Cuántos años tienes?

La chica se encogió de hombros.

–Diecinueve.

–¿Cómo encontraste este sitio?

–Conduje por las calles buscando un sitio en el que pudiera colarme. La casa parecía vacía. Ya te he dicho que lo siento, ¿vale? Tú ganas. Quédatela, yo me iré a otra parte.

–¿Le has contado a alguien que estabas aquí?

–A nadie, lo juro. No va a venir nadie a tocarte las pelotas, tío. No tengo ganas de fiesta. Además, no tengo teléfono, ¿recuerdas?

Él la miró. Era joven, estúpida y linda. Mitad adolescente, mitad mujer. Se le veían las marcas del biquini, y llevaba un girasol tatuado en el hombro. La chica malinterpretó su mirada, ladeó la cabeza y su boca se curvó en una sonrisa coqueta. Se cogió un mechón de pelo y se lo enrolló alrededor del dedo.

–Oye, tal vez podríamos hacer un trato –propuso–. No sé, a lo mejor podemos compartir la casa.

Se agarró el borde de la camiseta con ambas manos y se la sacó por la cabeza, dejando su torso al descubierto. Tenía los pechos pequeños, con los pezones erectos y de color chocolate, y una marca de nacimiento con forma de lágrima bajo el pecho izquierdo. Entonces empezó a juguetear con el elástico de las bragas y, cuando se las bajó hasta media cadera, el hombre vio la sombra rizada de su vello púbico.

Tina se mordió el labio y se acercó a él.

–¿Te gusta lo que ves?

Él dejó que el cuchillo se escurriera por su mano hasta agarrar el mango. La hoja era mortífera. Ella no la vio.

–Sería como si te pagara el alquiler, ¿no? –insistió la chica–. ¿Qué te parece?

El modo en que se esforzaba por conseguir lo que deseaba, un sitio para pasar la noche, le resultaba encantador. El hombre le acarició la mejilla con los dedos enguantados de la otra mano, recorrió el hueco de su cuello y siguió hasta sostener su pecho derecho en la palma abierta. Le frotó el pezón con el pulgar y la chica ronroneó.

–Sería estupendo –dijo el hombre–, pero hay un problema.

Ella se apretó contra él y buscó la cremallera de sus pantalones.

–¿Cuál, cariño?

–El ADN –contestó él.

7

–Da qué pensar, ¿no? ¿Cómo lo harán? –preguntó Chuck Warren al tiempo que señalaba el lado opuesto de la bulliciosa calle.

En un cartel se veía a una atractiva pareja de treinta y tantos años jugando con tres niños en el jardín trasero de una casa. En el texto se anunciaban los servicios de un médico local que practicaba vasectomías sin bisturíes ni agujas.

–No sé, ¿cómo va la cosa? ¿Usa podaderas o qué?

–No tengo ningún interés en averiguarlo –contestó Cab.

–Yo tampoco. Paso de tijeretazos. No es que quiera tener más hijos, pero ¿quién sabe? Si cuando llegue a los ochenta aún no se me han aflojado todos los tornillos de la cabeza, tal vez quiera dar buen uso a mi otro tornillo.

Soltó una risita.

–¿Está casado, señor Warren?

–Divorciado. Dos veces. Y cada una me costó el equivalente al producto interior bruto de Brasil. Así que no más. Desde entonces, me dedico a conducir, pero no aparco. ¿Qué me dice de usted, detective? ¿Está casado?

–No.

–Y tiene dinero. Inteligente. Es la mejor manera de conservarlo.

Warren bebió café de una taza con su propio rostro estampado. Era sábado por la mañana y Cab notaba cómo el calor del golfo le tensaba los párpados y contraía la piel de su cara como si fuera una momia. Los marcados pliegues de su traje negro se estaban deshaciendo como los de una camisa arrugada bajo la ducha. Estaban de pie en un pequeño terreno cubierto de césped frente al edificio de la sede de una cadena de radio, a la sombra de media docena de enormes antenas parabólicas blancas. A su izquierda, los coches cruzaban disparados hacia el oeste por el puente de Tampa en dirección a las atestadas ciudades del golfo. El viento traía el olor a peces muertos desde una playa cercana.

Uno de los conductores reconoció a Chuck Warren e hizo sonar la bocina. Warren le devolvió el saludo con la mano y levantó los pulgares. Otros dos conductores se unieron al primero en señal de apoyo, pero otro sacó el brazo por la ventanilla y le dedicó a Warren una peineta.

Éste le devolvió el saludo con alegría.

–Socialista... –dijo, riendo.

Se sentó en un banco cerca de una de las antenas, dejó la taza en el asiento, sacó un puro del bolsillo de la chaqueta azul marino y se lo ofreció a Cab, que negó con la cabeza. Warren lo encendió, tosió y volvió a coger el café.

–¿Alguna vez oye mi programa, detective?

–Lo siento, no.

–¿Es socialista?

–Soy «nadaísta».

–Había supuesto que, siendo el hijo de una actriz de Hollywood, sería un chiflado demócrata.

–No. Sólo un chiflado.

–Bueno, tarde o temprano todos tenemos que tomar partido –sentenció Warren.

El excandidato al Congreso –que en la actualidad presentaba un programa de radio– acababa de cumplir los cincuenta, pero parecía más joven. Medía cerca de un metro setenta y cinco, tenía el pelo entrecano, áspero como un cepillo, y una cara tan tersa que probablemente había recibido su correspondiente cuota de Botox y cirugía plástica. Su expresión angelical –sonrisa fácil, ojos castaños con una chispa de humor– contradecía su reputación como amante de la retórica extremista. Según su página web, era un patriota feliz, cuya inagotable alegría nunca decaía mientras atacaba sin descanso las políticas de izquierdas. Tenía carisma. Todos los políticos pasados y futuros lo tenían. Cab decidió que, a pesar de lo mucho que pudiera desagradarle un político en pantalla, era difícil que le desagradara en persona.

Warren cruzó las piernas. Llevaba pantalones de vestir y mocasines marrones. Parecía estar en buena forma para su edad, pero su sobresaliente tripa le delataba como amante de la buena mesa.

–Y bien, ¿qué puedo hacer por usted, detective? –preguntó–. Me encanta ayudar a los chicos del cuerpo. Aunque lleven pendientes.

Cab sonrió. Todo el mundo mencionaba el pendiente.

–No estoy aquí en carácter oficial. Las atribuciones de la policía de Naples no llegan tan lejos.

–Bueno, entonces, ¿en calidad de qué ha venido?

–Existe la preocupación de que Diane Fairmont pueda estar en peligro, al igual que Birch hace diez años. Y es probable que el peligro proceda de la misma fuente. Estoy tratando de averiguar si es cierto.

Warren rio por lo bajo y meneó la cabeza. No estaba enfadado; parecía divertido.

–¿Qué, acaso forma parte esto de su campaña electoral? ¿Le han reclutado los de Common Way? La verdad es que no me apetece convertirme en el saco de boxeo de esa gente. Ya he pasado por eso.

–¿Sigue resentido por lo que pasó hace diez años? –preguntó Cab.

Warren aspiró una profunda calada y expulsó una nube de humo dulzón. Tenía las mejillas rechonchas como Santa Claus.

–La verdad es que no.

–Arruinó su carrera política.

–Cierto, pero me convirtió en millonario.

Warren señaló con el pulgar la emisora de radio a su espalda.

–Mire, detective, hace diez años yo era el candidato republicano al Congreso por el Distrito Doce. Era la cuarta vez que me presentaba. Nunca superé el cuarenta y cinco por ciento. Era un don nadie, un electricista sin un céntimo a mi nombre. Míreme ahora. Hay millones de personas atentas a cada palabra que pronuncio. Bill O'Reilly guarda mi número en marcación rápida. Tengo una mansión junto al canal. Me siento afortunado por vivir en este país.

–Ya, pero hace diez años tenía opciones de ganar las elecciones, y Birch Fairmont le arrebató esa posibilidad.

Warren entornó los ojos, se sacó unas gafas de sol del bolsillo y se las puso.

–Lo admito. Es verdad. Hace diez años, el congresista demócrata murió a causa de un derrame cerebral y lo reemplazaron por un liberal principiante que sufría incontinencia verbal. Hablaba de Fidel como si fuera una especie de George Washington. Así que sí, íbamos a la par en las encuestas.

–Y entonces Birch decidió presentarse –señaló Cab.

–Es cierto, lo hizo. O más bien Lyle Piper lo empujó a hacerlo. Lyle era el cerebro político detrás de Common Way. Él y Caprice Dean. De repente, las elecciones se convirtieron en una carrera a tres bandas y durante un tiempo Birch mantuvo buenas cifras en las encuestas. Armó mucho ruido, y el ruido hace que tu cara aparezca día y noche en la televisión. Aun así, yo habría ganado las elecciones. Ya sabe cómo es la gente: después de tomarte unas cuantas copas con una preciosa desconocida en un bar, siempre acabas por volver a casa con tu esposa.

–¿Cree que Birch no lo habría conseguido? Todo el mundo decía que era su gran oportunidad.

–No lo creo. Al final, las elecciones se habrían dirimido entre los demócratas y yo. Ogden Bush era su jefe de campaña y corría el rumor de que iba a enterrar a Birch con publicidad negativa. Iba a pinchar su globo. Habría funcionado, seguro. El margen de Birch era muy estrecho.

–¿Qué pensó cuando mataron a Birch?

Warren tomó un trago de café. En la taza, también lucía una amplia sonrisa. El patriota feliz.

–Pensé que era el final de mi carrera política y no me equivoqué. Y no, no estoy minimizando lo que sucedió. Fue terrible. No obstante, sabía qué significaba para mi campaña.

–¿Y qué significaba?

–Los medios mayoritarios iban a culparme de lo ocurrido. Llevaban desde el principio intentando crucificarme. Ese periodista de Orlando, Rufus Twill, no dejaba de dar bombo a sandeces sobre mi relación con la Alianza. ¡Chuck es un radical! ¡Chuck es un extremista de derechas! ¡Chuck se acuesta con los nazis! Yo sabía que el resto de los medios empezarían a hablar sobre el «discurso del odio», dirían que se trataba de un asesinato político y me señalarían. Que fue exactamente lo que hicieron. Coño, incluso hubo gente que creyó que había ordenado su asesinato para apartarlo de las elecciones.

–¿Y lo hizo? –preguntó Cab con una sonrisilla.

Warren sonrió.

–Me encantan los polis: son incapaces de resistirse a plantear preguntas capciosas. No, no lo hice. Verá, si hubiera querido acabar con la candidatura de Birch, habría contratado a una prostituta y le habría tendido una trampa una o dos semanas antes de las elecciones. No lo habría matado. Las personas muertas inspiran compasión. Lo último que necesitaba mi campaña era que Birch Fairmont se convirtiera en un mártir.

–El FBI cree que Hamilton Brock y la Alianza por la Libertad del Imperio estaban detrás del asesinato.

–Eso dicen.

–¿Usted no lo cree?

–Creo que los federales llevaron a cabo la investigación más exhaustiva desde Lincoln o Kennedy, y no encontraron ni una sola prueba que relacionara a Ham con los asesinatos. Tiene su gracia, ¿no cree?

–Hamilton Brock era donante de su campaña. Al igual que muchos de sus correligionarios.

Warren cogió el puro y señaló a Cab con él, aunque sin malicia.

Era un hombre que disfrutaba con el toma y daca del debate político.

–Verá, en primer lugar, yo no controlo quién me da su dinero. Si alguien quiere sacar el talonario, está en su derecho como americano, y no me importan sus creencias. En segundo lugar, Ham afirma que esas contribuciones estaban falseadas. Sabía que el hecho de que asociaran a su grupo con mi campaña me haría más daño que bien.

–Y aun así, está claro que le conoce –señaló Cab.

–Por supuesto. Le he entrevistado desde la cárcel de Coleman para mi programa. En mi opinión, Ham es un preso político. Necesitaban encerrar a alguien por los asesinatos del santuario de Bok y falsearon las pruebas para imputar a Ham por fraude fiscal. Así, todo el mundo creyó que habían hecho su trabajo.

–¿Cree que es inocente?

–Sí.

–Entonces ¿quién mató a Birch?

–No tengo ni idea –contestó Warren.

–¿Cree que Ham Brock lo sabe?

–Tendrá que preguntárselo a él. No digo que no pudiera ser un simpatizante trastornado que actuara por su cuenta. Tal vez fue lo que ocurrió. Pero no creo que lo hiciera Ham ni tampoco ninguno de sus chicos. Son demasiado listos. Por otra parte, durante la campaña también circularon algunos rumores muy desagradables acerca de Birch.

–¿Rumores? –repitió Cab.

–Oh, sí, historias muy feas. Ogden estaba detrás de la mayoría, así que quién sabe si alguna era cierta. No fui yo quien esparció la mierda; eso sólo habría empeorado las cosas. Pero, después del Día del Trabajo, no volvió a decirse nada malo de Birch. Cuando a uno lo asesinan, se convierte en un santo. Aunque, según he oído, Birch no lo era.

–¿Ah, no?

–Bueno, digamos que Birch y Diane no formaban exactamente una familia feliz. Era una pose para las cámaras.

Cab se puso en pie, se alisó el traje y se ajustó el nudo de la corbata. Warren permaneció cómodamente sentado en el banco, con un brazo extendido sobre el respaldo. El humo acre lo rodeaba como un halo.

–¿Qué hay de estas elecciones? –preguntó Cab–. Tienen cierto aire de *déjà vu*, ¿no?

–¿Políticamente? Sin duda. El gobernador avanza sin dificultades hacia la reelección y, de repente, se ve implicado en un escándalo de corrupción que afecta a su círculo más cercano. Los medios encasillan a la fiscal general Cortes como otra fanática republicana del Tea Party, igual que yo. Joder, Ramona formaba parte del equipo de abogados defensores de Ham Brock, así que ha de ser forzosamente una extremista radical, ¿no? Vía libre para el Common Way de Diane Fairmont, nuestra salvadora. Qué oportuno.

Cab ladeó la cabeza.

–¿Sugiere que Diane tuvo algo que ver en el escándalo relacionado con el gobernador?

Warren se inclinó hacia delante con los codos apoyados en las rodillas.

–Lo que digo es que Common Way se ha ganado una reputación como organización centrista por encima del bien y del mal, y eso no es más que un montón de mierda. Son tan implacables como los demás. Dígame si no, ¿a quién ficharon en cuanto Diane decidió presentarse? A Ogden Bush, el mismo culo viejo y sucio montado sobre un caballo nuevo. Así que no me venga con que Diane Fairmont es algo más que una política al uso.

–Parece algo resentido.

–Tan sólo creo que es mejor conocer al enemigo.

–¿Diane es su enemiga? –preguntó Cab.

–Este país tiene muchos enemigos –contestó Warren–, dentro y fuera.

–¿La conoce bien?

–Lo suficiente para desear que pierda las elecciones. ¿La conoce usted, detective?

–Nos hemos visto.

El locutor de radio abrió la boca, la cerró y se metió el puro entre los labios.

–Deje que le dé un consejo –dijo al fin–: no confíe en ella.

–No suelo confiar en nadie que se dedique a la política –repuso Cab–. Lo cual no quiere decir que Diane no corra peligro.

Warren se apoyó en el respaldo del banco.

–Tal vez sí, tal vez no. Eso lo dejo en sus manos. Si quiere saber mi opinión, lo más probable es que todo esto no sea más que una estratagema política.

–¿Pero...? –preguntó Cab al detectar cierta vacilación en la voz del hombre.

–Pero seamos claros. Common Way ha hecho muchos amigos a lo largo de los años. Y también se ha ganado muchos enemigos.

«¿La conoce usted, detective?»

«Nos hemos visto.»

Diez años atrás.

La campaña estaba en sus inicios cuando Cab visitó a su madre mientras ésta pasaba unos días con Diane en la finca de Birch Fairmont, en Lake Wales. En aquel momento, la actividad política se estaba llevando a cabo en otras partes del estado. Durante su estancia, Cab no llegó a conocer a Lyle Piper ni a Caprice Dean. Durante esa semana de junio, no vio ni una sola vez a Birch Fairmont. Tenía veinticinco años y su vida estaba acabada.

Había regresado de Barcelona después de la muerte de Vivian Frost, después de la investigación interna. Nadie quería que Cab o su historia salieran a la luz. Su mundo había llegado a su fin ese verano, pero no le había contado a nadie, ni siquiera a Tarla, lo sucedido. Entonces había empezado su particular juego de la rayuela, en el que se mudaba de un sitio a otro y saltaba de un trabajo a otro.

Su madre había comprendido que algo iba mal, pero no había logrado sonsacarle la verdad. En realidad, tampoco había puesto demasiado empeño en descubrirlo. Estaba ocupada rodando anuncios para la televisión, apuntalando sus millones con publicidad para financiar su retiro. Vendiéndose, como ella misma lo definía en tono alegre. Se había pasado la semana entera dando vueltas por los naranjales con el equipo de rodaje.

Cab se quedó en casa de Diane, cavando túneles en su interior. Pasaba los días reviviendo aquellos meses en el extranjero, su relación con Vivian, las cosas que se habían dicho el uno al otro, las mentiras que le había contado ella. Cab buscaba una vía de escape.

Fue entonces cuando Diane lo encontró.

Diane, que vivía su propio infierno con Birch.

«Circularon algunos rumores muy desagradables.»

Cab se sentó en su Corvette rojo caramelo, aparcado frente a la emisora de radio, y recordó aquella semana con más claridad de la que deseaba. Una semana muy vívida en un año muy vívido, terrible. Habían pasado horas juntos. Él escuchaba a Diane mientras ella hablaba sobre su vida, sobre los enfrentamientos con su hijo Drew, sobre las aventuras de Birch. Diane estaba deprimida. Estaba sola. Cab estaba destrozado por la culpa. Tenían todos los números para cometer un error.

Cab recordaba la tarde del último día, cuando ella se lanzó sobre él y él sobre ella. La necesidad que sentían los devoraba y se desprendieron de la ropa en el calor del dormitorio, bañado por ráfagas de aire veraniego. Desnudos, hambrientos. El pubis de Diane, húmedo mientras él lo besaba. Su gemido cuando la penetró. Diane le explicó que hacía cuatro años que no se acostaba con Birch. Él no había hecho el amor desde Vivian, y creyó poder borrar su recuerdo con una sola tarde en la cama de Diane. Recordó la lujuria que sintió al estar dentro de ella, de la mejor amiga de su madre, y recordó también el ardiente arrepentimiento que vino después.

Esa misma noche se marchó de Florida. Nunca volvió a verla.

Empezó a huir.

Cab notó la vibración de su móvil por encima del rugido del motor del Corvette. Se preguntó si sería Lala, que por fin le devolvía sus llamadas. Su ausencia le ponía furioso. La necesitaba.

–Cab, soy Caprice –lo saludó con una voz tan frutal y embriagadora como una bebida tropical.

–Hola.

–¿Qué haces?

–De hecho, estaba a punto de salir hacia una cárcel federal.

–¿Hamilton Brock?

–Así es.

–Bien, buena suerte. Y gracias por ayudar a Diane.

Cab se preguntó si en realidad había ayudado alguna vez a Diane, en aquel momento o en el pasado. Recordaba el modo en que, durante un breve instante, sus miradas se habían cruzado la tarde anterior. La culpa y la vergüenza habían aflorado de nuevo.

–Supongo que soy incapaz de decirle que no a mi madre –reconoció.

–¿En serio? Pensaba que era a mí a quien no podías decir que no.

Caprice coqueteaba con él y a él le gustaba.

–¿Estás comprobando si tu nuevo empleado hace su trabajo? –preguntó.

–No, quería saber si te gustaría cenar conmigo esta noche.

–¿Trabajo o placer?

–¿Eso importa?

–Supongo que no.

Cab pensó en Diane; el recuerdo de la tarde que había pasado con ella seguía teniendo el poder de excitarlo. Pensó en Lala y en la intensidad de su relación. Fuego en la cama. Discusiones fuera de ella. Y, desde hacía ya unos días, silencio.

–Entonces ¿qué? –preguntó Caprice–. ¿Bailamos?

–Bailemos.

–Perfecto. En el Columbia de Ybor City a las ocho. No te retrases.

8

Peach observó a Annalie Martine desde su Thunderbird. La incorporación más reciente de la fundación –la mujer que había sustituido a Justin– estaba sentada en la terraza de una heladería en Indian Shores. El tráfico del sábado a mediodía en Gulf Boulevard era un desfile de gente dispuesta a pasar el fin de semana en la playa. El centro comercial donde Annalie la esperaba estaba encajonado entre hoteles de color pastel y edificios de apartamentos, y por su lado pasaban adolescentes en biquini que se empujaban y reían camino de la arena blanca. Annalie lamía con gesto indolente una bola de helado de sirope de arce con nueces que coronaba un cucurucho azucarado.

A diferencia del día anterior, llevaba el pelo suelto. Lustroso y negro, le caía en cascada sobre los hombros. Ocultaba los ojos tras unas gafas de sol modernas que le resbalaban por la nariz debido al sudor. Adiós a la montura de estilo Clark Kent. Vestía pantalones cortos y zapatos de tacón, y tenía las piernas cruzadas. Las letras DC destacaban en blanco sobre el pecho de su ajustada camiseta negra, que ofrecía una amplia y generosa vista de su escote color chocolate.

Peach avanzó por el aparcamiento. Al pasar junto a Annalie en dirección al local, la mujer le echó un vistazo distraído pero no dio señal de haberla reconocido. Aquel día, Peach llevaba una peluca castaño claro que había cogido de Bon Bon, y la espesa melena le enmarcaba el rostro. Llevaba también unas grandes gafas de sol rojas, vaqueros y una blusa a rayas por fuera del pantalón.

Una vez dentro del local, pidió un helado con pedacitos de moca, se lo llevó afuera y se sentó en una silla junto a Annalie.

–Lo siento, estoy esperando... –empezó la mujer, pero se interrumpió y exclamó–: ¡Vaya! ¿Peach?

–Hola.

–He tardado un segundo en reconocerte.

–Ésa es la idea –repuso Peach.

Annalie se quitó las gafas de sol y se señaló a sí misma con una mirada interrogativa.

–¿Qué me dices, supero el examen? Me pediste que me vistiera para llamar la atención.

–Estás muy bien.

–Gracias.

Annalie lamió el cucurucho.

–¿Vives cerca?

–No muy lejos.

–¿Qué significa no muy lejos?

–A unos kilómetros.

Annalie arqueó las cejas. Peach se negaba a ser específica.

–¿Por qué has querido quedar tan hacia el oeste? Vamos a regresar a la ciudad, ¿no?

Peach se encogió de hombros.

–Lo siento, la fuerza de la costumbre. Aquí era donde quedaba con Justin. Tenía una casa en el golfo, a tres kilómetros hacia el sur.

–No está mal.

–El dinero era de sus padres.

–Bueno, no puedo imaginar lo que es eso –replicó Annalie con un suspiro–. En fin, he llegado pronto y he dado un paseo por la playa –añadió, señalando el cielo azul con la barbilla–. Hace un día espléndido, ¿eh? La calma que precede a la tormenta. Todo el mundo teme la llegada de *Chayla*.

–Las tormentas no me asustan –repuso Peach.

–¿No? A mí me preocupa despertame en el mundo de Oz. Por

lo visto, los meteorólogos creen que *Chayla* alcanzará tierra más o menos el Cuatro de Julio.

–A menos que cambie de rumbo. Nunca se sabe.

Peach consultó la hora.

–Deberíamos irnos. Dentro de un par de horas harán un descanso. Los asistentes a la convención saldrán a fumar y nos conviene estar allí para escuchar.

–¿Escuchar el qué?

–Todo lo que oigamos –contestó Peach–. La gente cuenta cosas asombrosas. ¿Fumas? Pasarás más desapercibida si fumas.

–A veces. ¿Y tú?

–Yo no fumo. Ni bebo. Pero puedo fingirlo.

Annalie sonrió.

–No bebes y no fumas. Entonces ¿qué haces?

–¿Qué?

–Ya sabes, ¿la canción de Adam Ant, «Goody Two-Shoes», la de la chica formal?

–No la conozco.

–Vaya, sí que soy mayor –suspiró Annalie.

–¿Has traído tu coche? –preguntó Peach.

Annalie se metió el último trozo de cucurucho en la boca y se puso en pie.

–El Corolla destartalado es mío –dijo, señalando un coche negro en el extremo más alejado del aparcamiento.

Peach se terminó el helado y echó la tarrina a la basura. Luego cogió su mochila y siguió a Annalie hasta el viejo Corolla. Una vez dentro, y mientras ponía en marcha el motor, Annalie la miró de reojo.

–Tengo la sensación de que no te caigo muy bien –comentó.

–No te conozco –contestó Peach.

–¿Es porque he ocupado el sitio de Justin? ¿Era el chico con el que salías?

Peach notó cómo se encogía al oír el nombre de Justin.

–No, para nada.

Annalie la miró como si supiera que no decía la verdad.

–Vale.

–¿Y tú, sales con alguien? –quiso saber Peach.

–¿Yo? No tengo tiempo para eso.

Lo dijo en tono despreocupado, pero Peach no la creyó. Aquella mujer era muy hermosa. Debía de pasarse la vida espantando moscones.

Condujeron hacia el sur por Gulf Boulevard, detrás de un autobús que se dirigía a Pass-a-Grille. Peach había recorrido esa misma franja de asfalto en miles de ocasiones: unas veces sola, otras con Deacon, muchas con Justin. Para ella, aquello era Florida, con los edificios tan apretados unos contra otros que parecían contener el aliento. Las aceras estaban atestadas de gente ligera de ropa. Vio hombres con aspecto de tortuga, cuyas cabecitas emergían de un torso desproporcionado. Mujeres viejas y encorvadas con grandes sombreros de ala ancha. Chicos musculosos y chicas que se contoneaban con descaro. Detrás de los edificios y los aparcamientos, a sólo unos metros, el mar se burlaba de ella, inmóvil como un cristal, reluciente bajo un millón de rayos de sol. Las olas apenas alteraban su superficie, pero dentro de unos días el golfo se despertaría como un monstruo y se lanzaría sobre la tierra. *Chayla.*

Justin sobre las tormentas: «Los huracanes te hacen sentir pequeño. Es bueno sentirse pequeño de vez en cuando».

–Me he informado sobre el asesinato de Justin –comentó entonces Annalie–. Fue un asunto de drogas, ¿no?

–Eso dicen.

–¿Tú no lo crees?

–Yo no soy poli –replicó Peach–. No tengo ni idea.

–Pensaba que, tratándose de tu compañero, sabrías algo.

–No sé nada.

Se detuvieron en un semáforo. Peach bajó la ventanilla y la brisa le acercó el olor salobre del mar. Un grupo de chicos les silbaron mientras cruzaban el paso de peatones en dirección a la playa.

–Si Justin era tu amigo –dijo Annalie–, debes de estar triste. O enfadada.

–¿Qué quieres decir?

–No sé, parece que te empeñas en no sentir nada, lo cual me hace pensar que, en el fondo de tu corazón, sientes algo. Creo que estabas muy unida a Justin y que no quieres reconocerlo.

–Acabas de conocerme –repuso Peach–. No sabes nada de mí.

Annalie volvió a acelerar y el motor traqueteó.

–Tus padres murieron cuando tenías ocho años –continuó– y tu hermano mayor fue asesinado cuando tenías doce. El chico con el que trabajaste durante un año recibió un disparo mientras vendía cocaína. Diría que sé algunas cosas, o al menos sé cómo averiguarlas. Soy investigadora, y también sé interpretar la expresión de la gente. No eres el maniquí que crees ser.

Maniquí.

Probablemente no significara nada, pero a Peach no le gustó que Annalie usara esa palabra. Como si fuera un mensaje: «Te conozco, sé lo que guardas en tu habitación. No puedes esconderte de mí». No le gustaba que le preguntaran por sus secretos. Últimamente todo el mundo quería algo de ella, y todo estaba relacionado con Justin.

–Para el coche –dijo Peach.

–Eh, lo siento. Me he pasado de la raya. Soy demasiado directa; es uno de mis defectos.

–He dicho que pares.

–¿Por qué?

–No puedo hacer esto. Ahora no. Hoy no.

–Oye, Peach, no quería molestarte.

Peach abrió la portezuela del Corolla mientras el coche seguía en movimiento. Annalie pisó el freno a fondo y unas cuantas bocinas sonaron detrás de ellas. Peach se desabrochó el cinturón de seguridad con dedos temblorosos y se lanzó a la calle, ignorando los gritos de Annalie. Dejó la puerta medio abierta y echó a correr entre los edificios de apartamentos de color rosa en dirección a la playa del golfo.

El agua era cálida, y no le sirvió para enfriar sus sentimientos. Los dedos de sus pies desnudos chapoteaban en la arena mojada. El bajo de sus vaqueros estaba empapado. Había atado los cordones de sus Chuck Taylors y las llevaba colgadas de la mano, mientras caminaba con la mirada perdida entre las conchas salpicadas de espuma. Había corrido más de medio kilómetro, pasando bajo las cañas de pescar y esquivando *frisbees* en su vuelo hacia el agua. Los paseantes la miraban porque estaba llorando, pero nadie le dijo nada. Aquello era Florida. La gente se derrumbaba e iba a la playa a llorar.

Annalie tenía razón. Peach le había mentido a Deacon, se había mentido a sí misma al decir que no sentía nada. Estaba enamorada de Justin y ahora él se había ido, se lo habían arrebatado. Como le habían arrebatado a sus padres. Como le habían arrebatado a Lyle. El vacío era tan enorme que la impulsaba a adentrarse en aguas profundas y ahogarse. Justin era algo que no había previsto, el único hombre al que había invitado a compartir su solitaria existencia. Se levantaba cada mañana ansiosa por oír su voz y ver su rostro. Él la hacía reír.

Se habían jurado lealtad eterna. Nadie más lo sabía. Ni Deacon, ni Caprice, ni Diane Fairmont ni Ogden Bush. Era como estar casados, pero mejor. Lo que compartían era más sagrado que el amor o el sexo.

Eso era lo que más le dolía, porque Justin la había traicionado. La había mantenido al margen de lo que le ocurría y de lo que hacía. Y lo habían matado. Era incapaz de soportar la pérdida, de no saber por qué. No era nada relacionado con las drogas, era otra cosa. Algo que Justin no podía compartir con ella.

¿Por qué?

Peach se quedó de pie en la arena y contempló un edificio de apartamentos de cuatro pisos que se erguía al otro lado de la franja de arena, a unos cincuenta metros. Era de estuco, pintado con un tono suave de rojo que la sal y el viento habían desvaído. Las terrazas y las ventanas panorámicas, unas encima de otras, se proyectaban sobre las dunas. De la puerta de atrás, partían unos escalones de madera que bajaban hasta la playa. El edificio no era nuevo, pero los apartamentos eran caros. Allí todo era caro.

El piso de Justin.

Por eso había ido allí. Por eso había escapado del coche de Analie. Necesitaba ver el apartamento una vez más. Necesitaba averiguar qué era lo que le ocultaba.

Mientras caminaba pesadamente en la arena, pasó junto a una mujer mayor tendida en una tumbona de plástico blanco bajo un parasol. Su piel bronceada estaba surcada de arrugas, y de una vieja radio a pilas que la acompañaba se elevaba música española. Peach la conocía; era la vecina de Justin, una viuda que vivía en el piso de arriba. La señora Jabohnne. La mujer abrió los ojos al oír los pasos de Peach, pero no dio muestras de haberla reconocido.

En lo alto de la playa, entre flores y un césped alto, Peach avanzó a la sombra de la terraza del primer piso. La arena se colaba en el aparcamiento cubierto del edificio. Vio un grifo e hizo correr el agua para lavarse los pies; una vez limpios, y todavía húmedos, volvió a meterlos en las deportivas. Seguía conservando la llave de Justin.

El edificio olía a humedad y había bichos en las paredes. El ascensor bajó con un zumbido, y Peach pulsó el botón del segundo piso. Giró a la izquierda por el corredor descubierto y abrió la puerta mosquitera de metal. En el apartamento de Justin hacía un calor sofocante. Casi treinta grados. El piso estaba a oscuras, y las lamas cerradas de las cortinas del comedor apenas dejaban pasar finos rayos de sol. Seguía oliendo a él. A Justin le encantaban los aceites perfumados y el aroma de flor de cerezo impregnaba el aire. Peach deseó verlo aparecer en la puerta del dormitorio, con una toalla envuelta alrededor de su escuálida cintura y el cepillo de dientes colgando de la boca como un cigarrillo.

Pero no lo hizo.

El apartamento estaba pobremente amueblado. Siempre había sido así; Justin guardaba allí pocos objetos personales. Ninguna de sus antigüedades. Ninguno de sus papeles, sus fotografías o sus libros. Cuando iban al apartamento, él dejaba el trabajo en el coche, pero en algún momento, mientras estaba a solas, el trabajo desaparecía en otra parte. Nunca le había ocultado la existencia de ese otro lugar, pero cuando ella le preguntaba al respecto, siempre contestaba: «Todavía no. Por tu propia seguridad».

Drogas, diría la policía. Allí era donde guardaba las drogas. Pero se equivocaban.

Tenía que descubrir dónde vivía Justin su otra vida. Su escondite.

Peach cruzó la cocina y entró en la sala. Había un sofá de cuero y un televisor grande, y dos mecedoras junto a la ventana que daba a la playa. Se sentaban allí noche tras noche, bebiendo té, contemplando la puesta de sol. Él le leía poesía y le ponía música clásica, aunque ella siempre insistía en que la detestaba. Era demasiado oscura, demasiado chillona e intensa.

Se quedó de pie junto a las ventanas, contemplando el agua. Al bajar la vista, vio una salamandra muerta y momificada sobre las baldosas del suelo. No sabía por dónde empezar. Si la policía no había encontrado nada, ella tampoco lo haría. Tal vez no hubiera ninguna pista que desvelara su secreto, y aun así, Peach estaba convencida de que Justin le habría dejado un mensaje. Cualquier cosa.

Justin sobre la vida después de la muerte: «Quiero regresar y aparecerme ante ti. Mantén un ojo abierto por si me ves».

Echó un vistazo al polvoriento apartamento y deseó que Justin se comunicara con ella. Lo necesitaba. «¿Qué era lo que no querías que supiera? ¿Cómo lo encuentro?» El desorden le indicó que la policía ya había registrado los armarios de la cocina y los cajones. Justin era muy organizado y el piso se hallaba ahora en un estado caótico.

Aunque quizá no había sido la policía, sino otra persona.

Peach se dirigió al dormitorio, con vistas al golfo. Las sábanas arrancadas de la cama de matrimonio formaban un montón arrugado sobre el suelo. Habían rajado el colchón con un cuchillo, dejando al descubierto el relleno y los muelles. En busca de drogas.

En busca de cualquier cosa. A su izquierda, una puerta doble se abría a la terraza. Allí estaba también el baño, donde ella se duchaba antes de acostarse y por las mañanas. Prácticamente había vivido allí. Aquella última semana, cuando Justin desapareció, lo había esperado cada noche, pero él no volvió. Estaba en otra parte.

¿Dónde?

Avanzó entre el desorden. En la pared frente a la cama Justin tenía un armario; habían sacado los cajones y los habían volcado. La ropa estaba apilada sobre el suelo. Reconoció sus camisetas, sus vaqueros cortados por las rodillas, sus *boxers* y sus calcetines de deporte, sus cosas desparramadas sobre las baldosas. Cajitas de caramelos de menta para el aliento. Pilas. Un Snoopy de cuerda. Menús de restaurantes de la zona. Incluso una caja de condones, sin abrir, que le hizo preguntarse si Justin había reconsiderado su voluntad de mantener el celibato. O si ella no había sido la única chica de su vida. No quería pensar en ello.

Peach distinguió un libro en el suelo, se agachó y lo recogió. Era viejo, encuadernado en una tela verde deshilachada y con letras doradas repujadas en la cubierta. Lo había comprado ella misma hacía meses en una librería de viejo y se lo había regalado a Justin. Era un libro de poemas de William Blake, su poeta preferido. Peach lo veía siempre en la mesilla de noche, junto a la cama. Las páginas eran delicadas y estaban amarillentas.

No tuvo tiempo de abrirlo para buscar «El tigre».

En su lugar, alguien le gritó desde la puerta del dormitorio:

–¡Pon las manos en alto ahora mismo!

Peach giró sobre sus talones, sorprendida. El quicio de la puerta estaba ocupado por un tipo enorme que le apuntaba al pecho con una pistola. Soltó un grito ahogado y levantó los brazos. El libro seguía en su mano.

–¿Qué coño haces aquí? –preguntó el hombre.

Peach se esforzó por encontrar algo que decir, pero se mantuvo en silencio. Escrutó al hombre desde detrás de las gafas de sol. Tenía cuarenta y tantos años, y el pelo ondulado, rubio y cano. Iba sin afeitar. Llevaba una americana color canela encima de una camiseta negra, pantalones azul marino y deportivas negras. La ropa se ajustaba a su cuerpo, de constitución fornida. Una fina película de sudor le dibujaba un bigote sobre el labio.

–¿Quién eres? –preguntó el hombre al tiempo que se abría la solapa de la chaqueta para que ella pudiera ver la placa dorada que le colgaba del cinturón.

¿Un poli?

No. Peach reconoció el acento sureño de su voz. Era el individuo que la había llamado por teléfono, haciéndose pasar por el detective Curtis Clay de la policía de Saint Petersburg. Era un mentiroso y un desconocido, y sólo con mirarlo supo que no era poli. Estaba allí por la misma razón que ella: para descubrir el secreto de Justin.

–Tranquilo, tío. Me llamo Rebekah –dijo Peach, modulando la voz para adoptar un acento neoyorquino–. He venido a pasar unos días con mi madre en el apartamento de arriba. ¿Podrías bajar la pistola?

El hombre que decía llamarse Clay continuó apuntándola con el arma.

–Te he preguntado qué haces aquí.

–Dios, me ha parecido oler a humo. He pensado que sería mejor bajar a echar un vistazo, ¿sabes? Mamá es una especie de encargada del edificio. Por aquí hay pinzones que pasan mucho tiempo fuera, así que tiene una llave maestra.

–Y una mierda –replicó él–. Dime quién eres y qué estás buscando.

–Eh, ya te he dicho…

–Ya sé lo que me has dicho. Mientes. ¿De qué conocías a Justin Kiel?

–No lo conocía. No sé quién es el dueño de este piso.

Él la observó a través del espacio sombrío y polvoriento.

–Enséñame tu documentación –le ordenó.

Peach se encogió de hombros. No tenía ninguna intención de hacerlo.

–Ya, bueno, enséñame tú la tuya –contestó.

–¿Disculpa?

–Yo te enseño la mía si tú me enseñas la tuya.

El hombre dio un paso amenazante hacia ella. Peach distinguió su olor: olía a mentol, como los pringosos parches para el dolor que se ponía ella cuando tenía un tirón muscular. Enfundó la pistola, metió la mano en el bolsillo de la chaqueta y sacó unas esposas, que quedaron colgando de sus dedos.

–Puede que después de unas cuantas horas en el calabozo te entren ganas de hablar –dijo.

Peach no sabía adónde tenía pensado llevarla, pero en cualquier caso no era al calabozo.

Echó a correr, se metió en el lavabo y cerró con pestillo. El hombre la siguió, pero tropezó con los objetos esparcidos por el suelo y cayó mientras la maldecía a gritos. Peach abrió la mampara de cristal de la ducha. Dentro, una pequeña ventana situada cerca del techo daba a la playa. Se estiró cuanto pudo y consiguió abrirla y subir el cristal. El ruido del exterior y la húmeda brisa marina se colaron por el hueco.

El hombre cargó con el hombro contra la puerta cerrada del baño, que se astilló y se desprendió del marco, combándose hacia dentro.

Peach se agarró al alféizar e intentó trepar hasta la ventana, pero sus pies resbalaron sobre las baldosas y pedalearon impotentes en el aire. Entonces la chica apoyó las manos sobre el marco, tomó impulso e introdujo con dificultad los hombros por el estrecho espacio de la ventana, que apenas permitía el paso de su cuerpo. Su cabeza asomó al exterior, luego sus hombros y su torso, y pudo ver las aguas turquesa y la gente en la playa y en el césped dos pisos por debajo.

Annalie Martine corría por la orilla haciendo gestos con los brazos, el pelo ondeando al viento.

Curtis Clay la agarró por los tobillos desde dentro de la ducha y tiró de ella. Peach se revolvió salvajemente, como un *mustang* en un rodeo, intentando librarse del hombre mientras permanecía colgada del marco de la ventana. Él la sujetaba con la fuerza de una trampa para osos, pero al tirar de sus pies, a Peach se le salió una zapatilla. El hombre se tambaleó y su cuerpo golpeó con fuerza la pared de la ducha. El agua empezó a caer a chorros y, al tratar de alcanzarla de nuevo, sus pies resbalaron sobre las baldosas mojadas y se desplomó.

Peach se escurrió por la ventana y se lanzó afuera.

Se había liberado y estaba cayendo. Su cuerpo giró en el aire. La duna del golfo rugió antes de golpearle el rostro.

9

He vuelto. ¿Me has echado de menos?

Cab desdobló la fotocopia de la fotografía que le había dado Caprice, con la advertencia garabateada en un grueso trazo de rotulador rojo. Sostuvo el papel de modo que Hamilton Brock, el líder de la Alianza por la Libertad del Imperio, pudiera verlo. Ambos estaban sentados en incómodas sillas de plástico, a dos metros de distancia el uno del otro. Una cámara de vídeo los observaba desde una esquina del techo.

–¿Quién lo envió? –preguntó Cab.

Los ojos oscuros de Brock se fijaron en el papel y examinaron la fotografía, tomada diez años atrás, pero no dijo nada. Su cara estaba desprovista de expresión.

–Te trae recuerdos, ¿no es así? –continuó Cab–. Como en «Glory Days» de Springsteen, ¿verdad?

Brock volvió a clavar la mirada en Cab con satisfacción apenas disimulada, pero permaneció en silencio. No había pronunciado palabra. El trayecto de una hora larga hacia el norte por la I-75 hasta llegar al complejo correccional federal de Coleman, rodeado de campos de pastoreo en medio de la nada, estaba resultando una pérdida de tiempo. Brock no tenía ningún interés en hablar.

Cab había esperado encontrarse a un cabeza rapada curtido, pero Hamilton Brock tenía más bien el aspecto de esos padres de los suburbios que no se pierden un partido de fútbol de sus hijos. Había sido *quarterback* en el instituto, miembro del ejército y mecánico de coches, y tenía cuatro hijos. A los treinta y nueve años, su pelo negro se veía aseado, no llevaba tatuajes y, aunque su apariencia física parecía desgastada por la prisión, la experiencia no lo había doblegado. Iba bien afeitado. Se sentaba con las manos cruzadas en el regazo y las largas piernas muy juntas. Su postura era perfecta.

Diez años atrás, Brock era el típico americano que veraneaba en Wally World y poseía una casa de más de seiscientos metros cuadrados en Bartow. Su mujer educaba a sus hijos en casa. Tenían pases anuales para Disney World. Por las noches, se dedicaba a reclutar conversos en el sótano de una iglesia de Lakeland para que se unieran a una milicia de voluntarios cuya página web abogaba por la deportación masiva de inmigrantes ilegales, la construcción de una valla electrificada en la frontera con México, la prohibición de la inmigración musulmana, la resistencia al Servicio de Impuestos Internos y, entre otras entradas del blog que Cab había revisado, la esterilización obligatoria de las madres que vivían de la asistencia social y que dieran a luz a un tercer hijo. La Alianza por la Libertad del Imperio también había hecho acopio de docenas de armas de asalto, pistolas, munición, explosivos plásticos, alambre de espino, cobre, latas de conserva, agua embotellada y grandes dosis de antibiótico Cipro para combatir el ántrax en un almacén de alquiler en Fort Meade que el FBI había registrado.

Nadie lo habría imaginado.

Cab dio un golpecito con uno de sus largos dedos sobre el artículo del periódico.

–¿El periodista de Orlando que escribió esto? Rufus Twill. En aquella época habló mucho de usted y de su grupo. Alguien se lo recompensó dándole una soberana paliza. ¿Es así como se ocupa de la gente que no ve el mundo de la misma forma que usted?

La habitación estaba en silencio, excepto por el crujido del papel y el tictac de un viejo reloj que colgaba de la pared. Brock torció el gesto y ladeó la cabeza apenas un centímetro; luego miró hacia el suelo y meneó la cabeza con desdén.

–De acuerdo, es usted un incomprendido –dijo Cab.

Esperó a que Brock volviera a mirarlo a los ojos y añadió:

–Sé lo de su padre, señor Brock. Treinta y un años en la misma empresa, y de repente externalizan su trabajo a la India. Se pasó tres años buscando otro empleo y no lo encontró. Se mató de un tiro cuando usted tenía diecisiete años. Usted encontró el cuerpo.

La cara de Brock no reveló ninguna emoción. Las había transformado en odio mucho tiempo atrás. Su mirada, penetrante como la de una serpiente, traslucía inteligencia. El odio y la inteligencia constituían una combinación peligrosa.

–Chuck Warren asegura que es usted inocente –prosiguió Cab–. Lo considera un preso político.

La cara de Brock reveló un leve atisbo de interés ante la mención del republicano.

–El señor Warren tiene razón. Eso es exactamente lo que soy.

–Vaya, así que sabe hablar –dijo Cab–. Bien. De hecho, ya sabía que podía hacerlo, porque ha participado en el programa de Warren. He escuchado la entrevista en internet. Ésta es una de mis frases favoritas: «La gente nos acusa de hacer acopio de armas para derrocar al gobierno. No es cierto. Lo que necesitamos es estar preparados para cuando el gobierno venga a derrocarnos a nosotros».

El hombre arqueó las cejas con ironía y paseó la mirada por la sala de visitas de la prisión.

Cab sonrió.

–Ya lo entiendo. Fueron a por usted, ¿verdad?

–Así es.

–¿Los matones del FBI?

Brock dejó escapar un sonoro suspiro. Se inclinó hacia delante y habló en un tono extrañamente tranquilo.

–Usted se lo toma a la ligera, detective Bolton, pero ¿sabía que los agentes del gobierno asaltaron mi casa y la de otra media docena de patriotas y secuestraron a nuestros hijos a punta de pistola? Diecinueve niños arrancados de los brazos de sus padres. El mayor tenía once años.

–Querían asegurarse de que no utilizaran a los niños como rehenes. Escudos humanos. Otros grupos extremistas ya lo han hecho.

Brock negó con la cabeza. Ahora iba a hablar. Quería hacerlo.

–Fue el gobierno el que utilizó a los niños como rehenes, no nosotros. El mismo gobierno que emprendió una batalla legal para arrebatarnos la custodia de nuestros hijos y reubicarlos con nuevas identidades para que nunca pudiéramos encontrarlos. ¿Es ésa la América a la que usted sirve, detective?

–Los federales perdieron esa batalla –señaló Cab–. Y todo gracias a otra rama del gobierno denominada «poder judicial americano».

–Sin duda. Si tiene usted hijos, estoy seguro de que estaría encantado de librar una batalla de dos años contra la titánica maquinaria del gobierno federal para poder mantenerlos a su lado. En este país nos quedan ya pocas libertades. Los que defendemos los valores americanos acabamos encerrados.

–Usted está aquí porque no pagó sus impuestos, ¿no es cierto? –preguntó Cab.

–Estoy aquí como cabeza de turco por un asesinato que el gobierno no fue capaz de resolver.

Eso era lo que Cab esperaba que dijera. Era la típica excusa de un hombre culpable. El problema era que, según todo lo que había leído acerca de Hamilton Brock, cabía esperar que se sintiera orgulloso de lo que había hecho. Que se lo contara a todo el mundo para atribuirse el mérito. No que lo negara y se ocultara tras una mentira.

–La mayoría de la gente cree que el gobierno resolvió los asesinatos –observó Cab–, pero que no pudieron presentar el caso ante los tribunales porque usted y sus aliados obstruyeron la investigación y destruyeron las pruebas. Desaparecieron docenas de miembros de la milicia. Incluido, más que probablemente, el asesino.

–Nos enfrentamos a una caza de brujas –repuso Brock–. Esto fue una *vendetta*.

–Incluso Chuck Warren opina que uno de los miembros de su Alianza pudo cometer los asesinatos sin que usted lo supiera.

–Eso no es verdad.

–De hecho, coincido con usted –convino Cab–. Pienso que ninguno de sus correligionarios hubiera llevado adelante un plan como ése sin su aprobación.

Brock asintió.

–Por eso sé que no fue uno de los nuestros.

–¿De verdad me está diciendo que no quería ver muerto a Birch Fairmont? –preguntó Cab–. Birch y Common Way eran enemigos acérrimos de su movimiento. Sus políticas de control de armas e inmigración se oponían frontalmente a los ideales de su grupo. Birch era partidario de una autoridad legal agresiva que se e[illegible]tara a los terroristas nacionales. Así es como los llamaba, señor Brock. Birch Fairmont dijo que usted y la Alianza por la Libertad del Imperio eran un claro ejemplo de terrorismo nacional. E iba camino de convertirse en miembro del Congreso de Estados Unidos, donde habría usado su poder para poner el foco sobre grupos como el suyo.

–Si me está pidiendo que diga que siento que Birch Fairmont fuera asesinado –dijo Brock–, no voy a hacerlo. Era un enemigo de la gente libre.

–Pero usted no lo mató.

–Yo no me dedico a convertir a mis enemigos en mártires. Eso sólo les da más poder.

–¿Sabe quién lo hizo?

–Supongo que fue alguien que quería que yo acabara en la cárcel. Consiguió su propósito y puso fin a la carrera política de un patriota como Chuck Warren. Está claro que teníamos un topo en la Alianza, alguien capaz de señalarnos ante las autoridades. Cuando no pudieron relacionarnos con los asesinatos, tuvieron que amañar los cargos por delito fiscal.

–Así que usted cree que la Alianza se convirtió en un objetivo deliberado. Que los usaron como chivo expiatorio.

Brock se encogió de hombros.

–Yo estoy aquí.

–¿Sigue siendo el líder de la Alianza por la Libertad del Imperio? –preguntó Cab.

–Aún tengo voz –contestó Brock en el mismo tono tranquilo y decidido que había empleado desde el principio–. Pueden encerrarme, pero no podrán silenciarme hasta que me pongan una pistola en la cabeza y aprieten el gatillo. No pueden cambiar la verdad de lo que digo. ¿Sabe que en menos de treinta años la raza fundadora de este país se convertirá en una minoría? La exogamia con los recién llegados acabará con nosotros. Esto ya no será América, será Hispánica.

–Entonces supongo que será mejor que me porte bien con mi novia –señaló Cab–. Es cubana.

Brock se tensó. Por primera vez Cab vio un destello de ira, como si la rabia hirviera bajo la piel de aquel hombre.

–Continúa bromeando –repuso Brock–. ¿Le parece divertido? Hay millones de personas que sienten lo mismo que nosotros. Tenemos aliados y seguidores en todas partes. Cada vez más y más personas escuchan nuestro mensaje. Trabajadores. Madres. Padres. Incluso agentes de policía, detective. Y vigilantes de prisiones.

Cab ignoró el ataque verbal. En lugar de responder, volvió a sostener en alto la fotografía del periódico.

–Se lo preguntaré de nuevo. ¿Quién ha enviado esto?

–No tengo ni idea.

–¿Corre Diane Fairmont algún peligro?

–Si es así, no puede culpar a nadie más que a sí misma. La gente que trata de dar un golpe de Estado corre el riesgo de acabar en la guillotina.

–¿Un golpe de Estado?

–Eso es lo que planea Common Way –repuso Brock–. De eso trata su campaña. Se ha dedicado a eliminar sistemáticamente todos los obstáculos que se interponían entre ella y el poder. Si no le parece una conspiración, entonces es usted un ingenuo.

–Ramona Cortes es la candidata del partido republicano. Fue ella quien encabezó el equipo de su defensa hace nueve años, ¿verdad?

–Así es. Los verdaderos americanos de todo el país aportaron el dinero para nuestra defensa. La señora Cortes era la mejor. Sin embargo, no importa quién te represente cuando el sistema está manipulado para condenarte.

–¿Sigue en contacto con Ramona?

–No.

–Pero comparte sus puntos de vista políticos –señaló Cab–. Si la elección fuera cosa de dos, si Diane no se presentara, Ramona sería la vencedora. Eso le gustaría.

Brock se puso en pie.

–Está perdiendo el tiempo. Estas elecciones no van sobre la Alianza ni sobre mí. Nosotros sólo somos peones. Igual que la última vez. Si no existiéramos, Common Way tendría que inventarnos.

–Una pregunta más –dijo Cab–. Si quisiera que Diane muriera, ¿podría organizarlo? ¿Podría hacerlo desde aquí?

Brock sonrió.

–¿Me creería si le digo que, si quisiera, podría asegurarme de que no saliera vivo de esta cárcel?

La amenaza sonó tan tranquila, tan indiferente y tan real que Cab sintió un escalofrío. Trató de responder con alguna ocurrencia, pero no lo consiguió.

–Le creo –admitió.

–¿Ve? Eso debería darle una pista –dijo Brock, disfrutando de la incomodidad de Cab.

–¿Acerca de qué?

–Si quisiera matar a Diane Fairmont, ya estaría muerta.

10

Empezaba a caer la tarde.

Peach y Annalie estaban sentadas en sendas sillas plegables en la playa de Honeymoon Island, conectada con la costa del golfo mediante una carretera elevada que partía de la población de Dunedin. Peach apoyó una pierna en una tercera silla. Se había torcido el tobillo con la caída, y lo llevaba envuelto en un vendaje compresivo que había comprado en Walgreens. Su otro pie estaba sumergido en las cálidas aguas. Le dolía todo el cuerpo y tenía rasguños en la cara y los brazos. Cada vez que se movía, la arena le raspaba la piel.

El teléfono de Annalie sonó con una canción de Gloria Stefan, «The Rhythm is Gonna Get You». Peach vio cómo Annalie comprobaba el nombre en la pantalla e ignoraba la llamada. No era la primera que no contestaba.

–¿No hay nadie esperándote? No tienes por qué quedarte conmigo.

–No he de ir a ninguna parte –repuso Annalie al tiempo que volvía a meterse el teléfono en el bolsillo. Llevaba un sombrero amarillo de ala ancha, que protegía su rostro del sol–. Me encantan las tardes de sábado en la playa, sobre todo cuando pensaba que me pasaría el día trabajando.

Brindó con Peach con una botella de cerveza caliente. Las lanchas surcaban las olas mar adentro. A su alrededor, la playa estaba concurrida y animada. Docenas de gaviotas esquivaban a los niños y hundían el pico entre la espuma. Los pelícanos rozaban la superficie del agua con sus alas perezosas. Estaban sentadas en las aguas tranquilas, cerca de una palmera arrancada de raíz y medio enterrada en la arena. Una brisa fresca mitigó un poco el calor, pero cuando Peach cerró los ojos, notó una sensación ardiente en el rostro.

–¿No crees que deberías llamar a la policía? –sugirió Annalie–. Si un tío va por ahí fingiendo ser poli, deberían saberlo.

–Dirían que está relacionado con Justin y las drogas –contestó Peach–. Y darían por sentado que yo estaba allí por lo mismo. Además, no puedo mezclar a la policía en ningún asunto sin antes hablar con Deacon o la señora Fairmont.

–Justin murió asesinado. Eso no guarda relación con la política.

–Todo guarda relación con la política.

Annalie meneó la cabeza.

–Bueno, allá tú. Pero ve con cuidado, ¿vale? Puedes identificar a ese tipo y él lo sabe. Quizá fuera él quien mató a Justin, ¿lo habías pensado?

–Sí, lo había pensado –reconoció Peach.

Lo había hecho, pero no creía que fuera cierto. No creía que el asesino se atreviera a regresar, no después de que la policía hubiera investigado ya la vida de Justin. Fuera quien fuese el tipo del apartamento, buscaba respuestas.

–Tú no crees que su muerte esté relacionada con un asunto de drogas, ¿verdad? –preguntó Annalie.

–No tengo ni idea.

–Ahora ocupo su puesto, Peach, tengo derecho a saber si corro algún peligro.

Annalie alargó el brazo y puso la mano sobre la muñeca de Peach.

–¿Sabes en qué trabajaba Justin antes de que lo mataran?

–No.

Annalie sintió un escalofrío a pesar del calor.

–Si te digo la verdad... Desenterrar toda esa porquería me pone de los nervios.

–Entonces ¿por qué aceptaste el trabajo?

–¿Por qué va ser? Necesito el dinero.

–Creía que tu padre trabajaba para un importante donante de la fundación.

–Y lo hace, pero no es rico. Además, yo pago mis facturas. Nunca me ha interesado la política, pero después de pasarme nueve meses sin trabajo me estaba quedando sin pasta. Así que mi padre hizo un par de llamadas.

–Supuse que tenías contactos en Washington –comentó Peach.

–¿Por qué ibas a pensar algo así?

Peach señaló las iniciales de la camiseta de Annalie, en la que habían aparecido ronchas de sudor fruto del calor vespertino. La mujer bajó la vista, como si hubiera olvidado que la llevaba puesta. Negó con la cabeza y sonrió.

–Nunca he estado en Washington. Me la regalaron –y añadió–: Oye, ya sé que para ti esto no es sólo un trabajo, es una causa. Lo entiendo.

–Así es –confirmó Peach.

–Deacon y tú debisteis de pasarlo muy mal hace diez años.

Peach contempló las translúcidas aguas turquesa. Las olas se levantaban y rompían en franjas blancas. Un velero asomaba como la aleta de un tiburón por la lejana línea del horizonte.

–Sí. Para él fue incluso más duro. De repente, Lyle no estaba y Deacon tuvo que hacerse cargo de mí. No se lo puse fácil.

–Parece que ahora os lleváis bien.

–Oh, sí. No podríamos ser más distintos, pero formamos un buen equipo. Y trabajar en el legado de Lyle nos sirve de ayuda. Common Way lo era todo para Lyle, hasta el punto de no tener tiempo para nosotros. Sobre todo en ese último verano.

–Lo siento.

–Las campañas son una locura. Ahora lo entiendo.

–¿Conoces bien a Diane Fairmont? –quiso saber Annalie.

Peach hundió una mano en la corriente y dejó que el agua cálida se derramara entre sus dedos.

–Apenas he estado con ella unas pocas veces. No suele pasarse por el ala de investigación de la fundación. Somos el desagradable secreto del que nadie quiere hablar.

–¿Desagradable?

–Hay quien lo piensa –dijo Peach.

Annalie se quedó callada. Una avioneta de motor chirriante sobrevoló la playa.

–¿Puedo preguntarte algo?

–¿Qué?

–Hace unos meses, el gobernador parecía invencible. Iba muy por delante de Ramona en las encuestas, pero entonces pillaron a su jefe de gabinete aceptando sobornos de contratistas y sus cifras se hundieron. Diane entró en campaña y los sobrepasó a ambos.

–¿Adónde quieres ir a parar?

–¿Es posible que Common Way estuviera involucrado en el asunto?

–¿Qué quieres decir? El gobernador es un corrupto y se rodea de gente corrupta.

–Es posible ser corrupto y que aun así te tiendan una trampa –observó Annalie.

–¿Qué estás diciendo? ¿Crees que tuve algo que ver con eso? Porque no es así.

–No he dicho que fueras tú, pero a veces esa clase de proyectos se llevan a cabo entre bastidores. Se contrata a otras personas para que se encarguen del trabajo sucio.

Peach abrió mucho los ojos.

–¿Justin? Te refieres a él, ¿verdad? Crees que Justin tuvo algo que ver con la trampa que le tendieron al jefe del gabinete.

–No lo sé. ¿Es posible?

–¡No!

–Y, sin embargo, tú sigues sin creer que su muerte esté relacionada con las drogas.

Peach se levantó tan deprisa que derribó la silla. El tobillo cedió bajo su peso y Annalie se puso en pie de un salto para evitar que cayera. Peach rechazó su ayuda. Comprendió que le había revelado mucho más de lo que pretendía. Annalie era buena. Y lista. Sabía mucho más sobre «inthum» de lo que dejaba entrever.

–Vamos –dijo Peach.

–Lo siento, tenía que preguntártelo. Necesito saber en qué me estoy metiendo.

Peach avanzó chapoteando hacia la franja de arena húmeda de la playa. Las gaviotas levantaron el vuelo.

–Te equivocas con respecto a Justin.

Annalie la agarró por el hombro para que se detuviera.

–Tal vez, pero eso no explica por qué fuiste a su apartamento. ¿Qué buscabas?

–Nada.

–No insultes mi inteligencia, Peach. Sé que no es verdad.

Annalie se metió la mano en el bolsillo.

–¿Buscabas esto? –le preguntó.

Sostenía en alto un libro encuadernado en tela verde deshilachada. Gran parte del repujado dorado de las letras de la cubierta se había desprendido. Era el libro de poemas de William Blake que Peach le había regalado a Justin. Creía que lo había perdido al caer desde la ventana del apartamento.

–Dame eso –dijo.

–Hay algo escrito –observó Annalie–. Hojeé el libro mientras estabas en la farmacia. «Y ellos la siguieron / hasta donde la visión llevaba / y vieron a su hijita durmiendo / entre los tigres feroces.» Son versos de un poema titulado «La niña encontrada». No es la letra de un hombre. ¿Es tuya? ¿Le regalaste tú este libro a Justin?

–¡Dame eso! –repitió Peach, y se lo arrancó de las manos.

–«La niña encontrada.» ¿Eres tú?

–No es asunto tuyo.

–Tú querías a Justin, ¿verdad?

–He dicho que no es asunto tuyo.

–¿Él te quería?

–¿Qué más te da? –preguntó Peach–. ¿Qué importa eso?

–Porque si él te quería, puede que te contara sus secretos.

–No lo hizo.

–¿Estás segura?

–No encontré nada en su apartamento –le espetó Peach, con un inconfundible tono de amargura.

–Justin escribió algo en el libro –dijo Annalie–. Está en la página del poema «El tigre». ¿Significa algo para ti?

Los dedos de Peach se cerraron sobre la encuadernación raída del libro.

–¿Qué escribió?

–Míralo tú misma.

Peach pasó las quebradizas hojas. Sabía con exactitud dónde estaba el poema. Lo encontró («¿Qué mano inmortal, qué ojo / osó idear tu terrible simetría?») y comprobó que Annalie no mentía. Alguien había escrito una única palabra en el margen. Justin. Era su letra. Imposible confundirla.

El mensaje tenía que dirigirse a ella. Aquél era su poema. Lo habían leído una y otra vez en la cama, con tanta emoción que las palabras parecían ocupar el lugar del sexo entre ellos. Cada verso estaba grabado a fuego en su memoria y seguía oyéndolo con la voz de Justin.

Él no habría escrito nada junto a aquel poema que no estuviera dirigido a ella. Había anotado una palabra, un nombre.

Pero no era el suyo.

En su lugar, Justin había escrito: «Alison».

11

Cab no podía apartar los ojos de Caprice.

Los apliques en forma de antorcha proyectaban sombras sobre su blanca piel. Llevaba un vestido negro sin mangas y sus torneados brazos terminaban en unas manos cuidadas con las uñas pintadas de un rojo vivo. Su melena castaña cubría los tirantes del vestido y se agitaba en suaves ondas sobre sus pechos. Las dos vueltas de una cadena de oro le rodeaban el cuello y entre los mechones de su pelo asomaban dos aretes también dorados. Sus labios, pintados de un rojo intenso, se curvaron en una sonrisa mientras él la contemplaba.

–¿Te gusta lo que ves? –preguntó.

–Sí.

–A mí también –dijo ella–. Ya te habrás percatado de que soy bastante directa.

–Lo había deducido.

–Eres alto y pareces una estrella de cine. La gente te ve y piensa: tiene que ser alguien importante. Me pone que me vean contigo.

–Yo estaba pensando lo mismo de ti.

Caprice no fingió modestia ante el cumplido. No parpadeó ni protestó: «¿Yo? ¿A mi edad?». En lugar de eso, dio un sorbo al costoso Albariño y contestó:

–Oh, ya sé que te pongo.

–¿Tan transparente soy? –preguntó Cab.

–Sí, lo eres, y además tu madre me llamó y me lo contó.

Caprice se rio.

–Un comentario muy seductor, ¿eh?

–De hecho, no es la primera vez que lo oigo –repuso Cab.

Ella volvió a reír. A Cab le gustaba su risa, segura e inteligente.

–Conociendo a Tarla, seguro que no. Es una fuerza de la naturaleza. ¿Ignoras sus consejos? ¿O eres uno de esos hijos que se quejan y se quejan y luego acaban haciendo lo que su madre quiere?

–Responderé a tu pregunta cuando lo tenga claro –respondió Cab.

Miró por encima de la barandilla de hierro hacia el comedor principal, que bajo aquella luz romántica parecía el patio de una villa española. Estaban en el entresuelo, una estrecha estancia en lo alto de una escalera embaldosada con una docena de mesas que daban discretamente a lo que se denominaba «sala Don Quijote». Las mesas estaban adornadas con ramos de flores. El diseño de los mosaicos le recordaba Andalucía. El Columbia de Ybor City era un local enorme, pero sus comedores privados conseguían transmitir una sensación de intimidad.

–¿Te gustan los pimientos del piquillo? –preguntó Caprice, antes de hundir el meñique en el queso manchego fundido y lamerlo.

–Excelentes.

–No puedo creer que nunca hayas estado en este local. Es una institución en Florida.

–Los camareros te conocen –comentó Cab–. ¿Aquí es a donde traes a todas tus conquistas?

Caprice ladeó la cabeza, como si se debatiera entre ser o no sincera.

–Vengo mucho. Ésta es mi mesa favorita.

Se encontraban al fondo del entresuelo, ocultos a la vista de los demás clientes.

–Igual que un gato –comentó él–. Con la espalda pegada a la pared.

–De hecho, es una mesa para espiar –dijo Caprice–. Puedo observar a la gente de abajo sin que ellos sepan que lo hago.

–No has contestado a mi pregunta –observó Cab–. ¿Traes aquí a todas tus conquistas?

Caprice se pasó una mano por el pelo.

–Casi siempre vengo con cabilderos y donantes para hablar de política. No tengo tiempo para romances. Sinceramente, debo vigilar con quién me ven. La política es un negocio público.

–Y, a pesar de eso, estás aquí conmigo –dijo Cab.

–No me importaría que me fotografiaran contigo. De hecho, no me importaría hacer muchas otras cosas contigo.

Caprice cogió una croqueta de cangrejo y añadió:

–No me malinterpretes. No busco una relación, pero me gusta tener a alguien a quien le siente bien el esmoquin y pueda acompañarme a ciertos actos. Y después, bueno...

–¿Amigos con derecho a roce?

–Ni siquiera tenemos que ser amigos, ya tengo muchos. A algunos hombres les parecería un acuerdo perfecto.

–Seguro que sí.

Caprice le cubrió una mano con la suya y se la acarició con el índice en un gesto provocativo.

–¿Te estoy abochornando? Ya te he dicho que soy muy directa. Por lo general, la mejor manera de conseguir lo que quieres es cogerlo, no pedirlo.

–¿Acaso me he quejado? –preguntó Cab.

–No, no lo has hecho. Bien.

Caprice dio un mordisco a la croqueta y se limpió las migas de tostada de los labios.

–Tarla dice que huyes de las relaciones como de la peste.

–También diría que huyo de ella como de la peste, y probablemente esté en lo cierto. Tener una madre rica, guapa y famosa que desea controlar tu vida no es una bendición, como podrías pensar.

–Estoy segura.

–Es probable que mi novia también diga que huyo de ella –añadió Cab.

Caprice dejó su mano donde estaba.

–Ah.

–Es cubana. Agente de policía. Tarla no lo aprueba.

–Imagino que es hermosa.

–Lo es.

–Bien, entonces ¿por qué estás aquí flirteando conmigo? –quiso saber Caprice.

–Porque, por lo visto, Lala y yo no somos capaces de hacer que las cosas funcionen. Asumo gran parte de la culpa, aunque Tarla y ella tampoco son del todo inocentes. Y, para ser honesto, te encuentro muy atractiva, lo que hace difícil negarse.

–Entonces di que sí.

–Me lo estoy pasando bien –comentó Cab–. De momento, dejémoslo ahí.

–Me parece justo.

Cab se retrepó en la silla. Desde algún lugar del restaurante le llegaba el ritmo de la música flamenca y el sonido de unas castañuelas. El olor de los mejillones y el chorizo flotaba sobre la mesa.

–Me sorprende que no haya ningún hombre en tu vida.

–Mi carrera es mi vida –repuso ella.

–¿Es muy solitaria?

–No para una mujer decidida como yo. Después de Lyle, no he mantenido ninguna relación seria.

–Lo siento.

Caprice pasó una uña por el borde de su copa de vino. La expresión de sus ojos era pensativa.

–¿Puedo serte sincera? En realidad, Lyle y yo nunca fuimos almas gemelas en un sentido romántico. Compartíamos valores políticos y nos unía la ambición. Era una relación basada en intereses comunes. Lo cual no quiere decir que no lo amara. Supongo que debe de sonar fatal, después de lo que ocurrió.

–No. Erais muy jóvenes.

–Lo éramos. Lyle también era muy rígido. Inflexible. Eso dificultaba las cosas. Es curioso, porque nuestro objetivo como tercer partido se centra en no permitir que la ideología se convierta en enemiga del bien común. Aunque no le culpo, claro está. Tenía muchas responsabilidades; intentaba ser un padre para sus hermanos menores, y eso era muy duro. El caso es que me juré a mí misma que nunca volvería a mantener esa clase de relación y, cuando creamos la fundación, tampoco busqué la ocasión. Estaba demasiado ocupada salvando el mundo, supongo.

–¿Casada con la causa? –preguntó Cab.

–Algo así.

Caprice estudió su expresión y añadió:

–Lo sé. Tú no crees en las causas.

–La causa de un hombre es la obsesión de otro. La Alianza por la Libertad del Imperio también es una causa.

–En aras del mal, no del bien.

–¿Y quién decide qué lo es? –preguntó Cab.

Caprice le guiñó un ojo.

–Yo.

–¿Crees que viviríamos mejor bajo una dictadura benevolente? ¿Que hay que dar a la gente lo que necesita, sin importar lo que quiera?

–Tal vez. Se me ocurren peores opciones que nosotros para derrocar el gobierno, pero antes prefiero intentarlo con un tercer partido. Un partido en el que «compromiso» y «sentido común» no sean palabras huecas. Un partido que no busque soluciones absolutas.

En lugar de discutir, Cab se metió en la boca una gamba con ajo y chile. Caprice estaba en lo cierto: él no creía en las causas. En el momento en que alguien creía de verdad en algo, podía inventar excusas para todo. El fin siempre justificaba los medios. Entre Diane Fairmont y Hamilton Brock no había tantas diferencias.

–Hablando de la Alianza por la Libertad del Imperio... –dijo Cab.

–Ah, es verdad, tu visita a la cárcel. Y también has hablado con Chuck Warren. ¿Cómo ha ido?

–Más o menos como tú esperabas.

–¿Crees que Hamilton Brock está detrás de las amenazas a Diane?

–Me ha dicho que si deseara acabar con Diane, ya estaría muerta. Puede que sea cierto, pero eso no significa que Brock no sepa o no sospeche quién está haciendo esto. Respecto a Chuck Warren, cree que las amenazas son sólo una estratagema política.

Caprice ladeó la cabeza.

–¿Que nos lo hemos inventado para que la gente se solidarice con Diane?

–Sí.

–¿Y tú qué crees?

–Doy por hecho que la amenaza es real hasta que consiga demostrar lo contrario. Eso no significa que no tenga mis dudas. Si descubro que tu gente y tú estáis jugando conmigo, no vacilaré en hacerlo público.

–No esperaba menos –dijo Caprice, y añadió–: Bueno, ¿y cuál es tu siguiente paso?

Cab metió la mano en el bolsillo de su chaqueta, donde guardaba la copia del artículo con la amenaza garabateada sobre la fotografía. Desdobló la hoja y le señaló a Caprice el nombre del autor.

–Rufus Twill. Era un reportero de Orlando. Hace algunos años, unos tipos de la Alianza estuvieron a punto de dejarlo en una silla de ruedas. Sospecho que sigue vigilándolos de cerca.

Caprice frunció el ceño.

–No me gusta la idea de involucrar a los medios.

Cab no pudo reprimir el pensamiento que cruzó su mente: «¿O es justamente eso lo que quieres?». Prensa. Informativos. Titulares. Se preguntó si él era una marioneta y Caprice una atractiva titiritera que le llevaba exactamente adonde ella quería que fuera. Volvió a meterse el artículo en el bolsillo sin contestar.

–Hay algo más –dijo–. Tengo que hablar con Diane.

–¿Es necesario? Está muy ocupada con la campaña y yo no controlo su agenda. No sé cómo podría ayudarte Diane.

–Yo tampoco, hasta que hable con ella.

Caprice frunció los labios.

–El caso es que no le he contado que iba a pedirte que investigaras el asunto. Diane no cree que la amenaza sea real. No quiere que parezca que explota la tragedia ocurrida hace diez años.

–Bueno, sea real o no, necesito que me conciertes una cita –insistió Cab–. Me bastará con quince minutos.

–¿Qué esperas averiguar?

–Ella estaba allí cuando mataron a Birch. Tal vez recuerde algo que me oriente en la dirección correcta.

–Diane no hablará de los asesinatos –repuso Caprice–. No concede entrevistas sobre ese tema.

El rostro de Diane se apareció en su mente. Cab vio sus ojos al otro lado del jardín y la mirada que habían intercambiado la tarde anterior. Una mirada en la que se mezclaban el recuerdo, la culpa y el deseo. Recordó a la Diane de diez años atrás, con los ojos cerrados y una mueca de placer en los labios, su cuerpo debajo del de él.

–Conmigo hablará –dijo Cab.

Fuera del Columbia, un lujoso sedán negro se detuvo junto al bordillo para recoger a Caprice. La calle estaba abarrotada. El conductor, fornido como un guardaespaldas, salió y le abrió la puerta trasera. Caprice se balanceó con elegancia sobre las puntas de sus zapatos para besar a Cab en la mejilla, y le susurró al oído:

–¿Te gustaría acompañarme a casa?

–Es muy tentador –contestó él–, pero no puedo.

Caprice echó un vistazo a la calle. Él pensó que buscaba fotógrafos. Gente que los mirara. Smartphones que los espiaran. Luego ella le rodeó el cuello con sus cálidos dedos, él se agachó y se besaron. La lengua de ella se deslizó entre sus labios. Sus uñas estaban lo bastante afiladas para marcarle la piel.

–Sólo para que sepas lo que te pierdes –dijo Caprice.

A continuación, se metió en la limusina y el chófer cerró la puerta. El vehículo se alejó y Cab, sin haber recuperado del todo el aliento y con el sabor del pintalabios aún en la boca, esquivó el tráfico mientras cruzaba la calle. Su Corvette rojo estaba aparcado junto a un parquímetro, frente a una tienda de ladrillo en la que se vendían baldosas pintadas a mano. La capota estaba subida. Abrió la portezuela e introdujo sus zancudas piernas en el interior.

Fue entonces cuando se dio cuenta de que no estaba solo.

Lala Mosqueda estaba sentada en el asiento del acompañante.

–¿Te acuestas con ella? –le preguntó Lala.

Cab jugueteó con las llaves.

–Yo también me alegro de verte –dijo.

–Llevaba un tiempo preguntándome hasta qué punto te tomabas en serio nuestra relación. Supongo que ahora ya tengo la respuesta –sentenció Lala antes de abrir la puerta del coche.

–Espera.

Cab alargó el brazo para cogerla de la mano.

Ella se volvió hacia él y se sentó de nuevo en silencio. Sus ojos oscuros estaban en llamas. La brisa le había enmarañado su cabello color café, que ahora parecía una red tendida sobre su rostro dorado. Iba vestida de negro, lo cual la hacía casi invisible.

–No me acuesto con ella –dijo Cab.

–¿Por qué no? He visto el rubor en sus mejillas; te desea. Te echaría un polvo de la hostia.

–¿Quieres jugar? Bien, la llamaré ahora mismo. Lo curioso es que ella me devolverá la llamada. Últimamente no me pasa muy a menudo.

Los labios de Lala se curvaron en una mueca de desagrado.

–Me han asignado un nuevo trabajo, lo sabes. Estoy ocupada.

–Entonces ¿por qué estás aquí? ¿Cómo me has encontrado?

–Te has registrado en Facebook –explicó Lala.

Él sonrió.

–Es verdad. Maldito Zuckerberg.

–Imaginé que era una invitación. O una burla.

–Podría ser –repuso Cab.

–Entonces ¿qué? ¿Querías restregarme que te ves con otra?

–No me veo con nadie. Ni siquiera contigo, por lo visto.

Se quedaron sentados en silencio, enfadados. Lo hacían a menudo. Cuando estaban juntos siempre había tensión entre ellos, lo cual estaba bien en la cama y mal cuando se dedicaban a arrojarse su resentimiento el uno al otro. En cierto sentido, las cosas resultaban más sencillas cuando estaban separados. En primavera, mientras Cab se encargaba de una investigación por asesinato en Door County, no podía dejar de pensar en ella. Su anhelo mutuo era palpable cada vez que hablaban. Entonces, de regreso a Naples, habían recuperado su patrón de conducta habitual: buscarse y luego apartar al otro.

Tarla no era de mucha ayuda. Tarla, con sus comentarios mordaces, intentando abrir una brecha entre ellos. Su madre fingía ser toda inocencia, pero no le gustaba Lala y a Lala no le gustaba ella.

Cab percibía la tensión. Por muy enfadados que estuvieran, se deseaban. Casi podía sentir sus pechos en el hueco de sus palmas y oírla pedirle que la tomara. Si se inclinaba hacia ella, se besarían y luego irían a alguna parte a hacer el amor y, minutos después, volverían a enarbolar el hacha. Se preguntó qué era lo que había entre ellos, porque no se trataba sólo de algo físico. Conocía su cuerpo tan íntimamente como había conocido a cualquier mujer; hacía mucho tiempo que había memorizado todas las pequeñas imperfecciones que la hacían tan perfecta. La marca de nacimiento en la cara interna del muslo. Los huesos protuberantes de sus rodillas, sensibles a las cosquillas. Las ojeras bajo sus ojos cuando no descansaba, ocultas bajo el maquillaje. Era hermosa, pero no de un modo hollywoodiense como Tarla. Era real. Tenía un trabajo real. Tenía familiares a los que quería y otros a los que detestaba. Se preocupaba por cosas reales: el dinero, los hijos, las tormentas, la muerte. Estar a su lado hacía que Cab también se sintiera real.

–¿Cómo está Tarla? –preguntó Lala, yendo directa al grano.

–Tarla es Tarla. Nunca cambiará.

–¿Sigue haciendo comentarios sarcásticos sobre mí?

–Sí.

–¿Vas a contarme lo que ha dicho?

–No. Le dije que lo dejara correr, pero no lo hizo. Ambos lo sabemos.

–Sin duda –convino Lala.

–¿Por eso no me has devuelto las llamadas? ¿Porque estaba con ella?

–En parte. Aunque no había caído en que un fin de semana con tu madre incluía besos de tornillo con una morena de piernas largas. –Y añadió–: Deja que lo adivine. Tarla te ha organizado una cita con ella.

–Sí –admitió Cab.

–Qué sorpresa. ¿Quién es?

–Se llama Caprice Dean.

Lala volvió la cabeza con brusquedad.

–¿Me tomas el pelo? ¿De la fundación Common Way?

–¿La conoces?

–Trabaja con Diane Fairmont, ¿no?

Cab asintió.

–Diane es la mejor amiga de Tarla. Ya te lo había contado.

–Bueno, ahora te mueves en círculos poderosos, Cab. Supongo que ése es el lugar al que perteneces.

–Caprice me pidió que hiciera un trabajo. No es nada personal. No negaré que es atractiva y que podría tener algo con ella si quisiera. Tampoco negaré que estoy cabreado de cojones después de que te hayas pasado semanas ignorándome.

–¿Qué trabajo es ése? –quiso saber Lala.

–Alguien podría querer atentar contra Diane. Es posible que esté relacionado con lo que le sucedió a su marido hace diez años. El FBI y la policía lo están investigando, pero Caprice quería a alguien que trabajara para ella.

–O debajo de ella –apostilló Lala.

–Muy graciosa.

–Los federales tienen los recursos necesarios para un caso como éste. Tú no.

Cab se encogió de hombros.
–Cierto, pero no es tan sencillo.
–Por tu madre.
–Exacto. Como ya te he dicho, Diane y ella son amigas.
–Diane opta al cargo de gobernadora. No tienes ni idea de en qué te estás metiendo. Esto es un avispero, Cab.
–Tal vez tengas razón –admitió él.
Lala volvió a abrir la puerta.
–Ha sido un error venir hasta aquí. Siento haberte tendido una emboscada.
–¿Por qué lo has hecho?
Cab sintió los ojos oscuros de ella sobre él. Vio sus labios turgentes y sintió la urgencia de besarlos. La echaba de menos y se sentía como un imbécil.
–Porque creo que entre tú y yo hay algo que merece la pena salvar –dijo ella.
–Yo también.
–Entonces, y lo subrayo para que no se te escape, te sugiero que no te acuestes con Caprice Dean.
Él decidió no picar el anzuelo.
–¿Cuándo volveré a verte? –preguntó.
–No lo sé.
–Estupendo.
–No intento evitarte. Tengo una misión que me mantiene alejada de Naples. Ya lo sabes.
–Bueno, tienes mi número –dijo Cab–, así que llámame, bombón.
Lala no pudo evitarlo y se echó a reír. Salió del Corvette con movimientos felinos. La ropa negra le sentaba como una segunda piel. Cuando se inclinó hacia Cab, su rostro adoptó de nuevo una expresión seria.
–¿Tarla sabe lo tuyo con Diane? ¿Lo que pasó entre vosotros?
–Sólo si Diane se lo ha contado –contestó Cab.
–¿Te supone algún problema?

–Hasta ahora no, pero todavía no he visto a Diane.

–Antes hablaba en serio, Cab: ten cuidado. Esto podría superar incluso a alguien como tú.

–Agradezco el consejo.

–No, no lo haces.

Lala cerró la puerta y desapareció.

12

Peach estaba sentada en la oscuridad. Era pasada la medianoche. No le gustaba el aire acondicionado, y en la casa hacía calor y había humedad. Llevaba una camiseta de tirantes y unos calzoncillos anchos de Deacon que había cogido del cesto de la ropa limpia. Tenía los pies apoyados sobre la polvorienta mesita de la sala y notaba palpitaciones en el tobillo vendado. Sexpot le hacía compañía. Sexpot tenía unos pezones duros sobre unos pechos descomunales, un brazo levantado por detrás de la cabeza y unos abdominales fabulosos. Por lo general, permanecía en el dormitorio de Peach vestida con un picardías y una peluca de pelo largo y rubio.

Su afición por los maniquís era algo extraño. Peach lo sabía, pero no le importaba. Había gente que coleccionaba animales disecados. Había gente que vestía a sus Barbies. A ella le gustaba estar rodeada de aquellas mujeres de plástico, pizarras en blanco sobre las que podía diseñar nuevas identidades. Eran sus álter ego.

Justin sobre sus maniquís: «No estoy seguro de gustarles. Creo que les preocupa que les robe tu compañía».

Unos faros brillaron a través de los ventanales y Peach oyó el ronroneo del motor del Mercedes. Deacon había llegado a casa. Escuchó sus pasos y luego el tintineo de las llaves en la puerta. Traía consigo un olor a sudor: había estado en el gimnasio, abierto las veinticuatro horas. Peach guardó silencio, oculta entre las sombras de la salita. Su hermano cruzó el recibidor en dirección a su cuarto, situado en la parte de atrás de la casa, y, al cabo de un par de minutos, ella oyó el potente estallido de las tuberías mientras él se duchaba. Los baños de la casa eran antiguos y el agua salía de los grifos manchada de óxido.

Estaban solos. Peach y Deacon. Mantenían la típica relación de dos hermanos que estaban unidos y al mismo tiempo no lo estaban, que eran completamente distintos y al mismo tiempo iguales. Vivían juntos, trabajaban juntos, pasaban tiempo juntos. Aun así, él era seis años mayor y, cuando estaba con él, Peach todavía se sentía como una niña. Él nunca había intentado comportarse como un padre con ella, sólo como un hermano mayor con vida propia. Al contrario que Lyle. Cuando sus padres murieron, Lyle había asumido el papel de cabeza de familia, como si fuera su obligación. Eso le cambió. Era extraño lo rápido que había envejecido durante aquellos años. Perdió el pelo. Su voz se tornó más grave. Él se convirtió en un hombre serio y estricto.

Peach idolatraba a Lyle, pero eso se debía al brillo borroso de la memoria. No era perfecto. A menudo se había mostrado duro o crítico con sus hermanos. Podía ser negligente, sobre todo durante el último año, cuando la política lo mantenía constantemente alejado. En aquel entonces su prioridad era Common Way, no ella. Recordaba un fin de semana que pasaron en Tampa, aquel último mes de agosto. Lyle había llevado a Deacon y Peach con él, pero en lugar de divertirse en la ciudad, había llenado su agenda de reuniones y actos para recaudar fondos, noche y día, dejándolos solos. Entonces, para empeorar aún más las cosas, Peach había contraído una neumonía que la había dejado postrada, con tos y febril. En lugar de velar por su hermana, Lyle pareció culparla de haber enfermado, como si Peach lo hubiera provocado con el fin de importunarlo. Aunque Deacon prefería quedarse en Tampa, Lyle había insistido en que Deacon condujera de vuelta a Lake Wales con ella, y aquello había provocado una gran discusión. Entonces Deacon golpeó un ciervo en la carretera y abolló el preciado Mercedes nuevo de Lyle. Otra gran pelea. Peach, enferma y delirante, nunca olvidó los insultos que volaron por casa durante días.

Disgustada, pensó que ésos eran algunos de los últimos recuerdos que conservaba de Lyle.

El agua dejó de correr. Poco después, Deacon encendió la luz y se quedó de pie en la puerta de la sala, con una toalla gastada envuelta alrededor de su musculoso cuerpo. Peach parpadeó y miró a su hermano.

–Enana –dijo en tono de sorpresa–. No sabía que aún estuvieras despierta.

–No podía dormir.

Él se sentó en el viejo sofá, a su lado. Peach notaba el calor que emanaba de su piel; su pelo, pelirrojo y ondulado, estaba húmedo.

–¿Qué hace Sexpot aquí? –preguntó Deacon.

–Oh, ya la conoces. Le gusta moverse.

Deacon se rio.

–¿Has conseguido algo hoy en la convención?

–La verdad es que no he ido. Estuve con Annalie, la chica nueva, en la playa.

–Me alegro por ti. ¿Cómo te has hecho eso? –preguntó señalando el tobillo vendado.

–Di un mal paso en la arena. No es nada, estoy bien.

Por un momento, se planteó contarle que había visitado el apartamento de Justin –y que un desconocido que fingía ser un detective de la policía de Saint Petersburg la había atacado–, pero sabía que se pondría hecho una furia. Era en extremo sobreprotector con ella, al igual que Lyle, y no le gustaría la idea de que anduviera husmeando acerca del asesinato de Justin.

¿Era eso lo que estaba haciendo? Aún no lo había admitido ni siquiera ante sí misma, pero así era. No creía que la muerte de Justin tuviera nada que ver con un asunto de drogas. Él le había ocultado algo y, fuera lo que fuese, había provocado su muerte. Pensó en Annalie. «A veces esa clase de proyectos se llevan a cabo entre bastidores. Se contrata a otras pesonas para que se encarguen del trabajo sucio.»

–¿Puedo preguntarte algo? –dijo.

–Claro.

–¿Sabes en qué estaba trabajando Justin antes de que lo mataran?

Deacon negó con la cabeza.

–No. Ogden lo tuvo prácticamente secuestrado durante esas últimas semanas.

–¿Ogden?

–Bueno, eso es lo que parecía. Le vi muchas veces en su despacho. Ya sabes cómo trabaja Ogden: nos mantiene a todos compartimentados y así puede evitar que le echen la culpa si algo sale mal. ¿Por qué? ¿Qué pasa?

Peach se encogió de hombros.

–No es nada –mintió–. Annalie se preguntaba si tendría que continuar investigando alguno de los proyectos de Justin.

Él vaciló, como si estuviera sopesando si debía creer o no sus palabras. Luego le dio una palmada en la pierna.

–De acuerdo. Me voy a la cama.

Deacon se puso en pie y se apretó el nudo de la toalla.

–¿Te importa si me llevo a Sexpot a mi cuarto? Me gusta que me mire.

–¡Puaj! –exclamó Peach.

Su hermano se rio.

–Era broma. Duerme un poco.

–Lo haré. Oye, Deacon...

–¿Qué?

–¿Conoces a alguna mujer llamada Alison?

Él apretó los labios y pensó en ello.

–¿Alison? Creo que no. ¿Quién es?

–Sólo un nombre que Justin mencionó.

–Bueno, hay una Alison Kuipers en la firma de abogados que trabaja para la señora Fairmont. Da su aprobación a ciertos aspectos legales acerca de las investigaciones que realizamos.

–Así que, si a Justin le preocupaba algo, ¿crees que la habría llamado?

–Sí, es posible.

–Gracias –dijo Peach–. No es nada importante, sólo curiosidad.

Deacon le revolvió el pelo, cosa que sabía que ella odiaba.

–Acuéstate, enana. Es tarde.

–Enseguida.

Peach esperó mientras Deacon volvía a su habitación y apagaba la luz, dejándola a oscuras. El tenue fulgor de una farola hacía brillar el cuerpo blanco de Sexpot. Peach se preguntó cómo sería estar vacía por dentro y vestirse para que la gente viera lo que quería ver.

Tal vez ella fuera así.

Esperó media hora sin moverse. Era más de la una de la madrugada. Entonces, ignorando las protestas de su tobillo, se puso en pie y avanzó cojeando hasta la puerta principal. Sin hacer el menor ruido, Peach se escurrió fuera de la casa y pasó junto a la valla combada y los carteles donde se leía «Prohibido pasar» y «Cuidado con los perros». Cruzó la húmeda neblina que invadía la calle y se deslizó junto a la valla del Seminole Park. Bajo sus pies, el suelo estaba empapado. Cuando llegó a la puerta, se escurrió hacia los bosques infestados de bichos y manoteó para apartar los insectos que revoloteaban alrededor de su cara. La rodeaban como un enjambre, como si trataran de mantenerla alejada de aquel lugar.

Peach corrió hacia su Thunderbird.

Sabía que ya no había marcha atrás. La suerte estaba echada.

El monitor del escritorio de Peach proyectaba un rectángulo de luz blanca. A su alrededor, la oficina de investigación estaba a oscuras. No había encendido los fluorescentes del techo ni había aparcado el T-Bird en la plaza habitual, la número 52, frente al mural de Tampa, sino frente a un edificio de apartamentos a dos manzanas de distancia que no se veía desde la puerta de la oficina.

No quería que nadie supiera de su visita nocturna, aunque era consciente de que estaba dejando huellas electrónicas. Era un riesgo que debía asumir. Si alguien echaba un vistazo, sabría que había usado su tarjeta de empleada para entrar en el edificio a la 01.52 de la madrugada. Si alguien echaba un vistazo, sabría que había accedido a la cuenta inactiva del ordenador de Justin Kiel a la 01.57.

Conocía su contraseña. Esperaba que nadie hubiera pensado en desactivar la cuenta, y cuando tecleó «Tigre1927» fue como si Justin no hubiera muerto. Sus archivos seguían allí. Su cuenta de correo electrónico seguía allí. Supuso que la policía los había revisado después del asesinato, pero buscaban pruebas relacionadas con drogas, proveedores y clientes. Peach sabía que no iban a encontrar nada al respecto.

Realizó una búsqueda en sus archivos. «Alison.»

Realizó una búsqueda en su cuenta de correo. «Alison.»

Ninguna de las dos arrojó resultados. Volvió a intentarlo con el apellido que le había dado Deacon, Kuipers, y tampoco halló ninguna coincidencia. Si Justin se había puesto en contacto con la abogada, no lo había hecho a través de su cuenta de correo. Peach lo conocía bien. Justin no habría dejado un registro digital.

Sus correos la entristecieron. Muchos de ellos estaban dirigidos a ella. Mientras se desplazaba por la carpeta de mensajes enviados, se descubrió sonriendo. Llorando. Justin le escribía acerca del trabajo. Sobre música y poesía. Le escribía para compartir sus reflexiones filosóficas sobre el mundo. Le escribía cada día, y de repente la comunicación se cortaba. En aquella última semana, había desaparecido del radar. Mientras revisaba su cuenta, se fijó en que el último mensaje enviado databa de una semana antes de que lo mataran. Durante esos últimos días no había estado en la oficina.

No obstante, Peach examinó todas las carpetas de su correo y vio dos borradores. Sin enviar. Al abrir la carpeta, comprobó que ambos se habían escrito la noche antes de su muerte y, por alguna razón, los había dejado allí. Se preguntó desde dónde los habría escrito, porque esa noche no había estado en la oficina. Ella sí había estado, sola.

El primer mensaje era para ella e incluía un archivo adjunto. Peach contuvo la respiración mientras abría el borrador, preguntándose qué encontraría. Esperaba algo profundo, algo secreto que sólo ella fuera capaz de interpretar.

En lugar de eso, el mensaje tan sólo decía: «¡Qué sitio más guay!».

El archivo adjunto era una fotografía en formato jpeg tomada con el teléfono de Peach. Se vio a sí misma. Justin le había hecho una foto delante del Crab Shack, un restaurante de Gandy Road. Habían estado allí varios meses atrás y se habían pasado horas bebiendo cerveza y comiendo cangrejos azules servidos al estilo de Chesapeake, rompiendo los caparazones y devorando la carne de aquellos cuerpecitos. Era un recuerdo feliz. En la imagen se la veía despreocupada, con una gran sonrisa dibujada en el rostro y una expresión divertida. Señalaba con el pulgar por encima del hombro hacia el restaruante, un local con el techo de zinc en cuyo exterior se amontonaban objetos de decoración de curioso gusto. Una tabla de surf Landshark. Una langosta de neón en la ventana. Bidones de cerveza y cangrejos metálicos.

Peach examinó la foto y, cuando el brillo del recuerdo se desvaneció, volvió a mirarla y pensó: «Hay algo que no encaja».

Había algo allí, algo extraño, pero cuanto más la miraba, menos confiaba en su instinto. Era sólo una vieja foto. La había visto antes. Nada del otro mundo. Y entonces pensó: «¿Por qué me la mandaría Justin de nuevo? ¿Por qué esa foto? ¿Por qué esa noche entre todas las noches?».

Se quedó sentada en la oscuridad, pero no halló las respuestas. Pulsó «Enviar» y, al cabo de un instante, el correo llegó a la cuenta de su teléfono con un pitido.

Peach abrió el segundo mensaje no enviado. Iba dirigido a Ogden Bush y sólo se leía: «Tengo que verte».

Justin trataba de encontrarse con Bush la noche antes de que lo mataran, pero no llegó a enviar el mensaje. Justin y Bush tenían algún secreto entre manos. Era lo que Deacon había sospechado: «Ogden lo tenía prácticamente secuestrado».

Peach salió de la cuenta de correo y apagó el monitor. La oficina estaba a oscuras, así que cogió la linterna del cajón de su escritorio. Abandonó el cubículo siguiendo el haz de luz y avanzó junto al muro de atrás hasta el despacho de Bush. La puerta estaba cerrada con llave, pero no importaba. Aquél había sido el despacho de Deacon hasta que Bush lo había relegado a una mesa más pequeña durante la campaña. Peach seguía conservando la llave.

El despacho olía a Ogden Bush, a su perfume intenso y caro. Paseó el haz de luz por la estancia. A pesar de que llevaba poco tiempo trabajando allí, Bush había llenado el despacho de objetos personales. Fotos de él mismo con políticos demócratas y estrellas del *hip-hop* de Miami. Titulares de campañas exitosas y de escándalos que habían sepultado a sus oponentes. Placas de organizaciones benéficas de Florida. Trofeos universitarios de tenis. Su enorme ego y sus contactos de alto nivel le acompañaban allá adonde iba.

Peach distinguió el armario archivador detrás del escritorio. Con ayuda de la linterna, abrió y revisó rápidamente los cajones de la mesa. Supuso que Bush guardaba una llave de repuesto en el despacho, y no se equivocaba: debajo del cajón inferior, había una llave plateada pegada con cinta.

Abrió el archivador. El cajón superior estaba atestado de carpetas, en apariencia sin orden ni concierto. Las revisó todas, pero en su mayoría eran historiales relacionados con maniobras políticas y databan de varios años atrás. En una de las carpetas había una etiqueta con el nombre de Chuck Warren. Otra, justo detrás, llevaba el nombre de Birch Fairmont. Sintió la tentación de echar un vistazo, pero por el momento decidió ignorarlas y pasó al segundo cajón.

La carpeta que buscaba era la primera, como si alguien la hubiera repasado y colocado allí hacía poco. «Justin Kiel» era el nombre que aparecía escrito en la etiqueta. Peach trató de sacar el informe de Justin de entre las apretadas carpetas del cajón, pero, antes de que tuviera tiempo de hacerlo, oyó un ruido amortiguado que rompió el silencio sepulcral de la oficina: al otro extremo del edificio, alguien acababa de abrir la puerta.

Alguien acababa de entrar en la oficina.

Peach cerró el cajón de inmediato, apagó la linterna y caminó a tientas hasta la puerta del despacho de Bush. La cerró a su espalda y se deslizó hasta el primer cubículo abierto, se lanzó dentro y se acurrucó junto a la pared. Por encima de su cabeza, los fluorescentes del techo cobraron vida, bañando la estancia en una luz brillante e intensa. Oyó pasos y un silbido. Alguien avanzó por el pasillo y pasó junto al cubículo donde estaba escondida, y Peach reconoció enseguida el aroma que había percibido un momento antes.

Perfume masculino.

Ogden Bush estaba en la oficina, en plena noche.

Lo oyó caminar hasta la puerta de su despacho. Las llaves tintinearon en su mano. Metió la llave en la cerradura, pero entonces Peach oyó algo que la hizo contener el aliento. La puerta se había abierto sin que Bush hiciera girar la llave. No la había cerrado al salir.

El tintineo cesó a la vez que el silbido.

Bush desanduvo el camino. Peach notaba su proximidad. Estaba tan cerca que podía oír el ritmo pausado de su respiración.

–¿Hola? –dijo él en tono tranquilo y suspicaz.

Peach esperó y permaneció inmóvil como uno de sus maniquís.

–¿Hay alguien ahí? –preguntó Bush.

El hombre aguzó el oído y dejó pasar un minuto. Y luego otro. Peach se retorció, incómoda en el angosto espacio junto a la pared del cubículo. Un acuciante deseo de orinar la obligó a apretar las rodillas con fuerza. Por fin, Bush dio media vuelta y Peach lo oyó entrar en su despacho y cerrar la puerta a su espalda. Decidió tentar a la suerte y huir, pero mientras se arrastraba hacia la abertura del cubículo después de descruzar las piernas, oyó cómo la puerta volvía a abrirse. No tenía tiempo de esconderse. Si Bush se detenía, si echaba un vistazo dentro del cubículo, la vería.

Bush pasó junto a ella. Tranquilo, seguro. Balanceaba su cartera en la mano y avanzó por el pasillo sin mirar a los lados. Volvía a silbar. Peach lo vio mover la cabeza al ritmo de la melodía que salía de sus labios. Su traje parecía tan opulento como la seda y sus zapatos brillaban como un espejo. Al cabo de un momento, las luces se apagaron de nuevo y Peach se quedó sola, abrazada a sus rodillas y contemplando la nada.

Le concedió diez minutos para asegurarse de que se había marchado. Sabía que debía salir de allí enseguida, pero antes, revisó el despacho de Bush una última vez. Abrió la puerta. Abrió el archivador. Abrió el cajón.

La carpeta de Justin había desaparecido.

Bush se la había llevado.

13

Tras un largo y lento trayecto en coche desde el golfo, Cab aparcó su Corvette en el camino de grava que llevaba hasta un bungaló blanco a orillas del lago Hamilton, en el centro del estado, y salió del fresco interior del coche deportivo al calor vespertino. La temperatura superaba los treinta grados y, sobre el lago, el cielo azul celeste lucía sin nubes. Era sábado uno de julio y, si los meteorólogos acertaban en sus predicciones, *Chayla* alcanzaría el centro de Florida el Día de la Independencia y lo arrasaría con vientos de más de cien kilómetros por hora. En aquel momento, la tormenta, como una Vía Láctea que avanzaba centímetro a centímetro por el Caribe, parecía muy lejana.

Cab vestía un traje azul marino y unas gafas de sol Gucci con montura color Burdeos. Se había cepillado los zapatos de cuero esa misma mañana y, aunque sabía que el brillo no duraría más de un día, a Cab le gustaba llevarlos bien lustrados. De pie bajo el sol ardiente, con las manos en los bolsillos, notó que el sudor perlaba su piel como el glaseado que se extendía sobre las chuletas de Saint Louis.

La casa en que vivía Rufus Twill era vieja y estaba descuidada. El musgo negro caía de los árboles y formaba montones marrones que se descomponían sobre el tejado. El revestimiento metálico estaba cubierto por una capa de mugre, y de las macetas de arcilla colgadas del canalón se desprendían flores muertas. Twill, empleado durante veinte años como reportero en un periódico de Orlando, sobrevivía ahora gracias a una pensión por discapacidad. Vivía solo. Nunca se había casado.

Cab llamó al timbre, se quitó las gafas de sol y echó un vistazo a través de la ventana ovalada de la puerta de entrada, pintada de rojo. Vio una pequeña sala y, al fondo, las ventanas del patio que daban al lago, pero dentro no había nadie. Se dirigió a la parte de atrás, donde un extenso terreno de césped descuidado poblado de malas hierbas descendía hacia el agua. Al final del desvencijado embarcadero, atado a uno de los amarres, se mecía un hidrodeslizador nuevo y de colores brillantes. Twill vivía en la orilla sureste de un lago con forma arriñonada, y Cab distinguió los árboles y los densos marjales que cubrían la margen más alejada. Se dirigió al embarcadero y avanzó por la plataforma hacia las aguas sucias y poco profundas. En lo alto, un águila de cabeza blanca dibujaba gráciles círculos en el aire.

El teléfono le sonó en el bolsillo. Durante el viaje hacia el interior había recibido dos mensajes; el primero era de una voz familiar.

«Cab, soy Caprice. Anoche lo pasé muy bien; deberíamos repetirlo. Te he concertado un encuentro privado con Diane esta noche a las nueve. Llámame más tarde si te apetece tomar una copa.»

Cab pensó en lo que le había dicho Lala. Era muy probable que una copa en casa de Caprice los llevara a la cama. Por mucho que le sedujera la idea, decidió que no la llamaría. Esperó que su fuerza de voluntad le durara hasta la noche.

El segundo mensaje constituyó una auténtica sorpresa.

«Cab, soy Ramona Cortes. Creo que nos conocimos en una boda familiar este invierno. Me gustaría hablar contigo mañana a la hora del almuerzo. Digamos en el Pilot House, en el club náutico de Tampa, a la una. Llama a mi asistente si hay algún problema.»

En la voz de la fiscal Cortes se adivinaba un leve acento hispano. Cab la conocía lo suficiente para saber que tenía un corazón de acero. Un almuerzo en compañía de la fiscal general no era una petición. Era una orden que no admitía excusas.

Las cosas se estaban poniendo interesantes.

Cab se metió el móvil en el bolsillo. Sin tiempo para pensar qué podía querer Ramona de él, una voz llamó su atención desde el extremo del embarcadero.

–Levante esos brazos tan largos que tiene, amigo.

Cab se volvió lentamente. Un hombre negro y menudo de cincuenta y tantos años lo miraba desde el descuidado césped. En una mano sostenía una cría de caimán de treinta centímetros; en la otra, un revólver mugriento con la culata de madera y un cañón de ocho pulgadas que parecía una reliquia de los setenta. Cab abrió las manos y levantó las palmas.

–Soy el detective Bolton, señor Twill. Hemos hablado por teléfono.

–Sí, he hablado con alguien. Enséñeme la placa y un documento identificativo con foto, para que pueda ver quién es realmente.

Cab mantuvo las manos en alto mientras caminaba por el muelle, que se hundía peligrosamente bajo sus pies.

–Espero no parecer un miembro de la Alianza por la Libertad del Imperio –observó.

–Se sorprendería.

Al llegar al extremo del muelle, Cab se abrió la solapa de la chaqueta y, con dos dedos, extrajo su cartera y su placa. Twill se inclinó para examinar sus credenciales y, una vez satisfecho, guardó la enorme arma en la cintura de sus pantalones cargo manchados de pintura.

–Toda precaución es poca –comentó.

–Lo entiendo. Debería limpiar ese revólver. Hay tantas posibilidades de que le explote en la cara como de que dispare a alguien.

Twill se encogió de hombros.

–No está cargado. Odio las armas.

–A mí tampoco me apasionan –admitió Cab–. ¿Quién es su amigo?

–Éste es *Boots*.

El hombre acarició la cabeza del caimán con un dedo, mientras el animal miraba a Cab con ojos pequeños y brillantes y le enseñaba dos filas de dientes.

–Es gracioso –dijo Cab.

–*Boots* podría arrancarle un dedo si quisiera.

–Bueno, uno de mis principios en la vida es no meter nunca un dedo en la boca de un caimán –repuso Cab.

Twill permitió que una pequeña sonrisa se dibujara en sus labios. Su piel era de un tono roble claro, con manchas más oscuras en la frente. No era alto pero sí delgado, con unos brazos huesudos que asomaban por las mangas de la ancha camiseta gris. Llevaba una gorra de los Chicago Cubs. Con uno de sus ojos marrón chocolate miraba a Cab, mientras que el otro permanecía inmóvil, como si fuera de cristal. Una cicatriz lechosa recorría la línea de su deforme barbilla.

–Y bien, ¿qué es lo que quiere, detective?

–¿Lo que hablemos es confidencial?

–No tiene de qué preocuparse. Desde la paliza, ya no escribo. Me molieron el cerebro.

–Lo lamento.

–Qué le vamos a hacer. Como suele decirse, cuando Dios cierra la puerta abre una ventana. Ahora soy incapaz de juntar dos palabras, pero puedo tocar el piano como si fuera Art Tatum. O al menos a mí me lo parece. Pásese algún viernes a cenar por el Cherry Pocket y podrá juzgarlo por sí mismo.

–Tal vez lo haga –dijo Cab, y añadió–: Supongo que imagina de qué quiero hablar con usted.

–Claro. Ham Brock, Chuck Warren, Birch Fairmont, todo lo que sucedió entonces. ¿Es consciente de que mil policías han recorrido el mismo camino antes que usted?

–Bueno, ¿le importaría que fueran mil y uno?

–No me importa, pero si eso significa revelar alguna de mis fuentes, aunque sea una de diez años atrás, no voy a hacerlo.

–Entendido.

Twill frunció los labios. Miró hacia su casa y los árboles que la rodeaban, cuyas ramas colgaban inertes y languidecían en aquel ambiente tan húmedo.

–¿Qué le parece si salimos con el barco? Es mi nuevo juguete. Deje que meta a *Boots* en su jaula.

–¿Cree que hay micrófonos en su casa? –preguntó Cab con una sonrisa.

Twill no se la devolvió.

–Nunca se sabe.

El exreportero giró sobre sus talones y subió por el terreno hacia la puerta trasera. Caminaba con una marcada cojera. No tardó ni cinco minutos en regresar al embarcadero, con un paquete de seis latas de Bud Light colgado de la mano. Cab y él subieron al hidrodeslizador. Twill ocupó el asiento junto al timón y Cab se sentó a su lado. Twill puso en marcha la hélice, protegida por una estructura metálica, y la nave rugió como un Boeing; después, guio la embarcación con suavidad hacia el lago.

Cuando entraron en aguas abiertas, Twill aceleró. Un viento refrescante alborotó el pelo perfectamente peinado de Cab y las salpicaduras le mojaron el traje. Twill se caló la gorra de los Cubs para que no saliera volando y se deslizó a toda velocidad hasta la orilla opuesta del lago, donde se abría una amplia extensión de marismas. Twill redujo la velocidad, dirigió el barco hacia las hierbas altas y dejó que se deslizara entre los humedales, oculto a la vista. Cab distinguió el fondo embarrado del agua; en aquel lugar, la profundidad del lago era de apenas veinte centímetros. La superficie estaba punteada de nenúfares y algas verdes, y las moscas negras zumbaban alrededor de la embarcación. Vio un caimán adulto, de más de dos metros, que tomaba el sol en un banco de arena entre los juncos.

Twill apagó el motor y abrió una cerveza. Le ofreció otra a Cab, que negó con la cabeza.

–Hago esto todos los días. No está mal, ¿eh? Antes vivía en Orlando y tenía que ganarme la vida trabajando. ¿Quién necesita eso? Supongo que algún beneficio tiene que sacar uno después de pasarse nueve semanas en coma.

Twill saludó con la mano al caimán y añadió:

–¿Cómo va el día, *Rex*? ¿Te has zampado a algún turista?

Después soltó una risita y dio un trago a la cerveza.

–¿Qué clase de nombre es Cab?

–A mi madre le encantaba la película *Cabaret* –contestó Cab.

–¿La de Liza Minelli?

–Ésa.

–Hum.

Twill tomó otro trago de cerveza y luego se sacó un porro del bolsillo.

–¿Va a arrestarme? Uso terapéutico. Para el dolor.

–Haga lo que tenga que hacer.

Twill encendió el porro y estiró las piernas. Las marismas que los rodeaban eran una reserva natural aislada, separada del resto del lago. Cab vio la cabeza de una tortuga, del tamaño de una nuez, asomar por el agua. No muy lejos, una garza hundió de repente su largo cuello entre las ondas y atrapó un pez con su pico.

–¿Cuándo pasó? –preguntó Cab.

–El miércoles hará nueve años.

–¿El Cuatro de Julio?

–Así es. Casualmente también es el día en que Ham Brock y algunos de sus colegas empezaron a cumplir condena por fraude fiscal, blanqueo de capitales y violación del derecho de posesión de armas. Supongo que sus amigos querían darme las gracias por todos los artículos que había escrito sobre la Alianza a lo largo de los años. Seis encapuchados me sacaron a rastras de mi apartamento en Maitland, me metieron en una furgoneta y me llevaron a una zona desierta de Ocala. Me desperté en el hospital en septiembre.

–Lo siento.

A Cab no le gustaba que el Cuatro de Julio, dentro de tres días, fuera una fecha señalada con un significado especial para Hamilton Brock y los miembros de la Alianza.

–Y aquí estoy –continuó Twill.

–¿Sigue con un ojo puesto en las actividades de la Alianza? –preguntó Cab.

–Un ojo es todo lo que me queda.

Cab hizo una mueca.

–Ya, claro.

–No se preocupe –dijo Twill con una sonrisita–. Claro que lo hago. No puedo saber cuándo decidirán volver y terminar el trabajo. Tengo fuentes que me mantienen informado.

–Me preguntaba si había oído algún rumor acerca de Diane Fairmont. Puede que se haya convertido en un objetivo de la Alianza –quiso saber Cab, al tiempo que apartaba de un manotazo una mosca particularmente voraz.

El calor se concentraba en la zona de los marjales y Cab notaba cómo su larga nariz se cocía al sol.

–No puedo decir que sí –contestó Twill.

–¿Nada en absoluto?

–Parece que esperaba otra respuesta.

–Así es.

–Bueno, algo así se mantendría en absoluto secreto. El hecho de que no haya llegado a mis oídos no significa que no sea posible. ¿Qué es lo que cree? ¿Que la Alianza se deshizo de Birch y que, ahora que Diane se presenta a las elecciones, sería buena idea deshacerse también de ella? ¿Una especie de venganza?

–Algo parecido.

Twill se frotó la cicatriz de la barbilla y dio una calada al porro, con actitud relejada.

–¿Qué le hace estar tan seguro de que se deshicieron de Birch?

Cab se sorprendió.

–¿No cree que la Alianza estuviera involucrada? No fue eso lo que dijo entonces.

–Oh, en esa época estaba muy cabreado con los grupos que promueven el odio. Lo sigo estando. La gente no se toma en serio a los terroristas nacionales, pero son más que peligrosos. Los islamistas no tienen el monopolio de la locura. Hace diez años, había políticos como Chuck Warren que amparaban a esos tipos y los llamaban patriotas. Le apreté las tuercas con ese asunto y eso le costó su carrera electoral.

–Entonces ¿qué es lo que me he perdido? –preguntó Cab–. La Alianza se oponía frontalmente a los planteamientos políticos de Birch. Fueron a por usted por escribir sobre ellos. ¿Por qué cree que Hamilton Brock podría ser inocente?

–Yo nunca he dicho que sea inocente. Él y su tropa son gente mala, muy mala. ¿Se cubrió uno de ellos la cabeza con una capucha y se lio a tiros en el Bok? El FBI afirma que sí. Yo... bueno, yo ya no estoy tan seguro.

–¿Qué ha cambiado?

Twill suspiró y lanzó el porro al agua.

–Digamos que conozco la diferencia entre el magnicidio y el asesinato –contestó.

Cab escuchó el zumbido de los insectos. Comenzaba a entender por qué Twill prefería hablar en un lugar a salvo del espionaje electrónico.

–¿Está diciendo que cree que el móvil no fue político?

–Estoy diciendo que quienquiera que apretara el gatillo sabía que el martillo caería sobre la Alianza. Tal vez fueran esos chicos, tal vez no. En cualquier caso, la verdad es que me da igual. No me verá derramar una sola lágrima porque hayan convertido a Ham Brock en un cabeza de turco.

–Pero algo tiene que haberle inducido a pensarlo.

Twill se sacó la camiseta por encima de la gorra.

–Joder, qué calor. ¿No se está asando con ese traje? ¿Por qué se viste así en Florida?

–Así soy yo –contestó Cab.

–Así es él, *Rex* –gritó Twill al caimán–. ¿Puedes creerlo? Un idiota, eso es lo que es.

Cab no tenía claro si Twill estaba borracho o colocado, o si simplemente soslayaba el tema.

–Está claro que alguien le contó algo.

–Eh, ¿por qué hablar de los muertos? Birch ya no está entre nosotros, ¿verdad? Probablemente sea para bien. Mucha gente sabía que era un hijo de puta. Tarde o temprano habría acabado por caer. Incluso sus más allegados lo tenían calado. Lyle Piper me llamó el sábado anterior al Día del Trabajo. Me dijo que teníamos que hablar.

–¿Sobre qué?

–No lo sé. Ese fin de semana yo estaba en los Cayos. Sin teléfono. Después de los asesinatos, oí cosas que me llevaron a atar cabos.

–Pues ayúdeme a atarlos a mí –le pidió Cab.

Twill cogió una segunda cerveza e hizo rodar el aluminio frío y húmedo de la lata por su pecho.

–Vale, mire, no digo que eso signifique nada. La gente se enfada, necesita desahogarse. No hay que arruinarle la vida a nadie por ello, por eso nunca lo publiqué.

–¿A quién se refiere?

Twill suspiró.

–Sabe que Diane tenía un hijo, ¿verdad?

–Drew –confirmó Cab.

–Así es, Drew. Tenía problemas gordos, ¿vale? Estaba metido en drogas y se mezclaba con malas compañías. Se suicidó poco después de los asesinatos. El caso es que Drew odiaba a Birch Fairmont. Lo odiaba de verdad.

–¿Quién se lo contó?

Twill se llevó un dedo a la nariz.

–Fuentes. No puedo dar nombres.

–Vale, entonces Drew y Birch no se llevaban bien. No es precisamente una novedad entre hijastros y padrastros.

–Oh, era mucho más que no llevarse bien, créame. Mire, yo no buscaba esa información. Yo era reportero y estaba convencido de Ham Brock y la Alianza habían perdido la cabeza. Buscaba pruebas para encerrar a esos cabrones. La chica con la que hablé no quería contarme nada; digamos que la sonsaqué. No creo que se lo explicara ni siquiera a la policía.

–¿Contarles qué? –quiso saber Cab.

–Un par de semanas antes de los asesinatos, hubo un incidente en la finca de Birch.

–¿Qué clase de incidente?

–La chica no me lo dijo. O puede que no lo supiera con exactitud, pero parecía algo malo. Lo que sí sabía era que Drew enloqueció de tal modo que tuvieron que llevarlo otra vez a desintoxicación. ¿Sabe cuándo salió? Justo antes del Día del Trabajo. Interesante, ¿eh?

–Pero no sabe qué sucedió –observó Cab.

–No, no lo sé. Yo buscaba trapos sucios, pero nadie quería hablar. Incluso mi fuente original se rajó. Negó lo que me dijo que había oído. Y, la verdad, no era la clase de cosas con la que uno pudiera confundirse.

–¿Qué fue lo que oyó?

El exreportero se inclinó hacia Cab. Su aliento olía a cerveza y marihuana.

–Me dijo que había oído a Drew gritar que iba a matar a Birch Fairmont. Fue justo antes de que lo mandaran a desintoxicación. Literalmente, dijo que iba a volarle los putos sesos.

Rufus Twill esperó a que el detective alto desapareciese por la esquina de su casa. Se quedó en el barco, que se balanceaba suavemente sobre las olas, junto al muelle, se sacó la gorra y se pasó las manos sudorosas por el pelo. Una vez estuvo seguro de que se encontraba a solas, abrió otra cerveza, sacó el teléfono del bolsillo y marcó un número con una mano.

–Soy Rufus –dijo.

–No deberías llamarme –contestó Ogden Bush.

–¿Ah, no? Bueno, he pensado que querrías saber que hay alguien más husmeando en la mierda del pasado, un detective llamado Bolton. Dice que trabaja para Common Way. Me preguntaba si tú sabías algo.

En el otro extremo de la línea se hizo un largo silencio.

–Interesante.

–Así que te ocultan cosas, ¿eh? Por lo visto no confían mucho en ti, Ogden.

–Cierra el pico, Rufus.

–Eh, no tenía por qué llamarte. Te estoy haciendo un favor.

–Lo sé. Y te lo agradezco.

–Ya bueno, el agradecimiento no sale gratis. Me gusta mi nuevo barco, pero estaba pensando que mi camioneta también está bastante vieja. Tal vez tú puedas hacer algo al respecto.

Casi le parecía ver la sonrisa llena de dientes de Bush.

–Veré qué puedo hacer. Y ahora, ¿qué le has explicado al detective?

–Oh, no te preocupes por eso –contestó Twill–. Le he contado exactamente lo mismo que le conté a ese chico, Justin. Supongo que pronto sabremos si Bolton también acaba muerto.

14

–¿Estás bien, cielo?

Peach levantó la vista de su plato de gambas fritas, intacto. Estaba sentada a una mesa grande en una esquina del Crab Shack, junto a una acaramelada pareja que se daban trocitos de cangrejo el uno al otro por encima de la mesa. El bullicio del domingo por la tarde arreciaba y a Peach le dolía la cabeza.

–¿Qué? –dijo.

–Sólo quería asegurarme de que te encontrabas bien –contestó la camarera–. No has comido nada.

Peach mordisqueó con desgana una patata frita.

–Ah, sí, gracias. No tengo mucha hambre. ¿Podrías envolverme esto para llevar?

–Claro, cielo –dijo la camarera, y añadió–: ¿Dónde está tu amigo?

–¿Mi amigo?

–Viniste aquí una vez con un chico muy simpático. Llevaba uno de esos bigotes que ya no se estilan. Hacíais muy buena pareja.

Peach se esforzó por sonreír.

–Está muy liado.

La camarera le puso la mano en el hombro y le dedicó una mirada comprensiva, de chica a chica, creyendo que se había entrometido en una ruptura dolorosa.

–Lo entiendo, cielo. Lo siento mucho.

Peach no respondió. Su único pensamiento era que Justin ya no estaba. Podía recrear su rostro y oír su voz, pero los recuerdos no tardarían en empezar a desvanecerse. Como los recuerdos de Lyle. Como los recuerdos de sus padres. Se estaba agarrando a una cuerda salvavidas deshilachada que pronto se rompería.

Justin sobre la memoria: «Todo el mundo olvida a todo el mundo. La fama no te compra nada más que unos cuantos años».

Tras pagar la cuenta, Peach se escurrió entre las mesas abarrotadas y salió del restaurante. Se quedó cerca de la entrada, mientras el denso tráfico de Gandy Road rugía a su espalda. Allí era donde estaba en la foto que Justin no había llegado a enviarle. Se veía a sí misma con aquella sonrisa tonta en la cara y el pulgar señalando hacia la puerta. No significaba nada especial, tan sólo un momento en la historia de todos sus recuerdos.

¿Por qué podría querer él enviarle de nuevo esa imagen? ¿Por qué esa noche?

Justin siempre tenía un plan. Peach cogió su móvil y abrió el archivo adjunto que se había enviado. Con la pantalla frente a ella, pasó la mirada de la foto a la simpática decoración del Crab Shack. Todo seguía igual. El neón en las ventanas. El gigantesco cangrejo azul de plástico. Los cabos de un barco atados entre dos maderos. La tabla de surf amarilla. Nada había cambiado.

Excepto por... No. No podía ser.

El número del edificio estaba colgado en un pequeño cartel encima de una de las ventanas: 11400. Sin embargo, en la foto de su teléfono figuraba un número distinto: 10761. Justin había editado la foto, y era un buen trabajo: a menos que se encontrara frente al edificio, nadie repararía en ese detalle. Justin le estaba enviando un mensaje, pero ¿qué trataba de decirle?

Cuando miró hacia el restaurante, Peach se fijó en otro pequeño cambio con respecto a la foto. Entre las palabras «Crab» y «Shack» del letrero del tejado había una casita blanca con forma de flecha que apuntaba hacia la izquierda, pero en la foto del móvil la casa –la flecha– señalaba hacia la derecha. El letrero frente a ella estaba orientado hacia un campo abierto y vacío junto al restaurante, pero el de la imagen apuntaba en dirección opuesta, hacia una calle lateral que se alejaba de Gandy Road.

De repente, sintió como si Justin la guiara. Él quería que siguiera la flecha.

Peach corrió hacia la calle lateral, San Fernando Drive. Era una calle anodina, bordeada por postes telefónicos y abarrotada de palmeras y pinos, pero Peach la contempló como si guardara un secreto. Avanzó por el centro hasta un solar industrial desierto que quedaba a su izquierda. Todo estaba en calma, excepto por el chirrido de los pájaros. Cuatrocientos metros más allá, pasó junto a dos bungalós destartalados que ocupaban dos solares grandes y descuidados. Había coches y barcos esparcidos por el terreno cubierto de maleza. Los abetos se erguían sobre las casas y cubrían la grava de agujas. Atravesó otro cruce. Más casas. Más árboles. Patios mal vallados salpicados de juguetes. Jardines en los que no crecía nada. Era el vecindario típico de la vieja Florida, donde el progreso se había detenido en 1955.

Más allá, San Fernando Drive moría en una barrera de cemento. Se acercó a ella y sólo vio una calle abandonada llena de broza. Allí no había nada, y no podía seguir avanzando. Frustrada, dio media vuelta. Fue entonces cuando distinguió el buzón en la última casa de la calle.

El número pintado en el buzón era el 10761.

A Peach se le aceleró la respiración.

Era una casita blanca, de menos de cien metros cuadrados, detrás de una valla metálica de poco más de un metro de altura que rodeaba un extenso terreno. El patio estaba cubierto de arbustos y dientes de león. La vivienda tenía un minúsculo porche a la izquierda, donde estaba la puerta principal. Seis ventanas idénticas daban a la calle y todas las persianas estaban bajadas. Bajo las ventanas crecían arbustos florales, pero las hojas estaban ahora marchitas y secas. La tupida copa de un roble se inclinaba sobre el tejado.

Peach estaba sola. La calle estaba desierta y la casa quedaba aislada entre dos solares. Si alguien hubiera querido esconderse donde nadie pudiera verle ni encontrarle, aquél era el lugar perfecto. Comprobó el buzón, pero estaba vacío. Aun así, sabía que se hallaba justo donde Justin quería que estuviera.

Peach saltó por encima de la valla. El camino de entrada estaba agrietado y cubierto de malas hierbas. Cuando llegó al porche, abrió la puerta de batiente, perturbando la tranquilidad de una enorme araña. Sobre el suelo de cemento no había muebles. A pesar de estar a la sombra, en el porche hacía un calor sofocante. Llamó a la puerta de la casa, aunque no esperaba respuesta. No la obtuvo. Al girar el pomo, descubrió que estaba abierta. Dio un paso cauteloso y entró en una pequeña sala.

Aquélla era la casa de Justin. Su refugio. Vio todas sus antigüedades, todos sus extravagantes artículos de coleccionista. Ella lo había acompañado muchas veces en su búsqueda. Allí era donde guardaba su vida personal, donde nadie podía encontrar sus secretos. O eso creía él.

Se equivocaba. Peach había llegado demasiado tarde.

Alguien había dado con aquel lugar antes que ella. Alguien se le había adelantado. Habían registrado la casa. Las antigüedades estaban esparcidas por el suelo, hechas añicos. Habían destripado los libros, al igual que las sillas y los sofás. Las paredes estaban llenas de agujeros. Si había algo que encontrar, a aquellas alturas ya lo habrían hecho. Sintió ganas de llorar. Descubrir aquel rincón privado de la vida de Justin y darse cuenta de que un desconocido lo había violado le rompía el corazón. Su respiración era entrecortada. Estaba al borde de las lágrimas. La casa olía a Justin, pero él ya no estaba.

Peach atravesó la sala y entró en el único dormitorio de la vivienda, a oscuras pese a ser de día. El suelo de madera gimió bajo sus pies. Había una cama individual con el colchón despanzurrado y un ordenador de sobremesa de última generación desmontado; donde estaba el disco duro sólo había un agujero. El monitor estaba destrozado. Junto a la pared vio un archivador con los cajones abiertos y vacíos. Habían arrancado las fotografías de las paredes para comprobar si Justin escondía algo en la parte trasera de los marcos.

Nada. A Peach no le habían dejado nada.

Vio una mesa junto a la única ventana del cuarto, que daba al triste patio, y distinguió una silla plegable bajo el roble; una escalera olvidada; un cortacésped oxidado debido a la falta de uso. Dentro de la habitación, una taza descansaba sobre la mesa. Podía imaginarse a Justin allí, tomando un té, contemplando la solitaria maleza, trabajando en... ¿qué?

En el suelo, cerca de la mesa, había un marco con el cristal roto. La foto seguía dentro. Era de ella. La misma foto de Peach frente al Crab Shack.

¿Otro mensaje?

Si lo era, no lo entendía, porque la imagen no estaba retocada. Tal vez sólo fuera un recordatorio de que había estado enamorado de ella. La tenía en su dormitorio, en su casa. La miraba.

Volvió a sentir ganas de llorar.

Peach respiró hondo, llenándose los pulmones de aquel aire cálido y polvoriento. Allí no había ninguna pista, nada que pudiera ayudarla. Había llegado a otro callejón sin salida. Sin embargo, al echar un último vistazo al cuarto, distinguió un pequeño triángulo de papel que asomaba por debajo del archivador. Cuando empujó el mueble a un lado, un lagarto de diez centímetros se escurrió con un rápido movimiento. Peach dio un respingo, se agachó y cogió el papel.

Alguien –¿tal vez Justin?– había fotografiado un artículo colgado en un tablón de corcho. Era imposible deducir dónde se había tomado la fotografía. El propio artículo, fotocopiado de un periódico de Tampa, parecía ser de unos diez años atrás.

FRANK MACY CONDENADO A OCHO AÑOS
POR HOMICIDIO IMPRUDENTE

Sólo los primeros párrafos resultaban legibles.

A pesar de haber afirmado que la policía había falsificado pruebas en su contra, Frank Macy, de veintisiete años y residente en Tampa, no presentó ninguna alegación frente a la acusación de homicidio en segundo grado por la muerte del camarero Arnold White el pasado febrero. Macy, en libertad condicional por una acusación de tráfico de drogas sin relación con este caso, fue sentenciado a ocho años de cárcel.

White fue atacado el 12 de febrero en un callejón detrás del Spotted Dolphin, un bar en la localidad costera de Pass-a-Grille, y falleció posteriormente a causa de las heridas. Un testigo declaró que White había lanzado insinuaciones sexuales a Macy la noche de la agresión.

«La aceptación de los cargos constituye un reconocimiento de que, en un juicio con jurado, lo más probable es que el señor Macy hubiera sido acusado de homicidio en primer grado, lo cual habría supuesto una condena significativamente más larga –declaró Ramona Cortes, abogada defensora de Macy–. Seguimos creyendo que las autoridades manipularon gran parte de las pruebas de este caso con la intención de...»

Peach leyó seis veces el fragmento sin entenderlo. El nombre de Frank Macy no le era familiar; nunca lo había oído, ni tampoco el de la víctima. El único nombre que conocía era el de Ramona Cortes, una reputada abogada defensora en Tampa antes de ganar sus primeras elecciones estatales para el cargo de fiscal general cinco años atrás. En Common Way todo el mundo conocía a Ramona, porque ella y su bufete de Orlando también habían defendido a Hamilton Brock. Ahora era la candidata republicana al cargo de gobernadora.

¿Por qué le parecía a Justin importante aquel artículo?

Examinó detenidamente la foto de la ficha policial de Frank Macy. Aquel rostro sorprendentemente delicado le resultaba del todo desconocido. El pelo oscuro y ondulado le llegaba por debajo de las orejas. Nadie lo hubiera calificado de patán. No llevaba la cara tatuada ni tenía una mandíbula angulosa, una nariz chata como un ratón atropellado ni ojos oscuros y maliciosos. En lugar de eso, tenía el aspecto de un miembro de una banda musical para adolescentes. Sus penetrantes ojos castaños decían: «Mírame, pequeña». Su piel despertaba deseos de acariciarla. Parecía perdido.

Peach hizo un rápido cálculo mental. Según la fecha del artículo y la condena que le habían impuesto, Macy habría salido aquel mismo año. Estaba en libertad.

No era mucho, pero al menos era algo. No sabía quién era Frank Macy ni por qué le interesaba a Justin, pero estaba decidida a averiguarlo.

15

El frondoso jardín de la propiedad de Diane Fairmont, en Tampa, era un laberinto de sombras. Aunque ya habían dado las nueve, los días de verano se alargaban. Cab esperaba en el césped, de espaldas a la vivienda color hueso. La humedad empapaba el aire. Un conejo mordisqueaba la hierba y una nube de mosquitos sobrevolaba el estanque de los nenúfares. Cab estaba posponiendo el momento de entrar en la casa. Nervioso, como si hubiera retrocedido en el tiempo, había evitado a Diane durante los últimos diez años, pero no podía seguir haciéndolo.

¿Qué se dirían?

Cuando la puerta principal por fin se abrió, Cab se metió las manos en los bolsillos del pantalón y se volvió con inquietud. Esperaba oír la voz de Diane, pero en su lugar oyó una voz masculina y potente que rompió el silencio como una excavadora en una mañana de domingo.

–¡Eh, detective!

Era Garth Oakes. El gurú del *fitness,* masajista, aspirante a confidente y consejero de Diane Fairmont. El hombre bajó las escaleras brincando y se acercó a Cab con zancadas confiadas, mientras su coleta negra ondeaba. Iba vestido en colores pastel, como si *Corrupción en Miami* nunca hubiera pasado de moda: chaqueta blanca, camisa lavanda sin cuello. Las luces del crepúsculo conferían a su piel un tono tan oscuro como el de unas botas de cuero.

Garth le tendió la mano y Cab se la estrechó.

–Nos conocimos en la fiesta del viernes –dijo Garth–. ¿Me recuerdas?

–«Di hola a Garth... ¡y adiós a los michelines!» –contestó Cab.

–¡Te acuerdas! Sí, por más veces que me vea en la tele a las tres de la madrugada, me sigue encantando. ¿Has venido a ver a Diane?

Cab asintió.

–Se retrasará un poco –le explicó Garth–. Le acabo de dar un masaje y quería tomar una ducha.

–Está bien.

–Oye, me he enterado de que estás investigando las amenazas, ¿verdad? Bien hecho, toda precaución es poca. Yo siempre estoy preparado.

Garth se retiró la solapa de la chaqueta y dejó al descubierto un arma automática ridículamente grande enfundada en una cartuchera.

–La gente se cree que soy como Hulk, ¿sabes? Que los aplastaré con mis propias manos. Pero un puño no sirve de mucho si el otro tipo va armado. Nadie se mete con Garth. Quien lo intente, acabará comiendo *sushi* de plomo.

Cab no le prestaba mucha atención, pero estaba casi seguro de que Garth acababa de decir «*sushi* de plomo».

–Será mejor que entre –dijo.

–Oh, claro. La campaña marcha bien, ¿eh? ¿Has visto las últimas encuestas? Dicen que es posible que el gobernador abandone y retire su candidatura, aunque yo no lo creo. Debe de pensar que la tormenta le dará una tregua. Los votantes suelen apoyar al cargo electo cuando pasan esa clase de cosas.

–Así es.

–Aunque ha caído en las encuestas.

Garth se señaló la chapa de «Gobernadora Diane» que llevaba prendida de la camisa, o quizá directamente de los músculos del pecho.

–Diane es la más firme candidata. A menos que saquen a la luz algún trapo sucio, diría que ganará por siete u ocho puntos.

–¿Algún trapo sucio?

–Bueno, la política no es un juego de niños, ¿verdad? Todos andan escarbando en la basura.

–¿Y hay algo que encontrar?

Garth se encogió de hombros.

–Siempre hay algo que encontrar. En este negocio no hay santos ni vírgenes. Podría contarte alguna que otra historia, pero mis labios están sellados. En mi mundo, tienes que ser capaz de guardar un secreto.

–¿Lo que pasa en la mesa de masajes se queda en la mesa de masajes? –preguntó Cab.

–¡Ja, ja, qué bueno! ¡Eso es! Créeme, cuando alguien deja que pases tus manos por su cuerpo desnudo, piensa que puede contártelo todo.

–Suerte que eres un hombre discreto.

Garth cruzó los dedos y se golpeó el pecho.

–No te engaño. Mucha gente ha intentado sonsacarme; políticos, y también periodistas. La gente sabe que Diane y yo estamos muy unidos.

–Es cierto. Comentaste que ibas con frecuencia a su casa de Lake Wales, ¿verdad?

–Sí, sigo pasando mucho tiempo en Lake Wales. Tengo muchos clientes allí.

–¿Cómo eran las cosas en casa de Birch en esa época?

–¿Cómo? Oh, muy desagradables, muy desagradables.

–¿Por los asesinatos?

Garth se encogió.

–Sí, claro. Por los asesinatos.

–Y después Drew se suicidó –añadió Cab.

–Oh, sí, entonces fue aún peor.

–Las cosas debían de ser difíciles –comentó Cab–, con Drew entrando y saliendo de centros de desintoxicación todo el tiempo. Una montaña rusa emocional.

–Ya lo sabes. Diane lo pasó muy mal.

–Mi madre me explicó que Drew estuvo en un centro de desintoxicación justo antes de que se cometieran los asesinatos –continuó Cab.

–Oh, sí. Fue terrible.

–¿Qué pasó? –preguntó Cab–. He oído que Drew se enfadó mucho por algo.

Garth parecía un tren pisando los frenos a fondo antes de llegar a un cruce.

–Oh, bueno, con los drogadictos ya se sabe...

–Según tengo entendido, profirió alguna que otra amenaza.

–¿Amenaza?

–Como que iba a volarle los sesos a Birch –dijo Cab.

Garth soltó una carcajada, aunque sonó más bien como la risita nerviosa de una adolescente.

–Oh, no tuvo ninguna importancia. El chico estaba histérico, nada más.

–Si no fuera porque alguien terminó matando a Birch de varios disparos –señaló Cab.

–Lo sé. Demencial, ¿eh? ¿Quién iba a pensarlo? El mundo está loco.

–Muy loco.

Garth consultó el móvil y toqueteó con impaciencia las teclas.

–Bueno, ya es hora de que me vaya. Esta noche tengo que dar otro masaje. Una de esas mujeres que persiguen a los uniformados de la base aérea de Macdill. Supongo que es mi oportunidad de averiguar los últimos secretos militares, ¿eh? Un placer hablar contigo, detective.

–Lo mismo digo –contestó Cab.

El masajista se despidió y se dirigió hacia la puerta de entrada con paso rápido. Consciente de que Cab seguía mirándolo, volvió la vista atrás, esbozó una sonrisa nerviosa y le hizo un gesto con la mano, aunque Cab tenía la sensación de que Oakes no podía esperar a largarse de allí.

Diane le esperaba en el despacho del primer piso. Era una habitación masculina en una casa femenina, empapelada en color vino y con estanterías de madera de nogal oscura y pesada que ocupaban toda una pared. Había una chimenea y un mueble bar. Los sillones se veían gastados y no parecían especialmente cómodos. Sobre la chimenea colgaba un retrato al óleo en el que Birch Fairmont se daba cierto aire a Rockefeller.

–Hola, Cab –lo saludó Diane.

Cab no sabía qué decir, así que no dijo nada. Pasó el dedo por los lomos de los libros de los estantes, mientras notaba como ella lo seguía con la mirada.

–¿Blanco o tinto? –preguntó Diane.

Había dos botellas de vino abiertas sobre una bandeja de plata. Cab no albergaba ninguna duda de que ambas eran caras.

–Tinto.

–Yo también lo prefiero –comentó Diane–, pero durante la campaña tengo que beber blanco.

Cab se detuvo y ladeó la cabeza, desconcertado. Ella se rio y se dio un golpecito en los labios.

–Los dientes –explicó–. El vino tinto los mancha. No queda bien en televisión.

–Increíble –dijo Cab.

–Sí, es otro mundo, pero eso tú ya lo sabes. Tu madre tuvo que enfrentarse a las mismas cosas durante años.

–Sí, así es.

–¿Por qué no te sientas? –sugirió Diane–. No muerdo.

Había dos sillas con un tapizado floral, cada una a un lado de la mesa antigua sobre la que Diane dejó las dos copas de vino. La de él era una copa delicadamente estriada, en la que Diane vertió cinco centímetros de Cabernet; la de ella, una copa tulipán que llenó de Sauvignon Blanc. Cab se sentó y Diane hizo lo propio. Las sillas estaban muy cerca una de la otra, y Cab tuvo que doblar sus largas piernas en una postura incómoda para no rozar las de Diane.

Entonces la miró. No llevaba maquillaje, y sus mejillas habían enrojecido con la ducha. O tal vez fuera porque recordaba la última vez que habían estado juntos. Ahora, su piel no era tan tersa y su pelo negro estaba entreverado de canas, pero seguía siendo elegante y atractiva. Iba vestida de manera informal, aunque para Diane, informal significaba una blusa rosa, pantalones de raso negro y zapatos de tacón. Él se había puesto un traje beis y una corbata estrecha.

Brindaron en silencio y bebieron. El Heitz Cabernet era soberbio.

–Tarla no lo sabe –dijo Diane–. Ésa era tu primera pregunta, ¿verdad?

Cab asintió: ella le había leído la mente. Se dio cuenta de que ante sí tenía a una Diane distinta. Más segura y madura, más abierta. La Diane de diez años atrás no habría entrado como un elefante en esa cacharrería en particular.

–¿Por qué no se lo has contado? –quiso saber.

–Di por sentado que no querrías. Y supongo que tú tampoco se lo has contado.

–Supones bien.

–Espero que no te sientas culpable por lo que pasó entre nosotros –continuó ella–. O peor aún, avergonzado.

–No.

–Bien. Nunca sabrás cuánto significó esa tarde para mí.

Tras una pausa incómoda, añadió:

–Ni cómo cambió mi vida.

No había nada que añadir, así que, una vez más, Cab se mantuvo en silencio.

–En fin, ya es suficiente –continuó ella–. Es agua pasada. No tenemos por qué seguir hablando de aquello.

–De acuerdo.

Diane miró el cuadro de Birch con sentimientos que él no fue capaz de interpretar y bebió de su copa.

–Entonces…

–Entonces…

–Tarla me ha contado que intenta emparejarte con Caprice –comentó Diane.

Cab puso los ojos en blanco.

–Bueno, ya conoces a mi madre.

–La conozco. Podría ser mucho peor, Cab. Caprice es brillante, guapa y resuelta. Lo que hemos conseguido en Common Way es en su mayor parte gracias a ella. En realidad, es Caprice quien debería presentarse, no yo.

–No me veo exactamente como el cortesano de una política –repuso Cab.

–Oh, tengo la impresión de que, con Caprice, disfrutarías de la experiencia –observó Diane con una sonrisa–. En cualquier caso, es tu decisión. Pero no deberías permitir que todas esas mujeres de mediana edad se inmiscuyan en tu vida amorosa. Hablando de eso, ¿cómo llevas que Tarla vuelva a formar parte de tu vida?

–Es un reto –contestó Cab.

–Me lo imagino. Le gusta criticar a tu novia. ¿Cómo se llama? ¿Wawa?

–Lala –la corrigió Cab–. No, no se llevan muy bien, la verdad. Lala se reunió con nosotros para desayunar después de ir a misa hace un par de meses. Tarla dijo que la Iglesia católica debería cambiar su nombre por el de CIP. Casa Internacional de Pedófilos.

–Tu madre siempre dice lo que piensa –murmuró Diane.

–Sí.

–Cree que te has pasado la vida huyendo de ella.

–No, sólo me he dedicado a huir –replicó Cab–, pero tiene su parte de razón.

–Y bien, ¿por qué lo haces?

Cab dio un sorbo al vino. No tenía ninguna intención de responder, pero era una buena pregunta. Por lo general, evitaba la introspección tanto como el yoga y a Michael Bublé. Podía echarle la culpa de ser Cab *el Huidizo* a Vivian Frost, la amante que lo había traicionado, la amante a la que había matado, pero lo cierto era que había empezado mucho antes de conocerla. Podía echarle la culpa a Hollywood. Podía echarle la culpa a Tarla, o a su padre, un hombre que para él ni siquiera existía. Cualquiera de esas opciones era mejor que culparse a sí mismo.

–¿Tienes pensado volver a escapar? –quiso saber Diane al ver que él ignoraba su pregunta.

–Probablemente, mi teniente en Naples se alegraría mucho de que lo hiciera –dijo Cab, sonriendo.

–Te escondes tras la fachada del humor, igual que tu madre. Ella te quiere, y se ha sentido abandonada por ti. Sólo os tenéis el uno al otro, y aun así tú decidiste mantenerla a miles de kilómetros de distancia durante años.

Cab sintió deseos de devolverle el golpe a Diane. Puede que fuera lo que ella buscaba, pero, en lugar de eso, agarró con más fuerza la copa de vino y se acomodó en la silla.

–Se supone que soy yo quien debería estar haciendo las preguntas.

Diane se rio.

–Lo siento. He vuelto a hacerlo. Es que se trata de mi mejor amiga.

–Lo sé. Supongo que eres consciente de que yo también la quiero.

–Claro que sí.

–Por desgracia, Tarla confunde formar parte de mi vida con controlarla.

–En lugar de huir, quizá podrías intentar decir que no.

Cab sonrió.

–Sí, podría hacerlo.

Diane apuró el vino de su copa y volvió a llenarla. Cab sabía que estaba nerviosa, aunque no lo dejara traslucir. Alzó la botella de tinto, pero él negó con la cabeza. Tras dar otro trago –uno largo–, dejó la copa en la mesa y se agarró a los brazos de la silla con más fuerza de la necesaria.

–Caprice me ha informado de que estás investigando las amenazas contra mí –dijo.

–Así es.

–¿Son reales o sólo una excusa para seducirte? –preguntó ella.

–No creo que necesite una excusa –repuso Cab–. En cuanto a si son reales, supongo que te habrá enseñado la nota.

Diane asintió.

–Lo hizo. ¿Se supone que debo tomármelo en serio? Me cuesta creer que la Alianza por la Libertad del Imperio se atreva a intentarlo de nuevo. Es muy amable por tu parte, Cab, pero creo que estás perdiendo el tiempo. Tengo personal de seguridad. Y nuestras fuerzas policiales son muy capaces, por no mencionar al FBI. Estoy segura de que, si hubiera una amenaza auténtica, lo sabrían y los atraparían.

Cab tuvo la sensación de que lo estaban despidiendo.

–Es posible que tengas razón.

–Eso no quiere decir que no me guste tenerte cerca. Estoy segura de que a Caprice le pasa lo mismo.

Sus palabras se habían acelerado, como si quisiera llegar con rapidez a una conclusión que no quería admitir abiertamente. Quería que Cab dejara de investigar. Quería que abandonara.

–Aun así, tengo algunas preguntas.

–¿Como cuáles?

–¿De verdad crees que la Alianza por la Libertad del Imperio mató a Birch?

Diane tensó la mandíbula. Parecía ofendida, o bien se trataba de una interpretación muy convincente.

–¿Ésa es tu pregunta? Vi como uno de sus «soldados» asesinaba a tres personas, entre ellos mi marido. Podría haber sido yo, y podría haber sido tu madre, por si lo has olvidado.

–No lo he hecho –repuso Cab.

–Entonces, sin duda, mi respuesta es sí. Yo estaba allí. Vi lo que pasó.

–Lo siento. Soy consciente de que fue terrible. Si cabe la posibilidad de que la misma persona se haya fijado en ti como objetivo, quiero seguir cualquier pista que me lleve a descubrir quién apretó realmente el gatillo aquella noche. Eso significa que debo averiguar todo lo que pueda sobre los asesinatos del Día del Trabajo.

Diane se encogió de hombros. Su lenguaje corporal no le infundía precisamente ánimo.

–He tratado de hablar con Tarla sobre el tiroteo –continuó Cab–, pero no me ha contado nada. Creo que me oculta algo.

–¿Por qué piensas eso? –preguntó Diane.

–Conozco a mi madre. ¿Tienes idea de qué podría ser?

–No. Tarla y yo no hablamos de esa noche. Nunca lo hemos hecho.

–He quedado con ella en el santuario de Bok mañana por la tarde –añadió Cab.

–¿Para qué?

–Porque volver a un lugar donde sucedió algo horrendo despierta a veces nuestros recuerdos.

–Tal vez haya recuerdos que están mejor así, enterrados –replicó Diane–. Si pudiera, yo misma olvidaría esa noche.

–Dime una cosa: ¿Drew estuvo con vosotros toda la noche?

–¿Disculpa?

–Me preguntaba si tu hijo estuvo también en el estrado.

–No, no nos acompañó.

–¿Dónde estaba?

–¿Drew? En casa, no se encontraba bien. ¿Qué tiene él que ver en todo esto?

–Nada. Sólo me preguntaba cómo le afectó el trauma. ¿Birch y él estaban muy unidos?

Diane frunció el ceño.

–No.

–Padrastro e hijastro. Nunca es fácil.

Ella no reaccionó bien ante aquella muestra de empatía.

–No, no lo es.

–Me han contado que, antes de los asesinatos, Drew protagonizó un desagradable incidente.

–Mi hijo tuvo problemas con las drogas durante casi toda su vida, Cab.

–Sí, lo sé. ¿Algo en especial provocó ese incidente concreto? ¿Ocurrió algo?

Diane se puso en pie y se alejó de él.

–Me temo que los drogadictos no necesitan provocaciones. Mira, Cab, no me gusta ser brusca, pero ¿podemos abreviar? Estoy cansada; la campaña es agotadora. Y la verdad es que no quiero seguir hablando de esto.

–Claro.

–Siento no poder serte de más ayuda. Me alegro de haberte visto de nuevo, de verdad.

–Y yo.

Cab también se puso en pie.

–Como ya te he dicho, lo más probable es que todo esto te resulte una pérdida de tiempo. Caprice tiene buen corazón, pero desearía que hubiera hablado conmigo antes de contratarte. Le habría dicho que no se molestara.

–Espero que estés en lo cierto –dijo Cab–. Eso significaría que estás a salvo.

Diane lo acompañó hasta la puerta principal y se despidió de él sin ceremonias. No se abrazaron. No se estrecharon la mano. Ella no veía el momento de que Cab se marchara, y cerró la puerta a su espalda sin dilación.

Cab se encontró solo en el jardín. Había anochecido. Al pie de las escaleras, los faroles dorados que coronaban unos pilares blancos iluminaban el camino. Lo siguió hasta la verja principal, elaboradamente esculpida con detalles de garzas y ramas en hierro forjado. El guarda de seguridad lo dejó salir. Cab tomó nota con satisfacción de que el hombre era cumplidor y fuerte, pero sólo era un hombre y había muchas formas de abrirse paso a través del muro.

Cab permaneció de pie en la oscuridad del vecindario. La previsión meteorológica era correcta: la noche había cambiado. Soplaba viento del oeste y la presión atmosférica había caído. Notaba el sabor de la lluvia en los labios. Llevaba viviendo el tiempo suficiente en Florida para saber que se acercaba una tormenta.

Examinó las casas de los alrededores y experimentó una sensación de desazón. Algunas estaban iluminadas y otras, a oscuras. Los jardines formaban un laberinto de vallas y árboles crecidos, todos negros en la noche. Había unos cuantos coches aparcados holgadamente junto a los bordillos. Su vista no alcanzaba muy lejos, pero dedicó unos minutos a observar y escuchar.

Al cabo de un rato, Cab cruzó la calle hacia su Corvette, aunque la sensación no le había abandonado.

En algún lugar no muy alejado se ocultaban los ojos de un desconocido. Alguien lo estaba observando.

16

Bajó los prismáticos y se fundió con las sombras de los árboles. El poli era listo; cuando alguien los espiaba, los buenos tenían un sexto sentido para detectarlo. Contempló cómo el Corvette rojo se alejaba rugiendo de la propiedad de Diane Fairmont y se preguntó si el detective se convertiría en un problema.

No deseaba que hubiera más muertes, pero a veces eran necesarias. Como la chica que se había colado en la casa embargada. Tina. Joven, bonita, dulce. Después de rajarle la garganta, había lanzado su cuerpo a un parque cerca de la costa del golfo. En algún momento compararían la sangre de la moqueta de la casa con la de la chica y descubrirían que había estado allí, aunque entonces ya no importaría.

Tan sólo necesitaba unos días más.

Pensó en Justin Kiel. Justin también era listo, como el poli. Había sumado dos más dos de un modo en que nadie lo había hecho hasta entonces. Podría haber resultado en un desastre, pero Justin había cometido el error de seguirle y tratar de averiguar más. Fue fácil descubrirlo y aún más fácil atraparlo.

Durante todos esos años, su secreto había permanecido a salvo. Enterrado. Oculto. Hasta ahora. Debería haberlo supuesto. Una vez se escarba la tierra de una vieja tumba, se corre el riesgo de que alguien tropiece con ella.

«¿Qué pasa?»

«¿Por qué hay tanta sangre?»

Apretó los puños y espantó las emociones. Era un *déjà vu*. Esos diez años no habían cambiado nada. Lo único que podía hacer era continuar adelante.

Notó cómo el teléfono de prepago vibraba dentro de su bolsillo. Sabía con exactitud quién estaba al otro extremo de la línea. Echó un vistazo al vecindario para asegurarse de que estaba solo antes de contestar.

–¿Lo tienes?

–Sí, puedo conseguirte lo que quieras. No hay problema –dijo el hombre.

–Bien.

–Es un arma muy potente, amigo.

–Ya, ¿y?

–Quiero asegurarme de que esto no acabe estallándome en la cara.

–No te preocupes por eso.

–Tiendo a preocuparme. ¿Tienes el dinero?

–Sí.

Hubo una larga pausa. Casi podía oír los cálculos mentales de su interlocutor. La evaluación del riesgo. La avaricia. Al final, la avaricia siempre gana.

–Entonces quedamos el martes –dijo el hombre–. En el muelle de Picnic Island. Después de que anochezca.

–Allí estaré.

Colgó el teléfono. Todo empezaba a encajar. Pronto llegaría el Día de la Independencia. Pronto *Chayla* bramaría como un animal sobre sus cabezas. La violencia de la tormenta le protegería. Volvería a atacar como lo había hecho antes. Y por fin tendrían lo que siempre habían querido.

Poder.

Segunda parte

ALGO TERRIBLE

17

Cab esperaba que, a la hora del almuerzo del lunes, el Pilot House, en el club náutico de Tampa, estuviera abarrotado; sin embargo, lo encontró vacío. La fiscal general Ramona Cortes se hallaba sentada a la mesa de un reservado ovalado al fondo del comedor. Las paredes estaban revestidas con paneles de roble claro y decoradas con banderas náuticas. Unos postigos de madera protegían las ventanas panorámicas y Cab distinguió el mar a través de los listones.

Ramona dejó sobre la mesa su ejemplar del *Tribune* y se puso en pie para darle la bienvenida.

–Cab –dijo–. Es un placer volver a verte. Gracias por venir.

Cab sonrió.

–Me pareció que no tenía opción.

–No la tenías. La verdad es que no.

–¿No te acompaña ningún asistente? –preguntó él–. ¿Estamos solos?

–Prefiero mantener la intimidad cuando se trata de según qué asuntos.

Ramona hizo un gesto hacia el comedor vacío.

–El restaurante cierra los lunes, pero hacen una excepción conmigo cuando estoy en la ciudad. Salgo a hacer ejercicio, almuerzo y luego hago unas cuantas llamadas para recaudar fondos. Es un proceso que nunca termina. Pide lo que te apetezca. Yo voy a tomar sopa de tomate con albahaca y queso gratinado.

–Suena delicioso.

Ramona levantó dos delgados dedos en dirección a un camarero que esperaba en la sala y éste asintió y desapareció. Frente a Cab había un café con leche helado. Por lo visto, sus gustos eran predecibles. Ramona bebía agua con gas con una rodaja de lima de un vaso largo.

La fiscal general era una mujer amable, pero no se andaba con tapujos. Cuando sonreía, lo hacía sólo curvando los labios, no con una amplia sonrisa. Tenía cuarenta y pocos años y era menuda, de manos delicadas y cuerpo esbelto. Si había algún rastro de gris en su moño de pelo negro, lo había borrado. Tenía la barbilla afilada y la nariz aguileña, y sus ojos oscuros traslucían inteligencia y confianza. Llevaba un traje negro entallado, en apariencia tan caro como el que vestía Cab.

Ramona había obtenido un gran éxito en sus dos carreras. Había comenzado como abogada defensora en uno de los mayores bufetes del estado y luego había dado el salto al azaroso mundo de la política de Florida. Tenía dinero, inteligencia y el valor de sus convicciones. Sin embargo, Cab la había visto en televisión y sabía que no se le daba bien hacer campaña. En público, resultaba fría. Distante. Dependía de su fama de persona dura y el eslogan de su campaña reflejaba la clase de persona que era: «Ramona Cortes para una Florida fuerte».

–¿Cómo está Lala? –preguntó ella.

–Bien. Ocupada con un caso.

–Deberíais venir a Tallahassee algún día. Una fiesta en la piscina durante las vacaciones, tal vez. Lala es mi prima favorita, ya lo sabes.

Cab se preguntó si Ramona sabía que su relación con Lala atravesaba un momento difícil. Para los cubanos que había conocido, la familia lo era todo y se guardaban pocos secretos. Si Lala le hubiera contado algo a alguien, ya debía de haber llegado a oídos de Ramona.

–Me parece estupendo. Aunque ¿no estarás ocupada gobernando el estado?

–Ése es mi plan.

Ramona entrelazó las manos.

–Probablemente te preguntarás por qué quería reunirme contigo.

–Así es.

–No me andaré por las ramas, Cab. Según mis fuentes, te has aliado con la fundación Common Way. ¿Es eso cierto?

Se preguntó si Lala la había llamado.

–Estoy haciendo un trabajo para ellos –reconoció.

–¿Qué clase de trabajo?

–Un asunto privado.

Ramona lo escrutó desde el otro lado de la mesa. Uno de sus índices daba golpecitos sobre la otra mano con la misma precisión que un metrónomo.

–En realidad sólo estaba siendo educada. Sé exactamente lo que te han pedido que hagas: estás investigando las amenazas contra Diane Fairmont. Intentas averiguar si puede haber una relación con los asesinatos del Día del Trabajo de hace diez años.

–Estás bien informada.

–¿Te sorprende?

–No –admitió Cab.

–Deja que te diga lo que he pensado. Consideraría un favor personal que renunciaras a esa investigación.

–¿Renunciar?

–Eso es. Rescindir tu contrato con Common Way.

Antes de que Cab pudiera plantear la primera de las docenas de preguntas que lo asaltaron, el teléfono de Ramona empezó a sonar. Se disculpó y atendió la llamada, que derivó en una larga conversación. Mientras la fiscal general hablaba, el camarero regresó con los cuencos de sopa y los bocadillos de queso caliente en pan de chapata. Ramona le hizo un gesto a Cab para que comiera, y eso fue lo que hizo.

Se había comido medio bocadillo cuando ella colgó.

–Lo siento.

–No te preocupes –dijo Cab.

–Sé que tienes muchas preguntas, pero no puedo darte todas las respuestas. Lo lamento; tendrás que confiar en mi palabra.

Cab tomó una cucharada de sopa.

–Cuando un político me pide que confíe en su palabra, me vuelvo agnóstico de repente.

–También soy abogada –replicó Ramona con un atisbo de sonrisa–. ¿Te sirve de algo?

–Es aún peor.

–Lo que puedo contarte es esto: estoy al tanto de esas supuestas amenazas a Diane. El FBI considera que no puede confirmar su veracidad.

–En otras palabras, son obra de un lunático.

–Ésa es una de las posibilidades –confirmó ella–. Otra es que la gente de Common Way se las haya inventado.

–Deduzco que no sientes un gran aprecio por la gente de Common Way –observó Cab–. Esto no tendrá nada que ver con el hecho de que Diane te supere en las encuestas, ¿no?

Ramona dio un pequeño mordisco al bocadillo y se llevó la servilleta a los labios. Comía despacio, como una mujer sin ninguna prisa.

–Si lees los periódicos, sabrás que la diferencia en las encuestas es de sólo unos puntos. Nada que me quite el sueño.

–Aun así, me sorprende que, dado lo que pasó con Birch Fairmont, te tomes tan a la ligera las amenazas.

Ramona lo evaluó con la mirada, sopesándolo. Responsable o irresponsable. Falso o sincero. Profundo o superficial.

–¿Puedo hablar en confianza, Cab?

–Por supuesto.

–Estoy segura de que sabes que, antes de ser elegida, era abogada penalista. Me gané una buena reputación en todo el estado aceptando casos de gran notoriedad que centraron la atención de los medios, entre ellos la defensa de Hamilton Brock y la Alianza por la Libertad del Imperio. No es un caso que mis enemigos políticos vayan a permitir que olvide. Obviamente, no voy a revelar ningún detalle acerca de las cuestiones legales, pero sí te diré que los medios exageraron la amenaza que suponía la Alianza. Cuando Ogden Bush proclamó a bombo y platillo que eran terroristas nacionales radicales, tenía en mente un objetivo político muy concreto: favorecer a los demócratas. Sin embargo, Brock y sus socios eran en su mayoría simples fanfarrones paranoicos enamorados de las armas que cacareaban sobre complots gubernamentales imaginarios. Estamos hablando de fontaneros y agentes inmobiliarios, Cab. Quizás hubiera entre sus filas algún descerebrado, pero no un asesino.

Cab pensó en Hamilton Brock. No estaba convencido de que aquel hombre fuera un tigre de papel. Pensó también en Rufus Twill, en su cojera y en su único ojo. La Alianza no le hacía ascos a la violencia.

–Y ¿quién mató a Birch Fairmont? –preguntó.

–No tengo ni idea.

–Entonces ¿por qué crees que esa misma persona no podría estar amenazando a Diane?

Ramona se inclinó por encima de la mesa.

–¿Francamente? Porque creo que Common Way haría cualquier cosa para que Diane Fairmont sea elegida gobernadora. Incluso falsificar amenazas si con ello consigue despertar las simpatías de los votantes. Teniendo en cuenta mi relación profesional con ellos, no me sorprende que hayan desenterrado el asunto de la Alianza. Créeme, Cab, conozco a esa gente. Conozco a Diane. Hamilton Brock no es el único de mis clientes que tuvo que enfrentarse a ella. Esa gente es despiadada y turbia, y no deberías trabajar para ellos. Te sacrificarán sin pensárselo dos veces si eso sirve a sus propósitos.

Lala le había dicho lo mismo. «Esto podría superar incluso a alguien como tú.» Chuck Warren había utilizado palabras parecidas para describir al partido advenedizo. Despiadado. Turbio.

–Resulta difícil creer que Common Way pueda ser peor que los otros dos partidos –señaló.

–No estoy de acuerdo.

–¿Y en qué te basas para decir eso?

Ramona meneó la cabeza.

–Me temo que no puedo hablar de ello.

–He oído rumores de que, de algún modo, Diane fue la responsable del escándalo en el que se ha visto implicado el gobernador –dijo Cab–. Se comenta que la gente de Common Way le tendió una trampa a su jefe de gabinete. ¿Crees que es posible?

–Sí, lo creo. Y la verdad es que no soy muy entusiasta del gobernador.

Cab dedicó a la fiscal general una mirada de sorpresa.

–Ésa es una acusación grave.

–Ahora estamos en el cono del silencio.[1] Lo que te digo es lo que pienso, no lo que puedo demostrar. No creo que el hecho de que dispararan a la línea de flotación del gobernador precisamente este año sea una mera coincidencia. Cuando Common Way estaba en la oposición, los masacraron. Llevan una década haciéndolo: moldean la legislatura a su antojo atacando y destruyendo a cualquiera que se les oponga. Ahora, Diane tiene la oportunidad de hacer su entrada triunfal y girar las tornas.

–Hamilton Brock lo llamó «golpe de Estado» –comentó Cab.

–Y no va desencaminado.

–¿Crees que han actuado al margen de la legalidad? ¿O sólo te quejas porque juegan mejor que tú?

–Creo que la gente se queja del gobierno, como también lo hago yo, pero al menos las acciones del gobierno son en su mayoría transparentes. Hay perros guardianes por todas partes. Una organización como Common Way dispone de una enorme cantidad de fondos que les permiten ejercer su influencia entre bambalinas prácticamente sin que nadie los controle. Creo que esa clase de poder supone una extraordinaria tentación para cruzar ciertas líneas rojas.

1. Invento que aparecía en la serie *El Superagente 86* para mantener conversaciones que no pudieran ser escuchadas. *(N. de la T.)*

–Si eso es lo que crees, ¿no deberías estar investigándolos? –señaló Cab.

–¿Qué te hace pensar que no estoy haciéndolo?

Cab asintió, dejó la servilleta en el plato y se puso en pie.

–Gracias por la advertencia.

–¿Harás lo que te he pedido? ¿Vas a renunciar?

–No, todavía no. No porque tú lo digas. Lo siento.

Ramona también se levantó. Era como una pequeña dínamo a su lado.

–Cometes un error, Cab.

–Te diré lo mismo que les dije a ellos: si descubro que han jugado conmigo, lo dejaré. Hasta entonces, me aseguraré de que Diane Fairmont no corre la misma suerte que su marido.

La fiscal general frunció el ceño.

–No se trata de ti –dijo–. Si sólo fuera eso, no me importaría.

–Entonces ¿de qué se trata?

–Un empleado de la fundación llamado Justin Kiel fue asesinado hace poco –le explicó Ramona–. La policía concluyó que la muerte estaba relacionada con el tráfico de drogas. Tengo razones para pensar que se equivocan.

–¿Y eso por qué?

–Por ahora, no puedo decírtelo –insistió ella–. Sólo te sugiero que te andes con cuidado.

Cab meneó la cabeza.

–Espero que no estés insinuando que Diane está relacionada de algún modo con ese asesinato. No me lo creo ni por un instante. No soy un gran entusiasta de los políticos, pero ¿cuántos de ellos matarían literalmente para ser elegidos?

La fiscal general volvió a sentarse y cogió su bocadillo.

–Más de los que crees, Cab. Más de los que crees.

18

–Frank Macy –dijo Peach.

Los dedos de Deacon dejaron de teclear.

–¿Quién?

Peach plantó en el escritorio, frente a su hermano, el papel que había cogido del escondite de Justin.

–Este tipo. Tiene un largo historial. Drogas. Armas. Homicidio. Por alguna razón, Justin estaba interesado en él. Apuesto a que está relacionado con su muerte.

Deacon cogió el papel y lo examinó detenidamente.

–¿Qué es esto? Y ¿qué tiene que ver con Justin?

–Justin escondía sus ordenadores y archivos en un refugio. Alguien ha registrado el lugar, pero se le pasó esto por alto. Llevo toda la mañana recopilando información sobre Frank Macy. Salió de la cárcel este mismo año, pero sigue en la zona. Tiene un apartamento cerca de la playa de Saint Pete. Y voy a encontrarlo.

–Enana, ¿qué coño...? –empezó Deacon.

Entonces se interrumpió y se levantó para mirar por encima de las paredes de los cubículos. Tras volver a sentarse, le dijo a media voz:

–Será mejor que no hablemos de esto en la oficina.

Deacon abrió la marcha a través de la zona de cubículos. Peach vio el despacho de Ogden Bush en el otro extremo de la planta: la puerta estaba cerrada. En la calle, la tarde era calurosa, pero el viento había cobrado vida y hacía volar el polvo y los desperdicios por encima del asfalto, cegando a Peach. Su hermano avanzaba a buen paso y ella se apresuró para no perder su estela. Se hallaban en una zona de fachadas ruinosas y ventanas cegadas. Deacon caminó tres manzanas hasta un pequeño parque, poco más que un cuadrado de hierba seca y palmeras con una hilera de bancos verdes.

Deacon se sentó. Llevaba una camiseta ceñida gris, vaqueros y unas botas polvorientas. Se puso las gafas de sol y se rascó la barba rojiza.

–Vale, ¿vas a decirme de qué va todo esto?

–Quiero averiguar qué le pasó a Justin.

–Ya lo he pillado, pero ¿por qué? Sé que trabajabais juntos, pero no entiendo a qué viene esto.

Ella tomó aire. Era una persona introvertida, incluso con su hermano, pero decidió contarle la verdad.

–Era más que eso.

–¿Qué era?

Entonces Deacon echó la cabeza atrás y suspiró.

–Oh, joder. ¿De verdad? ¿Justin y tú?

–Estábamos enamorados.

–Por todos los santos, ¿por qué no me lo contaste, enana? Ahora entiendo por qué estabas tan hecha polvo.

–Era algo sólo nuestro –explicó Peach–. No se lo dijimos a nadie.

–Mira, lo siento. Ahora lo entiendo todo, pero no quiero que corras ningún riesgo. La investigación de su asesinato es cosa de la policía, no nuestra.

–No voy a dejarlo.

Peach notó cómo los ojos se le llenaban de lágrimas; se derrumbó sobre el hombro de su hermano y se agarró de su brazo. El viento ardiente le soplaba en la cara, como si alguien hubiera dejado abierta la puerta del horno.

–Es una cosa más, ¿sabes? Una cosa más que me han quitado.

Él la besó en la coronilla.

–Sí, lo sé.

–Quería a papá y a mamá, y murieron. Quería a Lyle, y murió. Quería a Justin, y está muerto. Puede que sea culpa mía.

–No digas eso.

–¿No te sientes solo sin ellos? –preguntó Peach.

–Claro que sí.

–Echo de menos a Lyle –dijo ella–. Con todo lo que ha pasado, con todos los comentarios acerca del Día del Trabajo, he pensado mucho en él.

–Yo también. Claro que también me acuerdo de lo capullo que era –soltó Deacon con una risita.

–¡No digas eso! –exclamó Peach.

–Eh, está muerto y lo lamento, pero no voy a fingir que era alguien distinto. No nos trataba bien. Cualquier cosa era más importante que nosotros.

–Quedamos a su cargo. No debió de ser sencillo.

–No digo que lo fuera, pero tú no veías cómo era. Eras sólo una niña, pero yo no.

Peach frunció el ceño. En el fondo de su corazón, sabía que Deacon tenía razón, pero no iba a admitirlo.

–Sí que lo veía –replicó en voz baja–. Es sólo que no me gusta recordarlo de ese modo.

–Lo entiendo. Recuérdalo como prefieras. Créeme, yo pienso en él cada vez que me subo al Mercedes, pero entonces me digo: es probable que este coche significara más para él que cualquiera de nosotros. Sé que es duro.

–Sí.

Peach se sorbió la nariz.

–Bueno, y ahora, ¿quieres explicarme qué está pasando? ¿En qué lío te has metido?

Peach se lo contó. Se lo contó todo: la llamada nocturna de Curtis Clay, la huida por los pelos del apartamento de Justin con ayuda de Annalie, la búsqueda nocturna en el despacho de Ogden Bush, el descubrimiento del escondite de Justin, el artículo que había encontrado sobre Frank Macy. Fue un alivio poder decirlo en voz alta, admitir cuánto significaba para ella averiguar la verdad.

–Veo que has estado muy ocupada –dijo él cuando terminó.

Peach esperaba que le echara un sermón. Déjalo correr. Deja que la policía haga su trabajo. Pero Deacon no se molestó siquiera, porque sabía que Peach no le escucharía.

–Ese tipo del apartamento de Justin, el que afirmó ser un poli –dijo Deacon–, ¿quién es? ¿Hay alguna manera de encontrarlo?

Peach negó con la cabeza.

–No lo había visto nunca.

–Por lo que dices, parece un detective privado –observó él.

–Y ¿para quién trabaja?

–No lo sé, pero sacaré los archivos fotográficos estatales para que les eches un vistazo. Tal vez así podamos identificarle.

Deacon vaciló. Parecía preocupado.

–Mira, hay algo que no debes perder de vista, y sé que no va a gustarte –añadió.

–¿El qué?

–Es posible que en realidad sí se trate de un asunto de drogas. Ese tipo de casos hacen que salga gente de debajo de las piedras. Huelen el rastro del dinero. Ese Curtis Clay podría estar relacionado con traficantes que buscan la pasta o la mercancía.

–¿Y qué pasa con la foto que he encontrado? ¿Qué hay de Frank Macy?

–Tú misma lo has dicho –le recordó Deacon–. Macy tiene un largo historial delictivo. Si Justin se veía con ese hombre, es posible que Macy o uno de sus cómplices se deshicieran de él. Sólo quiero que estés preparada por si la verdad sobre Justin resulta ser algo que no te agrada.

Peach se quedó callada. Sabía que Deacon tenía razón, pero no creía que fuera cierto.

–Tengo que acercarme a Macy –dijo al fin.

–Ni hablar –repuso Deacon–. Investigar sus antecedentes es una cosa, y acercarte a ese tipo otra muy distinta.

–¡No voy a ir y empezar a coserlo a preguntas! Yo sólo escucho. Nadie se percata de mi presencia. Si consigo acercarme lo suficiente, tal vez le oiga contar algo. Es «inthum», y es a lo que me dedico.

–Lo sé, y se te da muy bien, pero ¿crees que ese tipo no es bueno en lo suyo? No te fíes de su cara de niño. A los criminales como Macy terminan por salirles ojos en la nuca.

–Lo sé, pero tengo que averiguar por qué Justin estaba interesado en él. Si no guarda relación con las drogas, es que hay algo más. ¿Qué podría ser? Macy lleva fuera de circulación ocho años.

Deacon vaciló.

–Vale, mira, no le des demasiada importancia a lo que voy a decirte.

–¿El qué? ¿Sabes algo sobre él?

–Puede que no sea nada, pero sé que hay una conexión entre Frank Macy y Diane. Tú no te acordarás; eras muy pequeña.

–¿Cuál es la conexión? –quiso saber Peach.

–¿Te acuerdas del hijo de Diane, Drew?

–Vagamente –contestó ella–. Sé que se suicidó.

Deacon asintió.

–Sólo coincidí con Drew un par de veces, pero Lyle hablaba mucho de él. Le preocupaba que su comportamiento perjudicara la campaña de su padrastro. Drew tenía problemas con las drogas, lo cual ya es bastante malo, y además frecuentaba ciertos locales de Tampa en los que le fotografiaron en actitudes comprometidas. Y con gente poco recomendable.

«Gente poco recomendable.»

–¿Me estás diciendo que Drew conocía a Frank Macy? –preguntó Peach.

–Sí, así es –confirmó Deacon–. A Macy le gustaba salir por ahí con niños ricos. Sabía cómo ponerlos en contacto con gente de la calle. Drew y Macy pasaban mucho tiempo juntos. Primero en la universidad y luego en Tampa y en Lake Wales. Macy era el camello de Drew.

19

Cab creía haberse acostumbrado a la fama de su madre, pero aun así seguía sorprendiéndole no poder ir con ella a ninguna parte sin que alguien la reconociera. Aquella tarde en el santuario de Bok no fue diferente. Tarla llevaba un vestido veraniego blanco –vaporoso, pero no abiertamente sugerente–, con un cinturón de cuero atado con un nudo alrededor de su esbelta cintura. Su pelo rubio estaba alborotado, sus ojos ocultos tras unas gafas de sol y su rostro discretamente maquillado. Aun así, la gente empezó a murmurar en cuanto la vio llegar.

En el mostrador de recepción del centro de interpretación, una azafata de sesenta y pocos años reunió por fin el valor para preguntarle:

–¿Es usted...?

Tarla sonrió. Al cabo de un momento, estaba firmando autógrafos.

Cab no tenía nada que hacer mientras Tarla atendía a sus fans, así que se dedicó a leer los paneles sobre Edward Bok, el autor y editor que había mandado construir la torre y los jardines a finales de los años veinte. Era un lugar tranquilo y encantador, diseñado para encarnar la filosofía de Bok: «Convierte el mundo en que has vivido en un lugar mejor y más bonito».

Sabía que Tarla había convertido el mundo en un lugar mejor. Al contemplar el brillo en los rostros de quienes la reconocían, Cab comprendió la influencia que habían ejercido, tanto ella como sus películas, en la vida de la gente. Dudaba que alguna vez él pudiera decir lo mismo. Nunca se había casado. No tenía hijos. Su día a día consistía en escarbar en corazones oscuros.

No era un gran legado.

–Bueno –dijo Tarla apareciendo a su lado, algo jadeante–. Ha sido divertido, ¿verdad?

–Sí, alguien me ha comentado lo emocionante que era conocer a Naomi Watts en persona –repuso Cab.

–Eres tan gracioso, cielo. Malvado pero gracioso. ¿Sabes? Una de las mujeres sólo tenía ojos para ti. A mí ni siquiera me ha mirado.

–¿Disculpa?

Tarla ladeó la cabeza hacia el mostrador mientras arqueaba las cejas en un gesto coqueto. Cab miró en la misma dirección y vio a una mujer vestida con un peto vaquero que lo miraba fijamente. Cuando sus ojos se encontraron, ella se volvió de espaldas. Cab no la conocía, pero aparentaba tener su misma edad. Era negra y delgada, y llevaba el pelo rojizo recogido en trenzas. Bajo el peto, distinguió el logotipo de una empresa local de jardinería estampado en su camiseta roja.

–Parece discreta, pero ésas son las que más pueden sorprenderte –comentó Tarla.

–No me digas.

–Sí te digo. He oído que las bibliotecarias son verdaderas fieras en la cama, por ejemplo.

–¿Dónde lo has oído exactamente? –quiso saber Cab.

–Vamos, es verdad. Su déficit de agudeza visual lo suplen con una curiosidad voluptuosa.

Cab sabía que no le convenía llevar la contraria a su madre. Echó un último vistazo al mostrador del museo, desde donde la mujer negra volvía a mirarlo. Tenía los gruesos labios apretados en una mueca. Mientras él la observaba, la mujer cogió un tanque de agua y salió a regar las flores colgantes.

Cab le ofreció a Tarla su codo y ella entrelazó su brazo con el de él al tiempo que salían de la oficina y subían por la colina hacia el santuario. El reloj daba la hora en punto, y las campanas empezaron a sonar. A su alrededor, los campos lucían cuidados y exuberantes. El musgo negro se mecía como los brazos de un esqueleto cuando el intenso viento agitaba las ramas de los árboles. Los arbustos estaban punteados de temblorosas flores rojas y rosas. Bajo sus pies, el camino de asfalto dio paso a la tierra mullida. Las cañas de bambú se inclinaban sobre el sendero. En la cima de la pendiente, en el extremo más alejado de un estanque alfombrado de algas, se alzaba la hermosa torre de piedra rosa.

Cab y Tarla se sentaron en un banco. Las campanas tocaban un melodía medieval. Tarla contempló la torre y recordó otros tiempos. De repente, su relajada expresión de seguridad se transformó en otra más vacilante. Podía sonreír y bromear, pero sin duda hubiera preferido estar en otro sitio.

–Sé que es difícil para ti –dijo Cab.

–Más de lo que esperaba –confesó Tarla–. Después de... No había vuelto a pisar este lugar.

–No me sorprende.

–Es una lástima, porque me encantaba venir aquí de niña. Diane y yo nos pasábamos horas en el santuario. A veces, cuando vivía en Hollywood, me sentaba y pensaba en lo que estaría pasando en la torre en ese mismo momento. En quién habría. En qué tiempo haría. En qué música tocarían las campanas. Recordar este lugar me ayudó a superar momentos difíciles.

–¿Alguna vez te has arrepentido de haberte marchado? –quiso saber Cab.

–¿Te refieres a si alguna vez pensé en volver a Lake Wales? ¿A mi antigua vida? Sí, muchas veces. Incluso después de triunfar como actriz, fantaseaba con regresar. En cuanto dejas algo atrás, empiezas a pensar en ello como una época más sencilla, más simple. Y probablemente lo fuera.

–¿Por qué te marchaste?

–Oh, ya me conoces, Cab. No estaba hecha para vivir en un pueblo pequeño. ¿Qué habría hecho yo aquí? No podía robarle a nadie un marido rico como hizo Diane; no es mi estilo. Lo más probable es que me hubiera convertido en una de esas mujeres que hemos visto. Estoy segura de que ellas se sienten realizadas, pero yo me habría marchitado poco a poco, deseando haber hecho algo distinto con mi vida.

–¿Qué opinaba Diane de que te marcharas?

–Lo odiaba. Me odiaba. Al menos durante un tiempo. Sin embargo, cuando persigues un sueño tienes que renunciar a algo. Siempre hay que pagar un peaje. Tu abuela y yo nos mudamos al oeste y, un año después, sufrió un ataque al corazón y murió. Me quedé sola. No existía ninguna razón para que lograra abrirme camino. Lo más lógico habría sido que me hundiera en la nada, como les pasa a la mayoría de las aspirantes a actriz. Tuve suerte. Nunca olvido la suerte que tuve.

Cab frunció el ceño. En cierto modo, le resultaba doloroso pensar en su madre sola en Los Ángeles, sin nada y sin nadie en quien confiar. Tarla le tocó la manga. Cuando él la miró, ella le cogió la mano.

–¿Puedo preguntarte algo, Cab?

–Claro.

–¿Soy una mala madre?

Tarla lo miraba con gesto serio, y Cab supo que temía lo que él pudiera responder.

–¿Por qué diablos me preguntas eso?

–La gente de Hollywood no destaca precisamente por su buen hacer como padres, cariño. No todos podemos ser Brad y Angelina. Te arrastré por todo el mundo, te metí en situaciones sociales delirantes sin ninguna preparación y no pude evitar darme cuenta de que, en cuanto tuviste la oportunidad de alejarte de mí, lo hiciste.

–Supongo que querías que siguiera tus pasos –señaló Cab.

–Culpable –admitió Tarla–. El nepotismo es la última moda entre los actores. Podrías haberme eclipsado.

–Quería abrirme mi propio camino, no seguir el tuyo. En ese aspecto, me parezco a ti.

–¿Y cómo te va?

–No muy bien –admitió Cab con una sonrisa–. Supongo que es difícil meterse en tus zapatos.

Tarla se rio.

–¿Los míos? Son minúsculos comparados con los tuyos. Y no sólo por el cuarenta y seis que calzas. ¡Quién iba a decir que criaría a un hijo capaz de hacer algo que valiera la pena!

–¿Lo dices en serio? –preguntó él.

Su madre le dedicó una mirada de auténtica sorpresa.

–¿Bromeas? Claro que lo digo en serio.

–Vaya, gracias –dijo Cab.

–Te pido disculpas si tienes la sensación de que intento controlar tu vida, cielo. Me temo que viene con el paquete. Podría prometerte que dejaré de hacerlo, pero no me creerías.

–No te preocupes. Siempre que no te importe que desoiga tus consejos.

Tarla sonrió.

–Tarde o temprano acabaré por ganarte la partida. Lo cual me recuerda... ¿Qué tal Caprice y tú?

Cab levantó la mano.

–Ya basta.

–No puedes culparme por intentarlo.

Tarla se levantó e irguió los hombros. Esperó a que él también se pusiera en pie y añadió:

–Entonces ¿tienes pensado quedarte en Florida?

–Supongo que sí –contestó Cab–. No tengo muy claro si seguiré en la policía, pero necesito una base de operaciones. De hecho, este sitio es muy agradable. Y por mucho que me cueste admitirlo, lo cierto es que me gusta tenerte cerca.

–Qué zalamero –dijo Tarla–. Venga, vamos allá.

–¿Estás preparada?

–Tanto como puedo estarlo.

Caminaron hacia la torre a través de las hojas de parra y las enormes telarañas hasta alcanzar la zona abierta de la colina. Por encima de sus cabezas, las campanas se habían quedado en silencio. El viento era intenso y ruidoso, como una ola. Más abajo, Cab vio los naranjales al borde del terreno. Desde allí había llegado el asesino, un hombre de negro que avanzaba envuelto en una nube de aroma cítrico.

De la torre nacía un ancho sendero bordeado por árboles imponentes que desembocaba en una amplia extensión de césped.

–Aquí es donde levantaron la tarima –explicó Tarla–. Diane y yo subimos antes que los demás. Ella no se encontraba bien y fuimos a sentarnos.

–¿Qué le ocurría?

Tarla meneó la cabeza.

–No lo sé. No me lo dijo.

–¿Qué hay del asesino?

–Nadie sabía de dónde había salido. Sin embargo, en cuanto lo vimos, todos supimos qué estaba a punto de suceder. Cualquiera de los que estábamos allí podría habértelo dicho: alguien iba a morir.

–¿Dijo algo? –preguntó Cab.

–No.

–¿Alguien habló con él?

–Birch lo insultó antes de que le disparara. Aparte de eso, sólo se oyeron gritos.

–¿Qué hizo Diane?

–¿Diane? Nada, que yo recuerde. Se quedó paralizada. En estado de shock.

–Antes de que el asesino disparara a Lyle, se volvió hacia Diane. Tú te interpusiste entre ellos para protegerla.

Tarla suspiró.

–Ya te he dicho que no lo recuerdo.

–Ahora estás aquí. No habías vuelto a este sitio. Cierra los ojos.

Ella le obedeció a regañadientes.

–Lo siento, Cab, no...

–No hables.

Tarla inspiró hondo. Parecía un fantasma de tez blanca mientras el viento le revolvía el pelo rubio. La tela del vestido ondeaba a su alrededor. Estaban solos y, a excepción del viento que azotaba la cima, el mundo permanecía en silencio. No había voces. No había música. A veces funcionaba. A veces, el pasado hablaba cuando lo invitabas a hacerlo. Cab esperó un minuto, y luego otro.

–No recuerdo al hombre –dijo Tarla–, pero sí cómo me sentí.

–¿Cómo?

–Recuerdo que pensé que era un hombre normal y corriente, y me extrañó. Yo era más alta. Él no parecía... no lo sé.

–¿Un soldado? –dijo Cab en voz baja.

Tarla abrió los ojos.

–No, sin duda no parecía un soldado.

–¿Recuerdas algo más?

–Me temo que no.

–Me pregunto si tuviste la sensación de conocerlo –comentó Cab.

Tarla adoptó una expresión severa.

–¿Conocerlo? ¿De qué estás hablando?

–¿Es posible que no fuera un desconocido?

–Iba encapuchado –repuso ella–. Y ¿cómo iba a conocerlo? ¿Quién sería capaz de algo así?

Cab se preguntó si debía decírselo.

–¿Es posible que fuera Drew? –preguntó al fin.

Tarla reaccionó con furia.

–¿Drew? ¡Eso es ridículo, Cab! No, no era Drew.

–Alguien lo oyó amenazar a Birch poco antes del Día del Trabajo. Dijo que lo mataría, que le volaría los sesos.

–No me importa lo que dijera. Drew no lo hizo. Estaba en la piscina de la mansión cuando salimos.

–Tal vez se marchara de la piscina.

–¿Y cómo habría llegado hasta aquí? ¿Crees que Diane le dejó las llaves del coche? Acababa de salir de un centro de desintoxicación. No iba a ir a ninguna parte.

Parecía muy segura de lo que decía y Cab tuvo que admitir que su argumento tenía lógica. Supuso que, durante la investigación, el FBI habría confirmado dónde estaba Drew, una verificación habitual. Aun así, dudaba. La idea de que Drew había apretado el gatillo encajaba de alguna manera en su mente. Todo aquel asunto tenía una atmósfera personal.

Asesinato, no magnicidio.

–¿Por qué amenazaría Drew con matar a Birch? –preguntó.

–Tenía problemas, Cab; era un drogadicto. Pero eso no lo convierte en asesino. No era esa clase de persona.

–Nadie parece serlo nunca.

–Yo conocía a Drew, tú no. No sé por qué pierdes el tiempo con esto, Cab. Si intentas proteger a Diane, ¿por qué no estás en Tampa? Lo que sucedió en este lugar forma parte del pasado. Se acabó, ha terminado. ¿Por qué insistes en revivirlo?

–Quizá porque todo el mundo me dice que no lo haga –contestó Cab.

–Sí, eres un cabezota, ya lo sé. Eres mi hijo. Pero por favor, dime que no le has ido con esta tontería a Diane.

–Le pregunté dónde estaba Drew esa noche. Eso es todo.

–¿Y crees que no es lo bastante inteligente para sumar dos más dos? Cab, me has decepcionado. Diane se merece algo mejor que tolerar tus acusaciones sin sentido. Déjalo ya.

Cab se sintió como si lo hubiera abofeteado. Sabía que, cuando Tarla se veía obligada a ir a un sitio al que no quería, se encolerizaba. Lo que no comprendía era por qué las siguientes palabras que pronunció acudieron a su mente. Tal vez sólo quisiera herir a su madre.

–Nos acostamos –le dijo.

Tarla le miró.

–¿Qué? ¿Quién?

–Diane y yo. Ese verano. Nos acostamos, una vez. Yo me marché al día siguiente.

Había hecho algo que creía imposible: había dejado a su madre sin palabras. Tarla abrió la boca, incapaz de hablar. Se había quedado en blanco. El color abandonó su hermoso rostro. No sólo le había hecho daño: era algo mucho más profundo. La había herido de un modo que Cab no alcanzaba a comprender.

Tarla cruzó los brazos sobre el pecho y, con la cabeza gacha, se alejó de él con paso airado.

–¡Espera! –la llamó él.

Tarla no se detuvo.

–Vamos a hablar de esto.

Su madre no volvió la vista atrás. Bajó apresuradamente por el sendero hacia la torre y siguió adelante, hasta que el camino que descendía se la tragó. Había desaparecido, y no iba a volver. Cab lo sabía.

La vio desvanecerse, completamente hundido.

Cab sentía un vacío en el estómago. Pasó una hora antes de que reuniera fuerzas suficientes para marcharse de los jardines. Aunque la noche aún no había caído, las nubes oscurecían el cielo.

–¿Señor Bolton?

Cab había cruzado la verja y se dirigía hacia su coche cuando oyó una voz a su espalda. Se volvió y, junto a los arbustos, distinguió a la mujer negra que lo había observado en el centro de interpretación. Hablaba en voz baja, como si no se decidiera a acercarse. Sus dedos jugueteaban con su pelo trezado.

–¿Sí?

–Es usted Cab Bolton, ¿verdad? Es detective.

–Así es.

–Me llamo Gladiola Croft. Rufus Twill me ha hablado de usted. Dijo que estaba investigando lo que sucedió en este lugar. Él y yo nos conocemos; le conté cosas.

–¿Cosas? –preguntó Cab.

–Yo trabajaba en casa de Birch Fairmont cuando lo asesinaron –explicó ella–. No me sorprendió lo más mínimo. Ese hombre merecía lo que le pasó.

20

La camarera del Starfish Grill, en Saint Pete Beach, tenía los pechos más grandes que Peach había visto nunca. Eran como dos melones de carne morena que sobresalían de una camiseta escotada color naranja tan ceñida que parecía pintada sobre su piel. Cuando la chica, cuyo nombre era Steffi, se inclinó para dejar la cerveza O'Doul's sobre una servilleta, a Peach le pareció ver un camino directo hasta China en el fondo de su escote.

–Las alitas picantes saldrán enseguida –le dijo Steffi con una sacudida de su melena rubia–. ¿Quieres algo más?

Peach estaba distraída.

–¿Qué? Ah, no, gracias.

–Son geniales, ¿verdad?

–¿Qué?

Steffi señaló la revista de *indie-rock* que había sobre la mesa, frente a Peach. En una fotografía se veía al grupo holandés Rats on Rafts.

–Oh –dijo Peach, esforzándose por no ruborizarse–. Oh, sí.

Steffi le guiñó un ojo. Sabía lo que Peach estaba pensando.

–Me encantan. ¿Es lo que estás escuchando?

El cable de unos auriculares asomaba por debajo de la revista y se abría camino hasta el oído de Peach.

–No, Skynyrd.

–Vaya, un clásico –dijo Steffi.

Cuando la camarera se hubo marchado, Peach se acercó la revista. No estaba escuchando a los Skynyrd. El auricular estaba conectado a un minúsculo micrófono con grabadora oculto bajo las páginas abiertas. El micrófono, enfocado hacia una mesa cercana a la playa de arena blanca, amplificaba la conversación que Frank Macy mantenía con otro hombre y dos chicas que no parecían mucho mayores que ella. Frank y su amigo tomaban sendas Guinness, mientras que las chicas no parecían tener edad suficiente para beber nada que no fuera un batido de fresa.

Hasta ahora, habían hablado de la revista *Cosmopolitan* y de tríos. Puaj.

Peach tomó un sorbo de su O'Doul's. Aunque no bebía, había conseguido mimetizarse con el entorno de aquel bar de playa pidiendo una cerveza sin alcohol. Había elegido el conjunto del maniquí Harley: una peluca negra con el pelo de punta, una camiseta blanca de *Mad Max*, unos vaqueros cortos, un cinturón de American Rebel con una hebilla enorme, medias de rejilla y botas negras con tachuelas. Había añadido una espesa sombra de ojos azul, un arete en la nariz y un falso tatuaje con cadenas y llamas en el antebrazo.

El bar se hallaba a media manzana de Gulf Boulevard, en el extremo sur de la península, entre el golfo y la bahía de Tampa. A pocos pasos, las olas rugían sobre la arena y rompían levantando paredes de espuma. Las sombrillas de la terraza y las palmeras se agitaban con el viento. El sol se ocultaba tras capas y capas de nubes oscuras. En la playa, los surfistas cabalgaban las olas y el vendaval despeinaba a las adolescentes. Una capa de arena lo cubría todo, incluso su lengua.

«Uno de mis colegas tiene una casita en la playa –dijo Macy–. Creo que deberíamos trasladar la fiesta allí.»

«¿Tiene *jacuzzi*?»

«Eh, cuando vives en la playa las ordenanzas de urbanismo te obligan a tener un *jacuzzi*, ¿no lo sabías?»

El chiste fue recibido con risitas. Tenía a las chicas en el bolsillo. Frank Macy, atractivo y encantador, tenía aspecto de modelo. Pelo ondulado, largo y deliberadamente descuidado. Una camiseta lisa blanca debajo de una camisa a cuadros desabrochada, de manga corta. Pantalones europeos rojos. Extrañamente elegante, de mirada inocente. Su compañero, un asiático que había evitado la conversación, era más rudo y menos sofisticado. Camiseta sin mangas. Tatuajes. Despeinado y salvaje, con una línea rapada en la cabeza.

«Apuesto a que aquí mi amigo puede hacer que todos nos sintamos contentos y relajados», dijo Macy.

El asiático no sonrió. Se limitaba a beber cerveza y sus ojos eran fríos como la piedra.

Peach distinguió un rostro conocido cerca de la entrada del bar. Annalie Martine paseó la mirada entre las mesas y escrutó a la concurrencia, compuesta en su mayor parte por bañistas que habían colgado las toallas húmedas sobre los respaldos de las sillas de madera y *hipsters* playeros con el pelo sucio y collares. Buscaba a Peach, pero no lograba dar con ella. Harley había hecho su trabajo.

El teléfono de Peach vibró sobre la mesa. Vio un mensaje de texto.

«Me rindo. ¿Dónde estás?»

Peach sonrió y movió los dedos en su dirección. Su nueva compañera se abrió paso entre las mesas. La mayoría de los hombres, incluido Frank Macy, la siguieron con la mirada. Annalie volvía a llevar el pelo suelto. Iba vestida de negro, con unos pantalones cortos de licra que dejaban al descubierto sus torneadas piernas y una sudadera con cremallera y sin mangas. Calzaba deportivas de colores fluorescentes.

–Un día de éstos te veré antes de que tú me veas a mí –dijo Annalie al tiempo que dejaba caer su bolso de cuero sobre la silla.

Una burbuja de ruido flotaba sobre el bar, pero Annalie no levantó la voz. Sólo Peach podía oírla.

–Si lo haces, me largo –repuso Peach.

Steffi encajó sus enormes pechos entre las dos mujeres. Annalie pidió una Corona con lima.

–Guau, esas cosas deben de doler –comentó mientras la camarera se dirigía hacia la barra–. No imaginaba que te gustaran esta clase de sitios: tetas enormes, pantalones minúsculos ceñidos... –observó Annalie con suspicacia–. ¿Por qué estamos aquí?

–Por trabajo, no por placer –contestó Peach.

Annalie reparó en la revista y el cable que subía hasta el oído de Peach.

–¿A quién sigues?

Peach sonrió, se acercó a Annalie y tocó el colgante que llevaba alrededor del cuello.

–La mesa que queda más cerca de la arena, dos hombres, dos chicas.

Annalie sostuvo el colgante sobre la palma de su mano y barrió la playa con la mirada sin volver la vista hacia el agua.

–¿El mono o el desagradable?

–El mono.

–¿Quién es?

–Se llama Frank Macy –dijo Peach.

Le explicó lo que había encontrado en el escondite de Justin y le entregó un portafolios sobre Macy para que Annalie lo examinara. Mientras lo revisaba, Steffi dejó sobre la mesa una botella de Corona con una rodaja de lima metida en el cuello y una cesta de alitas de pollo picantes. Annalie empujó la rodaja de lima hacia abajo y agitó la botella con el pulgar sobre la abertura. Cuando terminó de leer el fragmento del artículo sobre Macy que se veía en la fotografía, no parecía muy contenta. Lo mismo había ocurrido con Deacon.

–Conozco a los tipos como Macy –comentó–. Se mueven entre las fiestas con cocaína de los suburbios y el tráfico del centro. Una cara agradable no significa nada. He conocido caras agradables que vertían agua hirviendo por la garganta de sus competidores. No te metas con él.

–No me meto con él. Sólo lo espío.

–¿Qué está diciendo? –preguntó Annalie antes de tomar un trago de la botella de Corona, que sujetaba por el cuello con sus finos dedos.

Peach escuchó.

«Vaya, eso sí que es una tía buena», comentó Macy refiriéndose a Annalie.

«Es mayor –protestó una de las chicas–. Debe de tener treinta años.»

«¿Bromeas? Sólo hay que mirar la forma de su boca para darse cuenta de que ha nacido para hacer mamadas.»

–Le gusta tu sonrisa –dijo Peach.

–Qué bien. ¿Qué es exactamente lo que esperas? ¿Que confiese el asesinato de Justin mientras come pepinillos fritos?

–Quizá.

Annalie dio un mordisco a una alita picante y se pasó la lengua por los labios.

–He consultado los informes sobre la muerte de Justin. Encontraron su cuerpo en un cuchitril, un motel cerca del canódromo, ¿verdad? Tres balas en la cabeza, como en una ejecución. La policía registró la habitación y encontró un lingote de cocaína y diez mil dólares escondidos entre las tripas del microondas.

–Lo sé.

–Y ahora tú estás vigilando a un conocido camello.

–Un camello que tiene lazos con Ramona Cortes. Y con Diane y su hijo.

–Las drogas siguen siendo el común denominador –planteó Annalie–. ¿Estás segura de que Justin no había metido los dedos en el pastel equivocado?

Peach abrió la boca para soltar un improperio, pero se contuvo.

–Por eso estoy aquí. Tengo que averiguar qué quería Justin de Macy. No me importa adónde me lleve esta pista, lo único que quiero es la verdad.

–¿Aunque la verdad sea la que todo el mundo dice? –preguntó Annalie con suavidad.

–Sí, aun así –contestó Peach, sin poder resistirse a añadir–: Pero no lo es.

Al cabo de una hora Peach se había bebido su O'Doul's y Annalie, su Corona. Pidieron dos más y, después de las alitas, un plato de quesadillas. Peach siguió escuchando y grabando la conversación de Macy, pero él no habló más que de cantantes de *rap*, discotecas y posturas sexuales. No mencionó temas políticos ni los nombres de Justin o Diane Fairmont, y sus alusiones a las drogas iban dirigidas a las chicas. Annalie estaba en lo cierto: era demasiado listo para decir algo incriminatorio en público.

Puesto que la cerveza que estaba tomando no contenía alcohol, tal vez fueran el viento y el calor lo que hacía que se sintiera achispada. Annalie y ella se rieron y contaron chistes. A pesar de ser muy distintas, le gustaba aquella mujer. Se sentía cómoda en su compañía, lo suficiente como para empezar a considerarla una amiga. No le pasaba con mucha gente. De hecho, con casi nadie.

Sin saber por qué lo decía, preguntó:

–¿Crees que soy rara?

Annalie frunció el ceño, aunque nada de lo que hiciera le restaba atractivo.

–¿Por qué iba a pensarlo?

–Visto disfraces. Soy una *voyeur*. Meto las narices en los asuntos de otras personas.

–Es tu trabajo.

–Sí, ya, pero probablemente lo haría aunque no lo fuese –confesó Peach.

–Aun así, sigue sin parecerme raro –dijo Annalie.

–Tengo maniquís en casa. Los colecciono.

–¿Hombres o mujeres?

–Oh, mujeres. Y les he puesto nombre.

–¿Hablas con ellos? –preguntó Annalie con una sonrisa.

–No. Bueno, hace tiempo que no.

–Eso sí es un poco raro, pero queda muy abajo en la escala. ¿Ellos hablan contigo?

–No.

–Entonces todo está bien.

–Hay más. También tengo una percepción rara del sexo.

Annalie esbozó una sonrisa burlona.

–Cuéntame.

–Tiempo atrás, decidí que quería ser célibe.

–Vale. No es lo que me imaginaba, pero vale.

–Me lo planteé con Justin, pero no llegamos a hacerlo.

–Bueno, a mí no me parece tan raro –observó Annalie–. Más bien dulce. Puede que algún día cambies de opinión, pero hasta entonces, haz lo que quieras. O no lo hagas.

–Tú mantienes relaciones sexuales, ¿verdad?

Al ver que Annalie vacilaba, Peach añadió:

–Lo siento, es una pregunta muy personal. Suelo pasarme de la raya.

–No te preocupes. No soy célibe, pero sí bastante conservadora. No voy saltando de cama en cama. Tengo que sentirme muy unida a un hombre, y eso no pasa muy a menudo.

–¿Merece la pena? Tengo la sensación de que el sexo no trae más que problemas.

–En eso llevas razón –convino Annalie.

Su conversación se interrumpió. Junto a la playa, las dos chicas de la mesa de Frank Macy se levantaron, cogieron el bolso y se dirigieron a los servicios. A solas con su compañero asiático, Macy se inclinó hacia delante para hablarle en susurros, y Peach trató de ajustar el micrófono. En el mismo momento, el viento arreció y descargó una explosión de sonido estático en su oído. Ella frunció el ceño, porque la conversación se volvió prácticamente inaudible.

Creía haber oído la palabra «pistola».

Y algo más que sonaba como «Picnic Island».

Steffi, la camarera, se plantó junto a Macy con la cuenta y le murmuró algo al oído. Él le dio una palmadita en el culo y le puso en la mano lo que parecía un billete de cien dólares. A Peach no le habría extrañado que se lo metiera directamente en el escote. Macy y el asiático avanzaron tranquilamente entre las mesas y pasaron tan cerca de la suya que Peach pudo distinguir el olor a coco de su gel de ducha. Sin apenas percartarse de la presencia de la chica, Macy le dedicó a Annalie un guiño seductor.

–¿Has oído algo? –preguntó Annalie una vez se hubieron marchado.

Peach rebobinó la grabación. Las palabras no le resultaron más inteligibles ni la segunda, ni la tercera, ni la cuarta vez. Le dijo a Annalie lo que le parecía haber oído, pero no estaba segura de estar en lo cierto y tampoco sabía qué podía significar.

Annalie escuchó también la grabación.

–No entiendo nada.

–Ya –dijo Peach con tristeza.

Esperaron cinco minutos, pagaron la cuenta y salieron del bar al estrecho aparcamiento. La calle sin salida que quedaba junto a ellas llevaba a un camino que cruzaba las dunas, cubiertas de maleza, hasta la playa. Peach no había dejado su coche en el aparcamiento del restaurante, sino en un solar al otro lado de la calle.

Annalie se metió en su Corolla.

–Nos vemos mañana.

–Sí, nos vemos –contestó Peach–. Y gracias.

Vio cómo Annalie se dirigía hacia Gulf Boulevard y luego cruzó el asfalto, agrietado y lleno de surcos, con la impresión de que el viento iba a levantarla por los aires. Avanzó con la cabeza gacha, sintiéndose extrañamente abatida. Su Thunderbird se hallaba cerca de un contenedor al fondo del solar. Rodeó el vehículo hasta el lado del conductor y abrió la puerta.

Como una explosión de fuegos artificiales, la base de su cráneo estalló en una erupción de luz y dolor.

Notó cómo lanzaban su cuerpo al interior del coche y cómo su frente chocaba, como un ladrillo, contra la ventanilla del acompañante. Sintió una sacudida seguida de un cegador latigazo de dolor en la cabeza, y luego algo pesado se le clavó en la espalda y le hizo sacar todo el aire de los pulmones. Una mano le agarró el hombro con la fuerza de un tornillo de banco y la volvió del revés. Peach jadeó en busca de aire.

Frank Macy estaba encima de ella, pegado a su cara. Peach notó el sabor de la sangre en la boca, y al parpadear vio doble por un momento, dos Macys sobre su cuerpo. Se le veía tan atractivo y despreocupado como un socorrista mientras la asfixiaba con una mano y presionaba la hoja de un cuchillo contra su tráquea con la otra.

–¿Quién eres, pequeña? –le preguntó–. Y ¿por qué me estás vigilando?

Peach movió la boca, incapaz de pronunciar palabra. Él apartó la mano de su cuello para que Peach pudiera tomar aire mientras hurgaba en los bolsillos de sus pantalones. A continuación, Macy cogió el bolso y vio dentro la grabadora, el teléfono y el micrófono.

–No eres policía –dijo Macy–. ¿Quién eres?

Pinchó la piel de su cuello con el cuchillo lo suficiente para que empezara a brotar la sangre. Si hundía más la hoja, le rajaría la garganta. Peach notó la saliva y el ácido mezclados en su boca.

–Necesito respuestas, pequeña. Tienes dos segundos o te rebanaré ese bonito cuello.

Macy relajó un milímetro la presión de la hoja, y ella se atragantó y tosió. Tenía el cuerpo empapado en sudor y las lágrimas se le escapaban de los ojos. Le contaría todo lo que él quisiera. Todo. De todos modos, iba a morir; él le arrancaría la verdad y luego le clavaría el cuchillo. El dolor y el terror la mareaban; veía destellos de un color brillante, como si el sol la deslumbrara. Su cerebro latía al compás de su corazón.

–Trabajo para Diane Fairmont –jadeó.

La cara de Macy se torció en un gesto de sorpresa.

–¿Fairmont? ¿Me estás diciendo la verdad?

Ella asintió y él se rio. Sí, se rio. Sus dientes eran perfectos.

–Después de tantos años, sigue teniendo miedo de mí.

Peach no dijo nada.

–¿Sabes qué? –continuó Macy, y se acarició la oreja–. Debería tenerlo.

La manoseó como haría un amante y le sobó los pechos como si esperara que ella se excitase. Peach cerró con fuerza los ojos. Él tiró de su ropa, rasgando las costuras, y dejó su cuerpo a la vista. Encontró la hebilla del cinturón, se lo desabrochó y le bajó la cremallera de los pantalones. Instintivamente, ella apretó las piernas. Macy estaba delgado, pero era demasiado fuerte para ella. Peach deseó estar en otro lugar, pero su mente no tenía adónde ir. El aliento de él era agradable; se había tomado una pastilla de menta antes de atacarla.

Entonces se oyó un grito. No era la voz de Peach.

–¡Déjala! ¡Suéltala ahora mismo!

Alguien abrió con fuerza la puerta del acompañante. Peach cayó de espaldas y una mano la sujetó antes de que su cuerpo golpeara el suelo. Era consciente de que Macy se retiraba, topando con la cabeza en la capota mientras se escurría por el otro lado del coche. Alguien la arrastró al caluroso anochecer y, en el torbellino de dolor y viento y color, se dio cuenta de que era Annalie.

Annalie, que la sostenía y la recostaba.

Annalie, que empuñaba una pistola y apuntaba a la cara de Frank Macy.

De repente se oyó el chirrido de unos neumáticos, y un Lexus negro rugió y se detuvo detrás del hombre. La ventanilla del conductor estaba bajada y Peach vio al hombre asiático del bar, que le hacía señas a Macy con un arma en la mano. Las dos chicas iban sentadas en la parte trasera, aterrorizadas. Se produjo un empate: Annalie no disparó; el asiático, tampoco. Macy retrocedió con paso vacilante y sonrió. Abrió la puerta trasera del Lexus y se metió en el coche.

El vehículo salió disparado hacia la calle que daba al golfo.

El chirrido de los neumáticos se desvaneció. Estaban las dos solas.

–¿Estás bien? ¿Estás bien? –murmuró Annalie.

La pistola seguía en su mano. En algún lugar a su espalda, el ruido del oleaje sonaba furioso y ensordecedor.

El cuerpo entero de Peach flaqueó. Notó que se derretía, que se ahogaba en un océano de alivio. Dejó escapar un tremendo sollozo y se derrumbó entre los brazos de Annalie.

21

Gladiola Croft vivía en la zona más pobre de Lake Wales, a la sombra de la torre de agua. Las casas parecían barracones militares, todas con el mismo diseño cuadrado de un solo piso y el mismo color amarronado, como un vómito acuoso. No lo invitó a entrar. Había dos sillas plegables junto a la puerta de entrada y Cab se sentó en una de ellas, rezando por que las desgatadas tiras de vinilo soportaran su peso. Un tiesto agrietado decoraba el alféizar de la ventana.

–¿Quiere un té helado? –preguntó ella.

–Sí.

La mujer desapareció dentro de la casita, de la que salía el sonido de un videojuego. Desde los escalones de entrada de la casa vecina, unos adolescentes observaban a Cab, su traje y su Corvette. Los cables de tendido telefónico se cruzaban en lo alto y las nubes oscuras avanzaban por el cielo vespertino.

Gladiola regresó con dos vasos de plástico llenos de cubitos de hielo. Él tomó uno y le dio un trago.

–Estupendo –dijo.

La mujer hizo una mueca cuando el viento le arrojó polvo a la cara.

–Dicen que *Chayla* va a causar muchos destrozos.

–Sí.

–No me importaría que este lugar fuera arrasado por el viento, pero es todo lo que tenemos.

–Lo entiendo.

Pero Cab se percató de que aquella mujer pensaba que no lo entendía en absoluto. Sus ojos le lanzaron la mirada que alguien sin dinero suele dedicar a un hombre acomodado. Estaba acostumbrado a ella y ya no se sentía culpable. La vida era una lotería. Había billetes perdedores y billetes ganadores.

–¿De qué conoce a Rufus Twill? –preguntó Cab.

–Es mi tío.

Cab se sorprendió, pero al observar detenidamente su rostro distinguió un parecido familiar.

–¿Rufus se crio aquí?

–Sí, pero se marchó a la universidad. Mi madre siempre decía que el tío Rufus era listo. Astuto, alguien que está al cabo de la calle. Se las apañaba bien escribiendo noticias que metían a los políticos en problemas. Al menos, hasta que dejó que esos tíos le echaran el guante. Le arruinaron la vida.

–Dice que ahora toca el piano. ¿Lo ha oído?

Gladiola sonrió.

–Sí, no se le da mal. Aunque no es tan bueno como él se cree.

Cab se preguntó si la gente opinaría lo mismo de él.

–Rufus me explicó que una de sus fuentes oyó al hijo de Diane, Drew, amenazar a Birch Fairmont. ¿Era usted?

–Sí, era yo.

–Pero después se echó atrás.

–Lo hice, tiene usted razón. No quería causarle problemas a nadie.

–Entonces ¿cuál de las dos versiones es cierta? –preguntó Cab.

–Sí, Drew lo hizo. Alto y claro. Aunque el señor Birch no estaba allí. Sólo estaban Drew, su madre y el musculitos.

Cab ladeó la cabeza.

–¿Disculpe?

–El tipo de los masajes. Siempre estaba allí.

–Ah, Garth Oakes.

–Sí, ése. Era un hombre atractivo, supongo. Vaya, usted es mucho más guapo que él, pero al tipo le sentaban bien las camisetas.

–¿Garth estaba siempre allí?

–Oh, sí. Hay gente a la que le gusta codearse con los ricos. Les hace sentir especiales.

–¿Y usted, Gladiola? ¿Por qué estaba allí?

–Es mi trabajo. Era. Iba a limpiar la casa tres días por semana. Empecé a los dieciséis años.

Gladiola encendió un cigarrillo y el viento arrastró el humo que salía de sus labios. Era más joven de lo que Cab había creído en un principio. Tendría unos treinta años, pero el cansancio empañaba su rostro. Su cuerpo era huesudo y menudo. Tras sentarse en la silla plegable, se sacó las chanclas y estiró los dedos de los pies. Se había quitado el peto y ahora llevaba unos pantalones cortos de algodón y la misma camiseta roja.

Cab oyó unas voces infantiles gritar dentro de la vivienda.

–¿Tiene hijos? –preguntó.

–¿Usted qué cree? Tengo tres.

Gladiola echó el brazo hacia atrás y dio un golpe en la puerta.

–Eh, ¡basta ya! No me obliguéis a entrar.

–¿Qué hacen mientras usted trabaja?

–Van a la escuela, y allí es donde van a seguir sus posaderas. Mi hermana se encarga de ellos después. Ella tiene otros tres hijos.

–¿Cuánto tiempo lleva trabajando en la empresa de jardinería?

–Unos años. Cuando la señora Fairmont se trasladó a Tampa, decidí que estaba harta de frotar retretes y que era hora de hacer otra cosa.

Cab se terminó el té y dejó el vaso en el suelo, a su lado. Oyó un ladrido y vio que un fox terrier de pelo áspero aparecía súbitamente por la esquina de la casa. El perro lo miró con suspicacia, pero luego se hizo un ovillo junto a las piernas de Gladiola. Jadeaba con la lengua fuera en el cálido aire. Dio un tímido lametazo al vaso húmedo de Cab, y luego lo volcó y metió el hocico dentro para coger el cubito.

–Entonces ¿pasaba mucho tiempo en casa de los Fairmont?

–Mucho.

–¿Cómo era?

Ella frunció sus gruesos labios.

–No era un lugar precisamente alegre.

–¿Y eso?

–No se llevaban bien, ni el señor Birch con su mujer ni el señor Birch con el hijo de ella. Sólo eran matrimonio de cara a la galería. Siempre había dos dormitorios que limpiar, ¿sabe a lo que me refiero?

Gladiola se inclinó hacia delante y rascó la cabeza del perro.

–Tampoco ayudaba mucho que el señor Birch fuera un salido de primera. Le gustaba frotarse con cualquier cosa que tuviera dos tetas y un culo.

–¿Eso la incluía a usted?

Ella dio un sorbo al té y se secó la boca.

–Sí, agarraba lo que podía cuando nadie miraba. A mí no me gustaba, pero no quería que me despidieran. Nunca le dejé que me la metiera, si eso es lo que le interesa.

–¿Diane lo sabía?

–Una mujer siempre sabe esas cosas –contestó Gladiola.

Cab pensó en sí mismo y en Diane. Se preguntó si los maridos se daban cuenta cuando sucedía a la inversa.

–Rufus dijo que, ese verano, hubo algún tipo de problema en la casa.

Gladiola asintió.

–¿Cuándo fue? –preguntó Cab.

–Diría que un par de semanas antes del Día del Trabajo.

–¿Y qué ocurrió?

–No es que conozca los detalles –explicó Gladiola–. Yo no estaba en la habitación.

–Pero sabe algo.

Ella jugueteó con sus trenzas. Su mirada reflejaba cansancio.

–Fue un sábado por la noche. La señora Fairmont celebraba una especie de *brunch* el domingo, así que yo estaba limpiando. La casa estaba en silencio. La mayoría de las noches de aquel verano aquello parecía una estación de tren, con gente por todas partes, pero ese día había algún acto para recaudar fondos en Tampa y el personal de campaña se había trasladado.

–Así pues, ¿quién había en la casa?

–Supongo que yo, el señor Birch y la señora Fairmont. Y el musculitos.

–¿Garth estaba allí?

–Oh, sí. Ya le he dicho que siempre estaba allí.

–¿Qué hay de Drew?

Ella negó con la cabeza.

–Estaba de fiesta. Bebiendo, tomando drogas, lo que fuera que hiciese en aquella época.

–Bueno, ¿y qué sucedió? –preguntó Cab.

–Yo estaba en el comedor y oí gritos. Coléricos. Enfurecidos. El señor Birch y su esposa estaban arriba y tenían una gran bronca.

–¿Qué decían?

–No pude oírlo. Sólo sus voces resonando en las paredes. Debió de durar, no sé, unos quince o veinte minutos. Luego…

–¿Luego qué?

Gladiola lo miró y se estremeció levemente.

–Chillidos.

–¿Qué ocurría?

–Era fácil adivinarlo. El señor Birch estaba zurrando a su mujer. A base de bien.

–¿Qué hizo usted?

–Me quedé paralizada –contestó ella–. No sé cuánto duró, pero la casa se sumió de repente en un silencio espantoso. Al cabo de unos minutos entró el musculitos, con la cara pálida, y me dijo que me largara y que no le contara una palabra a nadie. Y eso fue lo que hice.

–¿Se lo contó a alguien? –quiso saber Cab.

–No.

–¿Cuándo volvió a la casa?

–Al cabo de un par de días, creo. El *brunch* no se había celebrado; lo habían cancelado. Fui en mi día habitual y era como si nada hubiera ocurrido. La señora Fairmont se acercó a decirme que todo estaba bien, aunque a mí no me lo parecía. Se sentó en una silla y durante todo el tiempo que estuve allí no se levantó ni una sola vez. Habían cambiado las sábanas de su habitación, cuando era yo quien acostumbraba a hacerlo. Pero esta vez se había encargado otra persona. Como si, no sé, hubiera algo en ellas que no querían que nadie viera.

–¿Como qué?

–Como sangre, quizá.

Cab frunció el ceño.

–¿Y Drew?

–Estalló mientras yo estaba allí. Casi le salía espuma de la boca. Iba colocadísimo y no dejaba de maldecir al señor Birch, de decir que era un cabrón y que le volaría los putos sesos. Me hicieron salir enseguida, pero eso fue lo que oí. Oh, sí.

–Aunque luego lo negara –le recordó Cab.

Gladiola dirigió una mirada nerviosa a sus pies.

–Como le he dicho, no quería causar problemas a nadie.

–¿Le pagaron?

–¿Qué?

–¿Le pagaron para que no lo contara?

La mujer apretó los labios.

–Sí.

–¿Quién?

–La señora Fairmont. Después de los asesinatos, cuando la policía andaba husmeando.

–¿Cuánto?

–Mil pavos. Y cerré la boca.

Cab pensó en ello. El soborno podía haber sido un error inocente por parte de Diane para proteger a su hijo del escrutinio de la policía y la histeria de los medios. Aunque Drew no estuviera implicado en los asesinatos, las sospechas lo habrían destrozado.

Probablemente Diane pensara también en sus esfuerzos para recaudar fondos para la fundación Common Way. Un maltratador no encajaba con la figura de un mártir.

En aquel entonces, Diane se estaba convirtiendo ya en una política muy práctica.

–Y sin embargo, aquí está –observó Cab.

–¿Y eso qué significa?

–Que está hablando. Me ha contado lo que pasó. ¿Por qué?

–Rufus dijo que era usted detective –explicó Gladiola–. Y consideré que debía contárselo.

–Después de diez años, ¿de repente decide confesarlo? ¿En plena campaña, cuando Diane Fairmont se presenta para ocupar el cargo de gobernadora? Me parece que el momento que ha elegido para tener una crisis de conciencia es muy conveniente, Gladiola. ¿Fue a pedir más dinero a Diane y ella se negó?

Una expresión de ira ensombreció el rostro de la mujer.

–¡Yo no he hecho eso!

–¿Qué me dice de su tío? ¿Rufus le ha dado dinero?

Ella golpeó con fuerza el brazo de la silla plegable. El fox terrier dio un salto y soltó un gañido.

–¿Y qué si lo ha hecho? Rufus me ayuda a veces, cuando puede. ¡No tengo nada!

–Y ¿qué encontraré si entro en su casa? ¿Un televisor nuevo de pantalla plana? ¿Una Xbox?

Gladiola no respondió, pero Cab sabía que estaba en lo cierto.

–También me gusta el nuevo hidrodeslizador que tiene su tío –continuó Cab–. ¿Rufus creyó que no me daría cuenta?

Se levantó, se alisó la corbata y volvió a ponerse las gafas de sol, aunque ya casi había anochecido.

–Detesto que la gente juegue conmigo, Gladiola. Rufus la ha lanzado tras de mí como si fuera el ataque de un dron. Sus amigos y él están decididos a poner a Diane en un aprieto. Dígale que no pienso hacerle el trabajo sucio.

Se dirigió hacia su Corvette, al otro lado del terreno prácticamente seco.

–¡No he mentido! –chilló Gladiola a su espalda–. Todo lo que le he contado es cierto.

Cab no se volvió. Las llaves del coche se balanceaban en su dedo.

–Y esto no es ningún juego –continuó ella, en voz aún más alta–. Tenga cuidado, ¿eh? El otro chico acabó muerto.

Cab se detuvo en seco y se quitó las gafas. Se metió las llaves en el bolsillo, giró sobre sus talones y se acercó de nuevo a Gladiola. La mujer era menuda pero desafiante, y lo miraba sin levantarse de la silla.

–¿Qué ha dicho? –preguntó Cab.

–Ya me ha oído.

–¿Le ha contado a alguien más esa historia?

–Hace un mes. El chico se presentó haciendo preguntas sobre la señora Fairmont y ese último verano, igual que usted. Le hablé de ese fin de semana y de lo que ocurrió. Estaba muy emocionado. Dijo que podía ser algo importante. Y ahora está muerto.

Se llevó un dedo a la cabeza y fingió apretar un gatillo.

–¿Quién era? ¿Cómo se llamaba?

Gladiola cruzó los brazos sobre el pecho e irguió la barbilla con gesto insolente.

–Veinte pavos. Por pensar que mentía.

Cab sacó la cartera y extrajo un billete de cincuenta. Abrió la mano de la mujer, lo dejó en su palma y le cerró los cálidos dedos sobre él. No dijo nada, pero sus cejas se arquearon, a la espera.

Gladiola sonrió. Parecía satisfecha consigo misma.

–Un chico de aspecto raro –dijo–. Con un curioso sombrero redondo y uno de esos bigotes rizados. Dijo que se llamaba Justin.

22

Peach esperó con Annalie mientras se recuperaba del ataque de Frank Macy. El miedo remitió, y también las náuseas. Annalie le desinfectó el corte de la frente. Le dolían los músculos y le palpitaban las sienes, pero ahora que estaba a salvo, quería estar sola. Annalie, que había regresado después de ver a un hombre con un Cutlass rojo vigilando el aparcamiento, se ofreció a quedarse con ella. Peach no logró convencerla de que se encontraba mejor hasta el anochecer.

Cuando se dirigía hacia el norte por Gulf Boulevard con su Thunderbird, se percató de que Annalie la seguía en su Corolla hasta llegar a la salida de Washington Road, en el extremo este. Cualquier otro día Peach también habría girado allí para regresar a Seminole Park, pero no quería que Annalie continuara siguiéndola y no estaba preparada para volver a casa.

Siguió conduciendo por Indian Rocks Beach y más adelante tomó un desvío hacia el este. Estaba mareada, y el dolor empeoró mientras conducía. Veinte minutos después, llegó al puente Frankenstein y lo cruzó de regreso a Tampa. Para cuando llegó a las calles de la ciudad, había oscurecido. El coche, casi sin que ella tuviera que guiarlo, se dirigió a casa de Diane Fairmont. A su izquierda quedaban las negras aguas de la bahía. Al otro lado de la calle, la mansión resultaba invisible tras los muros y los altos árboles.

Salió del coche. Tenía moratones por todo el cuerpo. Cruzó Bayshore y, en lugar de bajar por la calle lateral hasta la entrada principal, se metió entre los arbustos y trepó como un mono por un roble nudoso cuyas ramas colgaban por encima del muro, apoyando los pies en las ramas más bajas y empujándose hacia arriba, lo que provocó una desbandada de pájaros. A tres metros y medio del suelo, encontró una rama lo bastante recia para soportar su peso y avanzó lentamente por ella hasta superar el muro. Cuando estuvo segura, se colgó de las manos, se balanceó y se dejó caer sobre el mullido suelo.

No saltó ninguna alarma. No se oyeron pasos apresurados. Manoteó para apartar los mosquitos y avanzó con decisión entre los arbustos hasta llegar a la explanada de césped. Las luces del jardín titilaban como hadas. Oyó salpicar el agua de una fuente y un bufido cerca del suelo: era un mapache, que la observaba con los ojos brillantes y el lomo encorvado. A su alrededor, todo lo demás estaba a oscuras. La casa se hallaba a cincuenta metros de distancia y Peach se dirigió a las escaleras de mármol.

Llamó al timbre, que sonó como un reloj con carillón en el interior de la vivienda. Pasado un minuto, alguien abrió la puerta con cautela. Peach reconoció a Garth Oakes. El hombre tenía la mano metida en la chaqueta, como si fuera a sacar una pistola. Su ropa apenas podía contener sus abultados músculos. La escrutó con la mirada y entornó los ojos en señal de reconocimiento.

–Eres la hermana de Deacon, ¿verdad? ¿Qué coño haces aquí?

–Quiero ver a la señora Fairmont.

–¿Cómo has entrado?

Peach no contestó. Garth la dejó pasar y ella se quitó los zapatos para no manchar de barro los suelos de parqué. Se sentía pequeña y sucia con su ropa desgarrada. Él la acompañó a una estancia intensamente iluminada que había en una esquina, desde las que unos altavoces ocultos emitían una agradable melodía de piano. Los ventanales de la pared daban a los jardines, a oscuras. Diane Fairmont y Caprice estaban sentadas a una mesa redonda una frente a la otra, cada una con un portátil.

Caprice apreció su estado con una sola mirada y se puso en pie.

–Peach, ¿qué te ha pasado? ¿Te encuentras bien?

Diane permaneció sentada. Llevaba gafas de media luna y observó a Peach por encima de la montura, como si mirara a un vagabundo que hubiera irrumpido en su salón. Peach tomó conciencia del aspecto que debía de tener con su disfraz astroso. Intentó hablar y no pudo. Se sentía abrumada. Había pensado que era muy importante estar allí, y ahora no tenía ni idea de qué decir.

–Estás herida –continuó Caprice–. ¿Qué ha ocurrido? ¿Deacon sabe que estás aquí?

Peach negó en silencio con la cabeza.

Garth y Diane intercambiaron una mirada.

–¿Quieres que la saque de aquí? –preguntó él.

Caprice lo interrumpió con brusquedad.

–No seas estúpido, Garth. Esta chica trabaja para mí. Peach, ¿quieres sentarte?

–No –dijo ella al fin.

Echó un vistazo a la elegante habitación y decidió que aquél no era su sitio.

–No, tiene razón. Me iré. No sé por qué he venido.

–¿Qué es lo que ha pasado?

–Sólo quería preguntarle algo a la señora Fairmont –balbuceó Peach. Miró a Diane y las palabras le salieron sin pensarlo–: Quería saber si Justin trabajaba en un proyecto para usted cuando lo mataron.

Peach no sabía qué esperar. No sabía qué iba a responder Diane. No sabía cuánto iba a dolerle que Diane la mirara impasible y dijera:

–¿Quién?

Diane no sabía quién era Justin. Había trabajado, vivido y muerto para ella, pero seguía siendo un desconocido para Diane. Peach se sintió como si la hubiera abofeteado.

–Justin formaba parte de nuestro grupo de investigación –explicó Caprice en voz baja–. Murió asesinado hace poco. La policía sospecha que estaba implicado con el tráfico de drogas.

La cara de Diane se tensó, como si le hubieran drenado el aire y la sangre de las mejillas, y su mirada se endureció.

–Si vendía drogas, el mundo no ha perdido nada con su muerte –espetó con voz agria.

–Se equivocan –repuso Peach–. Creo que su muerte tiene algo que ver con un hombre a quien usted conoce. Frank Macy.

Peach no estaba preparada para la reacción de Diane. La mujer cerró su portátil con tanta fuerza que sonó como el disparo de una pistola. El cuerpo entero le temblaba de furia mientras señalaba a Peach con el dedo.

–¿Frank Macy? ¿Cómo te atreves a pronunciar su nombre en mi presencia? ¿Sabes lo que me hizo ese hombre? ¿Lo que le hizo a mi hijo?

Peach estaba anonadada. Sólo deseaba dar media vuelta y echar a correr.

–Macy ha dicho que usted debería tenerle miedo. Creí que tenía que contarle...

Diane cortó el aire con la mano, interrumpiendo a Peach. Pasó junto a ella hecha una furia y abandonó la habitación con el rostro enrojecido, sin decir una palabra. Garth la siguió como si fuera un criado, y Peach y Caprice se quedaron solas. La música de piano seguía sonando, extrañamente serena tras el estallido de Diane.

–Lo siento –murmuró Peach.

Caprice le rodeó los hombros con el brazo.

–Frank Macy es un tema muy sensible para Diane. Es probable que no sepas que su hijo...

–Sí que lo sé.

–Entonces entenderás cómo se siente. Y por qué odia a los traficantes de drogas.

–Justin no traficaba –replicó Peach–. No sé de qué manera estaba relacionado con Macy, pero no tiene nada que ver con las drogas.

–Bueno, en cualquier caso, es mejor que te mantengas alejada de Macy, Peach. Por tu propia seguridad, pero también por la campaña. Ya sabes cómo funcionan estas cosas: los medios cogen una cosa aquí y otra allá, y lo convierten en una historia. No podemos permitírnoslo.

–No.

–¿Quieres que llame a Deacon? –se ofreció Caprice–. Puede venir a buscarte.

–No, puedo conducir.

–¿Estás segura? No tienes buen aspecto.

–Seguro.

Caprice no apartó su brazo protector de los hombros de Peach mientras la acompañaba al vestíbulo. Ya en la puerta, salió con ella al porche. Peach contempló los jardines y se dio cuenta de que no quería marcharse. Todavía no. No en aquel momento. Como si le hubierta leído el pensamiento, Caprice hizo un gesto hacia un banco de hierro forjado cerca del estanque y se sentaron en él, bajo una nube de vapor procedente de la fuente. La brisa hacía ondear el pelo de Caprice. Peach pensó que era una de las mujeres más hermosas que había conocido; resultaba fácil entender por qué Lyle había querido casarse con ella.

–¿Cómo estás, Peach? De verdad –preguntó Caprice–. Últimamente nunca tenemos ocasión de hablar. Me sabe mal.

–Estoy bien. Un poco sola a veces.

–Cuando la campaña termine, intentaré remediarlo. Veo a Deacon con frecuencia, pero a ti no.

–Sé que estás muy ocupada.

Peach sabía que Caprice se sentía responsable de ella. No tenía por qué, pero eso le transmitía una sensación agradable. Si Lyle y ella se hubieran casado, Caprice habría sido su cuñada. Lyle, sin embargo, había preferido que Peach la viera como una medio hermana, medio madre, medio amiga. Peach valoraba lo que Caprice había hecho por ella durante todos esos años, pero nunca se había sentido unida a ella. Era Deacon quien se había comprometido, había fichado por Common Way y había dedicado su vida a la causa. Peach sólo se había visto arrastrada por su estela.

–¿Cómo va el trabajo? –quiso saber Caprice.

–Bien, supongo.

–Deacon me ha dicho que se te da muy bien.

–Gracias.

–Sé que las cosas no han sido fáciles para ti –dijo Caprice–. ¿Sales de vez en cuando? ¿Tienes amigos?

–La verdad es que no. Casi siempre estoy demasiado ocupada. No te preocupes, no me importa estar sola.

–Es fácil decirse eso a uno mismo aunque no sea verdad. No deberías encerrarte; a Lyle no le gustaría.

–Lo sé.

–Deacon dice que últimamente piensas mucho en Lyle.

–Sí, a veces.

–Yo también lo hice durante mucho tiempo –confesó Caprice–, pero llega un momento en el que no es sano darle tantas vueltas al pasado.

–Oh, es sólo... es sólo que me arrepiento de no haber sido más amable con él en esos últimos días. Las cosas se pusieron un poco tensas entre nosotros, y me siento mal por eso.

–No lo hagas. A Lyle no le gustaría que te sintieras así. Eras sólo una niña.

Peach sonrió, aunque el recuerdo no le levantaba el ánimo.

–Hubo un fin de semana... Seguramente ni te acordarás. Yo me puse enferma de neumonía y tuve que volver antes de Tampa. Lyle sufría por si vomitaba en su Mercedes; de hecho, creo que lo hice. Esa noche, Deacon me llevó a casa del señor Fairmont.

–Sí que me acuerdo –comentó Caprice.

–Sí. Yo deliraba, fue horrible. Toda esa sangre...

Caprice ladeó la cabeza.

–¿Sangre?

Peach la miró.

–¿Qué?

–Has dicho sangre.

–¿Ah, sí? Qué raro –dijo Peach, moviendo la cabeza–. No, era una flema verde y asquerosa cada vez que tosía, y así durante días. Eso es lo que quería decir.

23

Walter Fleming le dio un buen mordisco al taco de pescado y cogió una servilleta de papel para enjugarse la boca. Siempre iba al Taco Bus cuando estaba en Tampa. Había aparcado su Chevy Tahoe bajo un árbol apartado y estaba comiendo en el interior del vehículo, oculto tras los cristales tintados. Era pasada la medianoche, pero el Taco Bus, donde la comida se servía literalmente desde un antiguo autobús escolar reformado, estaba abierto las veinticuatro horas los siete días de la semana y los chicos de la ciudad hacían cola en sus coches para comprar carne asada.

Walter vestía vaqueros y un polo negro. La gorra que descansaba sobre el salpicadero tenía un logo del sindicato y por eso no se la había puesto. No quería que la gente recordara ese detalle.

Los tres días de reunión sindical en el centro de convenciones habían terminado. Él se había quedado un día más en la ciudad, pero por la mañana debía regresar a Tallahassee. Quería llegar a la oficina antes de que *Chayla* alcanzara la costa central. Las tormentas eran impredecibles y a nadie en el mundo de la política le gustaban los acontecimientos que no podían controlarse, porque era así como se perdían las elecciones.

Oyó unos golpecitos en la ventanilla y abrió los seguros de la furgoneta. La puerta del pasajero del Tahoe se abrió y Ogden Bush subió y se sentó a su lado. Walter echó una amarga mirada al traje de dos mil dólares que vestía y al reloj que rodeaba su elegante muñeca. La nube de perfume que envolvía a aquel hombre despertó en Walter deseos de romper la ventanilla. El atuendo de Bush era más propio de los clubes de South Beach.

–¿Así te vistes, Ogden? –dijo Walter–. Intentamos pasar desapercibidos.

Bush se encogió de hombros.

–Vengo directamente de las oficinas de Common Way.

Walter gruñó y tomó otro gran bocado de tierno y delicioso pescado.

–¿Dónde está Curtis? –preguntó mientras se sacudía las migas de la barba.

–Está en la cola. Quería unos camarones.

Walter miró por el retrovisor, divisó al detective privado de cuarenta y tantos años en la ventanilla del antiguo autobús y frunció el ceño al ver que charlaba con dos jovencitas. El coche de Curtis Ritchie, un Cutlass rojo, estaba aparcado cerca. A Walter le preocupaba en extremo que alguien los viera –o, peor aún, que los grabara o los fotografiara–, pero como norma insistía en mantener encuentros en persona cuando tenía que tratar asuntos políticos. Los móviles, los ordenadores, los correos electrónicos y las tabletas le daban un miedo terrible. Era imposible borrar tu rastro de ellos. Tarde o temprano, alguien desentrañaba los *bits* y los *bytes*, y acababas apareciendo en todos los noticiarios. Además, le gustaba ver la cara de las personas y adivinar quién estaba asustado y quién mentía.

–¿Cómo está el gobernador? –le preguntó Bush.

–Nervioso.

–Sí, debería estarlo.

–¿Alguna sorpresa que esté a punto de descubrirse y que yo deba saber? –preguntó Walter.

Bush negó con la cabeza.

–No. Están siguiendo al gobernador y a su gente, pero por el momento no hay nubes en el horizonte.

Y añadió:

–Uno de sus espías os pilló a y a ti Brent hablando en la convención. Podría haber sido un desastre; menos mal que me cubriste las espaldas.

Walter se encogió de hombros. Sabía quién había sido: la chica del ascensor. Joder, esa gente era lista. Había advertido a Reed de que no subestimara a los de Common Way.

–No te preocupes, nadie sabe nada de nuestro acuerdo –dijo–. Ni siquiera el gobernador. Todavía no.

–Dejémoslo así –contestó Bush–. Si se descubre que estoy jugando a dos bandas, será malo para el negocio.

–Tú no tienes nada que perder, Ogden. Para ti, es sólo una cuestión de dinero.

Bush sonrió e, incluso en la oscuridad del coche, sus dientes brillaron.

–Eso no es cierto. Quiero volver, ya lo sabes –afirmó quitándose una pelusa de la solapa.

Walter terminó de comerse el taco y arrugó el envoltorio hasta formar una bola. No le gustaba Ogden Bush. No le gustaba tratar con agentes dobles y topos, pero era el precio que había que pagar en política. El fin justificaba los medios. Los jóvenes entraban en el juego con nobles ideales, pero antes o después los más listos se daban cuenta de que ganar jugando sucio era mucho mejor que perder jugando limpio. No había premio –ni poder– para el segundo clasificado.

Su relación con Ogden Bush se remontaba a más de diez años atrás. En esa época, Bush era un recién llegado listo y ambicioso, pero joven y sin experiencia. Cuando el representante del Distrito Doce murió de repente ese año, Bush se enfrentó al aparato del partido ayudando a un senador del estado de extrema izquierda en las primarias. Lo consiguió despedazando al candidato elegido a dedo por Walter, pero Fleming no era rencoroso. Respetaba las reglas del juego y a la gente que se arriesgaba. Bush se habría convertido en un paria si su candidato hubiera perdido, y ambos lo sabían. En lugar de eso, llegó el Día del Trabajo y Bush colgó a la Alianza por la Libertad del Imperio como una soga alrededor del cuello de Chuck Warren. Los demócratas ganaron y Bush se convirtió en una estrella.

Aun así, Walter sabía que, tarde o temprano, la arrogancia de Bush le pasaría factura. Dos años atrás, Bush había apoyado la candidatura al Senado de un hombre negro que se vio obligado a abandonar la carrera electoral tras ser acusado de consumir cocaína. Bush lo calificó de racismo, y sus acusaciones dividieron al partido y les costaron las elecciones. Los líderes del partido lo excomulgaron y se quedó sin negocio.

Tras dos años en la jungla, Walter sabía cuánto deseaba Bush regresar al partido. Eso le daba ventaja. Cuando Bush consiguió que Diane lo contratara para su campaña, Walter se acercó a él con un trato que no podía rechazar: convertirse en espía. Buscar trapos sucios que pudieran usar contra Diane. Si el gobernador ganaba, Walter se aseguraría de que sacaran a Bush de la lista negra del partido. Si pese a todo ganaba Diane, Bush podría atribuirse el mérito de haber dirigido la campaña.

Política.

–¿Qué plan tienen para *Chayla*? –quiso saber Walter.

–Mantener un perfil bajo y capear el temporal. Diane visitará varios puestos de la Cruz Roja y les llevará sopa y galletas. Un montón de fotos. Se sentarán a esperar la reacción del gobierno y, si las cosas van bien, felicitarán al gobernador; ya sabes, no es el momento de debates partidistas. Si las cosas salen mal, dejarán que sus subalternos lo asen vivo por incompetente.

Walter asintió. Era lo que esperaba.

La puerta trasera del Tahoe se abrió y Curtis Ritchie entró con una ración de gambas picantes que empezó a pelar torpemente con una mano. Se inclinó hacia delante entre los dos asientos; desprendía un olor a ajo y cayena, mezclado con el de humo de cigarrillo que impregnaba su ropa.

–Joder, qué buenas están. Quería un taco, pero las chicas me han dicho que esto era mejor.

Walter se volvió para ver la cara del detective. Ritchie iba sin afeitar y parecía no haberse lavado el pelo, rubio y rebelde, en un par de días.

–Si quieres ligar con jovencitas, Curtis, hazlo en el tiempo de otro.

–Estoy divorciado; vuelvo a ser un hombre libre. Me gusta ir de caza.

Walter resopló.

–Como si esas chicas fueran a hacerte caso.

Fleming llevaba casi cincuenta años casado. Seguía apreciando el atractivo de las mujeres jóvenes, pero no las consideraba más que piezas a las que admirar en un museo. Había visto a demasiados políticos de mediana edad destruirse a sí mismos por tener una aventura con sus bonitas ayudantes. A veces, pensaba incluso que cualquier hombre que se presentara a unas elecciones debería ser castrado antes. Tendrían menos distracciones y era probable que así consiguieran hacer su trabajo.

–Entonces ¿qué sabemos? –preguntó Walter–. Cuéntame.

Ritchie se metió una gamba en la boca y se chupó los dedos.

–Mi álter ego, el detective Curtis Clay de la policía de Saint Pete, aún anda haciendo preguntas. No hay que precipitarse.

Walter levantó una mano para cortarle.

–Déjate ya de estupideces. Estoy seguro de que lo dices en broma, porque si de verdad estuvieras haciendo algo ilegal, como hacerte pasar por agente de policía, tendría que desmantelar la operación y hacer que te retiraran la licencia, ¿lo has entendido? Le pedí a Ogden que te dejara muy claro que sólo pagamos por un servicio de investigación. Si alguna vez me piden que jure sobre la Biblia en un juzgado, eso es lo que diré.

Ritchie soltó una risita.

–Sí, claro que bromeba. Soy un bromista.

–Entonces ¿qué sabemos? –repitió Walter.

–Hasta ahora, no mucho –contestó Ritchie–. Querías algo realmente gordo, y eso lleva tiempo.

Walter meneó la cabeza en un gesto de frustración. Le había dicho a Brent Reed que tuviera paciencia, cuando la paciencia no era una de sus virtudes. Siempre tenía la presión alta, no importaba cuántas pastillas tomara.

–Mira, Walter –intervino Bush, cogiendo una gamba del cesto de Ritchie–, los dos sabemos cómo es la gente de Common Way. No puedes ganar tan a menudo como lo hacen ellos sin cruzar ciertas líneas. No sé si son sobornos o escuchas ilegales o qué, pero estoy seguro de que algo encontraremos. Yo no puedo arriesgarme a que descubran nuestra relación, y por eso tenemos a Curtis.

–Sí, ¿y qué hace Curtis además de comer gambas?

Ritchie sonrió.

–Estas gambas están buenísimas.

–¿Qué hay de ese chico del que me hablaste, ese tal Justin? –preguntó Walter–. ¿Qué pasa con él?

–Rufus me avisó de que estaba haciendo preguntas acerca de los asesinatos del Día del Trabajo –explicó Bush–. Le pregunté a Justin por qué lo hacía, pero se cerró en banda. Le pedí a Curtis que empezara a seguirlo, pero alguien le disparó en la cabeza antes de que pudiéramos averiguar en qué andaba metido.

–¿Quién lo hizo? –quiso saber Walter, mirando ahora a Curtis Ritchie.

Éste frunció el ceño.

–No lo sé. Lo estaba siguiendo, pero el chico era listo. Creo que me descubrió y se escondió, de modo que le perdí.

–La policía cree que el asesinato está relacionado con el tráfico de drogas, pero hay algo que me huele mal –añadió Bush–. Va por ahí haciendo preguntas sobre Birch Fairmont, ¿y de repente le disparan? Da que pensar.

–¿Hay algo que no encaje en los asesinatos del Día del Trabajo? –preguntó Walter–. ¿Algo que el FBI pasara por alto?

Bush se encogió de hombros.

–Es difícil de decir. Rufus tiene metido en la cabeza que el hijo de Diane estuvo implicado. Si es así, y ella lo sabía, sería muy gordo. En aquella época, yo quería atraer la atención sobre Chuck Warren y Ham Brock, porque necesitábamos que Chuck se hundiera en las encuestas. Ahora, sin embargo, no nos vendría nada mal que circularan algunos rumores desagradables sobre Diane y Drew.

–Me parece muy arriesgado –repuso Walter–. Su hijo se suicidó. No podemos permitirnos despertar más simpatías hacia ella.

–Common Way ha contratado a alguien para que investigue el asunto –añadió Bush–. Se llama Cab Bolton, es un poli de Naples. Caprice lo contrató directamente sin consultármelo.

–¿Por qué iba a hacer algo así?

–Diane ha recibido una supuesta amenaza y él trata de localizar la fuente. Caprice es una mujer lista, y tal vez intente asegurarse de que no hay bombas en el pasado de Diane que aún no han estallado. Como Drew.

Walter señaló a Curtis con el índice.

–Si existen esas bombas, tu trabajo es encontrarlas para que seamos nosotros quienes las hagamos explotar.

–Eh, estoy en ello –le aseguró Ritchie–. Estoy vigilando a una de sus investigadoras, Peach Piper. Ella también ha estado haciendo indagaciones sobre lo que le ocurrió a Justin.

–¿Piper? ¿La hermana de Lyle?

–La misma. Hoy la he estado siguiendo y me ha llevado hasta alguien interesante. Vigilaba a un camello llamado Frank Macy, un tipo muy melindroso, pero tarado. Cumplía condena por homicidio y ha salido este año.

Walter se encogió de hombros.

–Macy. ¿Se supone que ese nombre debería significar algo para mí?

Bush se inclinó sobre el asiento y sonrió.

–Me he informado acerca de ese hombre. Frank Macy le vendía la droga a Drew, el hijo de Diane, hace diez años. Qué pequeño es el mundo, ¿eh? Y como premio, ¿sabes quién fue su abogada? Ramona Cortes.

Aquello era lo primero que Walter escuchaba en días que le puso de buen humor.

–Me gusta –dijo–. Me gusta mucho.

Ritchie se comió la última gamba.

–Sí, lo suponía. Macy podría ser nuestro eslabón perdido para sacar a la luz un montón de mierda. Con suerte, nos llevará directos a Diane y a Ramona y podremos hundir de un solo golpe a las dos zorras.

24

–¿Siempre llevas pistola? –preguntó Peach.

Annalie pulsó el botón de pausa en el mando a distancia. La imagen del televisor de sesenta pulgadas de la sala de reuniones de Common Way se congeló, dejando al gobernador con la boca abierta frente los electricistas que habían asistido a la convención del sindicato. Era martes por la mañana y las dos mujeres estaban revisando horas de cintas de vídeo grabadas en actos de campaña, en busca de meteduras de pata que pudieran utilizarse en los anuncios.

–Estamos en Florida –respondió Annalie, que levantaba y bajaba el bolso como si estuviera haciendo pesas–. Probablemente, incluso Mickey Mouse vaya armado.

–Bueno, me alegro de que volvieras para ver cómo me encontraba. Gracias.

–No hay de qué. No quería arriesgarme. Ese tipo del Cutlass rojo te estaba vigilando. No sé si estaba o no compinchado con Macy, pero no me cabe duda de que te observaba.

Peach se puso en pie y caminó de un lado a otro. Dentro de la sala de reuniones, el aire frío y estancado la hacía temblar. En el exterior, el edificio se estremecía y los muros gemían. Se preguntó quién sería el hombre del Cutlass. Ella era espía y no le gustaba que la espiaran.

–Hablé de Macy con uno de mis contactos –añadió Annalie–. No hay mucho que contar sobre él, pero ha tenido ocho años para establecer nuevas alianzas en la cárcel. Podría andar metido en cualquier cosa.

–Ya.

–¿Qué te dijo exactamente Diane cuando lo mencionaste?

–Se puso hecha una furia. Cree que Macy es el culpable de que su hijo se enganchara a las drogas. Aunque no sé qué podría importarle eso a Justin.

Peach volvió a sentarse. Annalie guardó silencio.

–Y luego está Alison –continuó Peach–. Justin escribió su nombre en el libro de poesía. Debía de querer que yo lo encontrara, así que ella también debe de ser importante.

–¿No sabes quién es?

–Deacon piensa que podría tratarse de una abogada que trabaja para la fundación, pero no he encontrado ninguna prueba de que Justin se pusiera en contacto con ella.

Tras una pausa, añadió:

–Justin te habría caído bien. Tenía una profundidad que no suele encontrarse en las personas.

Annalie se apartó el pelo azabache de los ojos.

–Bueno, si a ti te caía bien, estoy segura de que a mí también me habría gustado. Me parece que se te da bien juzgar a la gente.

–Qué va, no creo que conozca a la gente en absoluto –repuso Peach–. La mantengo a distancia. Caprice opina que soy demasiado introvertida.

–Has pasado por muchas cosas en tu vida.

–Sí. Me es difícil intimar con otras personas. Y más todavía confiar en ellas. En realidad a ti tampoco te conozco, ¿no? –se obligó a decir–. Me caes bien, pero no sé nada de ti.

Annalie sonrió, como si supiera lo difícil que le resultaba pronunciar aquellas palabras.

–¿Qué quieres saber?

–No lo sé... ¿Dónde te criaste?

–Cerca de Bonita Springs.

–¿Tus padres viven aún?

–Sí.

Peach asintió.

–A la gente le parece raro que se lo pregunte, pero la verdad es que no sé cómo es, ¿sabes? Tener padres.

–Lo comprendo.

–¿Fuiste a la universidad?

–A la UCF.

–Yo nunca quise ir a la universidad –dijo Peach–. ¿Qué hiciste después de licenciarte?

–Salir de fiesta. Contraer deudas. Experimentar las alegrías del salario mínimo.

Ambas se echaron a reír. La mayoría de los licenciados de Florida podrían contar la misma historia, pues todos habían vivido la década posterior a su salida de la universidad divirtiéndose en la playa. Aun así, Peach observó que los dedos de Annalie jugueteaban con un bolígrafo sobre la mesa, y la asaltó un pensamiento inesperado: «Me estás mintiendo». No tenía ni idea de por qué iba a mentir Annalie sobre su pasado, ni sabía qué le ocultaba. De todos modos, quizá sólo se estuviera comportando otra vez como Peach *la Paranoica*.

–No importa. Como te he dicho, creo que Justin y tú os habríais caído bien el uno al otro.

–Muchas gracias.

Se quedaron calladas. Annalie parecía incómoda.

–Y ¿Justin nunca te contó nada acerca de Frank Macy? –continuó–. ¿Nunca mencionó el asunto?

Peach negó con la cabeza.

–No.

–Enséñame otra vez la foto –le pidió Annalie–. La que encontraste en el escondite de Justin. ¿Todavía la conservas?

Peach se sacó el papel del bolsillo y lo desdobló. Annalie lo examinó detenidamente y señaló los bordes de la foto.

–Esto es lo que no entiendo. No es una copia del artículo en sí; el artículo estaba colgado en alguna parte. ¿Ves la superficie de corcho a los lados? Parece un tablón.

Peach también lo había visto.

–¿Y?

–¿Dónde tomaron la foto?

–No tengo ni idea.

–Has estado en el escondite de Justin y en su apartamento –señaló Annalie–. ¿Es posible que estuviera allí?

–No creo. Puede que se hallara en el piso de Frank Macy. Podría colarme en su casa para inspeccionarlo.

–No, no vas a hacerlo –le dijo Annalie en tono firme–. Si alguien entra allí, seré yo. Soy yo la que lleva pistola, ¿recuerdas?

–De acuerdo –aceptó Peach, pero la frustración se la comía por dentro.

Necesitaba avanzar. Necesitaba hacer algo. Era como si Justin estuviera en una esquina de la monótona sala de reuniones, con los brazos cruzados, moviendo la cabeza en dirección a ella con un gesto de decepción debajo de su sombrero. «Eh, vamos, Peach, yo confío en ti.»

El teléfono de la sala de reuniones empezó a sonar. Peach sabía que debía cogerlo, pero era incapaz de moverse. Vio a Justin en la esquina, con aquella sonrisilla de sabelotodo en la cara. En su imaginación, él le guiñó un ojo y le señaló el teléfono con el dedo.

«Será mejor que contestes esa llamada, Peach.»

Annalie se inclinó sobre la mesa y descolgó.

–¿Sí?

Y luego:

–¿Cómo se llama?

Annalie colgó el teléfono con el rostro ensombrecido por la preocupación.

–¿Quién era?

–Hay un detective en la entrada que quiere hablar contigo sobre Justin.

–¿Es Curtis Clay? –preguntó Peach–. ¿El poli falso?

Annalie negó con la cabeza.

–No, éste es de verdad. Se llama Cab Bolton.

25

Cab observó a la joven que tenía delante. Era guapa al estilo de Carey Mulligan, pecosa y con una rubia melena corta. Su pequeña boca cambiaba constantemente de forma y sus ojos azules tenían una intensidad luminosa. Su expresión era adusta y suspicaz, como un perro ladrador que gruñera para proteger su territorio. Estaba claro que tenía una vena paranoica: Cab no creía que nunca nadie hubiera estudiado con tanto detenimiento su placa de identificación. Después de alzarla para que le diera la luz y compararla con su fotografía, llamó a la policía de Naples para que le dieran una descripción del detective.

Cuando finalmente colgó, Cab le dedicó una sonrisa.

–¿Y bien? ¿Soy yo?

–Me han dicho que, si mi cabeza llegaba por encima de su cuello, era un impostor.

–Espero que también hayan mencionado el pendiente. Y la gomina.

–Han dicho que era un gel de Londres.

–Está claro que me conocen demasiado bien –dijo Cab–. Bueno, ahora que ya sabes quién soy, ¿qué tal si me dices quién eres tú?

Peach se sentó al otro extremo de la mesa de la sala de reuniones con las manos cruzadas frente a ella. La enorme silla la hacía parecer diminuta.

–Peach Piper.

Cab estableció enseguida el vínculo.

–¿Como Lyle Piper?

–Mi hermano.

–Lo siento.

Peach se encogió de hombros.

–¿Qué quiere, detective Bolton?

Cab no contestó de inmediato. Paseó la mirada por la sala de reuniones y vio la imagen congelada en el televisor; cuando Peach se dio cuenta, cogió el mando a distancia y lo apagó. La cara del gobernador desapareció de la pantalla. Cab miró a través de la ventana hacia el recinto de cubículos y vio docenas de esforzados trabajadores de veintitantos años con el pelo mal cortado. En la sala zumbaba el ruido del aire acondicionado.

Tomó nota de cómo estaban ordenados los papeles a su alrededor y se percató de que Peach no había estado sola en la sala de reuniones. Alguien había estado allí con ella, pero quienquiera que fuera se había marchado a toda prisa.

–¿Qué hacéis aquí exactamente? –preguntó–. Este sitio está un poco destartalado para pertenecer a una gran fundación, ¿no?

–Investigamos.

–¿Qué clase de investigaciones?

–Políticas –respondió Peach.

Cab asintió. La chica no quería darle detalles.

–Ya entiendo. Asuntos secretos que podrían cambiar el mundo, ¿eh? Y si me los contaras, después tendrías que matarme.

–Algo así –dijo Peach.

–Creía que investigar a la oposición consistía en pillar a los políticos diciendo tonterías. No debe de ser muy difícil. Coser y cantar, ¿no?

Peach no contestó, pero sus labios se curvaron en una mínima sonrisa, como si por fin estuviera sucumbiendo a sus encantos.

–Aún no me ha dicho qué quiere usted.

Cab aguardó un momento. Le gustaba dar rodeos, lo cual solía poner nerviosos a los testigos y despertaba sus ganas de hablar. El silencio hacía que la gente se sintiera incómoda, sobre todo frente a un agente de policía. Sin embargo, por muy joven que fuera aquella chica, no se inquietaba fácilmente ni abría la boca. Detrás de su paranoia se ocultaba una gran inteligencia.

–He preguntado en recepción si podía hablar con alguien que conociera a Justin Kiel –le explicó él–. Y me han mandado a hablar contigo.

–¿Por qué está interesado en Justin?

–Creo que ya lo sabes. Lo asesinaron.

Peach jugueteó con el mando a distancia.

–Sí, así es, detective, pero no lo asesinaron en Naples. El crimen se cometió en Saint Petersburg. ¿Qué tiene eso que ver con usted?

Cab volvió a sonreír. No cabía duda: era una chica lista.

–De hecho, no estoy investigando el asesinato en sí –confesó Cab–. No para la policía, en cualquier caso.

–Entonces usted es sólo un ciudadano y yo soy una ciudadana. Eso significa que no tengo por qué contestar a sus preguntas, ¿verdad?

–Sí, así es. Por otro lado, también trabajo para tu jefa.

Peach vaciló.

–¿La señora Fairmont?

–Y Caprice Dean –añadió Cab.

–¿Para qué lo han contratado?

Cab no respondió a la pregunta y la chica asintió con la cabeza al constatar la ironía.

–Ya, vale, podría contármelo, pero entonces tendría que matarme –dijo.

–Algo así –contestó Cab.

–¿Por qué tiene tanto interés en Justin? Según la policía, Justin traficaba con drogas, y la venta salió mal.

–¿Y tú lo crees? –quiso saber Cab.

–¿Y usted?

Cab observó el rostro desafiante de la chica. Había llegado allí con la esperanza de poder utilizar sus trucos de policía con ella, pero en lugar de eso, era ella la que estaba utilizando trucos de policía con él. Decidió mostrarse sincero y ver cómo respondía ante la verdad.

–No –admitió.

Peach fue incapaz de ocultar la intensidad de su reacción. No era sorpresa ni curiosidad: era euforia. Con una sola palabra, Cab había cambiado algo dentro de ella. Peach se inclinó hacia delante con una extraña emoción, como si de repente hubiera encontrado su lugar en el mundo. La habían resarcido.

–Si no fue un asunto de drogas, ¿qué fue? –preguntó Peach.

–Dímelo tú.

Ella se quedó en silencio. A su alrededor, el viento hacía temblar las paredes.

–No tengo ni idea –reconoció al final.

Peach mentía. Como siempre, las mentiras revelaban más que la verdad. Ella sabía más de lo que estaba dispuesta a admitir, pero fuera lo que fuese, era reacia a contárselo. Él era un desconocido.

–¿Conocías bien a Justin? –preguntó Cab.

–Trabajábamos juntos, eso es todo.

Cab oyó la traducción en su mente: «Estábamos unidos. Muy unidos». Se preguntó cuánto, exactamente. ¿Eran amigos? ¿Pareja? Tenía la sensación de que la chica se ruborizaba cada vez que oía el nombre de él.

–¿En qué trabajabais?

–Investigación.

–Oh, claro, tus labios están sellados. Sé que has de andarte con cuidado y no contar nada de lo que haces, pero estamos en el mismo bando, Peach. No soy el enemigo. Si Justin y tú estabais removiendo algún asunto que lo llevó a la muerte, deberías contármelo.

–Justin y yo no estábamos trabajando juntos cuando lo mataron –repuso Peach–. No puedo contarle nada.

–¿Qué me dices de los archivos de su ordenador?

–La policía se lo llevó todo. Tendrá que hablar con ellos.

–¿Hay alguna otra persona en la oficina que pueda saber algo?

–Ogden Bush es el enlace con el equipo de campaña. Podría hablar con él.

–¿Está aquí?

–No.

–Entonces supongo que tendré que hablar contigo –dijo Cab.

–Ya le he dicho que no puedo ayudarle.

Peach apiló sus expedientes como si la conversación hubiera terminado. Cab pensó en quién era esa chica. Peach Piper, hermana de Lyle Piper. Diez años atrás, debía de ser una niña que sufría por la pérdida de su hermano. El verano en que asesinaron a Birch Fairmont había puesto su vida patas arriba. Una carga con la que siempre tendría que vivir.

–Una pregunta más –dijo él–. Y no es sobre Justin.

Ella se mostró cauta.

–De acuerdo.

–¿Quién mató a tu hermano? –preguntó Cab.

Peach lo miró.

–¿Qué clase de pregunta es ésa?

–Supongo que tú misma te lo preguntas todo el tiempo. ¿Quién crees que asesinó a Birch Fairmont y Lyle Piper?

–No sé quién apretó el gatillo. Fue un fanático extremista de la Alianza por la Libertad del Imperio, tal vez el propio Ham Brock.

–¿Crees que fue eso lo que pasó? –quiso saber Cab.

–Claro. Por eso estoy aquí.

–Es muy noble por tu parte.

–No sea condescendiente conmigo –le espetó Peach–. No sería tan sarcástico si hubieran asesinado a alguien de su familia.

–No estaba siendo sarcástico, sino sincero. Estuve a punto de perder a un miembro de mi familia ese día, aunque sé que no es lo mismo.

Peach entornó los ojos.

–¿Bolton? ¿Es familia de Tarla Bolton?

–Soy su hijo.

La expresión de ella se suavizó.

–Lo siento. No había caído.

–No te disculpes. No suelo ir pregonándolo.

–Dicen que su madre salvó a la señora Fairmont ese día. Fue muy valiente.

–Bueno, mi madre casi nunca piensa antes de actuar –comentó Cab–. En algunas ocasiones, el resultado es mejor que en otras.

–Fue un día horrible –dijo Peach.

–¿Estabas allí?

–No. Gracias a Dios. No habría podido soportarlo.

Cab se inclinó por encima de la mesa de reuniones, con lo cual quedó casi frente a la cara de Peach. Parecía muy joven.

–¿Pasaste mucho tiempo en la mansión de Birch Fairmont ese verano?

–Claro. Lyle estaba allí todo el tiempo, por la campaña.

–¿Qué recuerdas?

–No mucho. Deacon y yo pasábamos horas en la piscina. Yo leía mucho. Era sólo una cría.

–Me da que eras una niña a la que no se le escapaba nada.

–¿Como qué?

–Como que hubiera ocurrido algo malo.

–No sé a qué se refiere –repuso Peach.

–¿Recuerdas algo de Birch y Diane?

–No. No pasaban mucho tiempo juntos. Birch estaba de campaña y la señora Fairmont se quedaba sola.

–¿Hablabas con ella?

–Oh, no, casi nunca.

–¿Qué me dices del hijo de Diane, Drew?

Detectó un levísimo tic en el rostro de Peach.

–¿Qué pasa con él?

–¿Lo conocías?

Peach negó con la cabeza.

–¿Por qué me lo pregunta?

–Por nada.

Cab dejó que el silencio se alargara. Cuando la miró, pensó que esta vez estaba diciendo la verdad: no conocía a Drew. Aun así, su nombre había provocado una reacción en la chica y sin duda sentía curiosidad por saber por qué Cab había mencionado el tema.

Recibía el mismo mensaje que antes: «Podría contarte cosas, pero no voy a hacerlo».

No confiaba en él. Aún no.

Cab pensó en la historia de Gladiola Croft. Dos semanas antes del Día del Trabajo, Birch y Diane habían discutido, se habían peleado. Tal vez no significara nada; tal vez la amenaza de Drew de matar a su padrastro fuera sólo fruto de la angustia de un veinteañero. O tal vez todo aquello no fuera más que un juego de Rufus Twill y la gente que movía sus hilos en la sombra para generar un escándalo que empañara la campaña de Diane.

Habría estado dispuesto a creer que la historia era tan sólo una mentira muy conveniente, si no fuera por un significativo detalle.

Justin Kiel estaba muerto.

–Dos semanas antes del Día del Trabajo, sucedió algo muy desagradable en casa de Birch –le explicó Cab a Peach–. ¿Sabes algo de eso? Fue un sábado por la noche.

–No. Si me habla del fin de semana que creo, yo estaba enferma. Neumonía. No recuerdo mucho, lo siento.

–Te lo pregunto por Justin –dijo él.

–¿Qué tiene que ver Justin con eso?

«Definitivamente, eran amigos –pensó Cab observando su rostro–. Probablemente novios.»

–Justin estuvo en Lake Wales poco antes de que lo mataran, haciendo preguntas sobre los asesinatos del Día del Trabajo.

–¿Qué? No, no puede ser.

–¿No lo sabías? ¿No te lo contó?

–No, no lo hizo –contestó Peach. Parecía aturdida, como si una ola le hubiera pasado por encima–. No me contó nada.

Él bajó la voz, pero sostuvo la mirada de sus ojos azules.

–Ahora entiendes por qué estoy preocupado, ¿verdad? Alguien mató a Justin hace dos semanas. Puede que la policía esté en lo cierto y se trate de un asesinato relacionado con el tráfico de drogas, pero no me gustan las coincidencias. No me gusta que Justin estuviera investigando el asesinato de Birch y acabara muerto.

Quiero saber qué descubrió, porque si eso fue lo que provocó su muerte, significaría que algo está ocurriendo en este preciso momento.

Peach se levantó.

–Deténgase –le pidió–. Deténgase, por favor.

–Peach, si sabes algo…

–No sé nada –insistió ella.

–Tienes que confiar en mí.

–No le conozco –replicó ella.

–Escúchame. Alguien mató a Lyle y a Birch. Alguien mató a Justin. Es posible que no haya terminado.

–Tengo que marcharme. Lo siento.

Peach levantó las manos y se apartó de él, como si la estuviera apuntando con una pistola. Como un ciervo asustado, se lanzó fuera de la sala sin decir una palabra más y lo dejó solo.

Cab se apoyó en el respaldo de la silla reclinable y dejó escapar un suspiro. No le gustaba irse con las manos vacías. Había aprendido a confiar en su instinto, y su instinto le decía que Peach sabía más sobre el pasado de lo que le había contado. Probablemente supiera más de lo que ella misma comprendía.

Deseó que Lala estuviera allí con él. Lala conectaba con los jóvenes de un modo que él nunca había logrado.

Examinó la mesa de la sala de conferencias y vio que Peach había olvidado sus informes. No tenía ningún interés en espiar a los trabajadores de la fundación Common Way, pero distinguió un papel doblado del revés sobre la mesa, como si Peach lo hubiera estado mirando antes de que Cab llegara. Con curiosidad, deslizó el papel hacia él con la yema del dedo.

Cab lo desdobló y lo leyó. No entendía qué le mostraba la fotografía, pero no le gustaba. Había algo en aquella sencilla hoja de papel que olía a peligro. Algo importante.

Vio un nombre que no reconoció: Frank Macy.

Y un nombre que sí reconoció: Ramona Cortes.

26

Peach sabía adónde tenía que ir. A Lake Wales.

Condujo hacia el interior. La autovía 4 estaba atestada de coches. Aún no habían emitido ninguna orden de evacuación debido a la llegada de *Chayla*, pero algunos residentes de la costa no pensaban correr ningún riesgo.

Tardó el doble de lo habitual en llegar a la salida de Lakeland, desde donde se dirigió al sur, hacia Bartow. Cuanto más se adentraba en el estado por la tranquila autovía de dos carriles, más se retrotraía al pasado. Las tierras que se extendían entre los pueblos permanecían ajenas al paso del tiempo. Campos verdes planos y vacíos. Tenderetes de frutas montados sobre barriles en los que se vendían bolsas de naranjas. Vallas publicitarias en las que se anunciaban espectáculos con armas de fuego. Por encima de su cabeza, el cielo era de un deprimente color plomizo.

Pensó en lo que le había contado Cab Bolton.

Justin había estado en Lake Wales antes de que lo mataran. Habían estado allí juntos apenas un mes antes, y él había regresado sin decirle una palabra. Había empezado a hacer preguntas sobre los asesinatos del Día del Trabajo. Ése era su secreto.

¿Por qué?

Una parte de ella estaba enfadada con Justin. Había mentido y le había ocultado la verdad. Se suponía que su escapada a Lake Wales era una oportunidad para hablar de quiénes eran, de la vida, el amor, el sexo y el futuro. Un futuro compartido. Peach se había planteado incluso romper su voto ese fin de semana y dejar que él la desvirgara, pero había sido Justin quien había dicho que no y ella lo había querido aún más por ello.

Se preguntaba cómo ese mismo hombre había podido decepcionarla tan profundamente. Se preguntaba si Justin había abrigado un motivo oculto desde el principio para hacer ese viaje con ella.

Después de marcharse de Lake Wales con Deacon años atrás, nunca había querido regresar. Había sido Justin quien la había convencido, pero a medida que se acercaban, las emociones habían vuelto a aflorar. Los recuerdos la desbordaban, imágenes inconexas que no tenían ningún sentido y le provocaban una sensación de honda angustia. La embargaron el dolor, la soledad y la pérdida y, durante todo ese proceso, Justin había permanecido a su lado.

Y ahora regresaba de nuevo. Sola. En busca de respuestas.

A quince kilómetros del pueblo, cuando la primera gota de lluvia salpicó el parabrisas, vio una pequeña cruz entre la hierba, junto al arcén. Había flores para decorarla y la pintura estaba fresca. Alguien seguía honrando a quienquiera que hubiese muerto en aquel lugar. Resultaba agradable pensar que podías morir y que no te olvidaran.

Aquélla había sido su señal indicadora. Allí era donde había parado con Justin.

–¿Por qué nos paramos? –preguntó él.

Peach no contestó y dejó que el polvo se asentara antes de salir a la húmeda mañana. A primera hora del domingo, estaban solos con el canto de los grillos que se elevaba de los campos. Las águilas, apenas unas manchas negras por encima de sus cabezas, volaban en círculos en el cielo azul.

Se sentó en el capó del coche y notó el metal caliente a través de los vaqueros. Justin se acercó y se sentó a su lado.

–¿Ves esa crucecita blanca? –dijo ella–. Tienes que conducir con cuidado cuando pases por aquí.

Justin asintió, aunque no lo entendía.

–Es terrible; se ven por todas partes –continuó ella–, y sabes que cada cruz significa que alguien ha muerto.

Peach inspiró el aire húmedo. El sol caía, implacable. Reparó en que tenía todos los músculos del cuerpo contraídos en pequeños nudos y que agitaba las rodillas sin parar, haciendo temblar el coche. No quería volver a casa. No quería volver a Lake Wales.

–No tenemos que hacerlo –murmuró Justin.

–Lo sé.

El mundo estaba absolutamente en calma. Peach contempló el paisaje más allá del tendido telefónico. Las manchas marrones y blancas del ganado punteaban los campos verdes, y árboles de altura dispar se alineaban en el horizonte. Algunos parecían tan altos como gigantes.

–Lo normal sería que lo recordara todo, ¿no? –continuó ella–. Pues no es así. Son más bien fotografías mentales.

–¿Qué es lo que recuerdas? –preguntó él.

Peach lo cogió de la mano y se la apretó con fuerza.

–Una agente de policía me comunicó la noticia. Yo estaba en la mansión de Birch. Había pasado la tarde allí, en una de las habitaciones de invitados, y me había quedado dormida. Lyle, Caprice, Birch, la señora Fairmont y su amiga Tarla, la estrella de cine, iban a regresar por la noche. Pero ninguno lo hizo. La policía me despertó. Estaban por toda la casa. Me dijo que Lyle... me dijo que estaba muerto. Y Birch también. Encendí el televisor y no hacían más que hablar de ello.

–¿Estabas sola? –quiso saber Justin.

–Deacon estaba en nuestro apartamento, pero vino para hacerme compañía. Pasaron horas antes de que alguien regresara, y nadie hablaba con nosotros. Eso fue todo. Así es como toda tu vida cambia.

Él la cogió de la mano y besó las yemas de sus dedos. Peach quería llorar, pero no tenía lágrimas.

–Se suponía que era un premio. Yo había estado muy enferma y, ahora que me encontraba mejor, Lyle dijo que podía quedarme le-

vantada hasta tarde y participar en la fiesta cuando volvieran a casa. Creo que se sentía culpable. Llevaba semanas enfadado y se pasaba el rato gritándonos a Deacon, a Caprice y a mí. Era una manera de compensarme.

–¿Por qué estaba tan enfadado?

Ella se encogió de hombros.

–Así era Lyle; tenía mal genio. Ahora entiendo mejor que entonces lo que supone una campaña. La intensidad, la presión. Y ésa fue la primera campaña de Common Way. Lyle se lo jugaba todo. Caprice y él llevaban años planeándolo.

Un camión pasó junto a ellos por la carretera rural. Era tan grande y rápido que la vibración estuvo a punto de tirarlos del capó. El camión transportaba fruta; Peach distinguió el aroma cítrico que dejaba a su paso.

–La gente conduce muy rápido –dijo meneando la cabeza.

Después cerró los ojos.

–Pobre Lyle; ese último mes fue una pesadilla.

–¿Y eso?

–Oh, fue culpa mía –contestó Peach con una leve sonrisa–. Ese mismo mes de agosto se celebró una gran gala de recaudación de fondos en Tampa y Lyle tenía que asistir. Deacon y yo le acompañamos. Yo tenía muchas, muchas ganas de ver la ciudad. Deacon acabó haciéndome de canguro, cosa que no le gustaba, y Lyle no tenía ni cinco minutos para pasarlos con nosotros. Entonces, el sábado por la noche, me puse enferma. No dejaba de vomitar y toser, y me subió mucho la fiebre. Me encontraba muy mal, pero Lyle se comportó como si yo lo hiciera sólo para fastidiarle. Yo quería marcharme a casa, lloraba y lo pedía a gritos, y Lyle le dijo a Deacon que cogiera el coche y me llevara de vuelta a Lake Wales. Deacon quería quedarse, de modo que discutieron a gritos y luego yo les grité a los dos. Muy bonito todo. En fin, al final Deacon me llevó a casa, pero eso también fue un desastre, porque atropelló un ciervo y abolló el adorado Mercedes de Lyle. Para cuando llegamos, yo estaba tan enferma que casi deliraba y Deacon, tan nervio-

so que apenas podía caminar erguido. Así que decidió llevarme a casa de Birch para que alguien nos ayudara.

Peach se quedó en silencio.

–¿Peach? –dijo Justin– ¿Estás bien?

–Sí –respondió ella encogiéndose de hombros–. Sí.

–¿Qué pasa?

–Cuando llegamos, allí estaba pasando algo –explicó ella.

–¿El qué?

–No lo sé. Mi médico, el doctor Smeltz, me estaba esperando. Dijo que era neumonía y que tenía suerte de haber llegado a tiempo. Debía de estar a cuarenta de fiebre. Deacon estaba alterado por lo del coche, así que no ayudaba en nada. Recuerdo que Caprice me metió en la cama y me dio un beso en la cabeza. Fue muy cariñosa. Me desperté dos días más tarde, creo, o eso fue lo que me pareció. Lyle estaba allí.

–¿Qué te dijo?

–Nada. Yo le pedí perdón por haberme puesto enferma, por el coche, pero él no dijo nada. Me sentía fatal, como si yo hubiera causado todos aquellos problemas. No sé, tenía doce años, no sabía más… pero…

–¿Pero qué? –preguntó Justin.

–No lo sé. Algo había cambiado.

–No lo entiendo.

–Yo tampoco estoy segura de entenderlo. Todo el mundo parecía distinto. Era como si me hubiera acostado el sábado por la noche y, cuando desperté, nadie fuera igual. Lyle apenas hablaba con nadie y ni siquiera estoy segura de que durmiera. A la señora Fairmont no llegué a verla; era prácticamente invisible. Birch bebía sin parar. Había una especie de extraña oscuridad suspendida sobre la mansión. Tenía la sensación… tenía la sensación de que iba a pasar algo. Y pasó. Sé que parece una locura, pero cuando la agente me despertó esa noche, sentí que ya lo sabía. Lo estaba esperando.

–No podías esperar nada de lo que ocurrió –observó Justin.

–Parece imposible, ¿verdad? No le dio tiempo a decir ni una

palabra. Tuve una premonición. Creo que incluso lo dije en voz alta antes que ella.

–¿Qué dijiste?

Peach frunció el ceño.

–«Están muertos, ¿verdad?»

Finalmente llegó a Lake Wales. Las calles desiertas del centro eran como los ecos de un pueblo fantasma. Peach no vio a nadie. Pasó con el coche junto al hotel Walesbit, pintado de color verde mar. En otra época había sido un destino glamuroso, pero ahora estaba abandonado, una ruina vallada con ventanas rotas cegadas con tablones de madera, y profundas grietas que surcaban el estuco. Justin y ella habían pensado en colarse por la noche, como exploradores urbanos, pero al final se habían sentado a comer pollo frito en el coche mientras examinaban los destrozos causados por los saqueadores y las tormentas.

Peach creía que siempre recordaría ese fin de semana con Justin como uno de los mejores momentos de su vida. Parecía el principio de algo, pero en lugar de eso significó el final. Unas semanas más tarde, él estaba muerto. Ahora se preguntaba si su escapada romántica no había sido nada más que una tapadera para lo que fuera que él le estaba ocultando.

Unos días más tarde, él había regresado a Lake Wales.

Unos días más tarde, él había empezado a indagar en el pasado de un asesino llamado Frank Macy.

Durante todo el tiempo que pasaron juntos, él le había ocultado secretos. Eso la llenaba de amargura, la hacía sentir como una niña.

Y sin embargo –y sin embargo–, también le había dejado pistas. Sólo para ella. Migas de pan que nadie más podría encontrar. Una parte de ella le susurraba que Justin trataba de protegerla.

Una parte de ella le susurraba que lo había hecho todo por ella. Que lo que Justin pretendía era responder la pregunta que llevaba diez años persiguiéndola.

27

–Cab –dijo Caprice–. Qué sorpresa tan inesperada.

Se levantó de detrás de su escritorio en la sede de la fundación Common Way, al otro extremo del destartalado edificio del centro que acogía el departamento de investigaciones. Su despacho quedaba en una esquina, cerca de la punta afilada de la torre Sun Trust, y desde los enormes ventanales se veía el perfil de la ciudad en dos direcciones. Hacia el oeste, Cab distinguió la masa de nubes de *Chayla* en su avance hacia la costa. Era un día oscuro y las ráfagas de viento sacudían casi imperceptiblemente el edificio.

Caprice llevaba el pelo recogido y tirante. Unos pendientes de ámbar en forma de lágrima resaltaban su piel blanca y su terso rostro. Vestía un traje de chaqueta gris, con una falda que le llegaba justo por debajo de las rodillas, y calzaba unos zapatos de tacón muy alto. Sus ojos serios adoptaron una mirada insinuante mientras se acercaba a recibirlo y lo besaba en la mejilla.

–¿A qué debo el placer? –preguntó.

–Tengo algunas preguntas –contestó Cab.

Caprice sonrió.

–Por supuesto.

Cab avanzó por la mullida alfombra hacia las ventanas que daban a la ciudad. Caprice se quedó a su lado, lo bastante cerca para que sus caderas rozaran las de él. Cab era muy consciente de su presencia.

–La tormenta no tardará en llegar –observó Caprice.

Tenía la mirada clavada en él, no en el cielo.

–Sí.

Cab se sentó a una mesa de cristal redonda, cerca de la ventana. Caprice ocupó una silla junto a él y sonrió, esperando a que él empezara. Le rozó como por casualidad los pantalones con la punta del zapato. Sabía que aquello lo incomodaba, y Cab estaba seguro de que le gustaba ejercer aquel poder.

–Acabo de conocer a Peach Piper –anunció.

–¿Ah, sí? Peach es un cielo de chica, pero no la subestimes. Es endiabladamente lista. Podría estar sentada a tu lado vestida con uno de sus disfraces sin que te dieras cuenta.

–Me ha hablado de un empleado de la fundación llamado Justin Kiel –continuó él.

–No me sorprende. Según Deacon, Peach se llevaba muy bien con él.

–Me pregunto por qué no me hablaste tú de Justin. Un miembro de tu equipo de investigaciones murió asesinado hace dos semanas. ¿No crees que era una información relevante para evaluar las potenciales amenazas contra Diane?

–La policía no consideró que debiéramos preocuparnos por la seguridad –contestó Caprice–. Dijeron que el crimen estaba relacionado con las drogas. Un traficante dispara a otro. Sinceramente, quería mantener la máxima discreción posible al respecto. Que un empleado de tu fundación resulte estar vinculado al tráfico de drogas no es una buena publicidad. Y aún menos en plena campaña.

–No estoy seguro de que sea tan sencillo –replicó Cab–. Justin estaba investigando los asesinatos del Día del Trabajo antes de que lo mataran.

Caprice frunció el ceño, preocupada.

–¿Estás seguro de eso?

–Sí. ¿Trabajaba para ti?

–No, claro que no.

–Pensaba que tal vez lo hubieras contratado a él antes que a mí.

Ella negó con la cabeza.

–No lo hice.

–Si lo mataron por andar haciendo preguntas sobre la muerte de Birch, eso significa que la amenaza a Diane es real. Creo que deberías incrementar su seguridad.

Caprice asintió.

–Lo haré. ¿Sabes si Justin averiguó algo que pueda serte de ayuda?

–Todavía no. –Y añadió–: No soy el único que está interesado en la muerte de Justin. Ramona Cortes me pidió que nos viéramos y también mencionó a Justin. No cree que su asesinato estuviera relacionado con las drogas.

–Ramona –dijo Caprice, meneando la cabeza–. Bueno, dudo que tenga más información sobre el caso que tú o yo. Sólo le interesa echar más leña al fuego. Cualquier asunto que perjudique a Diane atraería a Ramona como un imán.

–¿La conoces personalmente?

–Claro. Recuerda que soy abogada, no sólo una cara bonita. Hace mucho que nos conocemos. Antes de que sus caminos políticos se separaran, Lyle y Ramona fueron compañeros en la Facultad de Derecho. Es una mujer muy ambiciosa. La gente cree que el fiscal general está por encima de la política, cuando de hecho es uno de los puestos con mayor peso político en cualquier estado. No resulta sorprendente que tantos cargos electos de nivel empezaran como fiscales generales. Tienes la prerrogativa de acusar y dispones de una plataforma que proporciona un montón de publicidad a lo que haces. Créeme, Ramona quiere a Diane fuera de la carrera como sea, porque cree que puede vencer al gobernador si se enfrenta a él cara a cara.

–Intentó convencerme para que dejara de trabajar para ti –dijo Cab.

–Apuesto a que sí.

–Tiene un punto de vista maquiavélico sobre Common Way. Cree que no renunciaríais a utilizar tácticas despiadadas si con eso salierais beneficiados.

Caprice sonrió.

–Y así es.

–¿Dentro de la ley?

–Por supuesto, pero nuestra intención es ganar. No me disculpo por eso. Los otros partidos tan sólo están molestos porque el juego se nos da mejor que a ellos. No dejes que la frustración de Ramona influya en tu trabajo.

Cab no dudaba de que Caprice estaba en lo cierto con respecto a Ramona Cortes. En el trato con políticos, cada palabra, cada sonrisa, cada verdad y cada mentira tenían distintos significados y motivaciones. No le era necesario preguntar quién intentaba jugar con él, porque todos lo hacían. Todos ellos tenían su propia agenda.

–¿El nombre de Frank Macy te dice algo? –preguntó Cab–. Es un antiguo cliente de Ramona que fue a la cárcel por homicidio hace unos años.

–¿Peach te habló de él? –quiso saber Caprice.

–No directamente, pero tenía en su poder cierta información sobre ese hombre.

–Sí, Peach se presentó ayer por la noche en casa de Diane para hablar de Macy, y Diane no se lo tomó demasiado bien. Drew y Frank Macy se conocieron en la universidad; era un camello, uno de esos universitarios espabilados que sabía cómo sacar provecho de sus amigos ricos usando sus contactos. Listo pero duro. En cierto sentido, creo que Diane siempre ha culpado a Macy de la muerte de Drew. Peach creía que Justin también estaba interesado en Macy.

La expresión de Cab se endureció.

–¿Justin estaba investigando a Frank Macy? ¿Macy era el camello de Drew? ¿Y aun así no me llamaste para contarme nada de todo esto?

Caprice reaccionó con un disgusto manifiesto.

–No lo entiendes, ¿verdad, Cab? Estamos inmersos en una campaña política de ámbito estatal. Los delitos de tráfico de drogas no nos ayudan en nada. Alguien como Frank Macy es un veneno; si su nombre se relaciona con el de Diane en los medios, nuestros resultados en las encuestas caerán en picado. Así que no, no quiero que lo investigues. No quiero que Frank Macy se acerque a menos de quince kilómetros de nadie de Common Way. ¿Tuvo algo que ver con la muerte de Justin? No tengo ni idea y, sinceramente, no me importa, pero si quieres mi opinión política, piensa en esto: si Ramona Cortes quisiera atacar a Diane, un antiguo cliente como Frank Macy sería el arma ideal para hacerlo. Macy ni siquiera tendría por qué estar involucrado en el crimen: el mero hecho de dejar caer su nombre nos perjudicaría. ¿Se te ha ocurrido que tal vez Ramona esté detrás de todo esto? ¿Que podría estar manipulándoos a Peach y a ti para sabotear a Diane?

–Pues sí –repuso Cab.

–Entonces deberías dejar de escucharla y concentrarte en aquello para lo que te contraté.

Caprice había mostrado sus afilados dientes por primera vez. Era una mujer dominante, acostumbrada a conseguir todo lo que quería. Cab se sintió fascinado. Sabía exactamente cómo sería mantener una relación con ella, y no se hacía ninguna ilusión: con Caprice, la posibilidad de estar al mando no existía. Aquella mujer era muy capaz de hacer enloquecer al más cuerdo de los hombres.

–Lo siento –se disculpó ella, volviendo a pintar una sonrisa en sus labios–. Me he dejado llevar por la pasión.

–Me he dado cuenta.

–Recuerda que para ti la política no significa nada, pero que lo es todo para mí.

–También me he dado cuenta.

Ella volvió a adoptar una actitud seductora.

–¿Me perdonas?

Cab sonrió.

–Claro.

–No era mi intención tratarte como a un empleado. Es una mala costumbre que tengo. Sinceramente, debo confesar que, cuando te contraté, pensaba en otras cosas. Quería conocerte mejor. No es que no seas bueno en tu trabajo, sino que además eres un hombre muy atractivo.

–El sentimiento es mutuo.

–Sé que sonará desalmado, pero la verdad es que no me importa que tengas novia. Si no es capaz de conservarte, no es mi problema. Y me gustaría conocer más cosas de ti.

–Créeme, es una idea tentadora –dijo él–, pero tendrá que esperar hasta que termine este asunto.

–¿Porque trabajas para mí? –preguntó ella con los ojos brillantes–. ¿Temes que te acose?

–En absoluto.

–Quizá debieras.

–No estoy preocupado –explicó Cab–, porque ya no trabajo para ti.

Caprice inspiró con brusquedad, y sus narinas aletearon con furia.

–¿Es una broma, Cab? Porque no me hace ninguna gracia.

–No es una broma. Tengo un nuevo cliente.

–¿Quién? –quiso saber ella–. Te juro que si Ramona Cortes...

–No es Ramona.

–Entonces ¿de qué va todo esto?

–Supongo que podría decirse que mi cliente es Justin Kiel.

Caprice se inclinó sobre la mesa y apuntó con una uña pintada de rojo sangre en su dirección.

–Oh, vamos, Cab, ¿qué clase de tontería es ésa? Te pedí que ayudaras a Diane; es la mejor amiga de tu madre. ¿Tan poco te preocupa?

–Más bien al contrario, me preocupo mucho por ella. Si mataron a Justin Kiel porque estaba haciendo preguntas sobre los asesinatos del Día del Trabajo, entonces tengo que saber exactamente qué descubrió para poder proteger a Diane. Y no puedo hacerlo si tengo que preocuparme por cómo encaja mi investigación en tus cálculos.

–He dicho que lo sentía –le espetó Caprice.

–Sé que lo has hecho, pero no lo sientes en absoluto. No importa. Tú tienes tus prioridades y yo, las mías.

Caprice frunció el ceño.

–Entonces ¿qué significa eso? ¿Que sigues trabajando en el caso, pero que ya no tengo que pagarte?

–Más o menos. Considéralo el acuerdo comercial perfecto.

–¿Cómo puedo convencerte? –preguntó ella.

–No puedes.

–Entonces, supongo que hemos terminado –concluyó ella.

–No del todo. Ahora eres una testigo.

–¿Disculpa?

–Justin quería saber qué ocurrió hace diez años, y yo también. Empecemos con la pelea que hubo entre Birch y Diane un par de semanas antes del Día del Trabajo. Fue un sábado por la noche, y llegó a tal nivel que Drew amenazó con matar a Birch y acabó en un centro de desintoxicación del que salió tan sólo unos días antes del tiroteo. Me gustaría saber qué sucedió exactamente en esa casa.

–No lo sé –contestó Caprice.

–Yo creo que sí. Peach dijo que tú estabas allí.

Ella se quedó un momento callada.

–A Diane no le gustaría que hurgaras en ese asunto, Cab –dijo en voz baja.

–Tal vez no, pero no tengo elección. Pienso volver a Lake Wales ahora mismo. Tarde o temprano averiguaré qué es lo que está pasando; o podrías contármelo tú.

–Te estoy pidiendo que lo dejes. Por favor. Como amiga, no como jefa.

–No puedo hacerlo, lo lamento. No me importa cómo afecte esto a la campaña.

–Bueno, pues a mí sí. Y a Diane también.

–¿Qué pasó en realidad ese sábado por la noche, Caprice? ¿Qué estáis ocultando?

Ella se levantó de la silla lánguidamente. Todos sus movimientos eran gráciles; su cuerpo, una extensión de su sexualidad. Se inclinó hacia él hasta envolverlo en un dulce aliento de perfume y, con una leve sonrisa, se metió el lóbulo de la oreja de Cab en la boca y lo mordió.

–Vete a la mierda, Cab –susurró.

28

La lluvia azotaba el parabrisas de su Thunderbird. Sobre el tejado de la biblioteca de Lake Wales, el viento zarandeaba las ramas de un fresno como si fuera un bailarín ebrio. Peach corrió hacia la puerta de la biblioteca y, al llegar a la entrada, a salvo del aguacero, se alisó el pelo, se ajustó las gafas sin graduación de montura negra y se aseguró de que su blusa color canela estuviera convenientemente metida por dentro de la falda marrón.

Parecía una bibliotecaria, alguien con quien todo el mundo se sentiría cómodo hablando.

Peach sabía que lo primero que habría hecho Justin era ir a la biblioteca: según él, albergaba la respuesta a cualquier pregunta que pudiera plantearse. Si estaba indagando en los acontecimientos de Lake Wales, habría empezado en la biblioteca de Lake Wales. Seguro que alguien recordaría haberlo visto.

En el interior, el azote de la lluvia sobre el tejado sonaba con la intensidad de un trueno. El edificio estaba casi vacío. Vio a una bibliotecaria solitaria sentada a la mesa de registros mientras contemplaba las enormes ventanas, sacudidas por el viento. Tenía cincuenta y tantos años y era rolliza, con el pelo cobrizo y la cara redonda.

Peach le dedicó una sonrisa tímida.

–Hola –la saludó.

–¿En qué puedo ayudarte?

La voz de la mujer sonaba con un leve acento alemán.

–Oh, bueno, no lo sé. Es algo personal.

–¿Sí?

–Mi novio estuvo aquí hace unas semanas –explicó Peach–. Esperaba que alguien hubiera hablado con él.

La bibliotecaria se acercó al mostrador.

–Y ¿qué es lo que quieres saber?

Peach le enseñó una fotografía guardada en su móvil en la que aparecían Justin y ella cerca del lago, a pocas manzanas de la biblioteca, abrazados y con una gran sonrisa en el rostro.

–¿Ve? Somos nosotros –dijo.

La mujer entornó los ojos para mirar la fotografía. La estampa de los dos jóvenes, sin duda enamorados, la enterneció. Peach también dedujo que la bibliotecaria recordaba a Justin, con su extravagante sombrero y su bigote.

–Lo vio en la biblioteca, ¿verdad? –preguntó Peach.

–Bueno, sí, lo recuerdo –admitió la bibliotecaria–. Un joven con un bigote tan anticuado como ése no se ve muy a menudo. También era divertido. Tenía mucho que decir sobre la vida. Me cayó bien.

Peach asintió. Los ojos se le llenaron de lágrimas sin necesidad de fingirlo.

–Era un filósofo.

–Oh, cielo –dijo la bibliotecaria de inmediato–. ¿Ha pasado algo?

–Ha muerto.

La mujer la cogió de la mano.

–Lo siento mucho. ¡Debes de estar pasando por un infierno! Era muy joven. ¿En qué puedo ayudarte?

–Bueno, lo más probable es que no pueda. Justin era escritor, como yo. Estaba preparando un artículo sobre el décimo aniversario de los asesinatos del Día del Trabajo para una revista de Orlando y... como Diane Fairmont es candidata a gobernadora, me gustaría acabarlo, pero no entiendo sus notas, así que estoy intentando seguir sus pasos, recrear su investigación. Por eso estoy aquí –mintió descaradamente, con una expresión de candidez en el rostro.

–Ya veo.

–Cualquier cosa que pueda decirme me sería de gran ayuda –añadió.

–Bueno, él me explicó que estaba escribiendo sobre esos horribles asesinatos –confirmó la mujer–. Me preguntó si en esa época yo vivía aquí, pero el caso es que llegué al pueblo hace sólo cinco años, así que no pude ayudarle.

–¿Habló con alguien más?

–Quizá con un par de voluntarios, pero hoy no trabajan.

–Oh, ya entiendo.

–Pasó mucho rato en la biblioteca –le explicó la bibliotecaria–, la mayor parte en nuestra sección de microfichas. Creo que revisó todos los periódicos de entonces. Sacó muchas impresiones.

–Supongo que no sabe qué imprimió.

–No, lo siento, los usuarios sacan sus propias copias. Pero puedo enseñarte nuestros periódicos, si quieres.

–Sí, vale –aceptó Peach.

La bibliotecaria la guio hasta una fila de mesas de estudio equipadas con lectores de microfichas, cerca de las ventanas desde las que se veía la violenta lluvia. Abrió el cajón de un archivador y, tras echar una mirada rápida, cogió una caja del fondo y la abrió para mostrarle a Peach una pila de negativos de gran tamaño.

–Éstos son los periódicos de Lake Wales de agosto a septiembre de ese año. Creo que fue por donde empezó tu chico.

Peach asintió.

–Gracias.

–¿Necesitas ayuda con las máquinas?

–No, no hace falta. Muchísimas gracias por su ayuda.

Peach se sentó sola frente a un lector de microfichas y no tardó en encontrar las crónicas periodísticas del día después del tiroteo. Al ver los titulares y las fotografías, los ojos se le llenaron de lágrimas y sintió un vacío en el estómago, como si se le hubiera abierto un agujero. En lugar de leer, miró por las ventanas, hipnotizada por el golpeteo de la lluvia. Se alegró de que allí no hubiera nadie más.

Saber que Justin había examinado los periódicos de diez años atrás bastaba para confirmar que Cab Bolton estaba en lo cierto. Peach no sabía lo que Justin había averiguado o lo que ella misma esperaba descubrir desenterrando sucesos que había pasado mucho tiempo intentando olvidar.

Su teléfono empezó a sonar y agradeció la interrupción.

–Enana –la saludó su hermano cuando ella contestó.

La conexión se cortaba por momentos; la tormenta había empezado a deteriorar la calidad de la señal.

–Hola.

–Estoy en la oficina, ¿dónde estás tú?

Peach vaciló. No quería confesarle lo que estaba haciendo.

–En la biblioteca –contestó.

–Caprice me ha contado lo de anoche.

–Ya, me lo imagino.

Hubo una larga pausa. La conexión se interrumpía y la voz de él sonaba entrecortada.

–Estoy bastante cabreado, ¿lo sabes, no? Caprice me ha dicho que contactaste con Frank Macy. ¿Sabes qué clase de hombre es? Tal vez parezca Leo DiCaprio, pero no lo es.

–Lo siento. No fui sola; Annalie estaba conmigo...

–¡Podrías haber hecho que os mataran a las dos!

Peach sintió ganas de llorar otra vez.

–¡No me grites, Deacon!

Su hermano se quedó callado. Por un momento Peach pensó que la llamada se había cortado, pero entonces volvió a oír su respiración.

–Lo sé, lo siento. Mira, ¿crees que no te hice caso el otro día? Empecé a investigar sobre Macy en cuanto me hablaste de él.

–¿Qué has encontrado? –preguntó ella.

–He llamado a algunos contactos que conocen bastante bien la Alianza por la Libertad del Imperio. Por lo visto, reclutan a sus seguidores en el sistema de prisiones estatal. Si Macy pasó ocho años allí, puede que se uniera a ellos.

–¿Crees que tiene alguna relación con Ham Brock?

–No lo sé. Aún estoy preguntando por ahí.

–Ramona Cortes los representó ante los tribunales.

–Sí, ya lo sé. Interesante, ¿eh? Mira, voy a intentar seguir…

–¿Deacon? ¿Deacon?

Peach miró su móvil. La llamada se había cortado. Trató de marcar el número de su hermano, pero no había línea.

Se removió en la silla, impaciente. De repente, Lake Wales parecía estar muy lejos de todo; no sabía qué hacía allí. Pasó media hora simulando estudiar los periódicos y esperando a que Deacon volviera a llamar, pero al ver que no lo hacía, decidió marcharse. Dejó la caja de las microfichas en la estantería para que volvieran a archivarla y se dirigió hacia la salida.

–¿Has encontrado lo que necesitabas? –la llamó la bibliotecaria.

Peach se detuvo en el mostrador y le dedicó una débil sonrisa.

–Oh, sí, gracias. Me ha sido de gran ayuda.

–Siento mucho lo de tu prometido.

–Gracias.

–Ten cuidado con la tormenta, ¿de acuerdo? Lo mejor que puedes hacer es encontrar un sitio donde refugiarte y esperar a que pase.

–Sí, tiene razón –convino Peach.

La joven se volvió para marcharse, pero entonces se le ocurrió otra pregunta.

–Hay algo más, si no le importa. Me preguntaba si Justin le mencionó a una mujer llamada Alison.

La bibliotecaria la miró.

–¿Alison? No lo creo. ¿Sabes su apellido?

–No.

–¿O algún detalle más sobre ella?

–Me temo que no. Sólo el nombre, Alison.

Peach detectó cierto recelo en la bibliotecaria, como si de repente el asunto se hubiera reducido a descubrir una infidelidad.

–No, no la mencionó –replicó la bibliotecaria con brusquedad.

–De acuerdo. Gracias de nuevo –dijo Peach, y añadió–: Le agradezco su ayuda. Siento haberla molestado, pero es agradable hablar con alguien que estuvo con él, aunque sea un desconocido. Hace que no lo sienta tan lejos.

La frialdad abandonó el rostro de la mujer.

–Claro. ¿Sabes? Sí que recuerdo algo. Al principio no caí, porque tu chico le preguntó a otra empleada, no a mí; yo sólo lo oí. Estaba buscando a alguien.

–¿Recuerda a quién?

La mujer frunció el ceño.

–A un doctor, creo. Buscaba a un doctor que ejercía aquí hace diez años y se preguntaba si seguía en el pueblo. Mi compañera lo buscó.

–¿Cómo se llamaba?

–Deja que lo piense. ¿Wills? ¿Wells? Lo siento, ojalá hubiera prestado más atención.

–No se preocupe.

Peach estaba desilusionada, pero entonces, con un extraño escalofrío, escarbó en su pasado y recordó un nombre. No tenía ningún sentido. No podía tratarse de la misma persona. ¿Por qué querría saber Justin de él?

–¿Smeltz? –murmuró–. ¿Reuben Smeltz?

La bibliotecaria abrió mucho los ojos.

–¡Sí! ¡Eso es! Estoy segura de que ése era su nombre.

–Y ¿todavía está vivo? ¿Sigue en el pueblo?

–Déjame comprobarlo.

La mujer pulsó el teclado y, menos de diez segundos después, sonrió de oreja a oreja.

–Pues resulta que sí. El doctor Smeltz tiene una consulta en...

–En East Park Avenue, en el centro –dijo Peach–. Cerca de la vieja torre del reloj.

La mujer arqueó las cejas.

–Así es. Justo ahí. ¿Lo conoces?

Peach no contestó. Sí, conocía al doctor Reuben Smeltz. Era el hombre que la había tratado de neumonía esa noche en la mansión de Birch Fairmont. Era su médico.

29

Garth Oakes bajó corriendo los escalones de la casa junto al lago en Lake Wales. Llevaba una camiseta blanca ceñida y unos pantalones anchos de nailon rojo sobre sus musculadas piernas, además de una mochila grande de tela a la espalda. Su coleta negra ondeaba mientras corría hacia su Subaru Outback. Tiró la mochila en la parte de atrás y echó un vistazo rápido y voraz al Corvette rojo aparcado justo detrás de su coche. La lluvia era demasiado intensa para que Garth pudiera verle a través del parabrisas, así que Cab le hizo una señal con los faros.

Garth entrecerró los ojos en su dirección. Después corrió hacia el lado del pasajero del Corvette y subió al deportivo. Se sacudió como un perro mojado, salpicando gotas de agua y esparciendo un aroma a aceite de romero.

–¡Eh, detective! –saludó–. Qué pequeño es el mundo.

–No tan pequeño –confesó Cab–. He llamado a tu ayudante y me ha dicho que estabas aquí.

–Ah, vale. Espero que no lleves mucho rato esperando.

–En absoluto –contestó Cab.

Una ráfaga de viento zarandeó el coche. Por encima del chasis, hojas mojadas y guirnaldas de musgo negro revoloteaban en el aire. A unos cien metros, la superficie del lago estaba moteada por el persistente aguacero.

–Vaya, menuda tormenta, ¿eh? –se regocijó Garth–. Y esto es sólo el aperitivo. Tengo que volver a Tampa antes de que la carretera se ponga fea.

–No te robaré mucho tiempo.

–Oh, no te preocupes, no hay problema.

El entrenador señaló con la cabeza la casa del otro lado de la calle, con setos cuidados y columnas blancas que decoraban un largo porche frontal.

–Llevo quince años dándole un masaje semanal a esa señora y siempre me deja cien dólares de propina, aunque es como frotar a uno de sus shar peis, ¿sabes a qué me refiero? Tiene arrugas por todas partes. La gente cree que el negocio de los masajes es glamuroso, que te pasas el día cubriendo de aceite a mujeres que se parecen a Beyoncé. Eh, no digo que de vez en cuando no te encuentres con una tía buena, pero no son de las que se abren de piernas y te piden que les des un masaje completo, ¿me entiendes?

Cada vez que Garth hablaba, Cab se descubría practicando la meditación trascendental para tratar de bloquear lo que decía.

–Eh, ¿te apetece una barrita energética? –preguntó Garth.

Cab negó con la cabeza. El masajista se metió la mano en el bolsillo, sacó una barrita de chocolate, la desenvolvió y dio un gran mordisco.

–En fin, es un trabajo. Me encantaría renunciar a la mayoría de mis clientes y centrarme en los vídeos de *fitness*, pero todavía no puedo permitírmelo. Quién sabe, si Diane se suma al negocio, a lo mejor consigo un bombazo publicitario.

–Di adiós a los michelines… ¿con la gobernadora? –preguntó Cab.

Garth se rio y los pedacitos de chocolate salieron disparados de su boca hacia el salpicadero. Sus dientes se veían extrañamente violáceos en contraste con su bronceado. Había estado bebiendo vino y parecía un poco achispado.

–¡Me encanta! ¡Me encanta!

Cab observó al musculoso y empapado masajista. Un parásito, así era como lo había descrito Gladiola. Garth permanecía junto a Diane por los beneficios que le reportaba: dinero, contactos, clientes. Gladiola le había contado que en aquel fatídico verano se le veía a todas horas en la mansión y, diez años después, seguía siendo una constante en la vida de Diane. Cab no creía que su relación tuviera connotaciones sexuales, y sospechaba que Garth era gay. Aun así, parecía ser el guardián de los secretos de Diane.

–Escucha, Garth, necesito que me ayudes con algo –dijo Cab.

El masajista asintió.

–Sí, claro, ¿qué quieres?

–Alguien relacionado con la fundación Common Way murió asesinado el mes pasado.

–Ah, ¿es el tío del que hablaba esa chica, Peach? Lo oí ayer por la noche.

–Justin Kiel –aclaró Cab.

–Eso. ¿Qué pasa con él?

–¿Sabes quién era? ¿Alguna vez hablaste con él?

Garth negó con la cabeza.

–No, nunca.

–¿Alguien te lo mencionó? ¿Quizá Diane?

–No, ella ni siquiera sabía quién era –respondió Garth.

–¿Qué hay de un hombre llamado Frank Macy? –preguntó Cab.

Garth silbó.

–Oh, sí, a él sí que lo conozco. No pronuncies su nombre en presencia de Diane, se pondría como loca. Peach lo hizo.

–¿Es por Drew? –preguntó Cab.

–Exacto.

–¿Qué clase de relación mantenían?

–Vaya, es complicado.

–¿Y eso?

Garth se terminó la barrita energética, arrugó el envoltorio y lo embutió en el cenicero del Corvette.

–Bueno, supongo que recuerdas cómo era Drew: un chico que creció sin nada, cuya madre era pobre como una rata. De niño apenas había comida en la mesa. Y, de repente, ella se casa con un rico empresario y de la noche a la mañana el chico se codea con la alta sociedad. Hay quien no consigue adaptarse.

Cab esperó.

–No es que Drew fuera mal chico –continuó Garth–. A mí me caía bien. Es sólo que no tenía la cabeza bien amueblada.

–¿Y eso?

–Bueno, para empezar, Drew era gay. Vino a mí en busca de consejo, porque no sabía cómo afrontarlo. Es decir, una cosa es ser un gay como yo, musculoso y tal. Nadie va a meterse conmigo, ¿entiendes? Imagino que no te estoy descubriendo nada sobre mí que no sospecharas ya, ¿verdad? –dijo guiñándole un ojo.

Cab sonrió.

–No.

–Supongo que no compartimos acera.

–Lo siento.

–Nunca está de más preguntar. En fin, Drew era flacucho y tímido, y los chicos de la escuela lo atormentaban. Fucron muy crueles. Y su padrastro también.

–¿Birch? –preguntó Cab, frunciendo el ceño.

–Oh, sí. Nunca delante de Diane, pero Drew me contó que Birch le llamaba mariposón y marica y toda clase de mierdas a espaldas de su madre. El chico odiaba a Birch y no puedo culparlo por ella.

–¿Qué hay de Frank Macy?

–Drew conoció a Macy en la universidad. Un tipo de clase baja pero astuto, afable y despiadado. Todo un machote. Drew lo llevaba a menudo a la casa de Lake Wales, como si fueran colegas. Creo que le gustaba la idea de quedar con alguien tan guay y con tanto mundo, ¿sabes? Y que también se sentía muy atraído por Macy.

–¿Macy es gay? –quiso saber Cab.

–Lo dudo. Y aunque lo fuera, nunca se habría fijado en Drew. Pero hay un montón de tíos supuestamente hetero a los que no les importa que otro tío se la chupe. Mientras no sean ellos los que se arrodillen, creen que no cuenta. En mi opinión, a Macy no le habría importado que Drew le sacara brillo a su sable cuando no había ninguna chica a mano. Creo que eso destrozó a Drew.

–¿Diane sabía algo del asunto? ¿Hablaste con ella?

–Después. Mucho después, cuando Drew ya se había metido la pistola en la boca. Las drogas no fueron el único problema. Drew me contó que Macy y él habían discutido y que Macy le había dicho que no quería volver a verlo. Creo que se portó muy mal con él. Aquello fue la gota que colmó el vaso, y poco después Drew se suicidó.

Cab meneó la cabeza. Aquello era peor de lo que suponía. Y más mortífero.

–¿Se vieron Macy y Drew ese verano, antes del tiroteo del Día del Trabajo?

Garth asintió.

–Claro que sí. La situación era muy provechosa para Macy. El niño rico que siempre necesitaba una dosis, más una casa con piscina y bebida gratis. ¿Qué más podía pedir?

–Dudo que Birch, estando en plena campaña, transigiera.

–En absoluto. Lyle también se puso hecho un basilisco. Temían que la prensa se enterara del asunto de Macy. Birch y Diane discutieron, y Birch le dijo a Drew que no quería volver a ver nunca más a Macy en su casa. Pero a Drew le entró por una oreja y le salió por la otra.

–Una pregunta más, Garth. Birch y Diane, dos semanas antes del Día del Trabajo. ¿Qué ocurrió en realidad?

El rostro bronceado de Garth perdió un par de tonos de color.

–No debería hablar de eso.

–Si crees que así proteges a Diane, te equivocas.

–Sí, pero aun así ya he hablado demasiado.

Cab se inclinó hacia su asiento.

–Hubo una discusión, gritos. Tú buscaste a la chica de la limpieza y le dijiste que se marchara. ¿Por qué? ¿Qué hizo Birch?

–Mira, yo no estaba en esa habitación –respondió Garth–. Supongo que el hijo de puta se puso violento con ella.

–¿Cómo de violento?

–Lo bastante como para pedirme que llamara a un médico de inmediato. Luego me dijo que ventilara a la criada y después me largara.

–¿Qué hiciste tú?

–Exactamente lo que me dijo.

–¿No fuiste a ver cómo se encontraba Diane?

–Quería hacerlo, pero no sabía cómo iba a reaccionar Birch. Nunca lo había visto de esa manera. Tenía el deseo de matar escrito en los ojos.

–¿Quién más había en la casa? –quiso saber Cab.

–Nadie.

–¿Quién más lo sabe?

–Casi nadie –contestó Garth–. Supongo que Caprice y Lyle se enteraron, pero no dijeron nada. Creo que eso es todo. Ah, y el médico. Reuben Smeltz. Era el médico de Diane.

Cab memorizó el nombre.

–Y Drew –dijo Cab.

–Sí; no sé si Diane llegó a contárselo todo, pero Drew vio que la habían golpeado. No volvió a aparecer en público hasta el Día del Trabajo. La gente estaba empezando a murmurar.

–¿Fue el estrés lo que hizo que Drew acabara en un centro de desintoxicación?

Garth asintió.

–Sí, casi se mata de sobredosis. Smeltz le salvó la vida y lo obligó a someterse a terapia.

–¿Crees que Drew lo decía en serio? –preguntó Cab.

–¿El qué?

–Lo de matar a Birch –aclaró Cab.

Esperaba una negación tajante, pero el masajista empezó a retorcer la boca con gesto triste, como si estuviera masticando y fuera incapaz de tragar.

–¿Acaso importa? Birch y Drew están muertos.

–Claro que importa. Alguien asesinó a Justin Kiel por hacer estas mismas preguntas.

–Oye, yo conocía a Drew –insistió Garth–. No era un chico capaz de hacer algo así. ¿Disparar no sólo a Birch sino a tantas otras personas? Es imposible que lo hiciera.

–Si no fue él quien apretó el gatillo, tal vez alguien le ayudara.

–¿Como quién?

–Como Frank Macy –señaló Cab.

Una sombra cruzó el rostro de Garth, como si el masajista acabara de sumar dos más dos.

–Vamos, Garth, ¿hay algo que no me estés contando?

–No es nada –contestó él–. Vi algo, pero no tiene ninguna importancia.

–No hay duda de que crees que la tiene. ¿Qué viste?

Garth se quedó callado y se removió inquieto en el asiento. El vino le había soltado la lengua, pero no lo suficiente para revelar sus secretos. A Cab se le estaba agotando la paciencia.

–Mira, Garth, trato de proteger a Diane. Justin Kiel está muerto y es posible que ella corra peligro. Si quiero mantenerla a salvo, necesito que me ayudes.

No se molestó en añadir que, si algo le ocurría a Diane, a Garth se le acababa el chollo. Nada de fiestas, nada de pulular por la mansión, nada de bombazos publicitarios para sus vídeos. Garth era capaz de sacar esas mismas conclusiones él solo.

–Probablemente no tenga nada que ver –contestó al masajista al final–. Ocurrió varias semanas antes del tiroteo; en julio, creo.

–¿El qué?

Garth vaciló.

–Oí disparos.

–¿Dónde?

–En los naranjales, cerca de la propiedad. Fui a echar un vistazo y descubrí que era Drew; tenía una pistola y estaba disparando a los árboles. Acribillando la fruta. No sé, puede que estuviera colocado. La escena no era muy reconfortante, ¿sabes?

–¿No se lo has contado nunca a nadie?

–¿Bromeas? Ni por asomo. Ni siquiera se lo conté a Diane hasta más adelante, ese mismo verano. No quería meter al chico en problemas.

–¿Estaba solo?

Garth negó con la cabeza y tragó saliva.

–No, Drew no estaba solo. Frank Macy lo acompañaba. La pistola era de Macy.

30

Después de haber atravesado las entrañas del hombre, el cuchillo estaba caliente.

Cuando por fin lo sacó del cuerpo hundido a sus pies, un raudal de lluvia cayó en la herida y salpicó la hoja, derramando la sangre aguada por sus manos y sobre el muelle de piedra. El cuerpo se sacudió. Le salía espuma por la boca y su respiración era muy débil; su corazón seguiría latiendo un par de minutos, chorreando riachuelos que se perderían en la bahía.

El hombre del cuchillo jadeaba. Todo había salido según lo había planeado, pero nunca resultaba fácil. Primero, un haz de luz de la linterna dirigido a la frente del otro para deslumbrarlo. Un pinchazo en la garganta. Un tobillo alrededor del tobillo del otro para hacerlo caer de espaldas al suelo, y su cráneo resquebrajándose contra la piedra. Y luego el cuchillo, abriéndolo en canal y dejando que se desangrara.

La tormenta borraba todo a su alrededor. Apenas veía la playa, a escasos cincuenta metros. Las naves industriales que bordeaban el parque se habían convertido en formas oscuras y desiertas. Las agitadas aguas se estrellaban contra el muelle de Picnic Island y sonaban como los chasquidos de una mamada. Fuera, en el canal, las luces blancas delineaban el perfil de un enorme carguero, tan incorpóreo como un fantasma que flotara en la oscuridad, que navegaba hacia la seguridad del puerto.

A sus pies, los ojos del hombre estaban ahora fijos como piedras grises. El final se acercaba. Pasaría la eternidad con esa mirada de sorpresa impotente y furiosa. Tenía la boca abierta y la sangre había dejado de brotar del gigantesco tajo. Los dedos del moribundo seguían aferrados al estuche de aluminio del arma, de modo que tiró del asa para arrancárselo. Ahora ya tenía lo que necesitaba. Todo estaba listo.

Se puso en pie mientras contemplaba el cuerpo.

–¡No te muevas! –le gritó una voz por encima del ruido de la lluvia.

De manera instintiva, dirigió la pesada linterna hacia el sonido y vio un arma a unos seis metros que apuntaba hacia su pecho. El hombre que la sostenía entornó los ojos ante la potente luz. Era corpulento, y el pelo rubio se le había pegado a la cara. Llevaba chaqueta, pantalones de vestir y deportivas. Parecía fofo y de mediana edad.

No era momento para dejarse llevar por el pánico, sino para calcular con frialdad. Seis metros no era una distancia que permitiera un disparo fácil en mitad de la lluvia, pero si el otro amartillaba el arma, estaba muerto. No sabía quién era, pero no estaba allí por casualidad. Los había seguido, a él o al hombre que yacía a sus pies. Las dos opciones eran igualmente malas.

El hombre de la pistola se frotó los ojos y se acercó. La lluvia caía como una cascada y el arma se balanceaba en el aire.

–¿Está muerto? –preguntó haciendo un gesto con la cabeza hacia el cuerpo del muelle–. ¡Menudas agallas has tenido!

Él no contestó. El hombre había presenciado el asesinato y eso tampoco era nada bueno. Observó cómo trataba de mantener la pistola firme y, a la vez, apartarse el agua de los ojos. La luz de la linterna brillaba con intensidad; a esas alturas, debía de haberse convertido en una enorme mancha naranja en su retina. El aguacero le llenaba la boca y lo obligaba a tragar el agua.

–¡Parece el estuche de un arma! –gritó el hombre gesticulando hacia la caja–. ¿Tienes pensado disparar a alguien?

–A ti –chilló él por encima del rugido de la tormenta.

El hombre abrió desmesuradamente los ojos, nervioso, pero

luego su cara rechoncha y sin afeitar se relajó y sofocó una carcajada. Se acercó aún más, hasta quedar frente a frente.

–Muy gracioso.

–No es una broma. ¿Quién eres?

–Me llamo Ritchie.

–Será mejor que te largues de aquí cagando leches, Ritchie.

El hombre de la pistola sonrió ante aquella amenaza hueca.

–¿Ah, sí? Quizá no te hayas dado cuenta, pero tu arma está dentro de un estuche y la mía está apuntando a tu pecho. Ahora ponte de rodillas.

Él sopesó sus opciones. A un lado del muelle, había una barandilla de poco más de un metro de altura; el otro lado estaba abierto, a pocos centímetros de las turbulentas aguas. No sabía lo profundas que eran o qué deshechos cubrirían el fondo. Mientras permanecían uno frente al otro, el viento azotaba sus cuerpos, desequilibrándolos, y la lluvia amenazaba con hundirlos.

–¡Ponte de rodillas! –volvió a gritar Ritchie–. Y deja el estuche en el suelo.

Se agachó y dejó el estuche de aluminio frente a él. Ritchie se arrodilló y sus ojos borrosos, empapados por la lluvia, se fijaron por unos instantes en el asa de la funda. El cañón de la pistola se desvió a un lado.

Era la oportunidad que estaba esperando.

En el momento en que Ritchie perdió por un segundo el equilibrio, el hombre se lanzó a un lado y saltó del muelle. Ritchie disparó la pistola por encima de la tormenta. La bala le chamuscó la carne del brazo, pero al instante siguiente el mar lo engulló y se hundió. El agua era cálida y oscura. Buceó para alejarse del punto en que se había sumergido. En algún lugar por encima de su cabeza, Ritchie descargó otro tiro, y otro, pero sabía que el hombre disparaba a ciegas y que lo único que veían sus ojos era la imagen espectral del haz de luz de la linterna grabada en su retina.

Sus pies tocaron el fondo; las aguas eran poco profundas. Su cabeza y luego su torso emergieron a los pies de Ritchie con el ímpetu de un monstruo marino, y entonces lo agarró del tobillo derecho con ambas manos y le levantó la pierna en el aire. Ritchie cayó de espaldas, aterrizó con fuerza sobre el muelle de cemento y la pistola se disparó inofensivamente hacia el cielo. El hombre se escurrió fuera del agua y se lanzó sobre Ritchie, forcejeando para hacerse con el arma. Le pisó la muñeca y la pistola soltó otro tiro, ensordecedor y caliente. Ritchie le estampó un gancho en un lado del cráneo, empujándolo hacia un lado y haciendo que el mundo empezara a darle vueltas. Pesado y fuerte, Ritchie trató de inmovilizarlo bajo su peso. La lluvia caía sobre sus cuerpos.

Un disparo más, esta vez tan cercano que la explosión le hizo sangrar el oído. Una bala rebotó sobre la piedra y el metal, y algo afilado le arañó la cara. Volvió a agarrar la muñeca de Ritchie, pero el hombre era más pesado que él y dirigió el cañón de la pistola hacia su cara. Entonces notó algo en el bolsillo. Un objeto afilado y sólido. Con un solo movimiento, sacó el cuchillo y lo clavó en un lado del cuello de Ritchie, hasta hundirle la punta en los huesos.

Ritchie gritó y sus dedos se aflojaron. La pistola se soltó de su mano.

Se libró del hombretón empujándolo con los puños, y Ritchie cayó de espaldas junto a él, sujetando el cuchillo con ambas manos. La hoja salió de su cuerpo, empapado y resbaladizo, y repiqueteó sobre el muelle. Ritchie resolló, consiguió ponerse de rodillas y tanteó el suelo en busca de su pistola, pero el asesino la sostenía ya en su mano mientras veía cómo se atragantaba con la sangre que le subía por la garganta.

Ritchie avanzó a gatas como un gigantesco cangrejo, retorciendo las extremidades y sacudiendo la cabeza mientras los nervios desgarrados enviaban descargas hacia su cerebro. El hombre apoyó el cañón caliente sobre el cráneo de Ritchie y le disparó un solo tiro. Una nube de huesos, sesos y sangre se levantó en el aire. El cuerpo de Ritchie se desplomó. El segundo hombre muerto sobre el muelle. El segundo hombre al que había matado esa noche.

Estaba empapado por el agua de la bahía, la lluvia y el sudor, pero tenía que ponerse en marcha. Se metió la pistola de Ritchie en el cinturón, se agachó, agarró el cuerpo con las dos manos y lo hizo rodar hasta el borde del muelle. El cadáver cayó y se hundió en las negras aguas. Apenas podía incorporarse; le dolía todo el cuerpo. La bala que le había rozado el brazo había dejado una quemadura sobre su piel. Estaba solo, envuelto en el tumulto de la tormenta, pero el sonido llegaba amortiguado a sus oídos. Contempló la bahía, incapaz de ver nada por debajo de la superficie. Acabarían por encontrar a Ritchie, pero no le importaba.

El cuerpo que necesitaba era el otro.

Agarró al cadáver por los tobillos y lo arrastró hacia la playa, dejando que la tormenta borrara el rastro de la sangre.

Tercera parte

CHAYLA

31

–Trabaja hasta muy tarde –comentó Cab.

El doctor Reuben Smeltz resopló.

–Papeleo –dijo–. En eso consiste la medicina hoy en día. Un millar de compañías de seguros con decenas de miles de formularios y cientos de miles de códigos. La semana pasado asistí el parto de un bebé. Para cuando termine con el papeleo, estará en sexto curso preparándose para entrar en el equipo de fútbol.

–Imagino que la profesión ha cambiado mucho.

–¿Profesión? Ahora sólo somos mecánicos. Pagados por horas.

Smeltz dio un trago a un café de máquina e hizo una mueca.

–Aun así, sigue siendo mejor que ser abogado, ¿verdad? –comentó Cab.

Smeltz sonrió.

–Usted sí que sabe ver el lado positivo de las cosas, detective.

–Eso dice la gente.

Los fluorescentes parpadearon y Cab levantó la vista hacia el falso techo manchado de agua. Una ráfaga de aire sacudió el despacho.

–En cualquier caso, le agradezco que haya accedido a recibirme. Debe de estar deseando marcharse a casa.

El médico se encogió de hombros.

–Las tormentas no son más que tormentas. Las he visto mucho peores.

Smeltz rondaba los setenta años, era de mediana estatura y tenía sobrepeso. Su pelo castaño, engominado y peinado hacia atrás, empezaba a ralear. Tenía las mejillas descolgadas y llevaba unas pequeñas gafas redondas. Vestía una camisa pulcramente planchada y corbata, y su bata blanca colgaba de una percha, cerca de la puerta de la consulta. Tenía papeles esparcidos por la mesa, y de vez en cuando se detenía a tomar un bocado de ensalada de pollo y pera y un sorbo de café.

Estaba sentado detrás de un escritorio de roble envejecido, y los brazos de su silla de cuero tenían descosidos en las costuras por donde asomaban pedacitos de espuma amarilla. Cab se sentó frente al escritorio, en una incómoda silla de madera que no invitaba a los visitantes a quedarse más tiempo del necesario. De la pared que había detrás del doctor colgaban diplomas y fotografías de pacientes, reflejo de sus décadas de práctica en Lake Wales. A la derecha de Cab, junto a la pared, había una hilera de archivadores etiquetados a mano con las letras del alfabeto.

Cerca de la tercera pared, revestida de madera sintética, había una larga mesa con una cafetera de los años ochenta, una maceta con una flor de Pascua, un cuenco lleno de caramelos de colores y una impresora láser sorprendentemente moderna. En la pesada puerta ubicada en un extremo había una sofisticada cerradura de seguridad.

–¿Así que es usted de Naples? –preguntó Smeltz entre porción y porción de ensalada.

–Así es.

–A mi mujer le encanta. Cree que deberíamos mudarnos allí cuando me jubile y comprar un apartamento en uno de esos rascacielos.

–Son muy bonitos –comentó Cab.

–Sí, si no fuera porque todos los viejos acaban por descubrir que eres médico y te piden consejo gratis por cualquier cosa, desde un herpes hasta un melanoma. Para eso, prefiero quedarme en Lake Wales.

El doctor se sacó un trozo de lechuga romana de entre los dientes con el tenedor y añadió:

–¿Alguna vez le han dicho que no tiene aspecto de detective?

–A menudo.

–Sea o no policía, supongo que es consciente de que no puedo revelarle ninguna información acerca de mis pacientes.

–Por supuesto –dijo Cab.

La lluvia que caía sobre el tejado sonaba como los disparos en un campo de tiro. Una gota de agua se filtró por el techo y salpicó la alfombra. El médico se levantó, cogió un cubo grande de color naranja y lo colocó bajo la gotera.

–El edificio es viejo –explicó–. Es necesario cambiar el tejado, pero siempre lo dejo para más adelante.

Otra gota cayó con un sonoro «plof» en el cubo.

–De modo que está usted preocupado por la seguridad de Diane Fairmont –continuó Smeltz–. No sé si es cierto, pero eso no cambia nada. Diane era mi paciente, lo que significa que mis labios están sellados, al menos hasta que ella me indique lo contrario. Si cree que puede sacarme algo, no se esfuerce. Me molesta mucho. La gente ha intentado jugar a eso conmigo durante años.

Smeltz cogió un pañuelo de papel y se sonó su nariz de patata. Arrugó el pañuelo, lo tiró a la papelera y se frotó las manos con gel antiséptico.

–¿Quién le ha estado haciendo preguntas acerca de Diane? –quiso saber Cab.

El médico soltó una risita.

–Oh, Diane es muy popular. Unas veces son periodistas y otras, enviados de sus rivales. El mes pasado vino un detective privado, aunque no me dijera a qué se dedicaba. Insinuó que, si le revelaba algunos secretos, sabría recompensarme. Dios sabe para quién trabajaba. Si quiere saber mi opinión, todo este asunto de los espías que se dedican a airear trapos sucios me parece un negocio bastante deplorable.

–Diane está en el mismo negocio, ¿no es así? Common Way no se queda corto a la hora de sacar trapos sucios de sus oponentes.

–Es posible, pero esa mujer tiene mi voto.

–Le gusta.

–Así es. Siempre me ha gustado.

–Ha mencionado que algunos periodistas han llamado a su puerta. ¿Por casualidad no sería Rufus Twill uno de ellos?

La boca de Smeltz se abrió en una sonrisa lo bastante amplia para mostrar una hilera de dientes envejecidos. Se apoyó en el respaldo de la silla, que emitió un gemido de protesta.

–Oh, sí, Rufus habló conmigo. Fue paciente mío de niño y supongo que pensó que podría sonsacarme. Le mandé de vuelta a su casa con un simple «sin comentarios».

–¿Qué quería saber Rufus de Diane?

–Sospecho que ya lo sabe, detective. Pero si no es así, no seré yo quien se lo cuente. Lo lamento. Mi concepto de la confidencialidad es muy amplio: no hablo de mis pacientes y no hablo de lo que otras personas dicen sobre mis pacientes.

Cab asintió.

–Imagino que tenía algo que ver con un incidente ocurrido entre Birch y Diane poco antes de los asesinatos del Día del Trabajo.

El rostro del médico adoptó una expresión sombría. En el cubo del suelo volvió a oírse otro «plof».

–Ya le he aclarado que no tengo nada que decir.

–¿Birch también era paciente suyo?

–No.

–Entonces la confidencialidad no le incluye.

–Eso no cambia nada –replicó Smeltz.

–Sólo quiero saber qué clase de hombre era Birch.

El médico se frotó el pliegue de grasa que le colgaba por debajo de la barbilla.

–Si me está preguntando si lloré su muerte, no, no lo hice.

–Me han dicho que era un matón y un hijo de puta.

–No discutiré esa descripción –confirmó Smeltz.

–¿Le sorprendió que lo mataran?

–Por supuesto. Nadie espera que unos terroristas asalten su jardín trasero.

–Hay quien cree que la muerte de Birch se trató de un asunto personal, no de un atentado político.

Smeltz entornó los ojos.

–¿Qué insinúa?

–Tengo un testigo que oyó a Drew, el hijo de Diane, amenazar con volarle los sesos a su padrastro. Ese verano lo vieron en posesión de una pistola y salió de un centro de desintoxicación pocos días antes de los asesinatos.

–No puede creer en serio que Drew... –exclamó Smeltz, pero se interrumpió a media frase–. No va a conseguir provocarme para que le cuente nada, detective. Drew también era mi paciente. No voy a hablar de él.

–Drew está muerto.

–Eso no cambia mis obligaciones.

Cab se metió la mano en el bolsillo de la chaqueta y sacó un pedazo de papel.

–Ha dicho que el mes pasado vino a verle un hombre que parecía detective privado. ¿Es éste?

Le mostró a Smeltz una fotografía de Justin Kiel recortada de un artículo sobre su asesinato.

El médico cogió el papel y negó con la cabeza.

–No, no se le parece en nada. El hombre con el que hablé era mayor y más corpulento.

Smeltz estaba a punto de devolverle el papel a Cab cuando miró de nuevo la fotografía. Se le veía intranquilo.

–Espere un momento.

–¿Lo conoce?

–Lo reconozco, sí. Apareció aquí un día en que yo me había quedado a trabajar hasta tarde, hace unas semanas. Trabajaba para una empresa de reparación de ordenadores. Por lo visto, mi secretaria lo llamó y le dijo que teníamos problemas con nuestro ordenador. Ese maldito cacharro nunca ha funcionado.

Cab asintió. Justin era un chico listo.

–¿Lo dejó solo en su despacho?

Smeltz pensó en ello.

–De hecho, sí. Alguien llamó a la puerta mientras él revisaba la impresora. Era un extranjero insoportable que buscaba una dirección y no parecía entender nada de lo que le decía.

El médico frunció el ceño y dio un golpecito sobre el papel con su grueso dedo.

–¿Quién es? ¿Me está diciendo que este chico era un espía?

–Sí, lo era. Más o menos.

Smeltz dio un manotazo sobre el escritorio, irritado.

–¿Esto también está relacionado con Diane? Si encuentra a este hombre, quiero presentar cargos.

–Me temo que no podrá hacerlo. Lo han asesinado.

–¡Oh, Dios mío! –exclamó Smeltz.

Dos gotas cayeron del techo en rápida sucesión. «Plof, plof.»

–Su muerte es una de las razones por las que me preocupa la seguridad de Diane.

El médico parecía conmocionado.

–Lamento oír eso, pero aun así no puedo contarle más de lo que ya le he dicho.

–Respeto el principio de confidencialidad –prosiguió Cab–, pero si Justin Kiel estuvo en su despacho, es posible que encontrara algo que le costó la vida. Algo que guarda en sus archivos. Sé que desea proteger a sus pacientes, pero si Justin descubrió algún secreto acerca de Diane o Drew...

Smeltz negó con la cabeza.

–No fue así.

–¿Cómo puede estar seguro?

–Los historiales de Diane y Drew no están guardados en mi ordenador. No digitalicé los archivos hasta mucho tiempo después.

–¿Qué me dice de los registros en papel? –preguntó Cab haciendo un gesto hacia la hilera de archivadores.

–Tampoco están ahí –le explicó Smeltz–. No soy estúpido, detective. Demasiadas personas han mostrado su interés en Diane para que guarde sus papeles junto con el resto de archivos. Créame, ese hombre apenas estuvo cinco minutos solo en mi despacho. No los encontró. Nadie podría encontrarlos.

Al salir de nuevo a la desierta calle mayor de Lake Wales, la lluvia aguijoneó el rostro de Cab con la furia de un enjambre. Llevaba una gabardina negra Burberry con el cuello levantado y el cinturón bien atado. El pelo, húmedo y despeinado, se le pegaba a la cabeza. Resistió el embate como una estatua. La noche era negra y el viento transportaba un leve aroma a naranjas. Cruzó la calle junto a la vieja torre de mármol del reloj y se metió en su Corvette, aparcado en diagonal frente al edificio del *Lake Wales News*. Enfrente, en una pequeña plaza de aceras ajedrezadas, la tormenta agitaba las copas de los árboles.

Aunque la calle principal no era un hervidero de actividad en su mejor época, la tormenta la había sumido en una calma profunda y siniestra. Las nubes flagelaban las fachadas y adoptaban la forma de esqueletos gigantes. La única luz provenía de la consulta del médico y, mientras la miraba, el doctor Smeltz la apagó para marcharse a casa.

Cab encendió el motor. No le apetecía recorrer el largo camino de vuelta hasta la costa, de modo que, aunque sabía que por la mañana la tormenta habría empeorado, decidió alquilar una habitación en un motel. Por muy mala que fuera la lluvia, sólo era un anticipo de las atracciones que estaban por llegar. El peligro real se cerniría sobre sus cabezas al día siguiente, cuando la espiral de *Chayla* azotara la tierra.

Al día siguiente. Cuatro de Julio. El Día de la Independencia.

Salió marcha atrás de su aparcamiento y encendió las luces. Los faros iluminaron la cortina de agua y la piedra gris de la torre del reloj. Entornó los ojos. Por un instante, divisó una figura de pie en la plaza azotada por el aguacero. Una mujer joven, sola y calada hasta los huesos. A sus pies, el agua se encharcaba como en una piscina. Estaba muy delgada y no llevaba abrigo. No pudo reconocer su cara, pero había algo extrañamente familiar en ella. Tuvo la impresión de que ella lo miraba y que sabía quién era.

Cuando el viento arreció, la chica se volvió de espaldas y se desvaneció tras una cortina de agua. Como si nunca hubiera estado allí.

32

Peach esperó a que el doctor Smeltz abandonara su despacho.

Reconoció el abultado perfil del médico. En todos aquellos años transcurridos desde su infancia, apenas había cambiado. Siempre le había caído bien; era arisco pero tenía buen corazón, y sentía una debilidad especial por los niños. Sus visitas siempre se alargaban, porque tenía dinosaurios Lego y figuritas Disney con las que el doctor parecía disfrutar tanto como Peach. O tal vez fuera su manera de hacerla sentir cómoda en un lugar que solía asustar a los niños.

El doctor Smeltz cruzó la plaza dando brincos, con la cabeza gacha para protegerse de la lluvia. El ala del sombrero le goteaba como si fuera una cascada. Pasó a tres metros de Peach sin verla, se subió a un Audi y se alejó a toda prisa, mientras los neumáticos levantaban una ola de agua. Peach supuso que iba a su casa junto al lago, una finca con un enorme jardín que llegaba hasta la playa. Lyle la había llevado allí en una ocasión. Era una de las últimas cosas que habían hecho juntos. Su hermano pensó que el doctor debía visitarla para confirmar que se había recuperado completamente de la neumonía y, sin embargo, no la llevó a la consulta. Cuando llegaron a casa del médico, el doctor Smeltz ni siquiera la examinó. Peach se quedó jugando en el jardín con *Google*, el cachorro de westie del médico, mientras Lyle y el doctor Smeltz conversaban dentro.

Lyle nunca le contó de qué habían hablado, pero poco después había ido a visitar a un abogado en Orlando.

Peach permaneció de pie bajo la lluvia. La tormenta era cálida, pero tenía el cuerpo helado. Ahora que los dos hombres se habían marchado, la plaza y la calle mayor habían quedado desiertas. Aunque no había tráfico, se mantuvo alerta por si aparecía algún coche patrulla que vigilara la zona del centro. El edificio donde se ubicaba la consulta, una construcción baja de ladrillo y estuco, estaba vacío y las tres ventanas que daban a la plaza, a oscuras. El viento prácticamente la levantó en volandas y tuvo que agarrarse al tronco de una palmera.

Pensó en Cab Bolton. Había distinguido su coche en la calle y quería saber adónde se dirigía. Él la había visto al salir de la consulta, pero dudaba de que la hubiera reconocido con aquel disfraz. Se preguntó que querría del doctor Smeltz. Justin y ahora él habían desenterrado a aquel hombre de su pasado, y Peach no entendía por qué.

¿O tal vez sí?

Mientras contemplaba la consulta a la que había acudido docenas de veces siendo niña, comprendió que sabía exactamente qué era lo que buscaban. Aquel mismo día Cab le había recordado que, dos semanas antes del Día del Trabajo, pasó algo en casa de Birch. Algo malo.

«Cuando llegamos, allí estaba pasando algo», le había dicho a Justin.

Deacon la había llevado a la mansión de Birch esa horrible noche de sábado. La noche de la enfermedad y los delirios. La noche en que atropellaron al ciervo. La noche en que su cuerpo ardía de fiebre y la maravillosa Caprice la acostó en una espléndida habitación de invitados que olía a vainilla y a coco. La noche en que la cara sonriente, rechoncha y familiar de su médico, el doctor Smeltz, se inclinó sobre ella. Él lo solucionaría todo.

«Mi médico, el doctor Smeltz, me estaba esperando.»

Aquélla era la conexión en la que no había reparado durante todos esos años. ¿Por qué iba a darle más vueltas una niña? Habían llamado al médico, pero no por ella, sino por algo completamente distinto.

Algo que había ocurrido antes de que llegaran.

Justin debía de haberlo averiguado, pero Justin estaba muerto. ¿Lo habría averiguado también Cab Bolton? ¿Se lo habría contado el doctor Smeltz? No importaba. Tenía que descubrirlo por sí misma.

Peach cogió su móvil y lo apagó antes de examinar de nuevo la calle. Los toldos de los escaparates se agitaban enloquecidos, como cromos de béisbol atrapados entre los radios de una bicicleta. Ramas, hojas y desperdicios volaban por los aires. Se arrodilló en la plaza, metió los dedos en los huecos que quedaban entre los ladrillos rojos del pavimento e hizo palanca para levantarlos. Sacó unos cuantos y los distribuyó por la plaza como si la tormenta los hubiera arrancado: las intensas ráfagas de viento tenían la fuerza suficiente para levantar las piedras y arrojarlas como jabalinas.

Cogió un ladrillo y anduvo hasta el borde de la plaza, donde se quedó de pie frente a los ventanales de la consulta. «Lo siento, doctor Smeltz», se dijo.

Peach lanzó el ladrillo contra la ventana central y el cristal se hizo añicos con un gran estrépito, ahogado por el rugido del viento. Del marco quedaron colgando algunos pedazos tan afilados como los dientes de un tiburón. No se disparó ninguna alarma ni se encendieron luces estroboscópicas. Desprendió algunos de los pedazos de cristal con la punta del pie y se escurrió con cuidado a través del agujero.

La lluvia penetró en el edificio y enseguida formó charcos en el suelo. El ladrillo, que había caído sobre las baldosas de arenisca, estaba rodeado de esquirlas que crujían bajo sus pies. La lluvia había dejado el suelo resbaladizo y Peach tropezó, se rasgó la falda y se hizo un corte en la rodilla. Al tocarlo, notó que le escocía. Cuando retiró la mano, tenía los dedos manchados de sangre y se los lamió para limpiarlos.

La sala de espera era pequeña y olía a antiséptico. Detrás de la mesa de la recepcionista distinguió la puerta que llevaba a los consultorios. Había estado allí infinidad de veces, había oído cómo la enfermera la llamaba por su nombre y, nerviosa, la había seguido hasta las consultas del fondo. Peach empujó la puerta de madera, igual que hacía de niña. Al cerrarla a su espalda, el pasillo quedó a oscuras. Buscó a tientas el interruptor, y los fluorescentes del techo cobraron vida. No había ventanas, de modo que nadie podía verla desde fuera.

La mayoría de las puertas de los consultorios estaban abiertas. Vio camillas acolchadas en las que se había sentado de pequeña, con los pies colgando del borde. La silla del médico, con sus ruedecitas. Los armarios de los que sacaba frascos y agujas. En una de las salas, vio un caimán hecho con piezas verdes de Lego y sonrió. Había cosas que no cambiaban.

En el centro de una puerta había una placa con el nombre del doctor Smeltz. La abrió, entró, la cerró a su espalda y encendió las luces. El despacho olía a él, a café y a unos caramelos de chocolate que le encantaban y que también regalaba a los niños. Estaban en un cuenco lleno cerca del ordenador, y Peach no pudo resistirse a coger uno y morderlo. El sabor despertó en ella una oleada de recuerdos.

Un sonoro «plof» resonó en el despacho y Peach tuvo que llevarse una mano a la boca para no gritar. Cuando volvió a oírlo, levantó la vista hacia el techo y vio como el agua de lluvia se filtraba y caía en un cubo de color naranja. Su exagerada reacción la hizo sonreír, aunque le recordó por qué estaba allí: había entrado ilegalmente en el edificio, dispuesta a registrar los archivos del doctor Smeltz. No tenía tiempo que perder.

Vio los archivadores metálicos del médico, cerrados con llave. Como había hecho en el despacho de Ogden Bush, empezó a buscar en el escritorio y tardó menos de cinco minutos en encontrar la llave. La metió en la cerradura del archivador y abrió el cajón de en medio, con una etiqueta escrita a mano que correspondía a las letras D-F.

Peach fue pasando las abultadas carpetas. Los historiales médicos estaban tan apretujados que apenas podía separarlos. El doctor Smeltz llevaba ejerciendo en Lake Wales desde la década de los setenta, y la tinta de algunos informes se había desvanecido con los años. Los papeles estaban amarillentos y en algún caso desordenados. Peach revisó de la primera a la última de las carpetas, pero no encontró ninguna con el nombre de Diane Fairmont. El apellido Fairmont no figuraba en los historiales.

Entonces recordó que el apellido de soltera de la señora Fairmont era Hempl. Probablemente, el doctor Smeltz la había tratado antes de que se casara con Birch. Peach repitió la búsqueda en el cajón de las letras G-I, pero una vez más no obtuvo resultados. Empezaba a sentirse frustrada y, a medida que pasaba el tiempo, su nerviosismo iba en aumento. El último archivador tenía tres cajones sin etiquetar, pero contenían sólo carpetas vacías y una caja de rotuladores. Finalmente, abrió con la llave el resto de los archivadores y revisó los cajones.

Esperaba encontrar su propio historial médico, pero no llegó a su nombre. Estaba en la M cuando oyó voces.

Peach se quedó petrificada y el miedo le aceleró el corazón. Alguien había visto la ventana rota. Se acordó de que había dejado la luz del pasillo encendida, un olvido estúpido, estúpido, estúpido. Cerró el cajón que estaba revisando y los archivadores con la llave, tratando de no hacer ruido. Sus ojos recorrieron la habitación en busca de un lugar donde esconderse. Se abalanzó sobre el interruptor, apagó la luz del despacho y avanzó a tientas hacia la mesa. Notó la silla del médico bajo los dedos y la echó hacia atrás. Las ruedecitas chirriaron. Peach se encogió en el angosto hueco bajo el escritorio, acercó la silla tanto como pudo y contuvo el aliento.

Se preguntó si había dejado un rastro de gotas de lluvia a su paso.

La puerta del despacho se abrió y las luces volvieron a encenderse, intensas y brillantes. Las voces sonaban más cerca ahora; eran dos hombres. Peach oyó sus pisadas. Al menos uno de ellos tenía un problema de transpiración.

–Ya te lo he dicho, la tormenta ha roto la ventana –dijo uno.

–¿Sí? ¿Y la tormenta también ha encendido la luz?

El segundo hombre tenía acento hispano.

–Probablemente hayan olvidado apagarla.

Los hombres se movieron por el despacho. Uno de los dos se acercó al escritorio; Peach distinguía la sombra de sus piernas. El hombre rodeó la mesa y se quedó junto a la silla. Se le había bajado un calcetín, y Peach vio su tobillo desnudo. Si hubiera estirado la mano, habría podido subírselo; si el hombre se agachaba, la descubriría.

–No hay nadie –dijo el primer hombre.

Su compañero gruñó. Era el que estaba más cerca.

–Revisa el armario de los medicamentos.

–Está cerrado con llave.

–En el manual dice que, si se dispara la alarma, hay que comprobar el almacén de medicamentos. La combinación es 0630.

El segundo hombre se apartó del escritorio y Peach dejó escapar el aire en un siseo lento y silencioso. Oyó el chasquido de los botones metálicos y cómo se abría la puerta del almacén. Peach reparó en que el sonido de los pasos era distinto; el suelo era de cemento.

–Aquí no hay nadie. Tío, menudo alijo, ¿eh?

–Es médico, ¿qué esperabas?

Los hombres regresaron al despacho y cerraron la puerta del almacén.

–¿Ya está? –preguntó el primero.

–Tenemos que llamar al doctor Smeltz –contestó su compañero.

–No va a alegrarse mucho de tener que salir en plena tormenta.

–Tampoco va a ponerse muy contento cuando vea la ventana rota y la recepción inundada.

–¿Nos quedamos? –preguntó el primer hombre.

–Tú sí. Yo voy a atender la siguiente llamada. Volveré a recogerte cuando llegue el médico.

El primer hombre murmuró por lo bajo, enfadado. Al cabo de un momento, las luces del despacho se apagaron. Peach esperó sin moverse y oyó los pasos que se alejaban por el pasillo, las voces apagadas y distantes, y luego se hizo el silencio. Una puerta se abrió y se cerró al cabo de un momento.

Justo después, el sonido de una radio retumbó en la sala de espera. *Hip-hop* a todo volumen. No estaba sola: el primer hombre se había quedado a esperar al doctor Smeltz. Peach sabía que el médico tardaría apenas diez o quince minutos en regresar a la consulta. Tenía que salir de allí antes de que llegara.

Se arrastró fuera del hueco bajo el escritorio. El desagradable olor a sudor que los hombres habían dejado tras de sí seguía impregnando el aire. Su instinto le decía que debía huir de inmediato por la puerta de atrás, que daba al callejón, pero aún no había encontrado el historial de Diane Fairmont. El doctor Smeltz no lo guardaba con el resto, pero cayó en la cuenta de que no era de extrañar. Lo tenía en otro sitio, a salvo. Aun así, Peach no creía que lo hubiera sacado de la oficina, por si necesitaba consultar algún dato. Sólo había una habitación en el edificio que tuviera una cerradura de seguridad: el almacén de los medicamentos, a tres metros de ella.

Una cerradura que se abría con la combinación 0630.

Peach no perdió tiempo. Volvió a encender la luz del despacho y tecleó rápidamente la clave para poder acceder al almacén. Una vez dentro, lo revisó con rapidez y sufrió otra decepción. No había ningún archivador ni cajas de seguridad. Las paredes estaban revestidas de estanterías metálicas atestadas de medicamentos y material médico. Se le cayó el alma a los pies. El reloj avanzaba inexorablemente y tenía que largarse.

Entonces divisó un arcón metálico rojo, de tamaño mediano, en una esquina. Había estado a punto de pasarlo por alto, porque encima de la tapa habían amontonado cajas con gasas y batas. Un candado cerraba el arcón y en la parte frontal había una etiqueta escrita a mano en el que se leía, en letras mayúsculas: «PELIGRO BIOLÓGICO».

Peach lo observó fruciendo el ceño. ¿Por qué cubrirían con suministros médicos un arcón que contenía materiales peligrosos? Y ¿por qué una etiqueta escrita a mano? Peach conocía al doctor Smeltz. No era un hombre quisquilloso con muchas otras cosas, pero sí extremadamente escrupuloso en cuanto a la seguridad en el ejercicio de su profesión.

Peach cruzó la habitación y utilizó un pasador de pelo para abrir el candado. Sacó las cajas que había encima, descorrió el pestillo y abrió la pesada tapa metálica. Dentro no había agujas usadas ni desechos contaminados. El arcón estaba vacío a excepción de dos gruesas carpetas.

La primera estaba etiquetada con el nombre de «Diane (Hempl) Fairmont»; la segunda, con el nombre de «Drew Hempl».

Peach contempló las carpetas y pensó: «Esto no está bien». Sin embargo, hacía mucho que había cruzado la línea que separa el bien del mal.

Sujetó las carpetas entre los brazos y, rápidamente, volvió a poner el candado y a colocar las cajas tal como estaban, de modo que pareciera que nadie las había tocado. Esperaba que el doctor Smeltz no mirara con demasiada atención. Echó un vistazo al reloj de la pared y volvió a cerrar la puerta del almacén.

La música resonaba desde la sala de espera. Era Nicki Minaj. Peach apagó las luces y entreabrió la puerta. El pasillo estaba a oscuras, pero asomó la cabeza y vio que la puerta de la recepción permanecía abierta. Una voz masculina se elevó por encima de la música: el primer hombre estaba hablando por teléfono. Mientras miraba, lo vio aparecer de espaldas a ella. Era alto y rollizo, y llevaba un uniforme gris ceñido.

Peach se deslizó hacia el corredor. A su izquierda, al final del pasillo, brillaba una señal roja de salida. La lluvia golpeaba con fuerza el tejado. Nicki estaba cantando «Beesz in the Trap», y el guardia de seguridad ejecutó el peor baile que Peach hubiera visto en su vida. Seguía hablando por teléfono.

–¿Estás de coña? No pienso disculparme con ella. Vale, le grité a su hijo. ¿Y qué? Puede dar gracias de que no le soltara una patada en el culo. ¡El muy cabroncete estaba untando mi reproductor de Blue Ray con mantequilla de cacahuete! ¿Qué gracia tiene eso? Es una gran pu...

Entonces se volvió, todavía bailando, y se quedó paralizado.

Peach era una sombra en mitad del pasillo, pero el hombre clavó la vista en ella. Sus miradas se cruzaron en la oscuridad y el guardia abrió la boca en un gesto de sorpresa.

–¡Eh! –gritó.

Peach giró sobre sus talones y echó a correr. Oía los pesados pasos a su espalda, pero un chillido y un golpe interrumpieron la carrera del guardia cuando éste llegó al agua encharcada y resbaló. Peach echó un rápido vistazo por encima del hombro y lo vio intentando ponerse en pie. No dejaba de insultarla, pero ella amplió la distancia que los separaba y golpeó la salida de emergencia con el hombro. La puerta se abrió de par en par y Peach se lanzó hacia la tormenta. El corazón le latía desbocado, tenía la boca abierta, y no pudo evitar tragarse el agua que le caía en la cara. Estaba oscuro y el aguacero era un sudario negro.

Antes de que el hombre lograra salir del edificio, ella ya había atravesado la plaza. Corrió en la oscuridad y desapareció.

33

Cab apoyó sus largas piernas en la cama del motel, que ocupaba casi todo el espacio. La habitación olía a humedad y a tabaco rancio. Estaba sentado junto a la ventana, frente a una botella de vino tinto. El martilleo de la lluvia sobre el cristal le resultaba hipnótico. El vino estaba delicioso; siempre llevaba una botella de Stags' Leap en el maletero, para casos de emergencia.

Estar sentado solo en la habitación de un motel barato en mitad de la tormenta sin duda contaba como emergencia. Iba por la segunda copa.

Pensó en lo que había averiguado hasta el momento y en qué significaba.

Diez años atrás, Birch Fairmont había cometido un acto atroz que Diane y sus más allegados habían mantenido en secreto. Apenas dos semanas más tarde, un encapuchado había asesinado a tres personas en el santuario de Bok, entre ellas Birch Fairmont. En aquel momento nadie estableció una conexión entre ambos sucesos y el crimen se atribuyó a la Alianza por la Libertad del Imperio, enemiga de los postulados de Birch. Ham Brock fue encarcelado, aunque afirmaba que un topo infiltrado en su organización le había tendido una trampa. Chuck Warren perdió las elecciones por culpa de lo que él consideraba una conspiración orquestada por los demócratas y los medios de comunicación.

Se tratara o no de una conspiración, el crimen seguía sin resolverse.

Cab avanzó hasta el presente.

Rufus Twill, quien había permitido que los lobos de la prensa le hincaran el diente a la Alianza hacía diez años, cantaba ahora otra canción. También su sobrina, una exempleada del hogar en casa de los Fairmont. Ambos se dedicaban a hacer correr el rumor de que el hijo de Diane, Drew, odiaba a Birch y quería verlo muerto. Drew, por su parte, mantenía una relación con un camello joven y violento llamado Frank Macy. Si Cab ataba cabos, quizá la muerte de Birch no fuera lo que todo el mundo había creído en un principio; o quizás alguien lo estaba utilizando y todo aquello no fuera más que una nueva conspiración política dirigida contra Diane.

Rufus Twill tenía un motivo oculto para señalar a Drew después de todos aquellos años, eso estaba claro. Pero él no era el cerebro: otra persona había puesto en circulación los rumores. El dinero había cambiado de manos. Parecían los típicos juegos de una campaña electoral, pero la muerte de Justin Kiel lo desmentía; lo habían ejecutado.

Justin había descubierto algo que lo convertía en una amenaza. Había estado haciendo preguntas sobre el asesinato de Birch. Había registrado el despacho del doctor Reuben Smeltz. Había seguido la pista del camello de Drew, Frank Macy. Y había acabado con tres balas en la cabeza.

Aquello no era ningún juego.

Cab sabía menos acerca de Frank Macy que cualquiera de los intérpretes de aquel drama, pero lo poco que sabía le preocupaba. Macy tenía un largo historial delictivo y fácil acceso a un arma. También estaba relacionado con una mujer a quien le encantaría ver a Diane hundida: la fiscal general y candidata republicana a gobernadora, Ramona Cortes.

Cab no sabía ya qué pensar. Estaba sumido en un juego de sombras y no podía confiar en lo que veían sus ojos. La cabeza le daba vueltas por culpa del vino. Su ropa seguía mojada y tenía frío. La lluvia ametrallaba la ventana del motel. Cogió el móvil e hizo lo que siempre hacía cuando se sentía incapaz de dilucidar qué era real y qué no.

Llamó a Lala.

La tormenta entorpecía la señal de los satélites. No esperaba que ella respondiera, pero en esta ocasión, al segundo timbre bañado en sonido estático, oyó su voz.

–Hola, Cab.

Casi se quedó sin palabras.

–La tormenta está arreciando. ¿Estás a salvo? –preguntó en cuanto recuperó el habla.

–Sí.

–¿Estás sola?

Dios, menuda estupidez de pregunta. Incluso le pareció oír la sonrisa de ella al otro lado de la línea.

–¿Tendría que preguntarte yo lo mismo?

–Caprice Dean no me interesa en absoluto –contestó él.

–Mentiroso.

–Bueno, sí que me interesa, pero he seguido tu consejo al pie de la letra.

–Bien.

Lala estaba muy lejos, callada, como si la tormenta se interpusiera entre ellos. Cab temía que, en cualquier momento, la llamada se cortase y los separase. Sintió la distancia física y experimentó un súbito deseo por su cuerpo; habían pasado semanas desde la última vez que hicieron el amor. Sin ella, se sentía desarraigado.

–¿Dónde estás? –preguntó Lala–. ¿En casa de Tarla?

–No, en Lake Wales.

–¿Por Diane Fairmont?

–Sí.

Las palabras de ella sonaron entrecortadas. Cab acercó el teléfono a la ventana.

–¿Qué? No te oigo bien.

–Te he preguntado si habías averiguado algo.

–Sólo que tú tenías razón. Estoy nadando entre tiburones.

–Bueno, tú también tienes los dientes afilados –señaló Lala–. Lo sé mejor que nadie.

Cab sonrió.

–Qué bonito recuerdo para un hombre solo en una habitación de motel. Según Tarla, deberíamos probar el sexo telefónico.

–Sí, ya, porque las sugerencias sexuales de tu madre me ponen a cien.

–¿A ti también?

La oyó reír. Se le daba bien hacerla reír. Pero entonces, cuando se hizo el silencio, recordó dónde se encontraba.

–¿La verdad? –dijo–. Estoy preocupado.

–¿Por qué?

–Tengo la sensación de que el pasado está a punto de repetirse y que no voy a ser capaz de evitarlo.

Ella no contestó. Cab pensó que había vuelto a perderla. Se preguntó si ella se habría dado cuenta de que había bebido.

–¿Lala?

–Cab, si averiguas algo, lo que sea, quiero que me llames.

Le sorprendió la intensidad de su tono.

–No he descubierto nada. Sólo tengo piezas de un rompecabezas que no encajan. Móviles que se superponen a otros móviles, y ninguno de ellos me ha revelado quién mató en realidad a Birch Fairmont. Ni si Diane está realmente en peligro.

Esperó una respuesta, pero no la obtuvo.

–Ya no trabajo para Caprice –continuó–. Quiero saber qué está pasando, pero no puedo hacerlo rodeado de políticos que tratan de manipularme.

–Sé cómo te sientes. De verdad.

–A Caprice no le sentó nada bien. Creo que sólo quería un detective para usarlo como juguete sexual.

Volvió a oírla reír.

–Espero que no lo dejaras por mí.

–En parte.

–Pues entonces me siento culpable. Yo no soy tu dueña.

–No te preocupes por eso –dijo él–. Aunque tengo un problema.

El ruido estático volvió a engullir la voz de Lala.

–¿Cuál? –preguntó cuando la comunicación se restableció.

–Me estoy oliendo el regreso de Cab *el Huidizo*.

–Ah.

Lala sabía qué significaba su apodo: era un símbolo de su pasado sin raíces, sin permanecer nunca en un sitio fijo ni en un trabajo estable. Siempre perseguía algo, o algo lo perseguía a él.

–Entonces ¿vas a marcharte de Florida? Tarla se disgustará.

–¿Y tú?

–Esto no tiene que ver conmigo, sino contigo.

–No he dicho que quiera marcharme de la ciudad, sólo que me gusta la idea de trabajar por mi cuenta. Es probable que mi licencia de la policía de Naples se convierta en permanente. Creo que no he nacido para ser un burócrata.

–De acuerdo.

–Sólo quería asegurarme de que entendieras que esto no tiene nada que ver contigo y conmigo.

–De acuerdo.

Pero a Cab no le pareció que lo entendiera.

–Feliz Día de la Independencia –le deseó.

–¿Qué?

–Ya es más de medianoche. Cuatro de Julio.

–Es verdad.

–Este año no habrá fuegos artificiales. *Chayla* nos va aguar la fiesta.

–Eso parece.

–¿Sabías que el Día de la Independencia es el aniversario de la entrada en prisión de Hamilton Brock? –preguntó.

–No.

–Eso me preocupa. Los aniversarios como éste son peligrosos. Claro que ahora también dudo de que la Alianza por la Libertad del Imperio estuviera implicada en el asesinato de Birch.

Cab oyó que alguien llamaba a la puerta de su habitación.

–Tengo que colgar –dijo–. He pedido una pizza.

–¿Tú?

–Sí, yo. A estas horas no tenía muchas opciones.

–Pizza Hut no pone queso brie y espinacas en las pizzas, lo sabes, ¿verdad?

–Eso me han dicho –repuso Cab.

–Escucha, Cab, hay algo que deberías saber.

–¿Qué?

Lala no contestó de inmediato. A Cab se le pasaron mil cosas por la cabeza, y no estaba seguro de cómo responder a ninguna de ellas.

–Nada –dijo ella al fin.

–¿Estás segura?

–Lo estoy. Disfruta de la pizza, y acuérdate de lo que te he dicho: si descubres algo, quiero que me llames enseguida.

–Vale.

–Lo digo en serio. Llámame.

–Sí, mamá.

–No tiene ninguna gracia.

–Claro que sí –replicó él.

Luego colgó y dejó el vaso de vino sobre la mesa. En ese momento lamentaba haber obligado a un repartidor a salir con aquella tormenta, pero tenía hambre y el chico agradecería la propina. No podía creer que no pusieran brie en las pizzas.

Se sacó la cartera del bolsillo y abrió la puerta de la habitación, dejando entrar una oleada de lluvia plateada. No era un repartidor adolescente.

Peach Piper estaba en su puerta.

34

–Bien –dijo Cab Bolton mientras la dejaba pasar y cerraba la puerta–. Peach, ¿verdad?

–Sí.

Peach contempló al larguirucho detective mientras se dejaba caer en la silla junto a la ventana. Parecía más divertido que sorprendido de verla allí.

–¿Te apetece tomar un vaso? Es excelente, te lo aseguro –le ofreció levantando la botella de vino medio vacía.

–No bebo.

–Están a punto de traerme una pizza, si tienes hambre.

–¿Es vegetariana?

–Pues sí.

Ella se encogió de hombros.

–Me vendría bien comer algo.

Peach se removió, incómoda, mientras su ropa y su pelo goteaban sobre la alfombra. La habitación estaba a oscuras. Cab la vio mirar hacia el interruptor, de modo que se inclinó hacia delante y encendió la lámpara. Luego señaló la cama con un gesto.

–Por el mismo precio, puedes sentarte.

–Vale.

–Estaba a punto de jurar que no tengo malas intenciones, pero puesto que eres tú quien se ha presentado en mi habitación, ¿no deberías ser tú quien lo haga?

Los labios de Peach se curvaron en una leve sonrisa. Era difícil que aquel hombre no le cayera bien. Se sentó remilgadamente sobre la cama y dejó las dos carpetas húmedas a su lado. Los ojos de él las observaron con curiosidad, pero no preguntó por ellas.

–Estás empapada –comentó–. Tengo una manta en el coche, ¿la quieres?

–No, estoy bien. Gracias de todos modos.

Cab se acomodó en la silla y cogió su vaso de vino.

–Bueno.

Peach sabía que él esperaba que se explicara, pero no se le ocurría qué decir. Ni siquiera sabía por qué había decidido ir a verlo. La llegada de la pizza le proporcionó algo más de tiempo. Cab abrió la puerta, pagó al chico con lo que parecía un billete de cincuenta dólares, le dijo que se quedara el cambio y abrió la caja blanca sobre la mesa, frente a él. Colocó una porción sobre un plato de plástico y se la tendió. Al dar el primer mordisco, Peach se dio cuenta de que estaba famélica. Se comieron más de media pizza en silencio.

Él no dejó de observarla, pero su mirada curiosa no la incomodaba. Sus ojos azules transmitían inteligencia e ironía, al igual que su sonrisita. Era un hombre extraordinariamente atractivo. Peach, unos diez o quince años más joven que él, no se sentía atraída por el detective, pero eso no significaba que no pudiera apreciar a un hombre tan guapo. No era sólo su aspecto de actor de cine, sino que proyectaba un aura de absoluta autoconfianza, como si se tomara el mundo muy en serio y a él mismo, muy poco.

De todas las cosas que tenía que decirle, las palabras que finalmente pronunció fueron:

–Bueno, ¿y cuánto mide?

Cab echó la cabeza hacia atrás y soltó una carcajada. Peach sospechaba que ella también le caía bien a él.

–Cuando me pongo tacones, mido dos metros diez –contestó.

Ella soltó una risita.

–Bueno, aunque no se los ponga, sigue siendo alto.

–Un poco.

–Supongo que se estará preguntando...

–¿Por qué estás aquí? Sí.

–Vi su coche desde la carretera –explicó ella.

–¿Y decidiste pasar a saludar?

–No exactamente –admitió ella.

Él le sonrió.

–Veamos, eres la chica que vi en la plaza, cerca de la consulta del doctor Smeltz, ¿verdad? Imagino que hoy te has fijado en mi Corvette en el aparcamiento de la fundación, así que después de colarte en el despacho de Smeltz para robar el historial médico de Diane Fairmont, has comprendido que los dos estamos buscando lo mismo y has decidido darme un voto de confianza. ¿Cómo voy hasta ahora?

Peach abrió mucho los ojos.

–Yo... esto...

–Por cierto, no soy adivino –dijo Cab–. El doctor Smeltz me ha llamado dando por hecho que era yo quien había robado el historial. No estaba muy contento por lo de la ventana rota, pero se ha sentido mejor cuando me he ofrecido a pagar los desperfectos.

–¿Ha hecho eso?

–Sí.

–Ah.

Peach echó un vistazo a los historiales.

–¿Le ha contado que había sido yo?

–No lo sabía, no hasta que has aparecido en la puerta. Por cierto, eres consciente de que lo que has hecho es ilegal, ¿verdad? Si fuera policía tendría que detenerte, pero por suerte estoy en proceso de reevaluación de mis planes laborales.

–Ah –volvió a decir ella.

–Y ya que no estás esposada, ¿quieres contarme por qué era tan importante echarle el guante a esos historiales?

Cab le tendió otra porción de pizza, pero a Peach se le había quitado el hambre. Empezaba a sentirse una cría estúpida.

–Quiero saber qué le pasó a Justin.

–Yo también.

–Él estaba buscando al doctor Smeltz. Imagino que quería lo mismo que usted: descubrir qué había pasado entre el señor y la señora Fairmont.

–Y ahora tú lo sabes –dedujo Cab–. Has leído los historiales, ¿verdad?

Ella asintió.

–Es muy desagradable.

–Cuéntamelo.

Peach se levantó de la cama y empezó a andar de un lado a otro, con los dedos entrelazados. Ya no llevaba el disfraz y la lluvia le había disuelto el maquillaje. Volvía a vestir su camiseta holgada y unos vaqueros rojos, y eso la hacía sentir vulnerable: no le gustaba que nadie viera quién era en realidad.

Aun así, había comprendido enseguida que no podía guardar para sí la información que contenían los historiales. No después de ver lo que había en ellos.

–El doctor Smeltz fue muy meticuloso en sus anotaciones. Debería haber acudido a la policía, pero la señora Fairmont le suplicó que no lo hiciera. Sabía que eso destruiría a su marido. Habría significado el fin de su campaña y el de Common Way. Y no era lo que ella quería.

Cab aguardó en silencio y Peach le agradeció que no la presionara. Rozó una de las carpetas con las yemas de los dedos, como si quemara.

–Birch había estado bebiendo. Mucho.

–Normalmente así es como comienza –observó Cab.

–Él sabía que la señora Fairmont le había sido infiel. Había tenido una aventura.

Cab no dijo nada, pero Peach vio que una sombra de desasosiego le cruzaba el rostro.

–Discutieron. Hubo muchos gritos y luego él llegó a las manos: empezó a golpearla, a darle violentas patadas. Había sangre por todas partes.

Peach se interrumpió y notó una repentina oleada de náuseas

tan intensa que estuvo a punto de hacerla caer de rodillas. Retrocedió hasta la pared, se cubrió la boca con la mano y cerró los ojos con fuerza. Podía oler su propio pánico.

–¿Estás bien? –preguntó Cab, preocupado.

–Sí, es sólo... Es tan espantoso que pudiera hacer algo así. Ella nunca dijo una palabra.

–Incluso las mujeres fuertes guardan silencio –dijo Cab.

–Drew lo descubrió –continuó Peach–. Se puso como loco; quería matar a Birch. Estaba totalmente fuera de sí, de modo que el doctor Smeltz lo ingresó en un centro de desintoxicación.

–Del que salió justo antes del Día del Trabajo –señaló Cab.

–Sí.

–Con su deseo de venganza intacto.

–Sí.

Peach miró a Cab y susurró:

–¿Cree que Drew mató a Birch? ¿Y a mi hermano?

–No lo sé, Peach, pero es posible.

Ella trató de imaginar el horror que debía de haber sentido Drew, la ira. En aquella época debía de tener la misma edad que Peach ahora. Ya era un adulto, pero todavía amarrado a su infancia.

–Fue algo horrible, pero no estoy segura de poder culparlo –dijo–. Birch casi mata a su madre. Asesinó al hijo que ella esperaba. Drew debió de enloquecer. ¿Cómo se vive con algo así?

La habitación se sumió en el silencio. Sólo se oía el rugido de la lluvia, latiendo como un corazón enfurecido. Peach bajó la vista al suelo y pensó en la pérdida. La suya. La de la señora Fairmont. En las cosas que no podían deshacerse. No podía dejar de pensar en la señora Fairmont, y se sintió hermanada con ella de un modo que nunca antes había experimentado. Saber lo que había padecido la había unido a ella.

Peach sintió una ráfaga de aire frío que provenía de Cab. De repente, se había convertido en un desconocido. El detective se levantó de la silla pálido como un fantasma, con su atractivo rostro desprovisto de vida. Peach lo vio temblar con una emoción que se había abierto como una grieta en la tierra. Ira. Un dolor inconsolable. No era el mismo hombre que había sido un momento antes.

–¿Qué es lo que has dicho? –preguntó–. ¿Que Birch asesinó al hijo de Diane?

Peach cayó en la cuenta de que aún no le había contado la peor parte de la historia. Apenas era capaz de decirlo en voz alta.

–Sí, la señora Fairmont estaba embarazada –explicó–. Está en su historial médico. Ése fue el detonante que hizo que todo saltara por los aires: Birch descubrió que el hijo no era suyo y fue entonces cuando empezó a pegarle. La estaba castigando por lo que había hecho. Para cuando terminó, ella había perdido el bebé.

35

Tarla abrió la puerta vestida con un camisón y una bata de seda negra. Iba descalza y estaba despeinada. Seguía siendo hermosa, pero Cab percibió una leve huella del paso del tiempo en su rostro, como si por primera vez se diera cuenta de que su madre se estaba haciendo mayor. No la había visto desde la discusión en el santuario de Bok, pero los labios de Tarla se curvaron en una sonrisa que se parecía mucho a la suya. Estaba a punto de decir algo gracioso, pero entonces vio la expresión de Cab y todo cambió. Supo, como saben siempre las madres, que su hijo estaba sufriendo.

–¿Qué ocurre, Cab?

Él pasó por su lado y entró en el apartamento, iluminado sólo por las luces de la cocina. La lluvia velaba las ventanas de la terraza. Cab estaba agotado. El trayecto de dos horas desde Lake Wales hasta Clearwater en mitad de la tormenta lo había dejado aturdido. Ni siquiera era capaz de llorar.

–¿Tú lo sabías? –preguntó.

Tarla lo miró y él lo leyó en sus ojos: sabía exactamente de qué le hablaba. Tarla, temerosa de herir a su hijo, guardó silencio. Era uno de esos momentos tan frágiles: si pronunciaba las palabras equivocadas, el mundo se haría añicos. Conocía demasiado bien la historia que compartían y no quería que Cab volviera a huir de ella.

–¿Tú lo sabías? –repitió Cab con dureza, en tono apremiante.

–Sólo después de que me contaras lo tuyo con Diane –contestó Tarla–. Entonces lo supuse.

–Pero sabías que estaba embarazada. Sabías que había perdido el bebé.

Tarla juntó las palmas de las manos delante de sus labios, como si rezara, algo que él sabía que no estaba haciendo. No intentó abrazarlo. Su relación no era cariñosa en ese sentido, y ella era lo bastante inteligente para darse cuenta de que aquélla no era una situación que pudiera resolverse con un abrazo. Tarla se sentó en el lujoso sofá blanco, en penumbra.

–Siéntate, Cab –le pidió.

–Me quedaré de pie.

–Oh, por el amor de Dios, siéntate –le espetó, pero luego meneó la cabeza, enfadada consigo misma–. Lo siento, cielo.

Cab se sentó en un sillón, frente a ella, y se inclinó hacia delante con los codos apoyados en las rodillas.

–Me enteré mucho después –le explicó Tarla–. En aquella época no lo supe. Sabía que algo iba mal, sabía que le habían hecho daño, pero no tenía ni idea de lo sucedido. No me dijo una palabra. ¿Cómo lo has descubierto, Cab?

–No importa.

–Supongo que no ha sido Diane.

–No. ¿Cuándo te lo dijo?

–Después de que Drew se suicidara. No estoy segura de que fuera su intención, pero el dolor hizo que aquello aflorara.

Cab asintió.

–¿Qué te contó?

Tarla cerró los puños, enfurecida.

–Ese monstruo la agredió salvajemente. Si lo hubiera sabido, lo habría matado yo misma. Hay que ser muy hipócrita para hacerle algo así a tu mujer y luego proclamarte el salvador de la política.

–¿Qué más te contó? –insistió Cab.

–Supo que estaba embarazada en julio. Fue una sorpresa, claro. Supongo que había dejado de preocuparse por tomar precauciones. Llegas a los cuarenta y tantos sin haber tenido más hijos y empiezas a asumir...

–¿Te dijo quién...?

–Sólo me dijo que no era de Birch –contestó Tarla–. Hacía meses que no se acostaban. Tienes que creerme, Cab, no me confesó quién era el padre. Se lo pregunté, pero respondió que no se lo había dicho y que nunca se lo explicaría a nadie. Dijo que... –Tarla se interrumpió–. ¿De verdad quieres saber lo que dijo, cariño?

–Sí.

–Me dijo que había sido una sola vez. Literalmente. Que el profundo vacío que la embargaba la había empujado a hacerlo y que ese hombre la había hecho sentir especial por primera vez en mucho tiempo.

–Y que huyó y la evitó durante una década –señaló Cab con amargura.

–Bueno, ¿qué ibas a hacer, Cab? ¿Casarte con ella? No sé si lo recuerdas, pero ella ya estaba casada.

–¿Se supone que eso debe hacerme sentir mejor? Estoy enfadado conmigo mismo, pero también con ella. Nunca me lo contó. ¿No crees que tenía derecho a saberlo? Ese bebé también era mío.

Las palabras sonaron extrañamente devastadoras al salir de sus labios.

–Lo entiendo, cielo, pero ten en cuenta su situación. ¿Una mujer casada cuyo marido está en plena campaña electoral? ¿Y que descubre que está embarazada de otro hombre? La mayoría de las mujeres en esa situación habrían interrumpido el embarazo. Pero ella no lo hizo; quería tener el bebé.

–¿Era niño o niña? –preguntó él en voz baja.

–Lo siento, no lo sé.

Un hijo o una hija. Ésa era la clase de pregunta que un hombre soltero no se planteaba. Sintió una oleada de ira hacia Birch Fairmont, el hombre que había asesinado a su hijo. Si en aquella época hubiera sabido la verdad, tal vez él mismo lo habría matado.

Tuvo que recordarse que alguien ya se había encargado de hacerlo.

–No podía esperar mantenerlo en secreto para siempre –observó Cab–. Tarde o temprano, la gente se habría dado cuenta.

–Creo que, durante un tiempo, simplemente fue incapaz de enfrentarse a ello. Se lo ocultó a todo el mundo. Yo era su amiga y no me lo explicó, y Birch estaba tan ocupado con la campaña que dudo que se diera cuenta de nada. Por otra parte, tienes razón: no podía ocultarlo eternamente, así que decidió contárselo.

Cab sabía lo que venía después.

Diane se lo contó a Birch ese fin de semana. Ese sábado.

Las cosas se pusieron feas.

–Y entonces él la agredió –murmuró Cab.

–Sí. Ese hombre se pasaba la vida engañándola con otras mujeres, y sin embargo fue incapaz de soportar que su esposa tuviera una aventura. Diane no quería divorciarse, era lo último que deseaba. Le dijo a Birch que el verdadero padre no lo sabía y nunca lo sabría, y que nadie sospecharía que el niño no era suyo. Podían anunciarlo y dar un empujón a su campaña. Un milagro en el atardecer de su vida. A los votantes les encantaría.

Tarla se secó una lágrima de cada ojo con gesto delicado.

–Bueno, ya sabes cómo reaccionó Birch.

Cab quería llorar, pero se sentía vacío.

–Lo siento, cariño –dijo Tarla–. Lo siento mucho. Si lo hubiera sabido, te lo habría contado. Merecías saber la verdad.

–Eso no habría cambiado nada.

–Supongo que no.

Su madre observó su expresión cadavérica y añadió:

–¿Sabe Diane que lo has descubierto?

–No.

–¿Piensas decírselo?

–¿Crees que debería hacerlo? –preguntó Cab.

–Sí, creo que sí. Mañana iré a su casa para hacerle compañía mientras pasa la tormenta. Podría decírselo yo, pero creo que deberías hacerlo tú. Tienes preguntas y ella es la única que puede responderlas.

–Sí, tengo preguntas, pero a Diane no van a gustarle –señaló Cab.

–¿Qué quieres decir?

–Siempre lo ha ocultado. Tengo que saber por qué.

–No puedes culparla por eso –la defendió Tarla–. Los medios se habrían ensañado con ella y merecía pasar el duelo a su manera, sin que su vida saltara por los aires debido a un escándalo. Y lo mismo vale para ahora, Cab. Common Way es su vida. No importa lo enfadado que estés con ella: no tienes derecho a sacar a la luz lo que sucedió y poner en peligro todo aquello por lo que tanto ha luchado.

–No estoy seguro de que el secreto tenga que ver con la política. Ni ahora ni nunca.

–¿De qué demonios hablas?

–Drew –dijo él.

Tarla se puso en pie de un salto.

–Oh, vamos, Cab, ¿otra vez?

La seda de su camisón emitió un leve frufrú mientras se dirigía hacia la ventana y se quedaba mirando la lluvia. El golfo se había vuelto invisible. Él se puso en pie, se colocó a su espalda y posó una mano en el hombro de su madre con delicadeza.

–Drew amenazó con matar a Birch –dijo Cab–. Ahora sé que tenía un motivo muy poderoso para hacerlo.

–Te he dicho que Drew no era el asesino. Déjalo correr. ¿Qué esperas demostrar?

–A veces basta con la verdad –contestó Cab.

Tarla se volvió bruscamente y los mechones de pelo rubio se agitaron en torno a su rostro. Tenía las mejillas encendidas.

–¿Tienes que comportarte siempre como un puto policía? –le gritó.

Cab mantuvo la calma, pero su madre pareció avergonzarse de su vulgar estallido. Se volvió hacia la ventana y apoyó la frente en el cristal. En el reflejo borroso, él vio que tenía los ojos cerrados.

–¿De verdad tiene alguna importancia? –murmuró Tarla–. ¿Después de todos estos años? Ha terminado, forma parte del pasado.

–Aunque eso fuera cierto, sí, tiene importancia. Birch no fue el único al que mataron esa noche. Lyle Piper no merecía morir. El dueño de la naranjera que intentó intervenir no merecía morir.

Tarla se volvió con aspecto sumiso.

–Tienes razón.

–Y yo no creo que haya terminado. Un chico llamado Justin Kiel murió asesinado hace un mes, y sospecho que fue porque andaba haciendo preguntas sobre los asesinatos del Día del Trabajo.

–¿Cómo es posible? –preguntó Tarla–. Aunque Drew tuviera algo que ver, murió hace años.

–Tal vez Drew le pidiera ayuda a otra persona, alguien que todavía está vivo. Alguien que intenta borrar sus huellas. Drew se relacionaba con un camello llamado Frank Macy, y es posible que lo utilizara como parte de su plan.

Cab se interrumpió al ver que la cara de Tarla se tensaba: había reconocido el nombre de Frank Macy. Era actriz y se recuperó casi de inmediato, pero el gesto no le pasó inadvertido. Aquel nombre significaba algo para ella. Sabía quién era.

–¿Mamá? –preguntó–. ¿Qué sabes sobre Frank Macy?

–Sólo que era amigo de Drew. Recuerdo que lo conocí ese verano.

Retrocedió al ver la dureza de la mirada de Cab.

–¿Qué más? –preguntó él.

–Oh, cariño, déjalo. Ya me sometí a toda clase de interrogatorios mientras protagonizaba *Ley y orden*. Ese Sam Waterston estaba como un queso.

–Me ocultas algo –dijo Cab–. Me lo has estado ocultando todo el tiempo. ¿Qué es? ¿Reconociste al encapuchado? ¿Era Macy?

–Ya te he dicho que no recuerdo nada de esa noche.

Cab le levantó suavemente la barbilla con dos dedos.

–Mamá, esto no es un juego ni una de tus películas. Han muerto personas inocentes, y siguen muriendo. No puedes ocultarme lo que sabes, ya no.

Tarla parpadeó para contener las lágrimas, y esta vez no estaba actuando. Su angustia era auténtica.

–No puedo decir nada, a ti no. ¿No lo entiendes? Eres policía, cielo. Tendrás que actuar en consecuencia, y no puedo permitirlo.

Cab metió la mano en el bolsillo de su chaqueta, sacó su placa, la puso en la mano de su madre y cerró sus dedos alrededor de ella.

–Acabo de dimitir. Ya no soy agente de policía, sólo un simple ciudadano.

–Cab, no es tan sencillo.

–Sí lo es. Tienes que contármelo.

Tarla se volvió lentamente todavía con la placa en la mano. Parecía preferir abrir la ventana de la terraza y saltar antes que decir nada.

–No era consciente de lo que estaba viendo –explicó–. Ni siquiera pensé en ello; sólo empecé a darle vueltas pasado un tiempo. Nunca he dicho nada, pero no he podido sacármelo de la cabeza.

–¿Estamos hablando del Día del Trabajo?

Ella negó con la cabeza.

–Fue dos días antes.

–Mamá, ¿qué viste?

–Ese hombre –contestó Tarla–, Frank Macy. Lo reconocí. Ocurrió en el jardín de la finca, cerca de un camino que salía de los naranjales. Yo estaba dando un paseo y ellos no me vieron; no sabían que estaba allí. Vi un intercambio de dinero entre ellos, una gran cantidad de dinero.

Cab cerró los ojos. Las piezas por fin encajaban. Dos días antes del Día del Trabajo, Drew le había entregado una gran suma de dinero a Macy. Y no para que le consiguiera drogas, sino para que cometiera un asesinato. Drew pagó a Frank Macy para matar a Birch Fairmont, y Macy decidió hacer que pareciera un acto de terrorismo nacional. Y las fichas del dominó empezaron a caer.

–Ojalá me lo hubieras contado antes –dijo él en voz baja–. Esto lo cambia todo. Tal vez Drew esté muerto, pero Macy no lo está. Está vivo y es peligroso.

Tarla meneó la cabeza. Parecía destrozada.
–No lo entiendes.
–¿Qué?
–No era Drew –dijo ella–. No vi a Drew darle dinero a Frank Macy. Fue Diane.

36

Peach aparcó su T-Bird en Seminole Park, como hacía siempre. Eran las tres de la madrugada y la tormenta arreciaba a cada hora que pasaba.

Cab Bolton apenas había dicho nada cuando la dejó sola en el motel de Lake Wales. Ni explicaciones ni excusas. «Tengo que regresar a Tampa ahora mismo. Quédate si quieres, la habitación está pagada.» Después, había salido como alma que lleva el diablo con su Corvette, como si le fuera la vida en ello.

Peach no tenía ningunas ganas de pasar la noche en Lake Wales, de modo que se marchó a casa. Había seguido la pista de Justin para finalmente llegar al punto de partida. En su mente, seguía teniendo un solo nombre dentro de un círculo rojo, como una diana. Frank Macy. Todo apuntaba en su dirección. De alguna forma, Justin había cometido el error de cruzarse en su camino.

Entonces Peach pensó en el otro nombre que le rondaba la cabeza, el nombre al que no lograba encontrar ningún sentido: Alison.

Se sacó el teléfono del bolsillo. Estaba apagado; lo estaba desde su incursión en la consulta del doctor Smeltz. Cuando lo encendió, tardó un rato en recuperar la cobertura y poder abrir el navegador para buscar el nombre de la abogada que le había dado Deacon. Alison Kuipers, miembro del bufete de Tampa que asesoraba a la fundación Common Way. Peach marcó el número directo de la abogada.

«Soy Alison Kuipers. Por favor, deja un mensaje...»

Peach no sabía exactamente qué decir. Al oír el pitido, dejó su número de teléfono pero no dio su nombre. Luego añadió:

–Llámeme en cuanto pueda. Es sobre Justin Kiel.

Colgó y, mientras lo hacía, el teléfono emitió un sonido parecido al del aullido de un lobo. Tenía un mensaje de voz. Al revisar el registro, vio que su hermano Deacon la había llamado mientras tenía el móvil apagado. La llamada era de hacía tres horas.

Activó el buzón y oyó su voz, pero sonaba amortiguada y extraña. Estaba susurrando.

«Enana, soy yo. Escucha, he hablado con alguien del sistema penitenciario estatal. Dice que Frank Macy pasó dos años encerrado con un compañero de celda llamado Truc, vietnamita, miembro de una banda de Los Ángeles. Truc está otra vez en la calle y, según dicen, se dedica al tráfico de armas. Armas de asalto. Llámame en cuanto oigas el mensaje, ¿vale? También hay algo que deberías saber sobre Macy y Diane…»

Hubo un silencio y Peach pensó que Deacon había colgado, pero un momento después añadió: «Oye, si de verdad Macy está metido en algo, lo más probable es que no actúe solo. No confíes en nadie».

Peach salió del coche y quedó empapada al instante. No corrió para protegerse de la lluvia: le faltaba energía y le dolía el tobillo. Se sintió transportada por el viento, que la empujaba por la espalda. Chapoteó a través del barro hasta el agujero de la valla y siguió andando hasta la calle Noventa y ocho. Su casa estaba a oscuras y el Mercedes de Deacon, aparcado en el camino de entrada. Su hermano había llegado a casa.

Se abrió paso a través del agua que bajaba como un torrente por la calle. Era marrón oscuro, agua mezclada con tierra y agujas de pino, y lo bastante profunda ya para arrastrar escombros de los jardines de los vecinos. Abrió la puerta de la valla abombada –«Prohibido pasar», «Cuidado con el perro»– y se dirigió a la entrada.

«Llámame en cuanto escuches el mensaje, ¿vale?»

A tres metros de la casa, Peach se quedó petrificada. La puerta estaba abierta de par en par.

La lluvia torrencial ahogaba todos los sonidos. Su mirada se dirigió hacia las ventanas, pero no vio movimiento detrás de las cortinas raídas. Lanzó una mirada instintiva por encima de su hombro. Estaba sola, pero igualmente asustada.

Peach nunca había tenido pistola. Ni siquiera había sostenido una en la mano, pero en aquel momento deseó tener una. O que Annalie estuviera con ella, apuntando con su propia arma hacia la puerta abierta.

Se acercó poco a poco. La puerta estaba rota justo por encima del pomo y el marco hecho astillas. Alguien la había pateado para entrar en la casa. Las ráfagas de viento llevaban el agua hasta el recibidor embaldosado. Miró hacia el interior, aunque lo único que vio fue un brillo plateado reflejado en el suelo. Metió la mano por el marco para encender el interruptor, pero no había electricidad.

Dio dos pasos en el recibidor. A su izquierda, en la salita, distinguió la figura blanca y desnuda de Sexpot. Estaba donde ella la había dejado, en ropa interior, con el brazo doblado tras la cabeza. Nada parecía fuera de lugar. El armazón de madera de la casa se agitó. Con el sonido de la tormenta ahora amortiguado, aguzó el oído. No creía que hubiera nadie, pero el Mercedes estaba aparcado en el camino. Su ansiedad se disparó.

–¡Deacon! –llamó.

Su hermano no contestó.

Avanzó de puntillas hacia su cuarto y el agua de lluvia la siguió, deslizándose como una serpiente. El aire estaba estancado e inmóvil. Desprendió una pequeña linterna de su llavero y proyectó un débil haz de luz frente a ella. Debajo de su ropa mojada, estaba sudando y le temblaba la mano. La luz vacilante iluminó la puerta abierta de la habitación de Deacon y una mancha sobre el suelo de madera. Peach se acercó, la tocó y levantó un dedo pegajoso y rojo.

Sangre.

–Oh, no –susurró–. Oh, no, no, no, no.

Peach desplazó el haz de luz de la linterna por la cama y el suelo antes de enfocarla hacia el baño. El cuarto estaba vacío, pero detectó indicios de lucha. Habían arrancado las sábanas de la cama y vio más sangre en el colchón blanco. Se agarró las manos por encima de la cabeza en un gesto de frustración y se tiró del pelo, y luego se mordió el labio con tanta fuerza que se lo partió.

Cogió el teléfono y marcó el número de Deacon. No obtuvo respuesta.

Llamó otra vez. Y otra. Cada vez que lo hacía, saltaba el buzón de voz.

Peach se alejó corriendo de la casa, dejando la puerta abierta a su espalda. Parpadeó, cegada por la lluvia y las lágrimas, y levantó los brazos por encima de la cabeza para protegerse del viento, como si así pudiera evitar que las ráfagas la arrastraran. Tres ramas se partieron y cayeron a su alrededor. Peach, con los pies sumergidos en el agua, se tambaleó calle abajo.

Consiguió llegar al parque y se metió en el coche. Le caían chorretones de suciedad por la cara y estaba salpicada de barro.

Qué hacer, qué hacer, qué hacer.

Marcó el 911. La red estaba sobrecargada y no consiguió establecer comunicación. La mitad de la ciudad se encontraba en estado de emergencia; aunque consiguiera comunicarse, la policía no iba a venir. No ahora, no en medio de aquella tormenta. Estaba sola y necesitaba ayuda. «No confíes en nadie», le había dicho Deacon, pero en ese momento no podía hacerle caso.

Peach marcó un número en el teléfono.

–Annalie, soy yo –dijo cuando saltó el buzón de voz–. Deacon ha desaparecido. Tengo que verte cuanto antes, por favor. Reúnete conmigo en la oficina cuando oigas este mensaje. Yo salgo hacia allí ahora mismo.

37

Cab no podía dormir.

Permanecía tendido con los ojos abiertos, mirando el techo, medio desnudo sobre la colcha. La tormenta rugía al otro lado de la pared, donde el plácido golfo se había convertido en un monstruo que devoraba la costa. Faltaban dos horas para el amanecer, pero cuando llegara la mañana el sol no asomaría. Era el día de la oscuridad. El Día de la Independencia.

Niño o niña. La pregunta se repetía una y otra vez en su mente. Había perdido un hijo y ni siquiera sabía si era niño o niña. Cada ola de emoción que lo embargaba se retiraba convertida en furia hacia Birch. En ira hacia Diane, que le había ocultado el secreto. En compasión por ella y por lo que había sufrido. En dolor al pensar lo lejos que podía haber sido capaz de llegar para vengarse de su marido.

Cab se sentía responsable. Él había sido el detonante. Él lo había puesto todo en marcha. Esa única semana, esa única tarde, había generado ondas que se extendían hasta el presente. Un bebé, el suyo, había muerto; después, al menos cuatro personas más habían sido asesinadas.

Por su culpa.

Se preguntó cómo podrían haber sido las cosas. Si Diane hubiera llevado su embarazo a término, ¿seguiría él siendo ajeno a la verdad? ¿Estaría vivo Birch? Se imaginó a sí mismo viendo a un niño –o una niña– de diez años con los ojos azules como el océano, más alto que los chicos de su edad. ¿Se le habría pasado por la cabeza el pensamiento de que era su hijo? ¿Se habría establecido algún tipo de afinidad, de conexión entre ellos?

No tenía manera de saberlo. Lo único que podía hacer era especular.

Nunca se había planteado si quería tener hijos. Había crecido siendo el único hijo de Tarla, así que nunca había tenido bebés alrededor. Nunca había conocido a su padre, así que no sabía cómo debía ser esa clase de relación. Cuando comenzó a salir con Vivian Frost en Barcelona, había fantaseado con compartir su vida con ella y quizás en el fondo de su mente eso incluía tener hijos. La muerte de Vivian, su traición, habían cortado de raíz su deseo de mantener una relación estable. No se imaginaba como marido y mucho menos como padre. Los hijos no formaban parte de la ecuación.

Niño o niña.

Cab se levantó de la cama y fue a la salita. Pensó en servirse una copa, pero el vino de Lake Wales ya le había dado dolor de cabeza. A sus pies, los remolinos de viento y lluvia atravesaban el resplandor de las farolas. Los ocupantes de un puñado de apartamentos de los otros rascacielos también estaban despiertos, como él.

Era más fácil pensar en el trabajo. En el rompecabezas. Sabía cuál era el siguiente paso que debía dar: hablar con Caprice sobre Birch y Diane, sobre la violenta relación que habían mantenido. Y tenía que ver a Diane.

Quería escuchar de sus labios la verdad sobre su hijo.

El timbre resonó por el apartamento. Cab se volvió sorprendido, miró el reloj y supuso que sería Tarla. Aquél era el apartamento de invitados, justo al lado del de su madre. No tenía ningunas ganas de volver a hablar con ella; habían compartido suficiente ira y secretos por una noche. Aun así, se acercó a la puerta y miró a través de la mirilla. No era Tarla.

Lala, con la cara empapada de lluvia y lágrimas, cruzó la puerta, la cerró con cuidado y lo estrechó entre sus brazos. No dijo una palabra. Sabía la verdad, y a ella también se le había roto el corazón. Fue entonces cuando, por fin, Cab rompió a llorar. Ni siquiera sollozó; no le quedaban fuerzas. Ella lo abrazó con fuerza y él se aferró a su cuerpo. Permanecieron inmóviles, como si estuvieran dentro de una burbuja.

Cuando se apartó, ella sostuvo la cara de él entre sus manos húmedas.

–Lo siento mucho.

–¿Cómo te has...? –preguntó él, pero sólo había una respuesta. Una respuesta sorprendente.

–Tarla me ha llamado –explicó Lala–. Me ha contado que estabas aquí y lo que habías... descubierto.

Tarla. Justo cuando creía que no podía soportar a su madre ni un día más, ella le recordaba cuánto lo quería.

–¿Es posible que en realidad le caigas bien? –preguntó Cab.

–Es posible que supiera que necesitabas a alguien. Aunque fuera yo.

Él la cogió de la mano. Había pasado mucho tiempo desde la última vez. Ella lo agarró con fuerza, y eso le sirvió para entender que la atracción que había sentido por Caprice era sólo física. Con Lala era distinto; Lala era algo más. Eso era lo que la hacía tan atractiva y lo que a la vez le infundía tanto miedo. Ésa era la razón por la que su relación estaba en peligro. Podía ser profunda o no ser nada, pero nunca algo superficial.

Cab no tenía ni idea de qué quería y ella lo sabía, pero no esperaba que lo decidiera en aquel momento.

–¿Qué te ha dicho? –quiso saber Cab.

–Sólo que Diane perdió un bebé. Tu hijo. Es todo lo que necesitaba saber.

–Hay más. No creo que los asesinatos del Día del Trabajo fueran lo que todo el mundo creyó. Diane pagó...

Lala le puso un dedo sobre los labios y negó con la cabeza.

–Ahora no. Mañana, si quieres, pero hoy no. Tienes que vivir tu dolor; concédete una noche.

–Nunca pensé que algo así me afectaría tanto –confesó Cab.

Intentó sonreír y bromear al respecto–: ¿Yo, padre? Es un pensamiento espeluznante.

–No te haces ningún favor hablando así –repuso Lala–. Lo digo en serio, Cab. No quiero oírte decir eso.

Cab se dio cuenta de que no podía eludir la gravedad de la situación. Nada de lo que dijera o hiciera conseguiría paliar la tragedia. Lala era capaz de aceptar la realidad, pero él no. Ella era la católica que iba a misa todos los domingos. Ella era una rama del frondoso árbol de una familia cubana. Ella tenía una comunidad y él no tenía nada excepto a su madre, una solitaria como él. Para Lala, una pérdida como aquélla era una parte de la vida que uno afrontaba y aceptaba, porque más adelante habría otras. Para él, el mundo había dejado de girar.

Cab volvió a aferrarse a ella.

Lala sabía que la necesitaba. Cab notó como la excitación emergía de su dolor. Tocó su rostro dorado y notó su piel caliente bajo las yemas de los dedos. Llevaba el pelo mojado y despeinado, y eso despertó en él el deseo de acariciarlo. Ella dio dos pasos atrás y se cogió el borde del top de Door County con las manos. Cab se lo había regalado hacía unos meses, y le encantaba que ella se lo pusiera. Lala lo subió por encima de su terso vientre y se lo sacó por la cabeza, desnudando sus pechos para él. Las manos de Cab los cubrieron.

Empezaron a besarse. El tiempo que habían pasado separados, la distancia, las discusiones se disiparon. Cab se arrodilló frente a ella y terminó de desnudarla. Le besó el vientre y recorrió todo su cuerpo hasta llegar a los labios. Las afiladas uñas de Lala le bajaron los calzoncillos. Estaban desnudos, el uno contra el otro. Era Cuatro de Julio y los fuegos artificiales les iluminaban los ojos. Cab nunca había necesitado tanto a una mujer.

Ella lo llevó al dormitorio. Se tendieron cara a cara, tocándose, y entonces él se colocó encima de ella. Lala lo atrapó entre sus muslos, dentro de ella. El resto del mundo se desvaneció de su mente y lo único que quedó fue la piel de Lala, su aliento, su humedad.

Los aullidos de la tormenta sonaban distantes, insignificantes, como si aquello no fuera más que un chubasco de verano.

Cab se despertó al cabo de dos horas. La noche había sido corta, pero se sentía como si hubiera dormido una eternidad.

Fuera no había luz; apenas veía nada. Extendió un brazo hacia la cálida hendidura del colchón, pero la cama estaba vacía. Lala se había marchado sin dejar una nota ni un mensaje en su móvil. Se incorporó apoyándose en la almohada y, a través de la puerta que daba a la sala, vio que su ropa también había desaparecido. La sensación de haber hecho el amor con ella permanecía en su cuerpo como un agradable dolor, pero si no hubiera sido por el débil rastro de su perfume entre las sábanas, Cab habría sido incapaz de asegurar que Lala había estado allí.

38

Annalie llamó con los nudillos a la ventanilla del Thunderbird y Peach se despertó, sobresaltada. Se sacudió el sueño, estiró el brazo y abrió el seguro de la puerta del pasajero. Su amiga se deslizó dentro del coche, a salvo de la lluvia.

Peach contempló las calles del centro. Era temprano y Tampa parecía un pueblo fantasma. Estaba en su plaza de aparcamiento habitual, la 52, cerca de las oficinas de la sección de investigación de Common Way. A su alrededor, la tormenta se movía como un ser vivo. El solar se estaba convirtiendo en un lago y, si la altura del agua se elevaba mucho más, temía que su coche se alejara flotando.

Le dio a Annalie un abrazo rápido y sincero.

–Tenía miedo de que no consiguieras llegar.

–No tenemos mucho tiempo –contestó Annalie–. Tres o cuatro horas más, y la costa será intransitable. Deberías estar en casa, Peach, no aquí; no es seguro. ¿Qué pasa? En tu mensaje decías algo sobre Deacon.

–Ha desaparecido. Se lo han llevado.

–¿Quién?

Peach respiró hondo y se lo explicó todo. Le dejó oír su buzón de voz, y Annalie frunció el ceño al escuchar que Deacon mencionaba el tráfico de armas.

–¿Has visto sangre? –preguntó en voz baja.

Peach asintió.

–¿Has intentado llamarlo por teléfono?

–Una y otra vez. No contesta.

Annalie se quedó callada. El viento rugía.

–Si ha estado preguntando por Frank Macy, es posible que él lo haya descubierto –dijo al final–. Alguien podría haberle tendido una trampa.

–Pero ¿qué está haciendo Macy? –preguntó Peach–. ¿En qué anda metido?

Annalie miró a través del parabrisas. Las gotas de lluvia le resbalaban por la cara.

–Sea lo que sea, no es nada bueno.

Peach entrelazó los dedos y apretó las manos con fuerza.

–Crees que ha matado a Deacon, ¿verdad?

–No tengo ni idea, Peach –contestó Annalie–. Espero que no.

–Tenemos que encontrar a Macy.

Annalie la agarró de la muñeca.

–No tenemos que hacer nada. Tú no.

–No puedo quedarme aquí sentada.

–Entra en la oficina, revisa los correos electrónicos de Justin y los de Deacon e intenta encontrar algo que nos dé una pista acerca de qué está haciendo Macy o de dónde podemos localizarlo.

Peach notó que se le encendían las mejillas y abrió la boca para protestar, pero Annalie la interrumpió.

–Escúchame, Peach, por favor. Estás emocionalmente implicada y no controlas la situación. No te culpo, pero es así como se cometen errores. Deja que me ocupe de Frank Macy, deja que yo lo encuentre. Si descubres algo que pueda ayudarme, llámame enseguida, ¿de acuerdo?

Peach sentía deseos de gritar, pero sabía que Annalie estaba en lo cierto.

–Está bien. Mantenme informada, no me dejes al margen.

–No lo haré.

Annalie bajó del coche y corrió hacia su Corolla. Unos segundos después, se alejó levantando una ola a su paso, como si estuviera separando las aguas del mar.

Cuanto más tiempo pasaba Peach en la oficina, más crecía su frustración.

Las oficinas de la fundación estaban cerradas porque era festivo, pero aunque hubieran estado abiertas, la tormenta habría obligado al personal a quedarse en casa. Peach podía trabajar con tranquilidad mientras oía cómo se sacudían las paredes. Aunque sus dedos volaban sobre el teclado, no había descubierto nada. Sabía la contraseña de Deacon y revisó su correo, pero no había nada más que sus habituales investigaciones de campaña.

Comprobó el buzón de voz del despacho de su hermano y escuchó un mensaje nuevo de Caprice, grabado la tarde anterior.

«Deacon, soy yo. He llamado a tu móvil, pero no te he encontrado. Contacta conmigo por la mañana. Voy a estar en casa de Diane hasta que pase la tormenta; si me necesitas, puedes localizarme allí a partir de las diez, más o menos.»

Nadie había podido ponerse en contacto con Deacon. Nadie sabía dónde estaba.

Peach no sabía qué hacer. Volvió a entrar en la cuenta de Justin y abrió la fotografía retocada que había tomado frente al Crab Shack. Justin la había usado para guiarla hasta su escondite, pero allí no quedaba nada más que el artículo sobre Frank Macy. Fuera lo que fuese lo que quería que encontrara, alguien lo había encontrado antes y se lo había llevado.

Entonces recordó la fotografía con el marco roto que había en el suelo del dormitorio. Era la misma fotografía que adjuntaba en el correo. Cuando encontró el artículo sobre Frank Macy asomando bajo el archivador, se había olvidado de ella. Si Justin quería una foto de ella para su escondite, ¿por qué había elegido precisamente ésa? Peach no creía que fuera una casualidad.

Justin intentaba decirle algo más.

Decidió regresar al refugio de Justin. Estaba vacío; no habría nadie allí. No podía quedarse por más tiempo en la oficina sin hacer nada.

Antes de cerrar la cuenta del ordenador, sin embargo, echó un último vistazo a los mensajes de Justin y vio el otro correo que no había podido enviar, el que estaba dirigido a Ogden Bush.

«Tengo que verte.»

Peach cogió el abrigo, pero en lugar de salir, recorrió el pasillo vacío hasta el despacho de Bush. Entró como había hecho dos días antes y volvió a abrir el archivador. El informe sobre Justin seguía faltando. Recordó haber visto una carpeta sobre Birch Fairmont en otro cajón, y de repente ese informe adquirió un nuevo significado para ella. Abrió el cajón para descubrir que la carpeta sobre Birch también había desaparecido.

Bush había hecho limpieza.

Volvió a cerrar con llave los archivadores y registró el escritorio de Bush. Revisó los avisos de llamadas escritos a mano en hojas de color de rosa, las copias de los informes de investigación elaborados por los empleados de la oficina, las lista de contactos de los medios de todo el estado y los borradores de la agenda de actos de Diane para la semana siguiente. Nada parecía inusual o sospechoso. Bush no dejaría a la vista nada que no quisiera que nadie viera. Estaba en un callejón sin salida.

Entonces vio que luz del contestador parpadeaba.

Peach sólo vaciló un instante antes de pulsar el altavoz y oír una voz con un leve acento sureño que llenaba el despacho.

«Tengo que hablar contigo enseguida. Es urgente.»

El mensaje era corto, pero la voz le resultaba familiar; la había oído antes. Tardó unos segundos en ubicarla y, de repente, se sintió desfallecer: la voz pertenecía al hombre que se hacía llamar Curtis Clay, el hombre que había fingido ser un policía de Saint Petersburg, el hombre que la había apuntado con una pistola y había intentado esposarla en el apartamento de Justin.

Ese hombre, ese impostor, estaba aliado con Ogden Bush.

Colgó el teléfono y, al hacerlo, una voz meliflua se dirigió a ella desde la puerta del despacho.

–¿Qué haces aquí, Peach?

Ogden Bush tenía las manos apoyadas en las caderas y llevaba un fedora mojado. Su impermeable goteaba sobre el suelo y Peach distinguió un traje negro entallado debajo. Su expresión era sombría y curiosa, pero no parecía enfadado. Tenía demasiado autocontrol para gritarle y eso hacía que aún confiara menos en él.

–Es usted un espía –dijo Peach.

–¿Disculpa?

–Es un espía. Me ha estado espiando a mí.

La cara de Bush se distendió en una sonrisa de político. Se sentó en la silla destinada a las visitas y no hizo ningún gesto para indicarle a Peach que se apartara de su escritorio. Cruzó las piernas, dejando a la vista sus lustrosos zapatos blancos mojados, y se alisó los pliegues de los pantalones del traje.

–Aquí todos somos espías, Peach. ¿No es eso lo que estás haciendo tú? No era necesario que te colaras en mi despacho; si buscabas respuestas, podrías haber hablado conmigo. ¿Qué quieres saber exactamente?

Peach pulsó con fuerza la tecla del contestador y el breve mensaje resonó de nuevo por el altavoz.

–¿Quién es? –preguntó.

–Uno de mis contactos –contestó Bush.

–Trabaja para usted.

–Mucha gente trabaja para mí. Tú también.

–No, yo trabajo para Diane Fairmont.

–Ambos lo hacemos –observó Bush.

–Ese hombre se hace llamar Curtis Clay –continuó Peach–. Llamó a mi casa fingiendo ser policía y lo sorprendí en el apartamento de Justin.

–Y ¿qué hacías tú en el apartamento de Justin? –repuso Bush, guiñándole un ojo–. ¿Lo ves? Ya te lo he dicho, todos somos espías. Ninguno de nosotros es inocente.

–¿Quién es? –repitió ella.

Bush cogió una pequeña réplica en peltre del santuario de Bok que había sobre la mesa y jugueteó con ella. No contestó. Podía oler su colonia, y su anillo de rubí brillaba bajo la luz. Su rostro era una máscara, pero Peach sabía que su cerebro estaba pensando a toda velocidad. Buscando una salida.

–¿Qué sabe sobre la muerte de Justin? –preguntó.

–Sólo sé lo que ha dicho la policía, Peach.

–No le creo. Tiene un informe sobre Justin y él quería hablar con usted la noche antes de que lo asesinaran. ¿Por qué quería verle?

–No tengo ni idea –contestó Bush con tranquilidad–. No llegamos a hablar; ni siquiera sabía que quería hablar conmigo. Creo que deberías marcharte a casa, Peach; la tormenta está empeorando y la oficina, cerrada. No deberías estar aquí.

–Pienso llamar a la señora Fairmont ahora mismo. Voy a contárselo todo.

Bush se encogió de hombros.

–Ella sabe lo que estoy haciendo.

–Ya lo veremos.

Peach examinó detenidamente el rostro del hombre. Ella no jugaba al póquer, pero sabía reconocer un farol cuando lo tenía delante. Cogió el teléfono y marcó el número de casa de la señora Fairmont. El timbre sonó a través de los altavoces y, antes de que descolgaran, Bush se inclinó con gesto indiferente sobre el escritorio y cortó la llamada.

–Muy bien, creo que podemos llegar a un acuerdo –dijo–. Hay cosas que es mejor que Diane no sepa. Los candidatos creen que quieren saberlo todo, pero en realidad no es así. Es lo que llamamos «negación plausible».

–Yo lo llamo mentir –dijo Peach.

–Como prefieras. De acuerdo, ¿quieres saber quién es ese hombre? Se llama Curtis Ritchie y es detective privado, y sí, recurro a sus servicios de vez en cuando. No hay nada raro en ello, es una práctica habitual. Le pedí que recabara información acerca de las actividades de Justin.

–Me dijo que era un policía de Saint Petersburg.

–Le pedí a Curtis que no violara la ley –explicó Bush–, pero es un expoli. Ahora que trabaja por su cuenta, a veces olvida dónde está la línea.

–¿Por qué quería espiar a Justin?

Bush continuó haciendo girar la figura de peltre entre sus elegantes dedos.

–Descubrí que Justin estaba haciendo preguntas que se excedían de sus responsabilidades laborales en la fundación. Sentí curiosidad; quería saber por qué.

–Sobre los asesinatos del Día del Trabajo.

Bush arqueó las cejas, como si ella supiera más de lo que suponía.

–Sí.

–¿Y qué interés tiene usted en ello?

–Lo único que temo en época de campaña son las cosas que no sé.

–¿Temía que pudiera salir a la luz alguna información que dañara la imagen de la señora Fairmont?

–Si existe algo semejante –contestó Bush–, quiero averiguarlo antes de que lo hagan nuestros enemigos.

Cuando levantó la vista, Peach se dio cuenta por primera vez de que ya no tenía ni idea de quiénes eran sus enemigos. En algún momento todo había estado muy claro para ella, y ahora se hallaba atrapada en un laberinto de motivaciones ocultas. No sabía en quién confiar.

Deacon se lo había advertido: «No confíes en nadie».

–¿Qué ha averiguado Curtis Ritchie? –preguntó–. Le llamó ayer por la noche y en su mensaje decía que era urgente.

–No he hablado con él.

–¿Qué hacía Ritchie?

–Estaba siguiendo a un tipo, tú lo guiaste hasta él –confesó Bush–. Un individuo muy desagradable llamado Frank Macy.

Peach sintió el impulso de saltar por encima de la mesa.

–¿Dónde? ¿Dónde está Macy?

–No lo sé. La última vez que hablé con Curtis me dijo que Macy se encontraba en la zona de los muelles y que se dirigía al de Picnic Island. Creía que tal vez Macy iba a encontrarse con alguien. Desde entonces, no he podido contactar con él.

39

Cab detuvo el coche en el camino empedrado que llevaba a la finca de Diane. La verja de hierro forjado, con sus garzas y sus hojas de parra, estaba cerrada. Apagó el motor del Corvette mientras la lluvia caía a chorros sobre el parabrisas. No vio personal de seguridad en la verja ni patrullando al otro lado del muro. No le gustaba que el perímetro de la propiedad estuviera desierto. El muro estaba construido para proporcionar intimidad, no protección, y un intruso podía llegar fácilmente hasta la casa sin que nadie lo descubriera. Habría preferido ver hombres armados en el interior.

Su teléfono empezó a sonar.

–Buenos días, Cab –lo saludó Caprice Dean–. Hace un día precioso.

–¿Ah, sí?

–Oh, no estarás asustado por una simple tormenta, ¿verdad?

Podía imaginar la sonrisa en sus labios mientras se burlaba de él. Le molestaba que el trasfondo de su voz siguiera provocándole una reacción física. Había mujeres así, mujeres a las que era difícil resistirse.

–Por lo visto, la tormenta sí ha asustado a los guardias de seguridad de la finca de Diane –contestó.

La voz de Caprice volvió a teñirse de frialdad.

–¿Dónde estás?

–En la entrada.

–¿En serio, Cab? ¿Tienes que molestar a Diane también hoy?

–Así es –respondió él.

Sabía que ella ansiaba replicarle, pero intentaba reprimir su mal genio.

–Llegaré en un par de horas; si sigues ahí, te echaré a patadas. A menos, claro, que sepas comportarte, olvidarte del trabajo y compartir unos cócteles con nosotras.

–Me temo que no va a ser posible.

–Tu madre también va a estar.

–Sí, ya me lo ha dicho.

Y añadió:

–Dijiste que ibas a incrementar la seguridad en la casa.

–Lo he hecho. Tal vez no te hayas percatado de la lluvia torrencial y de los vientos de noventa kilómetros por hora. ¿De verdad esperas que obligue a alguien a hacer guardia bajo la tormenta?

Cab frunció el ceño.

–No.

–Bien, y ahora, ¿puedes dejar de incordiarme? Aunque, en otras circunstancias, no me importaría que lo hicieras.

Cab no mordió el anzuelo.

–¿Qué quieres, Caprice?

–Quiero disculparme por lo de ayer.

–No es necesario.

–Mi reacción fue desproporcionada –continuó ella–. No estoy acostumbrada a que me lleven la contraria. De hecho, me gustó que te enfrentaras a mí; hace que me sienta aún más interesada en ti, tanto en el aspecto personal como en el profesional.

–En lo profesional, mi trabajo es resolver crímenes; el tuyo, proteger tu precioso culo político.

–Me parece bien. ¿Y en lo personal?

–En lo personal, no va a pasar nada.

Ella pareció decepcionada.

–¿Tengo alguna posibilidad de convencerte? Puedo ser muy persuasiva si me das la oportunidad. No busco un compromiso. Ninguno de los dos cree en los cuentos de hadas, ¿verdad? El objetivo no es casarnos y tener hijos.

Hijos. «Niño o niña», volvió a pensar Cab. No, no quería comprometerse, pero quería algo más de lo que obtendría en la cama con Caprice.

–Iba a llamarte hoy –dijo–. He averiguado qué sucedió entre Birch y Diane.

–Sin comentarios –contestó ella.

–Quiero que me digas si Lyle y tú lo sabíais, que me digas quién más lo sabía.

–Y yo te repito: sin comentarios.

–De acuerdo, no vas a decírmelo. Pero deja que te cuente lo que pienso. Lyle y tú os enterasteis de lo ocurrido ese sábado por la noche; sabíais exactamente lo que le había hecho Birch a Diane, sabíais que estabais apoyando la candidatura de un monstruo.

La voz de Caprice se tensó, frustrada.

–Cab, estás jugando con fuego. Esa clase de escándalo es justo lo que buscan los enemigos de Diane, y no servirá para protegerla. ¿De verdad quieres ser el peón de Ramona Cortes?

–Estás hablando de política, Caprice, pero yo te hablo de asesinato. Esa noche murieron tres personas, entre ellas tu prometido. ¿No quieres saber qué pasó en realidad?

–¿Cómo te atreves a decirme algo semejante? –explotó ella–. No necesito que me sermonees. Sé lo que pasó y quién fue el responsable.

–Última oportunidad. ¿Sabíais Lyle y tú lo que Birch había hecho?

–¡Sí, claro que lo sabíamos! –siseó Caprice–. ¿Crees que somos idiotas? ¿Crees que podíamos pasar tanto tiempo con él sin darnos cuenta de que era un hijo de puta egocéntrico, infiel y maltratador? Noticia de última hora, Cab: la mitad de los políticos de Washington y Tallahassee lo son. Birch habría encajado de maravilla.

–Es posible, pero, si se hubiera sabido la verdad, nunca habría sido elegido. Le habrían crucificado por lo que le hizo a Diane; habría significado el fin de Common Way, antes incluso de haber empezado.

–Tienes razón, es verdad. Y sigue siéndolo. ¿Por qué coño crees que lo hemos mantenido en secreto? ¿Por qué crees que sigue siendo un secreto? La gente adora a los héroes y a los mártires, Cab. Quieren la apariencia, no la realidad. ¿Crees que alguien va a agradecerte que desveles lo que hizo Birch? No es lo que quieren oír. Sólo conseguirías hacerle daño a Diane, porque las víctimas no ganan las elecciones.

–Pero a veces las víctimas matan a sus verdugos –observó Cab.

Caprice se quedó en silencio.

–¿De qué demonios hablas? –preguntó al fin.

–Diane le entregó una gran suma de dinero a Frank Macy dos días antes de los asesinatos. ¿Para qué era?

Volvió a hacerse el silencio, más largo esta vez.

–No puedo creer que estés insinuando algo así.

–Alguien vio a Diane con Macy.

–No me importa quién viera qué. Diane no encargó el asesinato de Birch.

–¿Estás segura?

–Cab, ¿crees que podríamos haber ocultado a la prensa lo que hizo Birch sin la ayuda de Diane? Hablé con ella personalmente, solas ella y yo, de mujer a mujer. Diane eligió mantenerlo en secreto y seguir con la campaña. Tal vez te cueste entenderlo, pero ella cree en Common Way, entonces y ahora. Decidió guardar silencio porque, a pesar de todo, quería que Birch ganara. ¿Crees que luego habría cambiado de opinión y habría hecho que lo mataran?

–¿Se te ocurre alguna otra explicación?

–No –contestó Caprice–, pero conozco a Diane. Ella no haría algo así. Además, no hablamos sólo de Birch. ¿Crees sinceramente que Diane hubiera dejado que muriera gente inocente?

–No si sabía lo que iba a ocurrir. Pero tal vez no lo supiera.

–¿Crees que pagó a Frank Macy, pero que no sabía qué iba a hacer él? –preguntó Caprice.

–Macy no es imbécil, es un tipo listo. Tenía que cubrirse las espaldas. Si sólo hubiera asesinado a Birch, la gente se habría preguntado por qué y habría empezado a hacer preguntas incómodas. Pero ¿asesinar a Birch y hacerlo pasar por un acto de terrorismo nacional? Entonces sería un crimen político, entonces habría cabezas de turco: Ham Brock y Chuck Warren. La Alianza por la Libertad del Imperio.

–Te eqùivocas –afirmó ella–. Frank Macy le vendía drogas a Drew y Diane le culpa por la muerte de su hijo, eso es todo lo que yo sé. Si ella le entregó ese dinero, no fue por la razón que crees. –Hizo una pausa y luego añadió, con dureza–: Y te diré algo más: que todo este asunto salga a la luz ahora no es una simple coincidencia. Fuera lo que fuese lo que pasó entre Macy y Diane, estoy segura de que Ramona Cortes lo sabe. Era la abogada de Macy. Quiere que se haga público y quiere que sean tus huellas las que aparezcan, no las suyas.

–Pese a todo, debo hablar con Diane. Debo saber qué pasó.

–Haz lo que tengas que hacer, pero te ruego que seas discreto. Si se hiciera público, la más leve sospecha destruiría a Diane.

–¿Crees que no lo sé?

–Creo que lo sabes, pero no parece importarte.

Cab se preguntó si era cierto. Tarla le había recriminado más de una vez su obsesión por obtener respuestas, sin importarle a quién hería. Tras la traición de Vivian Frost, había acabado por creer que cualquiera era capaz de hacer el mal. Cuando la gente le mentía, se lo tomaba como algo personal.

Tal vez ése fuera el problema: aquello era personal. Diane nunca le había contado que había perdido el hijo que esperaban y quería hacerle daño, quería vengarse de ella. Estaba dispuesto a creerla culpable de un acto terrible. Estaba dispuesto a destrozarla.

–Me preocupa más de lo que crees –replicó–. Lo que Birch le hizo a Diane me provoca náuseas.

Esperó una respuesta, pero sólo oyó truenos.

–¿Caprice? ¿Caprice?

Al final, ella retomó la llamada. Su voz sonaba distinta, desprovista del tono político.

–Cab, tenemos un problema.

–¿Cuál?

–Ogden Bush acaba de llamarme por la otra línea. Peach ha estado en su despacho hace unos minutos.

–¿Peach? ¿Por qué?

–Por lo visto, alguien ha entrado en su casa esta noche –le explicó Caprice–. Su hermano ha desaparecido. Peach dice que, ayer por la tarde, Deacon habló con sus contactos en la cárcel acerca de Frank Macy. Cab, no sé qué pasó hace diez años, pero en este momento no me importa. Me preocupa más lo que está pasando ahora. Ve dentro y comprueba que Diane se encuentre bien.

40

Peach avanzó lentamente por la invisible carretera de grava bordeada de matorrales, a través de la zona portuaria. El agua encharcada dibujaba ondas a su paso. Los guijarros y la arena golpeaban el parabrisas como balas disparadas por el violento vendaval. Los limpiaparabrisas estaban enzarzados en una batalla inútil contra la lluvia, y Peach se inclinó hacia delante tratando de ver algo. A menos de medio kilómetro, la carretera se bifurcaba. Un camino sin salida llevaba hacia el puerto, donde distinguió un carguero gigantesco amarrado en el muelle. A su izquierda, un cartel señalaba la dirección hacia Picnic Island. Tomó el segundo camino y condujo despacio y a trompicones por encima de las vías de tren, sin saber muy bien qué profundidad tendría el agua debajo de sus neumáticos. Más adelante, las palmeras y los abetos se inclinaban hacia el este, como si le dijeran: «Corre, corre hacia allí. Rápido».

El camino terminaba en una playa en forma de media luna contigua al puerto.

El parque que se extendía junto al agua era el tacón de la bota que constituía la península de Tampa. De cara al oeste, Peach contempló el punto más estrecho del canal, que llevaba a la bahía de Old Tampa, separada por el agua de la ciudad de Saint Petersburg. El parque bajo estaba atravesado por marismas y riachuelos. En su mayor parte era salvaje y estaba descuidado, alfombrado de pastos marinos. Depósitos de combustible y montañas de arenisca compacta se cernían sobre él desde la zona industrial que lo bordeaba y un muelle de piedra se adentraba en el agua junto a una rampa de botadura. Las olas inflamadas se lanzaban sobre el muelle, levantando nubes de espuma de más de tres metros de altura.

Peach apagó el motor. El cielo estaba negro, como si fuera de noche. La fuerza del viento apenas le dejaba abrir la portezuela y, cuando salió del coche y sus pies quedaron sumergidos en medio palmo de agua, la intensidad de las ráfagas la lanzó hacia atrás. Tenía la ropa empapada y la lluvia le aguijoneaba la cara, de modo que tuvo que protegerse los ojos con la mano. El ruido de la tormenta era ensordecedor, un coro estridente de agua y viento.

En un primer momento creyó que el aparcamiento estaba vacío, pero luego distinguió un coche oculto en una arboleda. Era un Cutlass rojo profusamente abollado después de largos años de abuso. Estaba cubierto de hojas mojadas y no cabía duda de que llevaba horas allí. Peach cruzó el aparcamiento a duras penas. Algo limoso, un pez barrido desde la bahía hasta las aguas que ahora cubrían las tierras del parque, le rozó el tobillo. Mejor un pez que un caimán. Avanzó chapoteando sobre el barro mullido que amenazaba con engullir sus zapatillas y, cuando llegó al Cutlass abandonado, abrió la portezuela de un tirón y se metió dentro.

El coche olía a humo y a patatas fritas, pese al ambientador que colgaba del retrovisor. Los gastados asientos de cuero estaban enterrados bajo una montaña de periódicos y envoltorios de comida arrugados, y había un navegador GPS acoplado al salpicadero. Peach vio una botella de leche de unos tres litros llena hasta un tercio con un líquido amarillento y sus labios se curvaron en una mueca de asco.

Miró en el asiento trasero; había unos prismáticos de visión nocturna y un portátil cuya esquina asomaba debajo de un *Penthouse*. Peach tuvo que usar ambas manos para cogerlo y dejarlo en el asiento delantero. Era un Toughbook, un modelo resistente. Siguió un cable USB insertado en uno de los puertos y encontró una cámara digital en el extremo.

Era un vehículo de seguimiento. Un coche para espiar.

Abrió la guantera, atestada de cables, cargadores y recibos. Rebuscó entre los papeles, pero no encontró el resguardo del seguro ni la documentación del propietario. Abrió el ordenador y pulsó el botón de encendido, pero la batería estaba agotada.

Peach bajó la visera y encontró más de una docena de tarjetas de identificación sujetas por una cinta elástica. Las sacó y las fue pasando. Cada una pertenecía a un ámbito distinto: organismos del condado y estatales, asociaciones de comercio, sociedades anónimas, bancos. Las tarjetas eran falsas y en ellas figuraban distintos nombres, pero algunas incluían la fotografía de un hombre al que Peach reconoció.

Era Curtis Ritchie, el investigador privado que trabajaba a las órdenes de Ogden Bush, el hombre al que ella conocía como Curtis Clay.

Peach se sacó el móvil del bolsillo, llamó a Annalie y dio gracias al cielo cuando ella contestó. La comunicación era intermitente y había interferencias, pero podía oírla.

–¿Peach, qué ocurre? ¿Estás bien?

–Sí. Estoy en Picnic Island.

El descontento de Annalie se filtró a través de la línea.

–Te he dicho que te quedaras en la oficina. ¿Qué haces ahí?

–El hombre que me seguía en el Cutlass rojo es un detective privado llamado Curtis Ritchie. Trabaja para Ogden Bush. Bush me ha explicado que anoche Ritchie estuvo siguiendo a Frank Macy y el rastro me ha traído hasta aquí. He encontrado el coche, pero Ritchie está desaparecido.

–Tienes que salir de ahí –dijo Annalie–. Ahora mismo.

–Aquí no hay nadie.

–No importa. Alguien podría ir a recuperar el coche.

–Tengo que verte –le pidió Peach.

–Las carreteras no son seguras. La tormenta está arreciando.

–Por favor. Ahora me dirijo al escondite de Justin, ¿podemos encontrarnos allí?

Hubo una larga pausa y Peach pensó que tal vez Annalie se negara. Entonces, la mujer contestó:

–De acuerdo. Tardaré una hora; ten cuidado.

Peach colgó.

Recogió el Toughbook de Ritchie y la cámara digital, y se hizo con los cargadores de la guantera esperando que coincidieran. Se lo metió todo debajo de la camiseta, la cual le proporcionaba escasa protección frente a la tormenta. Notó las carcasas de plástico frías sobre su piel húmeda. Abrió la puerta del coche, se agachó para enfrentarse a la lluvia y cerró la portezuela con el pie.

Con los aparatos sujetos contra su cuerpo, Peach regresó con dificultad hacia el Thunderbird. Apenas distinguía el camino. En dos ocasiones, el viento la hizo caer de rodillas. Las agujas de pino, afiladas como cuchillas, le fustigaban la cara y a sus pies el agua se arremolinaba en espirales de espuma, haciéndole perder el equilibrio. Cuando llegó a su coche, dejó caer la carga en el asiento del pasajero y se metió dentro. Estaba temblando. Encendió el motor y puso la calefacción, mientras los limpiaparabrisas bailaban de un lado a otro.

Revisó los aparatos electrónicos esperando que la tormenta no los hubiera inutilizado. Al comprobar los cables, encontró un cargador con un adaptador que encajaba en el portátil y conectó el enchufe al encendedor del coche. El indicador de corriente del aparato se puso en verde.

–Sí –murmuró para sí misma.

Entonces dio tal respingo que se golpeó la cabeza contra la capota.

Alguien llamaba insistentemente a la ventanilla del conductor. Peach vio a un hombre enfundado en un chubasquero amarillo, con el rostro enrojecido y empapado. Parecía tan joven como ella, y tenía la cara salpicada de granos. Se había bajado la capucha y llevaba una gorra de agente de seguridad forrada con plástico. Detrás de él, a unos diez metros, distinguió un SUV blanco con las palabras «PARK RANGER» en el lateral. Las luces estaban encendidas y el motor, en marcha.

Peach cerró automáticamente los seguros del coche, y el agente volvió a golpear la ventanilla con los nudillos. Ella la bajó un centímetro y él acercó los labios a la estrecha abertura y gritó para que pudiera oírle.

–Señorita, el parque está cerrado.

Ella sonrió y gritó a su vez:

–¡Estaba a punto de marcharme!

–¿Se encuentra bien? La he visto caerse.

–¿Estoy bien! ¡Gracias!

El chico paseó la mirada por el portátil y la cámara, y luego miró por encima del coche hacia el extremo del aparcamiento, donde divisó el Cutlass rojo. Peach vio cómo entornaba los ojos en un gesto de sospecha.

–Señorita, ¿qué está haciendo aquí?

–¿Qué? –preguntó ella, fingiendo no haberlo oído.

–¿Ese aparato es suyo, señorita? –preguntó él mientras señalaba el Toughbook en el asiento.

–¿Se refiere al portátil? Claro.

Él frunció el ceño.

–¿Puede mostrarme su documentación, señorita?

–¿Es necesario? Tengo que marcharme. Lo siento, no sabía que el parque estuviera cerrado.

–Su documentación, señorita –repitió él.

Peach suspiró y metió la mano en el bolsillo trasero de sus pantalones para sacar la cartera. Buscó su permiso de conducir y lo deslizó por la abertura de la ventanilla. La lluvia se escurría por el cristal y caía dentro del coche.

–Apague el motor, por favor, señorita.

–Mire, agente, estoy empapada y tengo frío. No estaba haciendo nada malo. ¿Puede devolverme mi permiso, por favor?

Él no le devolvió el carné, sino que avanzó a través del parque inundado en dirección al Cutlass. Peach lo vio echar un vistazo al interior y rodear el vehículo. Abrió la puerta y vio lo que había visto ella: el desorden propio de un hombre que pasaba gran parte de su vida en su coche. El agente accionó la palanca del maletero, lo revisó y lo cerró de un golpe. Luego se subió al vehículo y Peach recordó que había dejado el fajo de tarjetas falsas de Curtis Ritchie en el asiento del pasajero, a la vista.

No tardó mucho. El agente era lo bastante listo para deducir que allí estaba ocurriendo algo. Volvió a salir a la tormenta con expresión seria, se alejó del coche y caminó directo hacia ella. Peach sabía dónde acabaría aquello: en un calabozo.

Lo vio acercarse y, mientras se preguntaba qué hacer, el guarda del parque se hundió en las aguas verdes: había tropezado con algo que había quedado prendido al tronco de una palmera. Fuera lo que fuese, sobresalía de la superficie como el caparazón de una tortuga. Mientras se ponía en pie, el brazo del policía desapareció bajo el agua y Peach contempló con una extraña sensación de horror cómo su mano reaparecía segundos después, sujetando algo con los dedos.

Tardó un momento en distinguir, a través de la violenta lluvia, que el policía agarraba una mata de pelo: era una cabeza. Una cabeza blanca, pálida y muerta unida a un cuerpo.

Peach conocía aquel rostro. Era Curtis Ritchie.

Soltó un grito.

Puso la marcha atrás, giró el volante y salió disparada. El coche resbaló y empezó a dar vueltas como un auto de choque, levantando espuma mientras los neumáticos rechinaban sobre el agua y la grava. El motor tosió una vez y luego rugió. Peach metió la marcha otra vez y salió a toda velocidad del parque sin mirar atrás.

41

Un guardaespaldas recibió a Cab en la puerta de casa de Diane. No era muy alto, pero sí muy musculoso, y sus ojos marrones se movían constantemente, mirando a Cab de arriba abajo y estudiando el porche vacío de la finca, donde una cortina de lluvia se derramaba desde el tejado. Parecía competente, pero estaba solo y la casa era grande: no podía estar en todas partes a la vez.

–¿Dónde está Diane? –preguntó Cab.

–En la terraza acristalada.

–¿Sola?

–No. Garth Oakes está con ella.

–¿Hay algún otro agente de seguridad en la casa? –preguntó Cab al guardaespaldas.

El hombre negó con la cabeza.

–Mi compañero se ha visto envuelto en un accidente cuando venía de Bradenton. Estoy solo.

Cab frunció el ceño. Un solo hombre.

–Mantente alerta –le pidió.

Colgó su gabardina Burberry en la entrada y siguió al guardaespaldas por el suelo de parqué del vestíbulo. Hacía calor en la casa y los candelabros de pared titilaban. En un extremo del recibidor, una ancha puerta de roble daba paso a una espaciosa terraza acristalada situada en una esquina de la finca, con una pared de ventanales que se abrían al jardín. La lluvia confería a los cristales un tono plateado.

La moqueta, rematada por una cenefa marrón chocolate sobre

un suelo de mármol italiano, terminaba a tres metros y medio de las puertas del jardín. La pared que quedaba a la izquierda de Cab era blanca, con estilizados paneles cuadrados y molduras doradas. Una lámpara de araña colgaba del techo y su brillo contrastaba con la oscuridad de la mañana. Frente a la pared de la derecha había un diván con una mesita Tiffany en cada extremo, y un rincón para tomar el desayuno cerca de los ventanales.

Diane permanecía tendida boca abajo en una camilla de masajes dispuesta en el centro de la habitación. Estaba desnuda, cubierta discretamente con una toalla. Garth le masajeaba los músculos del cuello, por debajo de su media melena, con los pulgares relucientes de aceite. Al oír la puerta, Diane abrió los ojos. No pareció sorprenderse de ver a Cab, de modo que volvió a cerrarlos.

–¿Puedes dejarnos unos minutos a solas, Garth? –murmuró.

–Oh, sí, claro.

El masajista se secó las manos con una toalla. Su piel bronceada lucía anaranjada bajo la lámpara de araña. Llevaba un polo lavanda de seda, unos pantalones anchos de rayas negras y unas Crocs a conjunto con el polo. Había cambiado su habitual coleta por un moño alto.

–Hola –saludó a Cab en un tono apagado.

Garth cogió su chaqueta. Parecía pesada, y Cab supuso que llevaba la pistola metida en uno de los bolsillos. El masajista le rozó al abandonar la habitación. Cab se volvió para que Diane pudiera vestirse y evitó mirar el reflejo en las ventanas. La oyó bajar de la camilla y luego el frufrú de la tela cuando se cubrió con una bata.

–Ya estoy visible –murmuró.

Diane se sentó en el rincón para el desayuno junto a los ventanales, cogió entre sus largos dedos una copa de champán llena de mimosa y miró con expresión ausente cómo la tormenta arremetía contra los cristales.

Cab se sentó a su lado.

–Es peligroso sentarse tan cerca de las ventanas –observó.

Ella se encogió de hombros.

–Resistirán la tormenta.

–Pero no las balas.

Ella le dedicó una mirada de extrañeza.

–¿Existe alguna amenaza real?

–Es posible.

Diane no mostró ninguna preocupación por su seguridad. Dirigió una mirada de curiosidad a las puertas cristaleras, como si ver a un hombre armado en el exterior fuera tan interesante como ver un ciervo perdido. Estaba distraída, y Cab se preguntó si Tarla la habría llamado. No le habría extrañado que su madre advirtiera a su amiga. «Cab piensa ir a verte. Lo sabe.» Como si le hubiera leído el pensamiento, Diane dijo:

–El doctor Smeltz me ha llamado.

–Ah.

–Alguien ha robado mi historial médico y el de Drew. Dice que has sido tú.

–No, no he sido yo, pero he conseguido recuperarlos. Están a salvo; no vas a leer nada en los periódicos.

Eso no pareció reconfortar a Diane, cuyo rostro se tensó por la rabia.

–¿Tienes idea de lo ultrajada que me siento?

–Creo que sí.

Diane se ciñó las solapas de la bata a la altura del cuello. Algo en su gesto le trajo a Cab a la memoria un vívido e inoportuno recuerdo de su aventura. Se preguntó si ella tenía la misma imagen en la cabeza. En aquel momento todo había parecido ir bien y, al cabo de un segundo, se había torcido.

–Bueno –dijo ella–, así que ya lo sabes.

–Sí, lo sé.

Diane se apoyó en el respaldo y levantó la vista hacia el techo. Era una mujer poderosa de aspecto desvalido.

–Te dije que esa tarde cambió mi vida.

Él no contestó.

–Supongo que vas a preguntarme por qué te lo he ocultado –continuó–. Es una pregunta justa. He pensado mucho en ello, tanto entonces como ahora.

Cab meneó la cabeza.

–Lo entiendo, por supuesto. No me gusta, pero lo entiendo.

–Aun así, también era tu hija.

Cab no estaba preparado para que esa simple frase le atravesara el corazón y le hiciera sangrar. Hija. Una niña. Tras reunir el valor suficiente para formular la pregunta, ella la había contestado sin que Cab llegara a pronunciarla. Diane se dio cuenta del error que había cometido y una aflicción sincera se adueñó de su rostro.

–Lo siento –continuó–. No quería soltártelo así, pero creí que lo habrías visto en mi historial.

–No lo he examinado con tanta atención.

–Sí. Era una niña. Una hija.

Él se encogió de hombros en un gesto impostado.

–Una hija a la que de todos modos nunca habría conocido. Supongo que no importa.

–¡Claro que importa, Cab! –exclamó Diane–. Y si te sirve de algo, te pido perdón. En aquel momento no tuve otra opción que ocultarte la verdad, y a Tarla también. Eso no significa que esté bien, pero puedes imaginar la situación en que me encontraba. En cuanto a después, bueno, no puedo darte ninguna excusa. Merecías saber la verdad, pero nunca encontré el momento adecuado. No quería remover el pasado, aunque no pasa un solo día sin que piense en ella.

Las emociones de Cab lo traicionaron y lo que fuera a decir se quedó atascado en su garganta y se desvaneció. Tenía los ojos húmedos.

–Nunca he creído que un hombre fuerte no deba llorar –le dijo ella–. Yo he tenido años para aceptarlo. Tú acabas de saberlo.

Cab quería preguntarle lo que había ido a averiguar y huir. Se aclaró la garganta.

–Hay ciertas cosas que necesito saber.

–Lo comprendo. Descubrir lo hijo de puta que era mi marido lo cambia todo, ¿verdad? ¿Por qué crees que me he esforzado tanto por mantener oculta la verdad? Me gustaría poder decirte que Birch lamentaba lo que hizo, y quizá durante un día o dos fue así, pero luego volvió a ser el hombre que yo conocía. Egocéntrico. Desalmado.

–Y aun así...

–Y aun así lo encubrí, es verdad. ¿Fui débil? En aquel entonces sí, es probable que lo fuera. Me sentía culpable; como hacen siempre las víctimas. Además, era yo quien te había invitado a meterte en mi cama; tenía que asumir las consecuencias.

–No esas consecuencias –señaló Cab.

–No. Cuando miro atrás, me doy cuenta de que en muchos aspectos era muy tonta. Hay lecciones que es duro aprender.

–Diane, tengo que preguntarte por los asesinatos –dijo Cab.

–Drew no lo hizo –contestó ella con brusquedad–. No estuvo involucrado. Sí, le conté a mi hijo lo ocurrido. Sí, él odiaba a Birch. ¿Quería matarlo? Estoy segura de que sí, pero Drew no tenía la fuerza interior suficiente para hacer algo semejante. Te equivocas, Cab.

–Te creo. Drew no disparó el arma. El hombre que apretó el gatillo tenía una mente calculadora y sabía exactamente lo que hacía.

–Entonces ¿qué más puedo contarte? –preguntó Diane.

–Drew no encaja en el perfil de un asesino –explicó Cab–, pero Frank Macy sí.

Diane ladeó la cabeza, sorprendida. Él trató de descifrar su mirada para descubrir si su sorpresa era auténtica, pero los sentimientos de Diane quedaron velados con rapidez por el resentimiento que albergaba hacia aquel hombre. Sus dedos apresaron con fuerza la copa de cristal.

–¿Por qué demonios iba a matar Frank Macy a Birch?

–Quizá porque alguien le pagó para que lo hiciera –contestó Cab.

Ella dejó la copa sobre la mesa con lentitud, cerró los ojos por un instante y aspiró profundamente. Después retiró la silla, se puso en pie y caminó hasta el centro exacto de la sala, justo debajo de la lámpara de araña. Diane cruzó los brazos sobre el pecho y bajó la vista al suelo. Estaba descalza sobre la moqueta marrón.

–Tarla nos vio –dijo–. Me vio con Macy, ¿verdad?

–Sí, así es.

–Me pareció distinguirla en el sendero por el rabillo del ojo. Pobrecita. Se ha pasado todos estos años preguntándose si orquesté el asesinato de Birch y nunca ha dicho una palabra. Nunca me ha preguntado si era cierto.

–Tarla sabía lo que Birch te había hecho.

–Aun así, es una amiga de verdad.

Diane alzó la vista para mirar a Cab y añadió:

–No le pagué a Macy para que cometiera un asesinato; el dinero no era para eso.

–Fue dos días antes del Día del Trabajo, Diane.

–Lo sé, y entiendo que sospeches.

–Entonces explícamelo. ¿Para qué le pagaste a Frank Macy?

No estaba preparado para la respuesta que siguió.

–Quería que me consiguiera un arma –contestó Diane.

–¿Un arma? ¿Por qué?

Diane se sentó en el diván. Los enormes ventanales empequeñecían su figura.

–Es una buena pregunta, aunque no estoy del todo segura de conocer la respuesta. En ese momento, tenía pensado suicidarme. No soy capaz de expresar lo desesperada que estaba. No podía confesar públicamente lo que Birch me había hecho, y, sabiendo lo que me había arrebatado, tampoco podía seguir con él. Tenía visiones en las que me metía la pistola en la boca, pero…

–¿Pero qué?

–Para serte sincera, también pensé en matar a Birch. Quizá lo habría hecho y luego me habría suicidado, no lo sé. Sin embargo, mentiría si negara que se me pasó por la cabeza. A pesar de todo, no lo maté. Tal vez si hubiera tenido unos días más, habría reunido el valor suficiente y lo habría hecho, pero alguien se me adelantó.

Cab la observó detenidamente y supo que decía la verdad.

–¿Macy te consiguió la pistola?

–Sí.

–¿Todavía la tienes?

Una lágrima rodó por la mejilla de Diane.

–No. Drew la encontró. Fue la pistola con la que...

Cab asintió.

–Lo siento.

–Culpo a Frank Macy de su muerte, pero también tengo que culparme a mí misma.

–¿Quién más sabe que Macy te vendió una pistola? –preguntó Cab.

–Supongo que sólo Macy y yo. Y ahora, Tarla y tú. Es posible que Macy se lo contara a alguien, pero no le convenía hacerlo. Estoy segura de que no había conseguido el arma legalmente.

–¿Qué hay de Ramona Cortes? –preguntó él–. ¿Se puso en contacto contigo? ¿Trató de utilizar la transacción con Macy para negociar? Los abogados emplean cualquier maniobra a su alcance para conseguir un trato mejor para su cliente.

–Sin duda.

–Entonces ¿lo hizo? –insistió él.

Diane se echó a temblar como un cachorro atrapado en la tormenta.

–No sé por qué me preguntas eso. No existe ninguna razón para creer que Macy tuviera algo que ver con la muerte de Birch. Deberías dejarlo correr.

Cab se levantó, se acercó a ella y se arrodilló frente al diván. Las ventanas oscurecidas desprendían un aire de peligro.

–Tal vez Macy no matara a Birch o tal vez estemos pasando algo por alto. En cualquier caso, Macy se halla en el centro de lo que sea que está pasando. Justin lo estaba buscando y ahora está muerto. Deacon Piper ha desaparecido. La cuestión es por qué.

–¿Deacon? –El rostro de Diane palideció–. ¿Deacon ha desaparecido? ¿Cuándo? ¿Qué ha pasado?

–Caprice dice que alguien se lo llevó de su casa ayer por la noche.

Diane se llevó la mano a la boca.

–Oh, Dios mío.

Luego se inclinó hacia delante y lo abrazó con fuerza. Cab notó las curvas de su cuerpo apretadas contra él a través de la fina bata. Resultaba incómodo. Eran como dos desconocidos, dos desconocidos que se habían acostado y que habían concebido una hija.

–¿Qué está ocurriendo, Diane?

Ella respiró hondo. Cab tuvo que recordarse quién era Diane y lo que todo aquello significaba para ella. Era la candidata al cargo con más poder del estado. Había gente que haría cualquier cosa para hundirla y allí estaba él, preguntándole por sus más terribles secretos.

–Hice algo ilegal –murmuró ella, como si hablar en voz baja fuera a convertirla en inocente. Como si aún pudiera ocultar la verdad.

Él la apartó de su cuerpo con delicadeza.

–¿Qué hiciste?

–Tienes que entender mi situación –dijo ella–. Tras la muerte de Drew, me volví loca. Lo había perdido todo y necesitaba culpar a alguien, así que me obsesioné con Frank Macy. Quería que recibiera su castigo, pero nadie podía detenerlo. Trabajé con la policía para presentar cargos contra él por tráfico de drogas, pero salió en libertad condicional. No podía pensar en nada más que en verlo entre rejas, ni seguir adelante con mi vida hasta que hubiera vengado la muerte de Drew. Estaba dispuesta a hacer lo que estuviera en mi mano para encerrar a Macy, y ya sabes que, por entonces, yo tenía dinero y poder. Eso me llevó a pensar que podía hacer lo que quisiera y que no traería consecuencias.

–¿Qué pasó? –preguntó Cab en voz baja.

–Hubo un asesinato en Pass-a-Grille. Un camarero fue agredido y murió a causa de las heridas. No hubo testigos. Ocurrió en un bar que Frank Macy frecuentaba; es más, Macy conocía al camarero. ¿No lo ves? Era mi gran oportunidad; por fin estaba a mi merced. Así que lo arreglé para que dejaran restos de ADN en el callejón y en el apartamento de Macy. Él no tenía coartada, esa noche estaba vendiendo drogas. Qué ironía, ¿verdad? Él debió de sospechar que yo estaba detrás de todo. Ramona Cortes me llamó y no lo dijo abiertamente, pero me dejó claro que creía que yo había pagado a alguien de la policía para asegurarme de que acusaban a Macy. Sin embargo, no consiguió salirse con la suya. Macy aceptó un trato y fue condenado a ocho años de cárcel. Menos de lo que merecía por lo que le había hecho a Drew, pero al menos yo obtuve cierta clase de justicia.

Cab cerró los ojos.

–Diane...

–Lo sé, estuvo mal. Debes recordar que pertenezco al mundo de la política. Me convencí a mí misma de que el fin justificaba los medios.

–Pero no lo hiciste sola –observó él.

–No.

–¿Quién te ayudó? ¿Fue alguien de la policía?

Entonces Cab se dio cuenta de que ya conocía la respuesta.

–Deacon Piper –dijo en voz baja–. Fue Deacon, ¿verdad? Él falsificó las pruebas.

Diane asintió.

–Necesitaba un espía, alguien en quien pudiera confiar. Deacon sabía cómo manejarlo y se encargó de todo. Era algo entre él y yo, pero si ha desaparecido...

–Significa que Frank Macy ha descubierto lo que pasó –concluyó Cab– y quiere vengarse. De los dos.

42

Unos ojos muertos lo contemplaban desde el interior del maletero del coche.

Durante la noche, el rígor mortis había dejado el cuerpo rígido, como una estatua de alabastro en un museo, con los dedos congelados en forma de garra. Vio el moratón en la frente, donde el borde de la linterna le había fracturado el cráneo. Los hambrientos bichos negros ya se habían enjambrado en el agujero del abdomen y habían empezado a devorarlo. Los intestinos asomaban entre sus cuerpos serpenteantes como un plato de pasta.

Recuperó la funda de aluminio de la pistola y sopló para apartar a dos insectos, haciéndolos volar por los aires hasta el suelo del garaje. Abrió la caja y cogió la pistola, sujeta en una base de espuma gris. La comprobó. La preparó. Sintió la culata suave y segura bajo sus manos enguantadas. Como en aquella otra ocasión.

Hacía diez años.

Era como si volviera a estar en el naranjal, avanzando sobre la tierra húmeda. Los grillos cantaban advertencias que nadie más entendía. Cada vez que respiraba, el cálido aliento rebotaba en su rostro oculto bajo la capucha. Recordó la sensación de libertad cuando llegó al claro. Vio las luces que le hacían señas. Oyó el murmullo de las voces.

Recordaba cosas extrañas de esa noche. El primero en caer, el director de la naranjera, tenía migas en el bigote. Nadie se lo había hecho notar, de modo que murió con la cara sucia de hojaldre. ¿Cómo se llamaba? No lo sabía; ni siquiera había leído las crónicas de los periódicos. Dicen que uno siempre recuerda al primero, la expresión de su rostro, los sonidos que emite al morir, el modo en que el alma se prepara para abandonar el cuerpo. Todo eso era cierto, pero el hombre del estrado no había sido el primero.

Recordaba a su primera víctima. Recordaba a Alison.

Volvió a dejar la funda de la pistola en el coche y cerró el maletero, dejando el cuerpo a oscuras. Cuando comprobó la hora en el móvil, vio que eran las diez.

Sus nervios se erizaron y la acidez le subió por la garganta. Faltaba poco; el momento se acercaba. *Chayla* era un extra, como si el diablo hubiera querido ofrecerle una muestra de su sentido del humor.

Repasó lo que venía a continuación: caminar a lo largo de dos manzanas hasta llegar a la finca y dirigirse hacia las luces de la terraza acristalada, donde estarían esperándole sin saberlo. Ésa era la parte más importante y, sin embargo, la que le llevaría menos tiempo. La capucha. Las detonaciones. Los cuerpos sin vida. Estaría hecho y terminado en segundos, y él podría seguir su camino. Sabía cómo sucedería, porque lo había hecho antes.

Después, volver a su refugio por última vez, sentarse en el coche y conducir. Conducir hacia el sur, a través de la tormenta, por las carreteras desiertas; conducir hasta los Everglades, el entorno salvaje donde los cuerpos se convertían en alimento para los caimanes. Lo tiraría allí y todo habría terminado. Habría hecho su trabajo.

Contempló los artículos colgados con chinchetas en el tablón. Su colección de grandes éxitos.

UN AÑO DESPUÉS, LA TRAGEDIA GOLPEA DE NUEVO:
FAIRMONT SOBRECOGIDA POR EL SUICIDIO DE SU HIJO

FRANK MACY CONDENADO A OCHO AÑOS
POR HOMICIDIO IMPRUDENTE

CRECE LA INFLUENCIA DE LA FUNDACIÓN COMMON WAY... Y TAMBIÉN LA POLÉMICA

FAIRMONT SE PRESENTA AL CARGO DE GOBERNADORA

Había pensado en dejar los artículos para burlarse de la policía, pero ya no consideraba que fuera necesario. Sabrían seguir el rastro pero, igual que diez años atrás, lo único que encontrarían serían callejones que no llevaban a ninguna parte.

Se metió la pistola por dentro del cinturón y sacó un encendedor del bolsillo. Con un gesto rápido del pulgar, encendió la llama y luego arrancó el primer artículo de la pared, dejando un pedazo roto. Sostuvo una esquina sobre la llama y miró cómo prendía, cómo el fuego se extendía y convertía el papel de periódico en cenizas. Cuando la llama subió hasta sus dedos, dejó caer el artículo al suelo, pisoteó las cenizas y contempló cómo flotaban. Cogió otro artículo y lo quemó, y luego otro y otro hasta que, al final, el garaje quedó impregnado del olor a humo y a fuego, y el tablón, vacío a excepción del artículo sobre el que había garabateado una sola palabra.

Venganza

–Polvo al polvo –dijo una voz desde el umbral.

43

Peach sujetaba con fuerza el volante mientras volaba sobre Gandy Bridge.

Tenía la sensación de que el viento se colaría por debajo de los neumáticos, la levantaría como si fuera una avioneta y la lanzaría a la bahía. A pesar de sus esfuerzos por mantener la trayectoria, el pesado Thunderbird zigzagueaba entre los carriles. Era la única conductora que se dirigía hacia el oeste y, de tanto en cuando, se cruzaba con unos faros solitarios que brillaban en dirección contraria a medida que la gente huía del golfo. La lluvia caía del cielo como en una erupción, como un tsunami que arrastrara el mar hasta ella. Sobre el parabrisas, las gotas se desplazaban con rapidez, como puntos de luz. La habitualmente plácida bahía estaba surcada de espuma blanca y las olas, tan altas como las casas, se arrojaban sobre el puente bajo.

Cuando la calzada volvió a tierra firme, Peach dejó escapar un suspiro de alivio. El oleaje había arrasado las playas y la espuma lamía la cuneta de la autovía. El escondite de Justin quedaba a poco más de un kilómetro en dirección oeste. Giró a la izquierda en el Crab Shack y avanzó sobre los diez centímetros de agua que se levantaban a su paso mientras conducía hasta el final de la calle desierta.

No había nadie en ninguna parte. No vio luces ni coches. Estaba sola con la tormenta.

Cuando bajó del coche, el agua le llegaba por los tobillos. Las ramas del roble que colgaban sobre el tejado gemían al viento.

Pasó por encima de la valla con los aparatos de Curtis Ritchie entre los brazos y luego avanzó como pudo hasta el porche. El aire era salobre y notaba el sabor de la sal en los labios. Abrió la puerta mosquitera y vio una serpiente asustada escurrirse por los escalones de cemento hacia el agua.

Dentro, la humedad se había adueñado de la salita. Vio pedazos de musgo negro que crecían cerca de los conductos de ventilación. Las cucarachas salieron disparadas hacia las paredes mientras ella permanecía de pie en el centro de la habitación, goteando sobre la moqueta. Todo estaba tal como lo recordaba, revuelto después de que lo hubieran registrado, pero no creía que nadie hubiera pisado aquel lugar desde su última visita. Comprobó la hora en el reloj y se preguntó cuándo llegaría Annalie.

Depositó el ordenador y la cámara digital de Curtis Ritchie encima de una magullada mesita antigua, estropeada con manchas circulares de agua. Observó la vivienda y se preguntó si realmente había algo que encontrar allí: el registro había sido concienzudo. Alzó la vista hacia el techo, pero no había altillo. Los armarios y los cajones de la cocina estaban abiertos de par en par, igual que la nevera, que había sido arrasada por los insectos. La habitación olía a carne podrida.

Regresó al cuarto de Justin, donde había encontrado el artículo que la había llevado hasta Frank Macy. Su amigo lo había escondido bajo el archivador, de modo que decidió volcarlo para comprobar si había algún otro papel pegado en la base. El archivador cayó al suelo con gran estrépito, dispersando más cucarachas. Peach se equivocaba. Frustrada, se sentó sobre el colchón destripado de Justin.

–Deberías haberme contado qué estabas haciendo –dijo en voz alta.

La fotografía en la que aparecía ella delante del Crab Shack estaba en el suelo, dentro de su pequeño marco roto, y se agachó para recogerla. Una lluvia de esquirlas brillantes como joyas cayó sobre la moqueta. Sacó la foto del marco, pero no había nada escondido en la parte trasera ni escrito en el dorso. Justin había impreso la copia en Walgreens. Peach examinó los detalles de la foto y se percató de que era la original y no la que adjuntaba en el correo que tenía pensado enviarle. El número del restaurante no estaba retocado, ni tampoco la flecha del tejado.

Volvió a colocar la foto en el marco y retiró los pedazos de cristal con cuidado. La dejó sobre la mesita que había frente a la ventana, donde debía de tenerla Justin. Así podía verla mientras trabajaba con su ordenador. Esperaba que, al mirarla, él hubiera sonreído, aunque Peach no saliera muy favorecida con aquella sonrisa ridícula, el pelo grasiento y el brazo alzado con el pulgar señalando hacia el restaurante. Recordaba haberle dicho a Justin que, si además hubiera llevado un peto a cuadros, podría haber estado perfectamente posando frente a un restaurante Bob's Big Boy.

Peach se levantó y se acercó al escritorio laminado de Justin. El ordenador desmembrado y el monitor roto habían quedado inservibles. Se sentó en la silla, de cara a la ventana. Si Justin le hubiera dejado algo, sería pequeño, del tamaño de un *pendrive*, pero en los cajones de la mesa no encontró más que cables polvorientos. Sabía que quien había registrado la casa antes de que ella llegara lo había hecho a conciencia.

La foto se burlaba desde la mesita, se reía de ella. Fue entonces cuando percibió algo raro. En la foto original estaba señalando con el pulgar en dirección al restaurante que quedaba a su espalda, pero al contemplar la foto desde el escritorio de Justin, vio que señalaba hacia la ventana. Hacia el exterior.

Peach se levantó del escritorio e, ignorando el diluvio, abrió la ventana, asomó la cabeza y entornó los ojos bajo el agua. En lugar del césped y las malas hierbas del patio, vio un lago alrededor de la casa. El grueso tronco del roble quedaba a su izquierda, y sus enormes ramas se desparramaban sobre el tejado. A su derecha había un viejo tanque de propano. La maleza crecía en el solar desierto hasta la altura de la valla.

Salió por la ventana y se dejó caer en el agua. Bajo sus pies, el suelo se había convertido en barro. La corteza del viejo roble estaba surcada de nudos y grietas, y pasó los dedos por las más profundas para comprobar si había algo escondido dentro. Su búsqueda resultó infructuosa, de modo que se centró en el depósito de propano vacío; sin embargo, no era más que un montón de chatarra oxidada. No había nada más en el jardín, a excepción de una escalera extensible olvidada en el suelo, junto a los cimientos. La sacó del agua y revisó la parte inferior de cada escalón, pero Justin no había escondido nada en ella.

Otro callejón sin salida.

La foto era sólo una foto, no un mensaje.

Peach regresó a la casa y cerró la ventana, pero se atascó en el marco y quedó un centímetro abierta. Estaba empapada y sabía que olía a perro mojado. Al volver a comprobar el móvil, le pareció que Annalie estaba tardando mucho. Había pasado casi una hora y media desde su llamada. Entró de nuevo en la salita y miró a través de las persianas con la esperanza de ver llegar el Corolla de Annalie, pero lo único que encontró fue su T-Bird aparcado fuera. Volvió a marcar el número de su amiga y colgó sin dejar ningún mensaje.

Se sentó en los cojines rajados del sofá. La lluvia goteaba sobre el suelo y las antigüedades rotas de Justin estaban esparcidas a su alrededor. Un reloj barroco dorado decorado con querubines. Un caballo de balancín con la pintura desconchada. Una botella ahusada de delicado cristal rosa. Un Buda risueño con una tripa prominente. Nada casaba con nada. A Justin nunca le había preocupado que su colección tuviera sentido; sencillamente, compraba piezas que le transmitían algo.

Sus libros también estaban esparcidos por el suelo. Biografías de compositores clásicos como Brahms y Haydn. Una ecléctica mezcla de libros de ciencia que abarcaban desde la astronomía hasta la microbiología. Novelas y ensayos del siglo XVIII. *Joseph Andrews. Rasselas. Los viajes de Gulliver.* Había títulos en francés que Peach no entendía. Todo le recordaba a Justin.

Uno de los libros le llamó la atención. No lo había visto antes porque estaba debajo de una grabación del *Fidelio* de Beethoven dirigida por Bruno Walter. Sentada en el sofá, distinguió la cubierta de tela verde de un librito de poesía. Era la misma edición de los poemas de William Blake que ella le había regalado por su cumpleaños. Frunció el ceño al pensar que él ya tenía un ejemplar y no se lo había contado.

Se levantó del sofá, cogió el volumen y, sin pensarlo, sus dedos pasaron las páginas hasta encontrar «El tigre».

Justin había escrito algo en la hoja, como en el ejemplar que había encontrado en su apartamento. La caligrafía era la misma; Peach la conocía bien. El nuevo mensaje no era mucho más útil que el nombre que había encontrado en la misma página del libro que ella le había regalado.

El mensaje decía: «Tú ya sabes la verdad».

Peach negó con la cabeza.

–No, no la sé –dijo en voz alta–. Justin, de verdad, no sé nada.

Frustrada, lanzó el libro contra la pared. La frágil encuadernación cedió y las páginas amarillentas flotaron lentamente hasta el suelo. Estaba harta de sus misterios. Harta de enigmas y códigos. Justin no había confiado en ella para contarle lo que estaba haciendo y ahora tenía que dedicarse a reunir las piezas.

Volvió a sentarse en el sofá, abrió el portátil de Curtis Ritchie y lo encendió. La foto de la página de inicio de Ritchie era el primer plano de unos pechos. Menudo cerdo. Con una mueca de desagrado, Peach pulsó sobre la imagen y soltó una maldición: debía introducir una contraseña. No sabía nada de ese hombre y no tenía ni idea de qué podía haber usado como contraseña. Escogió combinaciones al azar. 123456. ABCDEF. 00000. Después de diez intentos infructuosos, bajó la tapa del ordenador.

Aquello no llevaba a ninguna parte. Volvió a preguntarse dónde estaba Annalie. Echó un vistazo hacia la solitaria calle, anegada por la tormenta. Un hormigueo de preocupación le recorrió la columna.

Entonces encendió la cámara digital de Ritchie. Sólo quedaba una barra en el indicador de batería, de modo que no disponía de mucho tiempo para revisarla. Abrió la carpeta de las fotografías almacenadas en la tarjeta, que contenía centenares de archivos, y retrocedió hasta la primera.

Era una fotografía de Justin.

Estaba en la playa junto a su apartamento, con un bañador ridículamente largo y los pies sumergidos en las tranquilas aguas. Llevaba unos auriculares conectados a un iPod blanco que sostenía en la mano. Probablemente estuviera escuchando Mozart. Peach pasó a la siguiente fotografía. Justin otra vez. Y otra. Ritchie lo había seguido allí adonde iba. Vio a Justin subir a su coche en el aparcamiento de la oficina. Justin comiéndose un sándwich cubano en el Kooky Coconut. Justin en el mercadillo de antigüedades de Saint Pete. Justin y ella. Ritchie tenía un montón de fotos en las que aparecían juntos. Contemplar aquellas fotos, un álbum de viaje de las últimas semanas que había pasado con Justin, le rompió el corazón.

Al mismo tiempo, le resultó tremendamente invasivo. Ritchie los había fotografiado dentro de casa de Peach. Se había acercado sigilosamente a la ventana como un *voyeur* y les había sacado fotos en la penumbra de la salita. Acurrucados juntos en el sofá. Justin haciendo el payaso con el maniquí Harley. Ella riendo, cubriéndose los oídos con las manos, mientras él intentaba hacerla escuchar una ópera de Strauss. Eran momentos que atesoraba en su memoria, pero ahora, al darse cuenta de que los había compartido con alguien más, se sentía engañada. Alguien había observado cada uno de sus movimientos.

Revisó el resto de las fotos. Justin había logrado mantener en secreto una parte de su vida: no había ninguna imagen de su escondite. Nada hacía suponer que Ritchie supiera dónde se encontraba, lo que significaba que no era él quien lo había registrado. Se preguntó cómo había ocultado Justin su localización. Había ido allí con frecuencia y, sin embargo, se había asegurado de que nadie le siguiera. Ésa era la ventaja de ser paranoico: uno siempre tomaba precauciones.

Aun así, Ritchie había estado espiando a Justin en el resto de lugares. Peach pasó las fotos adelante y atrás, cada vez más rápido, hipnotizada por todo lo que veía. Por un breve instante, Justin estuvo vivo otra vez.

Justin en Starbucks.

Justin en el pasillo de las verduras de Publix.

Justin en los Sponge Docks de Tarpon Springs.

Justin otra vez en Starbucks.

Justin en Lake Wales. Reconoció el paisaje. Ritchie había seguido a Justin en su viaje secreto a Lake Wales. Lo vio en la biblioteca. En el santuario de Bok. En un tramo desierto de la autovía. Saliendo de la consulta del doctor Smeltz con una mochila colgada del hombro.

En la siguiente fotografía Justin aparecía en un aparcamiento cerca del consultorio. Sostenía en la mano lo que parecía un historial médico similar al que Peach se había llevado del almacén de los medicamentos.

¿Qué era esa carpeta? ¿Dónde estaba ahora? La persona que había registrado su casa debía de haberla encontrado.

Siguió pasando las fotos. Una luz de advertencia le indicó que la batería estaba a punto de agotarse. La pantalla no tardaría en fundirse en negro y, cuando lo hiciera, Peach sabía que volvería a sentirse sola. Viendo aquellas fotos tenía la sensación de que Justin estaba con ella.

Justin en el puerto.

Justin en una librería de viejo.

Justin otra vez en Starbucks.

Había ido muchas veces a Starbucks, lo cual no era raro, pero había algo en la foto que le llamó la atención. La habían tomado desde el exterior, a través del cristal. Justin se encontraba sentado a una mesa de espaldas a la cámara, pero no estaba solo. Había alguien frente a él, pero lo único que vio al aumentar el tamaño de la imagen fue un brazo. Un brazo de mujer. Justin se había citado con una mujer en la cafetería.

¿Con quién?

Pasó a la siguiente fotografía, tomada el mismo día en el mismo Starbucks. Ahora Ritchie estaba dentro, en la barra. La perspectiva se había invertido. Se veía a Justin de frente, y su acompañante daba la espalda a la cámara. Peach observó aquella larga y lustrosa melena morena.

De repente, empezó a notar cada respiración de su pecho. Se sentía mareada, y la pulsión de un dolor de cabeza se abrió camino a través de su frente. No quería pasar a la siguiente fotografía, pero no tenía alternativa. Sabía lo que le esperaba, porque ya había reconocido a la mujer. Vio cómo la imagen llenaba la pantalla, y allí estaba.

Annalie.

Annalie, sentada a la mesa con Justin.

Cuarta parte

ATROPELLO Y FUGA

44

La recepcionista del departamento de policía de Saint Pete Beach se rio al teléfono después de escuchar las palabras de Cab.

–Disculpe, ¿podría repetírmelo, detective? Quiero asegurarme de que lo he entendido bien.

–Se trata de un exconvicto llamado Frank Macy. Según los registros de tráfico, vive en un apartamento en Saint Pete Beach –repitió Cab–. Me gustaría que enviara a un par de agentes uniformados para comprobar si se encuentra allí en este momento.

–¿Quiere que le llevemos también unos bollos? –preguntó la recepcionista.

–Muy graciosa –repuso Cab–. Aprecio su sentido del humor. Sé que no es el mejor momento, pero...

–¿El mejor momento? Detective, tal vez no haya mirado por la ventana en las últimas horas, pero en este preciso instante hay una tormenta tropical sobre nuestras cabezas. Si se vuelve hacia el oeste, es probable que en cualquier momento vea a Dorothy y a Toto pasar volando. Así que, aunque le cueste creerlo, no estamos todos aquí sentados en la comisaría viendo una reposición de episodios de *Último aviso*. La verdad es que estamos bastante atareados y no podemos permitirnos el lujo de enviar una patrulla para que compruebe qué tal se encuentra un exconvicto.

–Lo único que quiero es saber si está en su apartamento –insistió Cab.

–Entonces le sugiero que vaya usted mismo y llame a su puerta –le espetó ella–. Ahora tengo otras cien llamadas en espera y es probable que algunas de ellas sean realmente importantes. Feliz Cuatro de Julio, detective.

Y colgó.

Cab no podía reprochárselo. La policía no iba a atender ninguna llamada que no estuviera relacionada con los problemas causados por la tormenta.

Arrojó el teléfono al asiento del pasajero del Corvette. Seguía aparcado frente a la verja de hierro forjado de la finca de Diane. A su alrededor, las calles del vecindario se habían quedado vacías. Probablemente algunos de los residentes habían abandonado la ciudad antes de la llegada de *Chayla*, y el resto estaban dentro de sus casas maldiciendo la casualidad de que la tormenta hubiera llegado en un día festivo de pleno verano. De repente, las luces que brillaban en las grandiosas residencias se apagaron. No había luz en ninguna parte, ni en la calle ni en la finca de Diane. El corte del suministro eléctrico parecía haber extinguido el último destello de vida en una mañana ya sombría bajo aquel cielo oscuro.

Cab bajó del coche. A pesar de la gabardina negra, la lluvia se le había colado por el cuello y le mojaba la piel. Hundió las manos en los bolsillos y estudió la densa vegetación que cercaba la finca. Las paredes de ladrillo estaban cubiertas de hiedra y las ramas de los árboles se agitaban a ambos lados de los muros.

Caminó hasta el final de Coachman Street, donde se terminaba el elegante adoquinado, y bordeó el muro de la propiedad de Diane esquivando las riadas que inundaban las aceras. Las hojas que revoloteaban en el aire parecían copos de nieve verde. En la esquina, una hilera compacta de adosados se extendía a lo largo de una calle bordeada de árboles. Los coches, aparcados en la seguridad de sus garajes, habían desaparecido de los bordillos. Esa zona también estaba a oscuras: el corte afectaba a toda la manzana.

Se volvió en dirección contraria y avanzó unos doscientos metros hasta llegar a la confluencia de Richards Street con Asbury Place, igualmente desierta y oscura. Ningún coche en la calle. Sin electricidad. Echó un vistazo a la casa que se erguía en el lado norte de la intersección y que estaba claramente abandonada, con tablones para cegar las ventanas y carteles de prohibición en la puerta principal. Una más entre las miles de casas embargadas en Florida.

Cab caminó hacia la bahía, donde el tamaño de las propiedades volvía a ser considerable. Frente a sus ojos, la tormenta asediaba salvajemente el paisaje. Los delgados troncos de las palmeras se combaban como signos de interrogación. Una hoja de palmas afiladas le azotó el rostro con la fuerza de una cuchillada, y, cuando se llevó la mano a la mejilla, vio que la tenía manchada de sangre que se disolvía rápidamente bajo el aguacero. Permanecer a la intemperie se volvía cada vez más peligroso. En el vecindario no había ninguna amenaza perceptible, pero eso no ayudaba a que se sintiera mejor; las amenazas que le preocupaban eran las que no podía ver.

Cab regresó por la acera de Bayshore Boulevard hasta la esquina de la finca de Diane. No vio a nadie en la calle. Cuando subió de nuevo al Corvette, se dio cuenta de que el simple martilleo de la tormenta le había dejado el cuerpo dolorido y oía todos los sonidos amortiguados. Se miró en el retrovisor y vio que tenía el pelo pegado al cráneo. El corte de la mejilla ya no le sangraba.

Cogió el teléfono y repasó sus últimas llamadas hasta dar con el número desde el que Ramona Cortes lo había invitado a almorzar. Dejó un mensaje en el buzón privado de la candidata pidiéndole que lo llamara y luego buscó el número de las oficinas del fiscal general en Tallahassee. Era un día festivo, pero estaba seguro de que con la acometida de *Chayla* en plena campaña estatal el personal seguiría en la oficina. Después de transferirlo tres veces, se encontró hablando con una asistente de Ramona Cortes.

–Lo lamento mucho, detective –se disculpó la mujer–, pero la fiscal general no se encuentra hoy en las oficinas de Tallahassee.

–Lo entiendo. Necesito hablar con ella cuanto antes. El lunes almorzamos juntos y me pidió que la mantuviera al corriente de una investigación en la que estoy trabajando.

En parte era cierto, así que no se sintió culpable por maquillar los hechos.

–Veré qué puedo hacer, detective.

En menos de cinco minutos, sin tiempo siquiera para poder decidir su próximo movimiento, el teléfono volvió a sonar.

–¿Detective Bolton? Soy Jaci Muzamel, la asistente personal de Ramona. Tengo entendido que trata de contactar con ella.

–Así es.

–Tengo instrucciones de pasarle su llamada de inmediato. Ramona sigue en Tampa, pero por desgracia me es imposible contactar con ella en este momento.

A Cab le sorprendió que Ramona hubiera previsto su llamada y que considerara una prioridad atenderla.

–Me urge hablar con ella tan pronto como sea posible –dijo Cab–. Sé que la tormenta está ocasionando problemas en todas partes.

–Así es, pero en realidad el problema no es la tormenta. Ramona es muy estricta con su rutina de ejercicio, y creo que ni siquiera un huracán conseguiría alejarla del club. Siempre apaga el móvil; es la única hora del día que dedica a sí misma.

Cab contempló la calle que se dirigía hacia Bayshore Boulevard.

–¿Se refiere al club náutico de Tampa? Allí es donde nos encontramos para almorzar.

–Eso es.

–No estoy muy lejos de ahí –dijo Cab–. ¿Cree que le importará que me acerque y hable con ella en persona?

–Diría que no habrá problema. Dejó muy claro que, si intentaba ponerse en contacto con ella, se lo advirtiéramos de inmediato. Llamaré al club para que le dejen entrar.

–Se lo agradezco –dijo Cab.

El detective guardó el teléfono, bajó del coche y echó a andar por las calles desiertas. El club náutico de Tampa se hallaba a sólo un kilómetro y medio. Se preguntó si Ramona Cortes seguiría alegrándose de hablar con él cuando descubriera que quería hacerle algunas preguntas sobre un antiguo cliente llamado Frank Macy.

45

Annalie.

Annalie le había mentido, le había mentido desde el principio. Conocía a Justin.

Peach revisó la fecha de la fotografía en la cámara de Ritchie y comprobó que la había tomado siete días antes del asesinato de Justin. Una semana: justo antes de que perdieran el contacto. Annalie formaba parte del complot. O bien había matado a Justin ella misma, o bien sabía quién lo había hecho. Y después había conseguido infiltrarse en Common Way para averiguar qué había descubierto Justin.

Parte de su misión consistía en embaucar a Peach. Simular que la protegía, simular que era su amiga. Durante todo ese tiempo, Annalie había estado monitorizando los movimientos de Peach y ella había mordido el anzuelo.

Pensó en el mensaje de Deacon.

«Si de verdad Macy está metido en algo, lo más probable es que no actúe solo. No confíes en nadie.»

Pensó en la extraña reticencia de Annalie a compartir detalles de su pasado. En ese momento necesitaba una amiga, y lo había atribuido a su propia paranoia. Había ignorado todas las señales. Esa mujer sabía más acerca de Justin –y de Peach– de lo que cualquier desconocido debería haber sabido. Había confiado en Annalie.

Un error. Contempló la sala del escondite de Justin y pensó que era Annalie quien lo había registrado.

Y ahora Peach la había invitado a volver. A Annalie, a una mujer armada que no había dudado en hundir su pistola en la cara de Frank Macy como si no se conocieran.

Sí que se conocían. Eran socios. Trabajaban juntos.

Tenía que largarse de allí. No quería estar cuando Annalie llegara; sus emociones la traicionarían. Con sólo verle la cara, Annalie comprendería que Peach la había desenmascarado. Si aquello tuviera que ver con cualquier otra persona, podría haberse ocultado tras un disfraz. Pero estaba relacionado con Justin, y se sentía incapaz de mirar a esa mujer y disimular su ira.

Cogió la cámara digital y el Touchbook de Ritchie. Antes de salir, regresó rápidamente al dormitorio, sacó su foto del marco que descansaba sobre la mesita y se la metió en el bolsillo trasero. Era un asunto privado entre Justin y ella, y no quería dejarla allí para que otra persona la encontrara.

Cuando regresó a la salita, descubrió que era demasiado tarde. La luz difusa de unos faros brilló a través de la lluvia y se proyectó sobre las paredes. Al mirar entre las lamas de las persianas vio el Corolla de Annalie aparcado frente a la casa. Peach se quedó petrificada. La portezuela se abrió y Annalie se adentró en la tormenta con la cabeza gacha.

Peach se quedó de pie en mitad de la sala, mirando y esperando. Annalie pasó las piernas por encima de la valla y se dejó caer en el lago que la lluvia había formado alrededor de la casa. Apoyó las manos en las caderas y observó el lugar con detenimiento. Los mechones de pelo se le pegaban a la cara y al cuello.

No tenía donde esconderse. Si echaba a correr hacia su Thunderbird, Annalie la vería. Pero Peach no quería huir. No ahora. No de esa mujer. Quería enfrentarse a ella y obligarla a confesar. Quería saber quién más estaba implicado. Quería respuestas.

Annalie se dirigió al porche y Peach se puso por fin en movimiento. Echó un vistazo a su alrededor en busca de algo con que defenderse, recogió una botella de cristal rosa del suelo y la agarró por el cuello. Avanzó de puntillas hacia el dormitorio y se escondió detrás de la puerta, contuvo la respiración y aguzó el oído.

La mosquitera de madera se abrió y se cerró de un portazo y las bisagras oxidadas gimieron. Oyó unos pasos que subían por los escalones de entrada, luego el pomo de la puerta y finalmente el sonido de la tormenta, como si estuviera dentro de la casa con ella.

–¿Peach? –la llamó Annalie–. Soy yo.

Su voz sonaba tan amistosa como siempre. Al ver que Peach no contestaba, Annalie volvió a llamarla, pero esta vez en un tono más grave y suspicaz.

–¿Peach? ¿Estás aquí? ¿Estás bien?

Con el calor y la humedad de la habitación, la botella de cristal resbalaba entre sus dedos sudorosos y apenas podía sujetarla. La tormenta seguía martilleando sobre el tejado. Una cucaracha trepó por la pared, muy cerca de su cara. Tenía que tomar aire y trató de hacerlo en silencio, pero el miedo le atenazaba el pecho.

Un agudo clic metálico quebró el silencio desde la habitación contigua. Peach conocía ese sonido: lo había oído a menudo cuando Deacon manipulaba su propia pistola. Era el deslizador que cargaba un arma automática. Annalie tenía la pistola en la mano y una bala en la recámara. Estaba lista para disparar.

–¿Peach? –la llamó una vez más.

Entonces avanzó hacia la habitación donde se escondía Peach. Sus pasos se hundían en la moqueta mojada, y se detuvo en el umbral. Peach no podía verla, pero estaba tan cerca que oía el goteo de su pelo. La ventana estaba entreabierta y el viento silbaba y gemía a través de ella. La lluvia se colaba por el estrecho hueco.

Peach alzó la botella por encima de su cabeza.

La mitad del cuerpo de Annalie apareció detrás de la puerta. Estaba de cara a la ventana, y no miró por encima de su hombro. Tenía el brazo flexionado, la pistola en la mano y el dedo índice apoyado en el gatillo. Peach distinguió la pálida curva de su mandíbula. Reconoció el hermoso rostro de Annalie y se le encogió el estómago; se negaba a creer que esa mujer fuera su enemiga.

«No confíes en nadie.»

No había tiempo para dudas. Annalie percibió la presencia a su espalda y empezó a darse la vuelta; en ese mismo momento, Peach dejó caer la botella con fuerza. El cristal rosa cortó torpemente el aire y se rompió en pedazos sobre el cráneo de Annalie. La mujer se tambaleó con expresión de dolor y sorpresa. Su mano se tensó y la pistola se disparó, provocando una explosión de polvo y pintura en una de las paredes de la habitación. Annalie cerró los ojos, trastabilló y le fallaron las rodillas. Cuando finalmente se dejó caer en el suelo, la pistola le resbaló de la mano.

Annalie quedó tendida en medio de la habitación, inmóvil en un círculo de esquirlas de cristal.

Peach se apresuró a agacharse y recogió la pistola. Annalie parpadeó; le costaba respirar. Una oleada de ira embargó a la joven: Annalie estaba viva y Justin, muerto. No le inspiraba ninguna compasión y no le importaba lo que sucediera, lo que les sucediera, a ninguna de las dos. Agarró a Annalie por un brazo y una pierna y volvió su cuerpo boca arriba. Después se irguió, apartando los cristales de una patada.

–¿Quién eres? ¡Dime quién eres! ¡Dime qué le hiciste a Justin!

Peach se agachó sobre Annalie y le propinó tal bofetada que le marcó de rojo la mejilla.

–¡Dime qué hiciste! ¡Zorra mentirosa!

Un gemido ahogado emergió de la garganta de Annalie; la mujer trataba de enfocar la vista. Peach volvió a abofetearla con más fuerza.

–¡Te he visto! ¡Estabas con él! ¿Lo mataste? ¿Fuiste tú? Dime, ¿fuiste tú? Si fuiste tú, que Dios me ayude, te juro que apretaré el gatillo. ¡Lo haré! ¡Te mataré yo misma!

Annalie movió la mandíbula y parpadeó. Al mirarla, Peach sólo veía la cara de Justin y las fotografías que Ritchie les había tomado en Starbucks. Annalie y Justin. Juntos. Una semana antes de que lo asesinaran.

–¿Acaso crees que no soy capaz? ¿Crees que no soy más que

una niña? Me engañaste desde el primer día. Apuesto a que te has divertido mucho viendo lo fácil que te resultó que confiara en ti.

Peach apartó el cañón que apuntaba a la cabeza de Annalie y apretó el gatillo demasiado rápido, con demasiada fuerza. La pistola se disparó hacia el suelo. El retroceso le sacudió el brazo y estuvo a punto de derribarla. La bala levantó astillas del parqué. Cuando la onda expansiva alcanzó su cráneo, Annalie sacudió la cabeza presa del dolor.

Peach se arrodilló sobre Annalie, le clavó una rodilla en el pecho y la sujetó con fuerza.

–Lo haré –juró–. Lo haré, no me importa.

Annalie no podía respirar y entrecerró los ojos. El mundo debía de darle vueltas en un huracán de ruido y luces, pero su boca se movía sin emitir sonido alguno hasta que una palabra ahogada salió por fin de su garganta:

–Peach.

–¡Tú mataste a Justin! ¡Tú lo mataste, zorra! ¿Has matado también a Deacon? Dime, ¿has sido tú? –volvió a gritarle.

–Peach –repitió Annalie, incapaz de decir nada más.

–¡Fuiste tú! –chilló Peach.

No podía controlarse, no era capaz de distinguir entre el bien y el mal. Las palabras salían de su boca mezcladas con saliva y espuma.

–¡Fuiste tú, fuiste tú, fuiste tú, fuiste tú!

Annalie intentó hablar otra vez, pero Peach hundió el cañón en la boca abierta de la mujer, en sus labios rojos y sus dientes perfectos.

–¡Esto es lo que le hiciste a Justin! Le volaste la cabeza, ¡y yo voy a hacer lo mismo contigo!

Peach deslizó el dedo sobre el gatillo. Ya nada tenía sentido. El pasado y el futuro no existían, sólo el presente, Annalie, la pistola y ella. En el mundo no existía nada más que la lluvia y el calor de aquel momento. Sólo tenía que apretar el gatillo y ella estaría muerta. Habría vengado a Justin y tal vez, sólo tal vez, podría disfrutar de algo de paz después de todo lo que había perdido.

Apretar el gatillo. Apretar el gatillo.

Empezó a notar la presión sobre su piel. El gatillo se resistía bajo su dedo; ambos ejecutaban un peligroso baile. Dedo y gatillo. Apretarlo. Apretarlo. Apretarlo.

Fue entonces cuando la música interrumpió sus pensamientos. Una música disparatada. Gloria Estefan cantaba «The Rhythm is Gonna Get You».

El teléfono de Annalie estaba sonando.

46

Cab estaba en el gimnasio del club náutico de Tampa, sentado en una máquina de musculación. Su gabardina y su chaqueta colgaban de una barra. Había dado por perdidos el par de zapatos que calzaba. El club seguía teniendo suministro eléctrico y, en la sala vacía, los televisores de pantalla plana estaban encendidos. La CNN emitía un reportaje en directo acerca del feroz oleaje que golpeaba el golfo cerca de Clearwater y Cab se preguntó dónde estarían su madre y Lala.

Comprobó el teléfono. Habían pasado quince minutos y Ramona Cortes todavía no había llegado.

Uno de los empleados del club le sirvió un bollo de hojaldre relleno de crema de almendras y una botella de agua, y el azúcar le ayudó a mantenerse despierto. Seguía teniendo el ruido de la tormenta metido en los oídos. Cuando terminó de desayunar, se levantó, se acercó a la pared de espejos y se ajustó el nudo de la corbata.

Por encima de su hombro, vio que la fiscal general se reunía con él en el gimnasio. Estaba empapada.

–Hola, Cab –lo saludó Ramona Cortes–. Demasiado elegante para una clase de pilates, ¿no crees?

–Soy más de zumba.

–Me encantaría verte –dijo ella con una risita–. ¿Te importa que corra mientras hablamos?

–En absoluto.

–Esta hora es sagrada. Hagas lo que hagas, respeta tu cuerpo.

De hecho, hoy he tenido que cancelar mi masaje por culpa de la tormenta. Mi masajista no está disponible.

Ramona Cortes llevaba unas mallas y una camiseta de tirantes, una toalla alrededor del cuello y unas Nike de color rosa. Era una mujer menuda, pero debajo de las ceñidas prendas de licra se adivinaban unas piernas musculosas y torneadas y unos brazos fuertes. Se subió a la cinta y empezó a trotar con movimientos gráciles.

–Sé que lo has dejado –gritó por encima del ruido de la máquina–. Caprice no debe de estar muy contenta; es una mujer tozuda y está acostumbrada a conseguir lo que quiere.

–Es curioso, ella opina lo mismo de ti –comentó Cab.

–Estoy segura, y tiene razón. En cualquier caso, me alegro de que siguieras mi consejo.

–Bueno, pensé que viviría más feliz trabajando por mi cuenta.

–Sabia elección –dijo Ramona.

A continuación, incrementó la velocidad de la cinta y empezó a correr.

–Pero sigo investigando la amenaza a Diane –la informó Cab–. Estoy convencido de que es real e inminente.

Ramona lo miró de reojo.

–¿Por qué piensas eso?

–Porque me enfrento a alguien con un motivo claro para matar a Diane. Alguien que forma parte de tu pasado, un cliente llamado Frank Macy.

Si Ramona no esperaba oír ese nombre, no lo demostró.

–¿Frank? Creo que no tienes de qué preocuparte.

–¿Cuándo fue la última vez que hablaste con él?

–Hace algunos años. Rompí la relación con mis antiguos clientes cuando fui elegida para el cargo de fiscal general. Sé que salió en libertad no hace mucho, eso es todo. En cualquier caso, conozco a Frank y no me sorprendería que hubiera retomado sus antiguas costumbres: armas, trapicheo de drogas. Le gusta disponer de dinero para camelarse a las chicas que conoce en la playa.

–Frank mantenía un estrecho vínculo con el hijo de Diane, Drew. Drew Hempl. Y también existe una relación con Diane.

Ramona frunció los labios pero no alteró la velocidad de su paso.

–Sí, ya lo sé.

–¿Qué sabes de la relación entre Frank y Diane?

–La verdad es que bastante.

Cab se preguntó hasta dónde debía llegar. Cuánto debía decir.

–¿Lo suficiente para poner a Diane en un aprieto?

–Sí –reconoció ella–. Probablemente, lo suficiente para arruinar su carrera.

–Y, sin embargo, no has revelado nada. Teniendo en cuenta que se trata de una rival política, estás demostrando un control excepcional.

Ramona apagó la máquina y redujo su marcha hasta detenerse. Luego se secó la cara con la toalla.

–¿Qué insinúas, Cab?

–Caprice sospecha que estás detrás de todo esto. Cree que conoces secretos sobre Diane y Frank Macy que podrían hacerle mucho daño, y que, puesto que no puedes exponerlos tú misma, me usas a mí para que salgan a la luz. Así destruirías las ambiciones políticas de Diane y darías un empujón a las tuyas.

–¿Y tú la crees?

–Yo no creo en las palabras de ningún político. Y eso te incluye a ti.

Ramona soltó una carcajada.

–Tienes razón: en la vida de un político, los intereses son lo primero. Por encima de nuestras amistades, si es que tenemos la suerte de conservar alguna. Incluso por encima de nuestras familias, por mucho que me duela admitirlo. Siempre que consigamos lo que queremos, el fin justifica los medios.

–Ya me lo habían contado –afirmó Cab–. ¿Significa eso que no desaprovecharías la ocasión de deshacerte de un rival político? ¿Una ocasión con el nombre de Frank Macy?

Ramona suspiró y señaló la botella de agua de Cab. Hizo un gesto con los dedos y Cab se la tendió. Ella bebió un sorbo.

–Mira, Cab, no te estoy pidiendo que confíes en mí, sino que observes la situación desde mi perspectiva, que es el interés político. Frank Macy fue cliente mío y cualquier cosa que me dijera sigue sujeta a la confidencialidad que se exige entre abogado y cliente. Si decidiera violar el secreto profesional podrían inhabilitarme, lo cual supondría un lastre político para la fiscal general del estado de Florida.

Cab sonrió.

–Ciertamente.

–Incluso si encontrara el modo de eludir el secreto profesional utilizando a un detective rico, guapo y ridículamente alto que hiciera el trabajo sucio por mí, pongamos por caso, estaría exponiéndome. Mi relación con Frank Macy es de dominio público, así que, en cuanto su nombre salte a los medios, el mío lo hará también. Eso no me sería de mucha ayuda desde un punto de vista político. Si Diane quiere mantener en secreto sus asuntos con Frank, puedes estar seguro de que yo también quiero mantener mi nombre alejado del suyo.

–Es posible –concedió Cab–, pero Frank sigue siendo una amenaza para Diane.

Ramona bajó de la cinta de correr y volvió a beber agua.

–¿Por qué estás tan convencido? No tendrás razones para creer que estuvo implicado en los asesinatos del Día del Trabajo, ¿no?

–Pensaba que sí, pero por lo visto me equivocaba –admitió Cab.

–Ah.

Ramona escogió con cuidado sus palabras:

–Dicho de otro modo, sospechabas que Diane o su hijo podían haber recurrido a una tercera persona para resolver el problema de un marido maltratador.

Cab arqueó las cejas.

–Sabes mucho.

–Es una investigación abierta y estoy al tanto de todos los detalles. Nuestros amigos los agentes especiales tendrán sus defectos, pero estudiaron ese ángulo con mucho detenimiento y llegaron a la conclusión de que no había nada sospechoso. La noticia no se reveló a los medios en señal de deferencia.

–Ya veo.

–Y por eso considero que Frank Macy no es un problema.

Cab meneó la cabeza.

–Hay algo más. Justin Kiel guardaba en su escondite un artículo sobre la condena por homicidio de Frank Macy, así que, por lo visto, tenía sus miras puestas en él antes de que lo mataran. Además, desde ayer por la noche, Deacon Piper está desaparecido. Alguien entró en su casa. Deacon habló con sus informantes acerca de Frank Macy ayer mismo.

Ramona frunció el ceño.

–¿Estás seguro de lo de Justin?

–Sí.

–Me sorprende, pero me sigue pareciendo arriesgado deducir que Frank tuvo algo que ver con su muerte. O con la desaparición de Deacon. ¿Cuál es la relación?

Cab vaciló. Cualquier cosa que dijera sería como entregarle a Ramona una bomba política.

–¿Hipotéticamente?

–Como quieras.

–De acuerdo. Supongamos que Macy y tú estuvierais en lo cierto y que se hubieran falsificado las pruebas para implicarlo en el caso del homicidio en Pass-a-Grille. Supongamos también que, si Diane estuvo implicada en la manipulación de pruebas, recibió ayuda por parte de alguien de dentro de Common Way. Alguien como Deacon Piper. Si Frank Macy sospechara que Diane y Deacon le habían robado ocho años de su vida, ¿no crees que haría algo al respecto?

Los ojos de Ramona echaban chispas.

–Sabía que estaba en lo cierto respecto a Diane. La arrogancia de esa gente es desmesurada.

–Estoy hablando de forma hipotética.

Ella se encogió de hombros.

–Sí, ya.

–Ahora entenderás por qué intento encontrar a Macy. Si Deacon ha desaparecido, Diane es la siguiente. Me gustaría que movieras algunos hilos para ayudarme a localizarlo.

–Mira, Cab, no cabe duda de que Frank es capaz de actuar de manera violenta; sin embargo, no lo veo yendo a por Deacon o Diane. No es tan estúpido. Adora su vida despreocupada y no la arriesgaría para ejecutar un plan de venganza demencial. Por otra parte, el asunto de Justin Kiel es mucho más complicado de lo que crees.

Cab la miró.

–¿Por qué?

–No puedo revelártelo.

–Si tiene que ver con la política...

–No –lo cortó ella–. No puedo hablar de una investigación criminal en curso.

–Ramona, necesito tu ayuda. Si estoy en lo cierto, nos queda muy poco tiempo.

Ella frunció el ceño.

–Se trata de un asunto sumamente delicado. Necesito que me garantices que nada de lo que te diga llegará a oídos de Common Way.

–Hecho.

Ramona se sentó al borde de la cinta.

–El caso es que hace mucho que sospecho que Common Way está implicada en actividades ilegales que siempre se llevan a cabo entre bastidores. Espionaje, chantaje, quizás algo peor. Nunca he podido demostrarlo. Sin embargo, hace unos meses, un empleado de lo que yo denomino «el área opaca de operaciones» de Common Way acudió a mi oficina.

–¿Un empleado? –preguntó Cab. Y entonces añadió–: Justin Kiel.

Ramona asintió.

–A Justin no le gustaba lo que veía. Albergaba las mismas sospechas que yo; creía que Common Way estaba influyendo de forma ilegal en las políticas legislativas, la elección de candidatos, las elecciones, todo. Utilizaban el dinero y probablemente otras tácticas delictivas para salirse con la suya. Justin se ofreció a trabajar como agente doble para mí y escarbar en los secretos de la fundación. Era una maniobra muy delicada y yo no podía estar implicada de manera directa. Si Diane Fairmont descubría que estaba valiéndome de un miembro de su organización para espiarla, las represalias me habrían apartado de la campaña y probablemente también de la fiscalía. Así que contraté a una persona que actuara como enlace con Justin. Necesitaba a alguien en quien pudiera confiar sin reservas. Y empezamos a recabar información.

–¿Qué averiguasteis? –peguntó Cab.

–Montones de indicios sospechosos, pero ninguna prueba que nos permitiera acusarlos. No podíamos presentar cargos sin pruebas sólidas, y no las teníamos. Y entonces, hace unas semanas, Justin contactó urgentemente con su enlace para decirle que disponía de nueva información. No le explicó de qué se trataba y lo asesinaron antes de que tuviera ocasión de transmitirla.

–Tal vez esa nueva información fuera sobre Frank Macy –sugirió Cab–. Quizá Justin descubriera los planes que Macy tenía para Deacon y Diane.

–Quizá, pero no lo creo. Sé que has hablado con esa chica, Peach Piper, pero ella mantenía una relación con Justin y eso le nubla el juicio. Siento compasión por ella, pero creo que sigue el rastro equivocado con Frank.

Cab entrecerró los ojos.

–¿Cómo es que sabes tanto sobre Peach y su investigación de la muerte de Justin?

–Porque Justin era mi agente –contestó Ramona con tranquilidad–. ¿Crees que iba a quedarme con los brazos cruzados? Trabajaba para mí y quiero saber quién lo mató. Me las ingenié para introducir otro topo en Common Way que investigara su muerte. Utilicé al enlace de Justin para que trabajara como agente encubierto. Estaba muy motivada, porque lo conocía. Eran amigos y tenía tantas ganas de atrapar a su asesino como yo.

–Un topo –dijo Cab–. Un infiltrado.

–Así es.

Sólo había una persona a la que Ramona pudiera encargar una misión como ésa.

«Necesitaba a alguien en quien pudiera confiar sin reservas.»

Ramona no dijo nada más, pero no era necesario. Cab sabía exactamente quién era esa persona. Cuando uno no puede confiar en sus amigos, recurre a la familia.

–Lala –dijo–. Infiltraste a Lala en Common Way.

Cab cogió el teléfono y marcó su número.

47

La voz de Gloria Estefan seguía sonando y Peach comprobó el nombre que aparecía en la pantalla del teléfono de Annalie. Lo que vio no tenía ningún sentido.

Cab Bolton estaba llamando a Annalie.

Se puso en pie y se quedó junto al cuerpo tendido de la mujer. Su primer pensamiento paranoico fue que Cab formaba parte de la conspiración, pero había hablado con la policía de Naples y le habían confirmado que era un detective de verdad. Estaba con los buenos.

¿O no?

«No confíes en nadie.»

–¿Sí? –respondió al teléfono.

Se produjo una pausa antes de que él respondiera.

–¿Con quién hablo?

Peach reconoció aquella voz y trató de ordenar sus pensamientos, pero el desconcierto la hizo enmudecer.

–¿Hola? –continuó Cab–. ¿Quién es?

–Soy Peach –murmuró ella.

–¿Peach? ¿De dónde has sacado este teléfono?

–¿Por qué estás llamando a Annalie? –preguntó ella.

–Es amiga mía. Peach, ¿está ahí? ¿Puedo hablar con ella?

Peach contempló a la mujer que yacía en el suelo. Ahora tenía los ojos abiertos y sus labios se movían, pero Peach no entendía las palabras.

–Ella mató a Justin –dijo al teléfono.

–¿Qué? No, Peach, no lo hizo. De verdad, te lo prometo.

–Tengo su pistola.

–Peach, déjame hablar con ella. Por favor.

–Vosotros me arrebatasteis a Justin, pero estáis acabados. Todo ha terminado. No puedes detenerme.

La voz de Cab adoptó un tono de urgencia.

–Peach, escúchame.

–No, ¡escúchame tú a mí! –chilló ella, perdiendo el control–. Estoy harta de que todo el mundo me mienta. ¡Justin me mintió! Me dejó de lado ¡y me mintió! Y ahora Annalie también me ha mentido. ¿Me oyes? ¡Estoy harta! No vais a volver a saliros con la vuestra.

–Peach, para –murmuró Annalie a sus pies.

–Peach, para –le pidió Cab, como un eco.

Ella volvió a apuntar con la pistola a la cabeza de Annalie.

–¿Por qué iba a hacerlo? ¿Por qué no tendría que dispararle?

Cab habló atropelladamente a través de la línea telefónica.

–Peach, la mujer a la que conoces como Annalie es en realidad una investigadora de la policía llamada Lala Mosqueda. No forma parte de ninguna conspiración y no mató a Justin. Trabaja como agente encubierta para la fiscal general con el objetivo de averiguar qué le ocurrió a Justin en realidad.

Peach parpadeó.

–¿Qué?

–No es tu enemiga, está de tu parte.

–Estás mintiendo –dijo Peach–. Todos me estáis mintiendo.

–Peach –susurró la mujer tendida a sus pies. La desconocida tendida a sus pies–. Lo siento. Es verdad, soy policía. Trabajaba con Justin.

Peach todavía sostenía la pistola en la mano y apuntaba a la cabeza de Annalie. Excepto que Annalie no era Annalie.

–¿Por qué tendría que creerte?

La mujer del suelo se apoyó en los codos para incorporarse. El cañón de la pistola estaba a dos centímetros de sus ojos oscuros.

–Porque Justin también era mi amigo. Porque quiero atrapar a quien lo mató tanto como tú.

La voz de Cab sonó por el teléfono.

–Te está diciendo la verdad, Peach.

–No... no sé...

–Me llamo Lala –le dijo la mujer–. ¿Está Cab al teléfono?

Peach asintió en silencio.

–Vale, escúchame. Apunta lentamente el arma hacia la pared. Por favor. Con mucho cuidado; no hagas ningún movimiento brusco.

Peach se dejó guiar por su corazón. Annalie era Lala y, aunque no sabía quién era Lala, se dio cuenta de que nada había cambiado. Le caía bien y no quería hacerle daño. Quería confiar en ella y también en Cab Bolton. La pistola en su mano le resultaba desagradable y letal. Apenas podía sostenerla y giró el cuerpo para apuntar el cañón hacia la pared.

–Muy bien. Ahora dame el teléfono, ¿vale?

Peach se lo tendió. El arma seguía en su otra mano.

–Ya sabes cómo descargar la pistola –le dijo Lala–. Aparta el dedo del gatillo.

Peach movió el deslizador adelante y atrás; un cartucho dorado salió del cañón como activado por un resorte y cayó al suelo. Lala cerró los ojos y su respiración se calmó. Mientras Peach la miraba, dijo:

–Cab Bolton, mueve el culo y ven aquí.

Cab se agachó frente a Peach, sentada en el suelo con la espalda apoyada en la pared y los brazos aferrados a las rodillas. Sus ojos miraban la tormenta a través de la ventana. Parecía aún más joven de lo que ya era.

–No seas muy dura contigo misma –le pidió Cab–. No tenías manera de saberlo. Yo tampoco lo sabía.

Lala se llevó una bolsa de hielo a la nuca e hizo una mueca.

–Quería contártelo, Peach, de verdad. Lo siento.

–Casi te mato –murmuró ella.

–Pero no lo has hecho. Además, entiendo lo que has debido de sentir al verme en las fotos. Me siento como una imbécil; Curtis Ritchie consiguió tomar todas esas fotografías sin que yo me percatara.

Cab se puso en pie.

–¿Seguro que estás bien? –le preguntó a Lala.

–Eso creo. Sólo es un molesto chichón. Me he quedado grogui, pero no me he desmayado.

–Aun así.

Cab la cogió por la barbilla con una mano y, con la otra, movió un dedo de izquierda a derecha delante de su nariz para asegurarse de que enfocaba la mirada. Ella le sacó la lengua y entonces él se inclinó y la besó en los labios.

–Esta mañana no he podido hacerlo –dijo.

–Te he dicho adiós –repuso Lala–, pero estabas dormido. Supongo que te dejé agotado.

–Supongo que sí.

Peach los miró.

–Entonces ¿vosotros dos...?

–Lo mantengo en mi vida para que me vuelva loca –contestó Lala.

–Yo la mantengo en mi vida para que vuelva loca a mi madre –añadió Cab.

Cab vio asomar una leve sonrisa en el rostro de Peach. Le parecían graciosos.

–Y bien, ¿por qué has venido a este sitio, Peach? –preguntó Cab–. Nos has contado que era el escondite de Justin, pero que no averiguaste dónde se encontraba hasta después de su muerte, ¿cierto?

–Sabía que tenía un escondite, aunque nunca me dijo dónde estaba.

Cab miró a Lala.

–¿Y tú? ¿Sabías algo?

–No.

Cab inspeccionó el desorden de la casa.

–Bueno, está claro que alguien lo encontró antes que tú.

–No creo que fuera Curtis Ritchie –observó Peach–. En su cámara no había fotos de este sitio. El problema es que, sea quien sea quien lo registró, se lo llevó todo; no queda nada que pueda darnos una pista. Es un callejón sin salida.

–¿Cómo diste con él? –quiso saber Cab.

Escuchó la explicación sobre la fotografía adjunta al borrador del correo de Justin y los retoques que la habían llevado hasta San Fernando Drive y hasta la casa. Peach sacó una copia impresa de la fotografía de su bolsillo trasero y se la enseñó.

–¿Lo ves? Justin tenía esta foto enmarcada junto a la ventana. Pensaba que tal vez quisiera mandarme otro mensaje, pero supongo que me equivocaba. No he encontrado nada.

–Has dicho que la foto del correo estaba retocada –dijo Cab–. ¿Y ésta?

–Creo que no. El número del edificio es el auténtico, y la casita del cartel del restaurante aparece tal cual es en realidad.

–¿Y no hay ningún otro detalle distinto?

–No... no estoy segura. No lo he comprobado con tanta atención.

–¿Conservas la foto original?

Peach asintió.

–Está en mi móvil.

Deslizó el dedo por la pantalla, pulsó sobre una de las fotografías y le tendió el teléfono a Cab. El detective examinó la imagen y luego la foto impresa que sostenía en la mano. Pasó la mirada entre ambas varias veces y en un primer momento pensó que Peach tenía razón: las fotos eran idénticas.

Salvo por...

–El conducto de ventilación –dijo Cab.

Lala le miró.

–¿Qué?

–Justin añadió una salida de ventilación en el techo del restaurante. Está justo encima de Peach en la copia impresa, pero no en la fotografía original.

Sin decir palabra, Peach se levantó y se dirigió a la ventana del dormitorio, levantó la guillotina y se lanzó a través del hueco hacia el jardín inundado por la lluvia. Entonces se alejó hasta ver el tejado de la casa en perspectiva, lo señaló y gritó:

–Hay una salida de ventilación encima del dormitorio. ¡Justo encima del dormitorio! ¡No tiene ningún sentido!

Peach corrió hacia un lado de la casa y apoyó la escalera extensible contra la fachada. La escalera se resistía como un remiso compañero de baile. Cuando finalmente consiguió fijarla, Cab sacó los brazos por la ventana abierta y la agarró para mantenerla estable. El ligero aluminio se zarandeaba y se sacudía mientras el viento trataba de arrancarlo de sus manos.

–Ten cuidado, Peach –gritó–. No puedo sujetarla.

Cab vio cómo las piernas y los brazos de Peach ascendían por la escalera y escuchó sus pasos sobre las tejas, por encima de su cabeza. Ella gritó algo que él no pudo entender, y luego se oyó el chirrido del metal al retorcerse. Un conducto de ventilación de aluminio salió volando como un *frisbee* por encima del jardín. El cuerpo de Peach reapareció frente a él y Cab agarró con fuerza la escalera. Cuando la chica estaba a medio camino del suelo, una ráfaga de viento se la arrancó de las manos y la lanzó hacia atrás. Peach voló por los aires y aterrizó de espaldas en el agua.

–¡Peach! –gritó Cab.

Empezó a pasar la pierna por la ventana para ir a socorrerla, pero entonces ella se puso en pie.

–¡Estoy bien, estoy bien! ¡He encontrado algo!

Peach sujetaba un paquete grande envuelto en plástico bajo el brazo.

Cab la ayudó a entrar de nuevo por la ventana. Parecía tremendamente satisfecha consigo misma y Cab se percató de que la importancia de ese hallazgo no tenía nada que ver con lo que hubiera dentro del paquete. Tenía que ver con Justin y con ella. Él había confiado en Peach y había dejado algo para que ella lo hallara. Nadie más que ella. Justin seguía siendo el joven al que ella había amado.

Peach extendió los brazos y le entregó el paquete a Lala.

–Ábrelo tú –le pidió.

El paquete medía unos treinta por cuarenta centímetros, y estaba envuelto en plástico y embalado con cinta americana. Las salpicaduras lo habían humedecido, pero no había sufrido ningún otro daño. Cab distinguió un grueso fajo de papeles y carpetas en el interior. Lala llevó el paquete al colchón, despegó los bordes de la cinta americana con las uñas y retiró las capas de plástico.

Justin había impreso un montón de fotografías. Cab reconoció la primera, la misma del artículo sobre Frank Macy que Peach había encontrado bajo el archivador. Justin no tenía un pelo de tonto. Había previsto que las cosas podían ponerse feas y había hecho un duplicado de todo lo que había descubierto.

Lala no revisó el resto de las fotos enseguida. En lugar de eso, cogió una carpeta parecida a las que Peach había robado del despacho del doctor Smeltz. La joven también la reconoció.

–¿Es un historial médico? –le preguntó a Lala.

Cab vio a Lala fruncir el ceño, desconcertada.

–Sí.

–Curtis Ritchie fotografió a Justin delante de la consulta del doctor Smeltz –explicó Peach–. Había robado un historial. ¿Es un duplicado del que yo encontré? ¿El de la señora Fairmont?

Lala negó con la cabeza.

–No, no es el suyo.

–Entonces ¿de quién es?

Lala miró a Peach.

–Tuyo –contestó.

48

Tarla inclinó su copa de champán hasta formar un triángulo con las de Caprice y Diane.

–Por la gobernadora Diane –brindó Tarla con una sonrisa.

Caprice se sumó al brindis, pero Diane guardó silencio. Su sonrisa era forzada. Bebieron, y Diane se volvió hacia las ventanas que daban al jardín. La estancia estaba iluminada con velas que titilaban y proyectaban sombras sobre las paredes. No había electricidad.

Caprice se acercó para susurrarle algo a Tarla.

–¿Sabes dónde está Cab?

–No, no he hablado con él.

–Ya sabes que me gusta mucho, Tarla, pero, si no anda con más cuidado, arruinará la campaña de Diane. Parece que no tiene en cuenta los daños colaterales a los que nos enfrentaríamos si ciertas historias salieran a la luz.

–Mi hijo nunca ha encontrado un perro dormido al que no quisiera despertar –señaló Tarla.

–Bueno, aun así me sentiría mejor si hoy estuviera aquí con nosotras.

–¿Cree que la amenaza es real? –preguntó Tarla.

–No está seguro, pero ayer por la noche pasó algo que me preocupa.

Tarla asintió y tomó un sorbo de mimosa. Caprice se alejó hacia un sillón del rincón de la terraza acristalada, donde trató de consultar las últimas noticias sobre la tormenta en su móvil. La cobertura se perdía por momentos.

Tarla no consideraba que la amenaza fuera real. Algo tan ajeno nunca parecía real hasta que sucedía, y eso la hizo pensar en la cálida noche del Día del Trabajo de diez años atrás. Era un día festivo, y sus únicas preocupaciones entonces habían sido la salud de Diane, su enfado con Birch y su frustración porque Cab la apartara de su vida. Después, en un abrir y cerrar de ojos, se había derramado sangre. Tres personas habían muerto. Un hombre que olía a sudor y miedo había apuntado el cañón de una pistola hacia su cara.

No creía que algo así pudiera volver a suceder. ¿O tal vez sí?

Escrutó a Diane, que parecía extrañamente tranquila. No habían tenido ocasión de hablar y las cosas que no se habían dicho pendían entre ellas. Tarla se sentía culpable por haberle contado a Cab lo que había visto. Le disgustaba que Diane nunca le hubiera confesado quién era el padre del bebé que había perdido. Incluso entre las mejores amigas, había secretos que podían dar al traste con su relación.

Tarla se acercó a Diane, que permanecía junto a los ventanales, y le puso una mano en el hombro. Su amiga se volvió y la miró, como si el silencio instalado entre ellas transmitiera todas las disculpas, todo lo que no se habían dicho. Cada una sabía lo que estaba pensando la otra. A veces resultaba extraño recordar que eran amigas desde hacía más de cuarenta años, desde que eran dos niñas de diez años tendidas en los jardines del santuario de Bok y fantaseaban sobre su futuro. Ninguna de las dos podía haber imaginado entonces lo que el destino les deparaba.

–No se lo digas a Caprice –murmuró Diane.

La preocupación asomó al rostro de Tarla.

–¿El qué?

Diane miró a su ayudante, que les daba la espalda desde el otro extremo de la estancia.

–Cuando haya pasado la tormenta, retiraré mi candidatura.

–¡No! ¿Por qué ibas a hacerlo? Has nacido para esto.

–He hecho cosas –susurró Diane–. Cosas que no puedo deshacer.

Al ver la expresión desconcertada de Tarla añadió:

–No me refiero a Birch. No puedo pedirle a la gente que confíe en mí para que sea su gobernadora cuando ni siquiera yo confío en mí misma.

–Cometes un error –le dijo Tarla–. El pasado no importa. Yo sé quién eres en realidad.

–¿De veras? Pues yo ya no sé quién soy. Puede que les ocurra a todos los políticos. Me estoy convirtiendo en la máscara que tanto desprecio en mis rivales. Necesitamos a alguien auténtico.

Tarla le apretó la mano.

–No te precipites. Date tiempo.

Caprice las llamó desde el sillón del rincón.

–Estás en antena, Diane.

Había encontrado una cadena local que emitía *online*. En la pantalla, se veía una fotografía de Diane superpuesta en un vídeo del oleaje que azotaba las playas, y de fondo se oía su voz en una entrevista telefónica que había concedido aquella mañana.

«No, me quedaré aquí, en Tampa. No voy a ir a ninguna parte. La seguridad está por encima de todo y eso implica prestar todo nuestro apoyo a los miembros de los servicios de emergencia, gente que arriesga su vida y roba horas al sueño para socorrer a la población del centro de Florida. Quédense en casa y dejen que esa buena gente haga su trabajo.»

–Muy bien –dijo Caprice.

En la pantalla apareció entonces una imagen del gobernador frente al edificio del Capitolio en Tallahassee. Su mensaje de apoyo era muy parecido: demandaba todos los recursos estatales disponibles para proteger la zona y reconstruir los daños que ocasionara la tormenta. Era imposible no darse cuenta de que el sol brillaba en el cielo. Estaba muy lejos de *Chayla*.

–Ni un mísero paraguas –comentó Caprice–. Eso va a hacerle daño. Puede hablar tanto como quiera y asegurar que no pondrá trabas a los fondos de rescate, pero la gente recordará que tú estabas aquí y él no.

Diane, harta de intrigas políticas, prefirió no responder y se volvió hacia las ventanas; a su espalda, Caprice siguió consultando la información en su teléfono. Volvió a hacerse el silencio, interrumpido sólo por el embate de la tormenta. Tarla vio sus reflejos en el cristal, recortados contra la oscuridad de la mañana. La luz de las velas las hacía parecer más viejas. Eran dos mujeres de mediana edad que se hallaban en una etapa de la vida en que debían decidir si eran capaces de perdonarse sus errores.

–Le he contado a Cab cosas que no debería haberle contado –confesó Tarla–. Lo siento.

Los labios de Diane se curvaron en algo parecido a una sonrisa.

–Bueno, yo no le conté a Cab cosas que probablemente debería haberle contado. Supongo que estamos en paz.

–Podrías habérmelo explicado. No os habría juzgado a ninguno de los dos.

–Guardar secretos es un hábito difícil de abandonar –dijo Diane.

Tarla oyó sonar su teléfono dentro del bolso, que estaba encima de la mesa del comedor. Fue a buscarlo y vio que era su hijo quien la llamaba.

–Hablando del rey de Roma –le dijo a Diane, y luego–: Hola, cielo. Ahora mismo estábamos hablando de ti. ¿Vas a venir?

–Pronto –dijo Cab, pero su voz sonaba distorsionada, como si se encontrara muy lejos de allí–. ¿Va todo bien por ahí?

–De maravilla. Tres mujeres solas contra el mundo. No hay electricidad, pero nos las apañamos.

–¿Estáis solas? –preguntó Cab–. ¿Dónde están los guardias de seguridad?

Tarla tuvo que hacer un esfuerzo para oírlo.

–Oh, sé que hay hombres armados paseándose por alguna parte y, en caso de que necesitemos un masaje de urgencia, siempre podemos recurrir a Garth.

–Estaré allí en menos de una hora –le indicó Cab, y antes de colgar, añadió–: Mamá, no te lo digo muy a menudo, pero ten cuidado. Si ocurre algo fuera de lo normal, lo que sea, llama al 911 y luego a mí.

–Eres tan dramático... De verdad, ojalá te hubieras dedicado a la interpretación.

–Hablo en serio.

Ella bajó la voz.

–Lo sé, cielo. Te he oído. Ven pronto.

Y colgó. Diane la estaba mirando.

–¿Qué ha dicho? –quiso saber.

–Está de camino.

Diane asintió. Cogió la copa de champán vacía y volvió a llenarla de mimosa. Mientras sorbía el cóctel, echó un vistazo a la terraza acristalada y pareció reparar por primera vez en que estaban ellas tres solas velando la tormenta.

–¿Dónde está Garth? –preguntó.

Cab se guardó el teléfono.

–Por el momento, en casa de Diane está todo tranquilo –informó.

Peach no lo escuchaba. Sostenía su historial médico en la mano, aunque todavía no lo había abierto.

–¿Por qué lo cogería Justin? –le preguntó a Cab–. ¿Qué importancia tiene? Y ¿por qué esconderlo con todo esto?

–No lo sé –dijo Cab–. A veces, los novios sienten curiosidad por cosas en las que no deberían meterse.

Peach negó con la cabeza.

–Justin no era así. Si hubiera querido saber algo, me lo habría preguntado. Su intención era que yo lo encontrara; quería que lo viera.

Cab no podía pretender entenderlo. Formaba parte de un rompecabezas cuyas piezas no encajaban, pero no tenía tiempo para eso. Lala alzó la vista del resto de papeles que Justin había escondido en el falso conducto del tejado.

–Creo que tenemos problemas más graves. Cab, echa un vistazo a esto.

Cab se sentó a su lado sobre la cama y Lala le mostró la copia de una fotografía que él ya había visto, en la que aparecía el artículo sobre la condena por homicidio de Frank Macy. Luego pasó algunas páginas. Había otras copias de artículos, todos ellos relacionados con Diane Fairmont y su hijo y la fundación Common Way. Parecía una obsesión. Sin embargo, no eran los artículos en sí lo que preocupó a Cab, sino que no fueran fotocopias de los periódicos: alguien había fotografiado esos artículos y había colgado las impresiones sobre un tablón, como una macabra colección de trofeos. Como una advertencia. Como los *collage* que Cab había encontrado en ocasiones después de que un acosador agrediera a su víctima.

Vio más fotografías, tomadas en el interior de un garaje vacío. El tablón de corcho estaba al fondo, y en un primer plano se veía el suelo manchado de aceite. Y luego más fotografías de lo que parecía una casa abandonada.

–¿Qué es esto? –preguntó Cab, aun sabiendo que se trataba de la guarida de un asesino.

Comprendió que tenían ante sí la razón por la que habían asesinado a Justin. De alguna forma, Justin había encontrado aquel lugar, un lugar que nadie debía conocer, no hasta que el asesino hubiera terminado su trabajo.

–La verdadera pregunta es dónde está –repuso Lala.

Ella podía leerle el pensamiento. Sabía qué significaban aquellas fotos.

Colocó la última fotografía frente a él. Era la imagen del exterior de una casa desvencijada color chocolate ubicada en una intersección entre dos calles, con un cartel de «En venta» de un banco clavado en el jardín delantero. Había tablones de madera contrachapada que cegaban las ventanas.

–Tenemos que marcharnos enseguida –dijo Cab levantándose.

–¿Sabes dónde está?

–Acabo de estar allí –explicó él–. La he visto esta mañana. Se encuentra a dos manzanas de la finca de Diane.

49

Garth comprobó todas las habitaciones de la planta baja de la finca, pero el guardia de seguridad no estaba. Lo había visto quince minutos antes en la cocina, con su pistola sobre la mesa y un cruasán delante. Ahora el cruasán estaba a medio comer y el guardia de seguridad y su pistola se habían desvanecido. Vio un plato con restos de cera: la vela había desaparecido, aunque distinguió el olor del humo en el aire.

Garth comprobó la cobertura de su móvil. Lo sostuvo en el aire y lo agitó, pero las torres de repetición finalmente se habían colapsado. Descolgó el teléfono fijo y no oyó nada. No había tono.

Estaban en un atolón. Aislados.

Abrió la puerta principal y salió al porche. La tormenta gemía y el viento hacía volar escombros por el jardín. Gritó en vano el nombre del guardia, y su propia voz sonó como un susurro. Las luces del jardín estaban apagadas, como si fuese noche cerrada.

Garth cogió un chubasquero del armario del vestíbulo y enfundó su voluminoso torso en él. Antes de subir la cremallera, se sacó la pistola de la funda del hombro y la metió en uno de los bolsillos del impermeable. Se cubrió la cabeza con la capucha y se la ciñó por debajo de la barbilla. Después, se calzó unas botas de agua. Mientras bajaba trotando por los escalones con los pies sumergidos en el agua, tuvo la sensación de que la bahía había engullido la tierra y lo había convertido todo en un vasto mar. Las esculturas en forma de animales del jardín parecían estar ahogándose.

Agachó la cabeza para protegerse del viento y se dirigió hacia la parte trasera de la casa. Los senderos resultaban invisibles, salvo por los montículos de tierra que sobresalían del agua como la ondulante cola de un monstruo marino. Garth abandonó la extensión de césped abierto y se encontró en mitad de la densa vegetación. Las hojas de los árboles le azotaban el rostro, la arenilla se le metía en la boca y el agua se le escurría por dentro del chubasquero. La fuerza con la que el agua le golpeaba el pecho hacía que le costara incluso respirar.

–¡A la mierda! –chilló.

Levantó un brazo para protegerse de las ramas que le acuchillaban el rostro y se volvió para bordear la valla que rodeaba la finca y luego girar hacia el jardín. No veía dónde ponía los pies, y el barro succionaba sus botas y le hacía perder el equilibrio. Finalmente, notó los duros adoquines del camino de entrada y se dirigió hacia la casa.

Fue entonces cuando oyó el disparo.

Provenía del exterior de la propiedad, y el potente estallido apenas resultó audible por encima del bramido de *Chayla*. Giró sobre sus talones y corrió hacia la verja de hierro forjado. Las hojas se agitaban enloquecidas y descoordinadas, adelante y atrás, una y otra vez, y Garth tuvo que apartarse cuando una de ellas se abalanzó sobre él como un bate de béisbol. Cuando las hojas volvieron a abrirse, se lanzó hacia la calle. Ahora estaba al descubierto y vio la tormenta rugir en la bahía. Las olas de lluvia llegaban una detrás de otra, sin tregua. El viento atrapaba todo lo que encontraba a su paso y lo lanzaba contra su cuerpo.

Entrecerró los ojos, tratando de ver algo. Ignoraba de dónde provenía el disparo. Delante. Detrás. ¿Había sido realmente un disparo? Tal vez alguien estuviera lanzando fuegos artificiales para celebrar el Cuatro de Julio.

No, definitivamente había sido un disparo.

Garth se sacó la pistola del bolsillo y avanzó chapoteando por la calle, impelido por el viento.

–No oigo sirenas –dijo Cab–. Y no veo luces.

Lala asintió.

–No viene nadie.

Estaban solos en Bayshore Boulevard. El mar rompía en olas de seis metros que se elevaban desde la bahía, a su derecha, y atravesaban los dos carriles hasta alcanzar las casas que bordeaban el otro lado de la calle. El deportivo de Cab se deslizaba sobre el agua que anegaba la calzada.

–Llama otra vez al guardia de seguridad –le pidió Cab.

Lala negó con la cabeza.

–No hay cobertura.

La calle estaba a oscuras; no había luz por ninguna parte. Cab redujo la velocidad en el agua profunda para que el coche no se calara y notó que los neumáticos subían al bordillo mientras giraba, incapaz de mantener una trayectoria recta. Al distinguir la calle que llevaba a la casa abandonada, giró el volante hacia la izquierda y el Corvette derrapó. Cab avanzó por la estrecha calle adoquinada y, cuando llegó al final, aparcó junto al bordillo. El tejado marrón de la propiedad embargada apenas era visible detrás de una hilera de viejos olmos. Lala y él salieron del coche pistola en mano.

El seto achaparrado que crecía junto a la verja que señalaba el límite este del terreno les proporcionaba cierta protección. Avanzaron agachados en mitad de la lluvia. Apenas podían ver nada. Cab se sentía como un pasajero del *Maid of the Mist* engullido por las cataratas del Niágara. Se acercaron a la fachada de estuco de la casa, manchada de óxido. Las ventanas delanteras estaban cegadas y los chicos habían cubierto los tablones de grafitis.

Cuando llegaron a la puerta, descubrieron que estaba cerrada con llave.

Cab hizo bocina con las manos al oído de Lala.

–El garaje –dijo.

La precedió por el camino. Los aterrorizados lagartos saltaban desde los arbustos y reptaban pared arriba. El agua caía del tejado inclinado del garaje sobre sus cabezas en torrente. Con mucho esfuerzo, consiguieron llegar hasta el camino de entrada y se detuvieron frente a una puerta de garaje de color canela. Cab hizo un gesto hacia la pistola de Lala, y ella la levantó mientras él se arrodillaba para golpear el pomo de cromo. La puerta se deslizó hacia arriba por las guías con un sonoro bang.

Un sedán Lexus negro estaba aparcado de cara a la calle. Cab se acercó al lado izquierdo del vehículo y Lala lo siguió por el derecho. Se encontraron junto al maletero del sedán. El garaje estaba desierto.

–Conozco este coche –murmuró Lala–. Pertenece a Frank Macy.

Cab sacó una linterna del bolsillo y proyectó el haz de luz por el garaje. Distinguió el tablón de corcho en la pared oeste, el mismo que aparecía en las fotografías que había tomado Justin, del que ahora sólo colgaba un artículo clavado con chinchetas en el centro. Sobre el rostro de Diane había una sola palabra escrita con rotulador rojo.

Venganza

A sus pies, el suelo estaba cubierto de cenizas grises que el viento hizo volar hasta formar una nube. Cab se agachó y pudo distinguir algunos fragmentos de papel que habían sobrevivido a la quema. Todavía estaban calientes.

–Cab –lo llamó Lala.

Estaba agachada junto al maletero del coche. Él se acercó y dijo:

–Sí, yo también lo huelo.

Cab abrió la puerta del conductor del sedán y activó la palanca del maletero, que se abrió con un suave clic. Oyó a Lala contener el aliento y supo lo que había encontrado.

–¿Es Deacon? –preguntó.

Lala negó con la cabeza. En su cara había una expresión de perplejidad.

Cab regresó a la parte trasera del coche y lo primero que vio fue un estuche de aluminio, abierto y vacío, con un hueco en la espuma donde había estado el arma; a continuación, se fijó en los bichos que se arrastraban por encima de un enorme envoltorio de plástico para alimentarse de las entrañas del hombre que lo miraba desde el maletero. Reconoció el rostro.

Era Frank Macy.

50

Peach se sentía abandonada.

Había querido ir con Cab y Lala, pero ellos se habían negado. Le habían dicho que se marchara a casa, pero Peach se sentía incapaz de poner un pie allí. Tampoco podía quedarse en casa de Justin, donde todo le recordaba a él. Cab le había dado la llave del apartamento de su madre en Clearwater, pero no quería dirigirse hacia el este, al corazón de la tormenta. De modo que se quedó sentada en el borde del sofá de Justin, tan quieta como uno de sus maniquís, mientras escuchaba a *Chayla* golpear la casa con el ritmo de un cantante de *hip-hop*.

Justin sobre el *hip-hop*: «Si Beethoven estuviera vivo, probablemente sería un rapero. Creo que me alegro de que esté muerto».

Justin.

El historial médico de Peach descansaba en la mesita frente a ella, intacto. Sus informes. Su historia. Su vida entera. El doctor Smeltz había sido su médico desde que nació hasta que Deacon se trasladó al golfo. En realidad, seguía siéndolo; nunca había buscado un sustituto, y hacía años que no la visitaba. Otras chicas iban al médico para conseguir anticonceptivos, pero ella no tenía ese problema.

Todo.

Como aquella época tras la muerte de sus padres, cuando había enloquecido y se había hecho un corte en la tripa con una cuchilla. Lyle la había encontrado sangrando y la había llevado de inmediato al hospital. Todavía conservaba las cicatrices. La habían obligado a visitar a un psiquiatra, pero las preguntas de aquel hombre y su molesto tono paciente la habían sacado de quicio. ¿No se daba cuenta de que lo único que necesitaba era que sus padres regresaran de su viaje? ¿Cuándo iban a volver a casa?

Por aquel entonces había encontrado un maniquí que sobresalía de un contenedor detrás de los grandes almacenes Khol's. El primero. Ditty. La había llamado así porque no podía quitarse de la cabeza una canción de John Mellencap en cuyo estribillo utilizaba esa palabra. Había rescatado a Ditty de la basura y se la había llevado a casa, y Ditty había sido mejor terapeuta que cualquiera de las personas que trataban de ayudarla. Se había pasado horas y horas hablando con el maniquí en su habitación.

Todo.

Su mente. Su cuerpo. Su vida.

–¿Por qué te llevaste mi historial? –le preguntó a Justin.

«Tú ya sabes la verdad.»

Peach cogió la gruesa carpeta y la dejó sobre su regazo. Tardó un rato en abrirla, y lo hizo por las hojas del centro. A los seis años, más o menos, se había roto dos huesos de la muñeca derecha. Qué curioso, ni siquiera lo recordaba. Agitó la mano derecha como si fuera una reina de la belleza en un desfile, pero su muñeca funcionaba perfectamente y nunca había notado ningún dolor en ese punto. Los niños sanan con rapidez. Vio la firma de su madre en las autorizaciones para que le hicieran radiografías. Al pensar en ello, recuperó un vago recuerdo de cuando era niña con un yeso y de Deacon escribiendo «ENANA» en él.

Más hojas. Revisiones médicas. Recordaba el frío acero sobre su pecho y cómo chillaba ella. El palito de madera en la lengua. Ahhhhh. El doctor Smeltz apretándole el ombligo. «Estás sana como una manzana.» Y ella se reía cada vez que lo decía.

Un sarpullido raro. «No deberías tocar esas plantas, cariño, son venenosas.»

Una receta de amoxicilina para una otitis.

Varicela. «He visto a muchos niños con puntitos.»

Diarrea.

Una quemadura en el dedo meñique por haber tocado un fogón caliente de la que aún conservaba una cicatriz blanquecina.

Neumonía.

Las notas sobre la neumonía se encontraban casi al principio de la carpeta, porque era una de las últimas veces que había visto al doctor Smeltz. Recordaba haberse puesto enferma en Tampa y a Deacon y a Lyle gritándose. Recordaba el largo trayecto de vuelta a casa, en plena noche, la música alta, el olor dulzón del coche, y luego ella vomitando en el asiento de atrás y Deacon gritándole.

La mullida cama en la propiedad de Diane Fairmont. El doctor Smeltz en la habitación. «Tienes suerte de que esté aquí, jovencita. Estás muy enferma, pero voy a curarte, ¿de acuerdo?»

Cogió una hoja con las notas del médico. Su letra era terrible. «Cuarenta de fiebre. Proceder a normalizar la temperatura de forma inmediata. Delirios. La niña no deja de repetir: "¿Por qué hay tanta sangre?".»

Peach parpadeó y volvió a leer la frase.

«La niña no deja de repetir: "¿Por qué hay tanta sangre?".»

Oyó una voz en su cabeza, la suya.

«¿Qué estás haciendo?»

«¿Qué pasa? Tengo miedo.»

«¿Por qué hay tanta sangre?»

Peach cerró la carpeta de golpe, se miró las manos y vio que temblaban como las hojas con el viento. Volvió a dejar la carpeta en la mesita, frente a ella. No quería volver a abrirla nunca más, no quería volver a verla. «Tú ya sabes la verdad.»

Cerró los ojos. El martilleo de la tormenta reverberó dentro de su cabeza y presionó las paredes de su cráneo. Sintió que volaba a otra parte, a un lugar muy lejano del pasado. Era de noche. Estaba en una carretera y el mundo giraba en una espiral a su alrededor. Y entonces su cerebro, con la amable voz del doctor Smeltz, la interrumpió y tiró de ella: «Ni se te ocurra regresar a ese lugar, señorita».

Peach pensó en Justin en la biblioteca de Lake Wales. Se lo imaginó en el mostrador de recepción, sonriendo, encantador, preguntándole a la bibliotecaria la dirección del doctor Smeltz. Antes de eso, se había pasado horas rebuscando entre las microfichas, imprimiendo páginas de los periódicos de hacía diez años. Vio un montón de hojas que él le había dejado. Artículos que había rescatado de los registros.

Ahora, aquellas hojas ofrecían un aspecto aterrador. No quería verlas, pero las cogió de todos modos. La mayoría eran artículos del día siguiente al tiroteo, encabezados por desagradables titulares en negrita sobre los asesinatos. Pero no todos. Mientras iba pasando las hojas, vio que Justin había retrocedido aún más en el tiempo, hasta el fin de semana en que todo empezó a torcerse. Cuando todo cambió. Cuando nadie fue ya quien había sido.

Vio un artículo acerca de una gala de recaudación de fondos en Tampa.

«Oh, Lyle, ¿puedo ir contigo? ¡Quiero ver la ciudad! ¡Y el zoo! Por favor, por favor, por favor, por favor.»

Recordó a Lyle: estresado, enfadado, llevándolos a Tampa con él. Otra discusión. Deacon se pasó todo el viaje enfurruñado. Él no quería ir, no con su hermana de doce años, no de canguro. Lyle los dejó solos en la ciudad: tenía cosas que hacer, gente importante con la que hablar. Deacon y ella visitaron los jardines Busch. Peach dio un paseo y él fumó unos cigarrillos que desprendían un olor muy raro y le pidió que no se lo contara a Lyle.

Y entonces notó que empezaba a dolerle la garganta.

Por la tarde, estaba metida en la cama de la habitación del hotel, ardiendo. Tosiendo. Sudando. Llorando. «Quiero irme a casa, por favor, llévame a casa, ¡quiero ir a casa!»

Lyle gritándole a su hermano: «Maldita sea, Deacon, por una vez en tu vida, ¡deja de pensar en ti y haz lo que te digo! ¡Métete en el coche y lleva a tu hermana a casa ahora mismo!».

Peach cogió otro artículo del montón que había copiado Justin. Leyó el titular:

CONTINÚA LA BÚSQUEDA
DE LA ADOLESCENTE DESAPARECIDA

La policía y el grupo de voluntarios peinaron ayer los bosques que rodean Lake Wales, continuando así la búsqueda de Alison Garner, de catorce años, cuya desaparición fue denunciada por sus padres el pasado sábado por la tarde.

No hay indicios acerca del paradero de la chica y no ha aparecido ningún testigo que pudiera proporcionar información relevante sobre la desaparición.

Se cree que Alison abandonó el hogar familiar en Old Bartow Road, en West Lake Wales, montada en su bicicleta. Fue vista por última vez vestida con pantalones cortos de color rojo y una camiseta de tirantes blanca...

Por más que Peach intentaba leer el artículo, era incapaz de terminarlo. Tan sólo veía un nombre una y otra vez.

Alison. Alison. Alison.

Quedaba una hoja que no había visto. Un artículo más que Justin había copiado. No quería cogerlo, porque sabía exactamente qué encontraría. Sabía cómo terminaba la historia.

«Tú ya sabes la verdad.»

Le dio la vuelta al papel.

ADOLESCENTE VÍCTIMA DE UN ATROPELLO

La búsqueda de Alison Garner, la adolescente desaparecida, concluyó en un trágico desenlace ayer a última hora, cuando dos trabajadores inmigrantes encontraron el cuerpo de la joven oculto en una zanja en la cuneta de la carretera 60.

La policía ha concluido que la chica fue golpeada por un vehículo que circulaba por la carretera mientras montaba en su bicicleta, la cual también se halló escondida cerca del cuerpo. El forense ha declarado que, aparentemente, la vida de Garner podría haberse salvado si se hubiera alertado al personal de emergencias.

«Esto es lo más terrible del caso –declaró el jefe de policía de Lake Wales, Thomas Cappelman, en la conferencia de prensa ofrecida ayer–. La persona que atropelló a Alison Garner se limitó a arrastrarla fuera de la carretera y dejarla morir. La golpeó con su vehículo y luego escondió su cuerpo sin contárselo a nadie. No nos enfrentamos a un mero accidente, sino a un homicidio. Cuando identifiquemos al conductor, les doy mi palabra de que pasará el resto de su vida en la cárcel.

«¿Ves esa crucecita blanca? –le había dicho Peach a Justin–. Tienes que conducir con mucho cuidado cuando pases por aquí.»

51

Frank Macy parecía sorprendido.

Eso fue lo que pensó Cab al ver los ojos del hombre. Sorprendido de que le hubieran embaucado. Sorprendido de que a un tipo listo, mundano y letal como él pudieran tomarlo por tonto. Sorprendido de que alguien intentara hacerle famoso por una serie de asesinatos que no había cometido.

–Alguien quiere cargarle el muerto a Macy. Ése ha sido siempre el plan.

Cab señaló el estuche vacío de la pistola.

–Las huellas de Macy estarán en la pistola y en el cargador –añadió.

Observó el artículo clavado en el tablón y el mensaje garabateado sobre el rostro de Diane. Una farsa. Aquello nunca había sido una venganza: se trataba solamente de desviar la atención. Los habían engañado desde un principio para llevarlos hasta Frank Macy. Alguien quería que creyeran que la historia estaba a punto de repetirse.

Y así era. Así era.

–Le habrían atribuido también los asesinatos del Día del Trabajo –señaló Lala–. Nadie encontraría nunca su cuerpo. Se habría organizado la mayor búsqueda desde Booth y, mientras tanto, Macy habría estado dentro del estómago de un caimán.

–Está en la casa en este momento –dijo Cab–. Va a matar a Diane. Éste es el último acto.

«Mi madre también está allí», pensó.

La lluvia atravesaba la puerta abierta del garaje como una cortina ondulada. El viento era un silbido ensordecedor e incesante. Cab se volvió hacia la puerta, pero lo que fuera que estuviera a punto de ocurrir ya había comenzado. A menos de una manzana, oyó el primer estallido y luego, en rápida sucesión, cuatro estallidos más, amortiguados pero nítidos. Disparos.

Cab echó a correr. La tormenta le golpeó en la cara, como si hubiera chocado contra una pared, y estuvo a punto de derribarlo. Lala también corría, pero no la esperó. Hundió los pies en el agua y se lanzó por el camino de entrada, hasta llegar a la calle. Pensó que la tormenta había convertido el pavimento en melaza; el agua se pegaba a sus tobillos y el barro del fondo le hacía patinar. Avanzaba a cámara lenta, luchando contra el viento.

Cab apenas podía ver nada con aquella oscuridad diurna y los ojos entornados por el aguacero. No oía nada salvo el rugido de la tormenta en sus oídos, tan fiero y potente como el de un león. Corría a ciegas, con los nudillos tensos alrededor de la pistola.

A cincuenta metros de la finca de Diane distinguió un bulto en el agua, que sobresalía como una ballena varada. Cuando se arrodilló, vio un cuerpo tendido boca abajo junto al bordillo. Cab colocó los dedos sobre el cuello del hombre, pero no tenía pulso. Lo agarró por el hombro, le dio la vuelta y reconoció la cara del guardia de seguridad; tenía un agujero de bala en el centro de la frente, como un tercer ojo.

Quien hubiera apretado el gatillo había seguido su camino. Hacia Diane. Hacia Tarla.

Lala lo alcanzó y le tiró de la manga para que se levantara.

–Vamos, Cab –gritó–. ¡Vamos!

Abandonaron el cuerpo del guardia donde estaba y siguieron corriendo.

Can se lanzó hacia los muros cubiertos de hojas de parra que rodeaban la casa de Diane. Las copas abiertas de las palmeras sacudían sus afilados extremos en el aire, obligando a Cab a agachar la cabeza. El agua de la bahía parecía abalanzarse sobre ellos, como un océano encorvado sobre la calle. Llegó a la verja de hierro de la finca, cuyas hojas se agitaban con violencia, abriéndose y cerrándose como las mandíbulas de una gigantesca tortuga. Lala y él esperaron y, en cuanto el viento volvió a separarlas, Cab agarró a Lala de la mano y la arrastró por el hueco justo antes de que la pesada hoja se lanzara hacia ellos a la velocidad de un tren.

Echaron a correr por el camino adoquinado, pero una figura les bloqueó el paso. Había un hombre arrodillado con los brazos caídos, esperándolos. Cuando sacó la mano del agua vieron que sostenía una pistola. No les apuntó, sino que su torso se contorsionó y dejó caer el arma. Su cuerpo se derrumbó de costado en el agua y quedó inerte.

Cab y Lala se acercaron corriendo. Era Garth.

El rostro bronceado del masajista estaba pálido por primera vez en su vida y la sangre licuada brotaba rítmicamente de un orificio de bala chamuscado cerca del hombro. Sus cejas y su nariz bulbosa estaban contraídos en un gesto de dolor, pero se relajó al ver a Cab.

–Le seguí hasta aquí –murmuró Garth–. El hijo de puta ha matado al guardia. Me ha dado, pero creo que yo también lo he herido.

–Me quedaré contigo –dijo Lala.

–Olvídate de mí. Se dirigía hacia la casa.

–¿Sólo uno? –preguntó Cab.

–Sólo un tipo. Un tipo con una pistola grande. Menudo *déjà vu*, ¿eh?

La tormenta arreciaba y la casa entera se sacudía.

Tarla y Diane estaban sentadas una a cada extremo del sofá en la pared norte. Caprice estaba de pie frente a los ventanales, mirando hacia el jardín.

–Diría que el ojo de la tormenta no tardará en llegar –comentó.

Tarla esperaba que así fuera. Necesitaban un descanso en el que el viento no soplara y la lluvia dejara de caer. *Chayla* parecía tornarse más violenta a medida que pasaban las horas. Se sentían encerradas en una jaula, con los animales deambulando en libertad al otro lado del negro cristal.

La habitación olía a arándanos, como en Navidad, un olor extrañamente reconfortante en el calor del verano. Una gruesa vela aromatizada ardía sobre la mesa, cerca de las puertas del jardín, y brillaba con la cera líquida que se acumulaba en su interior. Otra vela, blanca, estrecha y alargada, titilaba frente a ellas, proyectando su resplandor sobre el rostro de Diane. No había más luz. Sin electricidad, la atmósfera se había caldeado y el aire era más pesado.

–¿Qué está pasando? –preguntó Diane–. Y ¿dónde está Garth? ¿Cuánto hace que se ha ido?

–¿Quieres que vaya a buscarlo? –se ofreció Tarla.

Caprice meneó la cabeza junto a las puertas.

–No creo que debamos ir a ninguna parte solas.

Tarla se preguntó dónde estaba Cab. Se dijo que no tardaría en llegar, y entonces todo iría bien. Entraría allí tan tranquilo, empapado, con una sonrisa en los labios y el pelo de punta, y bromearía con ellas. No había de qué preocuparse.

–Malditos teléfonos –dijo al intentar contactar con él.

No había señal. Necesitaba oír la voz tranquilizadora de su hijo.

La arena arrastrada por el viento golpeteaba en los cristales, llamando para entrar. Tap, tap, tap, como un mensaje cifrado. Las hojas de los árboles se estrellaban contra las puertas y se pegaban a ellas. El agua se filtraba por ranuras invisibles y se acumulaba sobre el suelo en minúsculos charcos. El viento se colaba por las paredes y aullaba como un fantasma que suspirara por un amor perdido. Tarla experimentó una extraña sensación que no supo identificar. Había pasado mucho tiempo desde la última vez que la sintiera, pero algo innombrable rodeó su cuerpo como una niebla húmeda. Y entonces lo entendió: era miedo. Tenía un miedo atroz.

Tap tap tap, dijo la arena.

Slap slap slap, susurraron las hojas.

Mi amor, mi amor, mi amor, dijo el fantasma del desván.

Bang, bang, bang.

Tarla se puso en pie de un salto con todo el cuerpo en tensión.

–¿Qué ha sido eso? ¿Lo habéis oído?

Diane la miró.

–Yo no he oído nada.

–Eso no ha sido la tormenta –insistió Tarla.

Caprice echó un vistazo al jardín invisible, cogió la vela de la mesa y la acercó al cristal, utilizando su luz como fanal. La tormenta arremetía contra la ventana, a unos centímetros de su cara.

–No veo nada –dijo.

Se dio la vuelta hacia ellas, todavía con la vela en la mano.

Tarla miró por encima del hombro de Caprice, más allá de las luces danzantes que se reflejaban en el cristal. Allí no había nada y, al momento siguiente, algo tomó forma al otro lado de las puertas.

Un hombre. Un hombre encapuchado.

Tarla emitió un grito.

52

Peach conducía.

No le importaba la tormenta. No le importaba que todo el mundo se hubiera encerrado en sus casas para resguardarse durante las horas más violentas. El viento zarandeaba su pesado coche sobre la carretera como si fuera de juguete, pero ella siguió conduciendo, dejó atrás las playas y cruzó el puente hasta llegar al desolado corazón de Tampa. No era consciente del paso del tiempo ni de los desperdicios que golpeaban las ventanillas ni del gemido del motor, que protestaba en señal de advertencia mientras el agua amenazaba con calarlo. La bahía podría habérsela tragado y no habría pestañeado; se habría limitado a mirar hacia el infinito mientras se hundía bajo las olas.

Conducía.

En su mente volvía a ser una niña. *Chayla* estaba en el futuro. Su pasado se alzaba de la bahía como un monstruo marino, rodeándole la garganta con las manos. Recordó.

Recordó todo lo que había enterrado durante diez años.

El choque lanzó su cuerpo contra el asiento delantero.

Medio aturdida por la enfermedad que aquejaba sus pulmones, tenía la ropa pegada al cuerpo y estaba empapada en sudor. Había vomitado en una bolsa, pero parte del contenido se había derramado sobre el asiento trasero del Mercedes de Lyle. El coche olía a vómito, mezclado con el desagradable aroma dulzón de lo que fuera que Deacon estuviera fumando en el asiento del conductor.

Estaba tendida en la parte de atrás, tosiendo y atragantándose, con el pecho dolorido, mientras se preguntaba si iba a morir.

Y de repente estaba volando por los aires. Oyó el sonido del metal al chocar contra el metal. Los neumáticos chirriaron y ella se estrelló contra el asiento delantero. Se golpeó la cabeza y empezó a sangrar por la boca. Se encontró en el suelo, contemplando el techo del coche.

Deacon murmuró algo que tanto podía ser una maldición como una oración:

–Oh, Dios mío.

Luego salió del coche y la dejó allí. Peach lo oyó correr por la carretera. Estaba sola. Al toser, la flema le subió por la garganta y llegó hasta sus labios. Tenía el pelo manchado de vómito. Estaba asustada y quería llegar a casa.

–¿Deacon? –lo llamó en tono lastimero–. ¡Deacon!

Pero él no contestó.

Oyó ruidos extraños en la carretera, como cuando iban de acampada y Lyle echaba paladas de tierra para apagar el fuego. Alargó las manos y buscó la manecilla de la puerta. Al accionarla, la puerta se abrió y ella se arrastró hacia la húmeda noche. Cuando se puso en pie, la cabeza empezó a darle vueltas. Pensó que iba a vomitar otra vez.

Peach buscó a su hermano. Lo encontró detrás del coche, a veinte metros. La luna le confería la apariencia de un fantasma. La carretera estaba vacía y las carreteras vacías la hacían pensar en lobos y búhos y caimanes y otras cosas que tenían dientes y garras.

–¿Deacon? ¿Qué estás haciendo?

Arrastró los pies descalzos hacia él. Las piedras de la cuneta se le clavaban en las plantas. Vestía sólo un camisón blanco que ondeaba en la brisa veraniega.

–¿Qué pasa? Tengo miedo.

Él no se percató de su presencia. Ella se acercó más a él, lo suficiente para ver sus ojos desorbitados y su boca abierta como la de un perro. Deacon jadeaba y sudaba. No dejaba de abrir y cerrar los puños. Tenía las manos manchadas.

–¿Deacon?

Peach bajó la mirada y vio salpicaduras rojas junto a sus pies, como un mapa poblado de lagos. Un lago grande y otros más pequeños que dibujaban un camino desde el asfalto hasta la cuneta de tierra y luego bajaban por la espesa hierba de la zanja.

–¿Por qué hay tanta sangre?

Su hermano reparó en ella por primera vez y abrió los ojos de par en par. Luego tomó aire y le chilló:

–¡ENANA, VUELVE A METERTE EN EL COCHE!

Ella se puso a temblar de miedo.

–Pero Deacon, yo...

–¡VUELVE A METERTE EN EL COCHE Y CIERRA LA BOCA!

Peach corrió sobre el suelo pedregoso hacia el Mercedes y prácticamente se lanzó al asiento trasero, se hizo un ovillo en una esquina y se abrazó tan fuerte que pensó que podría convertirse en una pelota y salir rodando. Esperó, y no sabía cuánto tiempo pasó hasta que Deacon regresó al asiento delantero.

Notó que él la miraba, aunque no podía verlo.

–Lo siento –murmuró él–. Siento haberte gritado.

Ella no se atrevió a decir nada.

–Hemos atropellado un ciervo. He perdido los nervios.

Peach se apartó un poco la manta de la cara, lo suficiente para dejar sus ojos al descubierto, y habló con voz ahogada contra la lana:

–¿Está muerto?

–Sí, está muerto.

–Oh, no. ¿Era un ciervo grande o uno pequeño?

–Era uno grande. Había vivido mucho. No te pongas triste.

–Pero ¿qué vamos...?

–No vamos a hacer nada –la cortó Deacon–. Esto no ha sucedido, ¿me entiendes? No ha sucedido.

Deacon se inclinó hacia atrás, hasta que su cuerpo sobresalió por encima de los asientos y su cara quedó a escasos centímetros de la de Peach.

–Lo digo en serio, enana. No debes contárselo nunca a nadie. Será nuestro secreto, ¿vale? Prométemelo.

–Te lo prometo –dijo Peach.

Era la promesa de una niña asustada de doce años, pero había mantenido su palabra. Nunca se lo había contado a nadie; al cabo de un tiempo, incluso había dejado de contárselo a sí misma. El accidente se convirtió en una especie de extraño sueño provocado por la neumonía, algo que podía ser real o una simple fantasía. No fue hasta que Justin y ella volvieron a Lake Wales y llegaron a esa parte desolada de la carretera 60 cuando recordó parte de lo ocurrido.

Deacon atropelló un ciervo. Justo allí, en esa parte tan peligrosa de la carretera. No tenía nada que ver con la crucecita blanca.

Peach conducía, volaba, mientras *Chayla* soplaba bajo sus alas. No dejaba de oír el eco de las voces entre las nubes, lloviendo del cielo. La voz de Deacon. La voz de Lyle, también. Discutiendo. Siempre discutían, pero aquella vez fue mucho peor.

«Se supone que eres mi hermano –decía Deacon–. ¡Estamos hablando de mi vida!»

«La culpa es tuya, no mía –respondía Lyle–. No me has dejado alternativa. Lo siento, pero tienes que enfrentarte a tus actos. Lo he consultado con una abogada; dice que no hay forma de escapar de esto.»

Salvo que sí había una forma de escapar.

Si Lyle moría, todo aquello desaparecería.

Peach conducía. Y conducía. Sabía adónde se dirigía y a quién tenía que ver. Sabía adónde la llevaba *Chayla*, impulsada por el viento a su espalda.

53

La puerta de la terraza acristalada estaba cerrada.

El hombre alzó la pistola y disparó dos tiros a los ventanales, junto a la puerta. El cristal se agrietó alrededor de los orificios de bala y las esquirlas salieron despedidas como rayos. El viento irrumpió con furia ensordecedora por los dos agujeros, aumentando la presión sobre el debilitado marco. Cuando el hombre volvió a disparar, la ventana estalló y una lluvia de diamantes se derramó en el interior.

Tarla cerró los ojos con fuerza mientras una lluvia de cristales caía sobre ella. Los oídos le zumbaban con el ruido de las explosiones. El aire de la terraza acristalada olía a quemado y las tres balas incrustadas en la pared levantaron una nube de yeso.

El hombre entró por la ventana, evitando los dientes afilados que colgaban del marco. La tormenta lo acompañaba, atronadora e incontrolada. A ambos extremos de la pared, las cortinas empezaron a agitarse. Tarla notó que el agua le empapaba la cara. La jaula se había abierto y los animales salvajes se habían adueñado de ella.

El hombre de la pistola vestía de negro, igual que diez años atrás. Ocultaba el rostro bajo una capucha, pero Tarla supo que se trataba del mismo hombre. Sabía que esta vez no saldría con vida ni despertaría unos días más tarde en el hospital. Ninguna de ellas lo haría. Albergaba una vaga curiosidad por saber qué sentiría cuando él le disparara, si dolería, cuánto tardaría en morir. Intentó tragarse sus muchos remordimientos. La sonrisa de Cab ocupaba su mente, como la primera vez.

Caprice estaba a su lado, rígida como un cadáver. Su pelo brillaba, cubierto de cristales, sus ojos eran pequeñas piedras oscuras y su mandíbula estaba tensa, apretada con una salvaje determinación. Parecía un gato a punto de abalanzarse sobre su presa. Tarla sintió deseos de llamar su atención para decirle que no podía ganar.

Diane no se había movido. Aquel hombre venía a por ella y, sin embargo, parecía serena, como si en su cabeza estuviera sonando la *Marcha fúnebre* de Chopin, una pieza de piano dedicada a los que iban a morir. Por primera vez en mucho tiempo, Tarla pensó que su amiga parecía liberada y comprendió el terrible error que Diane había cometido entrando en campaña. La política te cambiaba, te convertía en peor persona. Ahora, despojada de ese peso, podía volver a ser simplemente Diane, aunque fuera sólo por unos momentos.

El tiempo quedó suspendido, como una burbuja en el aire a punto de estallar. El hombre dio un paso hacia ellas. No podía fallar, no a esa distancia. Sin embargo, estaba herido y se agarraba el costado con la mano libre. Tarla vio que una mancha de rojo sangre teñía la tela.

–Esta vez no tienes que ocultarte –dijo–. ¿Quién eres?

Él se detuvo como si, finalmente, quisiera que ellas supieran quién era. Apartó la mano enguantada de su herida, agarró la capucha de nailon que le caía por la frente y se descubrió la cara. Tenía el pelo mojado y pegado a la cabeza, y las sombras proyectadas por las velas danzaban sobre su piel. Era pelirrojo, guapo y de rasgos bien definidos, la clase de hombre al que mirarían dos veces allá donde fuera. A Tarla le pareció un hombre muy, muy joven, que no debía de haber cumplido los treinta años, lo que significaba que diez años atrás no había sido más que un crío. Un chico de dieciocho años que había matado a su hermano, igual que Caín mató a Abel. Tarla cayó en la cuenta de qué era lo que había percibido entonces por debajo de la capucha: su juventud. La juventud, esa estúpida etapa en la que las emociones lo eran todo y no había consecuencias.

–¿Deacon? –dijo Diane.

–Lo siento –le respondió Deacon Piper.

Tarla estaba lo suficientemente cerca como para ver su rostro con claridad. No lo sentía. Tal vez en el fondo no fuera un asesino, pero no lo sentía. Era un hombre con una misión y no se detendría hasta haberla cumplido.

–¿Por qué? –murmuró Diane como si sólo fuera por pura curiosidad, como si estuviera hablando de elegir un color para pintar la pared–. ¿Por qué haces esto?

–No tengo alternativa –contestó Deacon.

–No me digas que eres una especie de nazi que todavía no ha salido del armario –intervino Tarla con voz estentórea.

En algún lugar de su cerebro de madre de policía, pensó: «Tenemos que ganar tiempo». El tiempo lo posibilitaba todo, incluso que las rescataran.

–¿Eres uno de esos horribles miembros de la Alianza que quieren salvar el mundo para instaurar el fascismo? Me llevaría una enorme decepción.

–Puedo hacer esto o bien pasarme el resto de la vida en la cárcel. Ésas eran mis opciones hace diez años y siguen siéndolo ahora. –Y añadió–: No disfruto con esto.

–Vaya, eso me hace sentir mucho mejor –dijo Tarla.

–¡No juegues con nosotras, Deacon! –siseó Caprice, hablando por primera vez–. Si esto es lo que eres, tendrás que vivir contigo mismo. Si crees que puedes hacerlo, ármate de valor y hazlo de una vez.

Deacon apuntó a Caprice con la pistola.

–¿Quieres ser la primera?

–No me importa lo que hagas.

Deacon la miró.

–Bang –dijo, pero no disparó.

Volvió a dirigir la pistola hacia Diane, que no dejaba traslucir ningún miedo. Contemplaba a Deacon y el cañón del arma con una extraña fascinación. Deacon se acercó a ella cojeando, con el brazo extendido, preparado para disparar. Sin remordimientos. Sin dudas. Sin vacilación.

Tarla se interpuso en su camino, un escudo humano entre Diane y él. No iba a dejar que matara a su amiga, ni entonces ni ahora.

–Creo que ya hemos pasado antes por esto –le recordó.

–Así es –convino Deacon.

–Siento curiosidad. ¿Por qué no me mataste hace diez años?

–¿La verdad? Eras demasiado hermosa para matarte.

–¿Y ahora?

Deacon esbozó una sonrisa.

–Sigues siendo hermosa.

Y luego apuntó con la pistola a su bonito rostro.

«Así que eso es todo», pensó ella.

Una voz procedente de la ventana los interrumpió. Era la voz de Cab, tranquila y letal. No la oía en su cabeza, era real.

–Deacon, baja el arma ahora mismo.

Cab estaba en la ventana, entre los cristales que colgaban del marco, rodeado de nubes de lluvia. Agarraba la culata de su pistola con ambas manos y tenía el dedo sobre el gatillo. La fuerza del viento hacía que le resultara difícil apuntar, pero Cab luchó contra las intensas ráfagas mientras atravesaba los restos de la ventana y entró en la terraza acristalada. Miró a Deacon sin parpadear. A su espalda, en silencio, Lala se deslizó también a través de la ventana, con su propia pistola apuntando a la cara de Deacon. Dos contra uno.

Deacon los observó sin decir nada, pero no bajó el arma.

–Todo ha terminado –le dijo Cab–. Arrodíllate y deja la pistola en el suelo.

Deacon siguió sin moverse. Era un jugador nato: analizaba sus opciones y decidía si había una manera de ganar.

–Es mi madre –continuó Cab–. Si la matas, me veré obligado a matarte.

–No, no lo creo. No creo que seas un suicida.

Lala se dirigió a Deacon en voz baja.

–Hemos encontrado el cuerpo de Frank Macy y sabemos que pensabas incriminarlo. Hemos descubierto tu plan. Has perdido. El hecho de que mates a más gente no cambiará nada.

Deacon se encogió de hombros, le dio la espalda a Tarla, se agachó y dejó la pistola a sus pies. Después se incorporó y levantó las manos en el aire.

–¿Y ahora qué?

–Las manos sobre la cabeza –le indicó Cab–. Date la vuelta y avanza de espaldas hacia mí, poco a poco.

Deacon hizo lo que le pedía. Se volvió y dio un paso atrás.

En ese momento, con un endiablado sentido de la coordinación, *Chayla* intervino.

El viento, que soplaba a más de noventa kilómetros por hora, sacudió la puerta cerrada que daba al jardín y la arrancó de sus goznes. La hoja salió volando por los aires y golpeó la espalda de Cab como un misil. El detective cayó hacia un lado sobre Lala, y la derribó como en una partida de bolos. Ambos perdieron el equilibrio y sus pistolas patinaron sobre el suelo mojado.

Deacon se agachó inmediatamente para recuperar su pistola y giró sobre sus talones para apuntar a Cab, pero Caprice salvó la corta distancia que los separaba, se lanzó sobre él y lo hizo rodar de espaldas por el suelo. Aturdido, se puso en pie con la pistola en la mano. Caprice cogió el arma de Cab del suelo y ambos se apuntaron mutuamente, a la vez.

Deacon retrocedió hacia la ventana abierta sujetándose la aparatosa herida del costado.

–¿Alguna vez has disparado un arma? –le preguntó a Caprice.

–No.

Deacon miró de reojo a Cab y a Lala, que gateaban sobre el suelo resbaladizo tratando de levantarse.

–¿De verdad crees que puedes hacerlo?

–Ya lo verás.

–Tú también morirás –observó él.

–Quizá.

Deacon la observó tratando de averiguar si hablaba en serio y bajó el cañón del arma como si se rindiera. Entonces, se dio la vuelta con una sonrisa en los labios y echó a correr. Caprice disparó repetidas veces a su espalda. Las balas eran como pequeñas bombas que detonaban entre las paredes. Las ventanas cayeron en cascada hacia fuera, hechas añicos. La tormenta aulló como si Caprice le estuviera tiroteando las tripas. Ella siguió disparando mientras Deacon se desvanecía, hasta que vació el cargador y cada vez que apretaba el gatillo sonaba un impotente clic.

Deacon había desaparecido. El corazón enfurecido de *Chayla* lo había engullido.

Cab, que aún no se había recuperado por completo del impacto de la puerta, saltó por la ventana y emprendió la persecución.

54

Un dolor abrasador atravesó la espalda de Deacon como un cigarrillo encendido y abrió un camino de fuego a través de sus entrañas. Al ver salir la bala entre los tensos músculos de su abdomen, fue consciente de que Caprice le había disparado. Estaba furioso y sorprendido. El impacto lo hizo trastabillar, pero consiguió mantener el equilibrio. Se colocó la mano sobre la tripa, caliente y húmeda, y apretó con fuerza para evitar que la sangre siguiera derramándose entre sus dedos.

La oscuridad lo volvía invisible. A su espalda, recortado contra los puntos de la luz de las velas, vio a Cab Bolton escudriñando el terreno. El jardín le servía a Deacon de escondite. Alzó la pistola y disparó desde los árboles. Cab se agachó, pero no creía haberlo alcanzado.

Su refugio parecía hallarse a kilómetros de distancia; sabía que no conseguiría llegar. Se dirigió hacia la verja de hierro de la finca a través de los densos arbustos que le azotaban el rostro, bordeando el muro norte cubierto de hojas de parra. La casa se erguía a su derecha, una silueta negra en la oscuridad.

No había salida, lo sabía. El orificio de su estómago le decía que se estaba muriendo, pero eso no impedía que utilizara su último aliento para escapar. Si conseguía llegar al garaje de la finca, si podía robar un coche, quedaría una esperanza. Mientras su corazón siguiera bombeando sangre, estaría vivo. Había aprendido esa lección hacía mucho tiempo.

«¿Por qué hay tanta sangre?»

Esa noche, ese único momento, volvía una y otra vez a su memoria. Aún notaba la amargura que atenazaba su estómago mientras conducía hacia Tampa en plena noche. Sentía su cabeza flotar con cada porro, pero en lugar de tranquilizarlo, aquello sólo alimentaba su impaciencia. Esa noche él era un chico de dieciocho años que odiaba el mundo. Que odiaba a su dominante hermano. Que odiaba a su hermana pequeña, que vomitaba en el asiento de atrás. Que odiaba a sus padres, que habían muerto. Toda esa rabia se acumuló en su pie, que se hundió en el acelerador. Ciento diez kilómetros por hora. Ciento treinta.

No había nadie en la carretera y, de repente, allí estaba ella. Alison.

Alison, apenas un destello de pelo rubio bajo sus faros. Alison, que voló por los aires cuando el parachoques del Mercedes de Lyle golpeó la rueda trasera de su bici y cuya cabeza aterrizó como un meteorito sobre el asfalto.

Recordaba el pánico que lo había embargado. Tenía el cuerpo bañado en sudor y la cabeza le daba vueltas, sumida en una neblina. Recordaba haber salido corriendo del coche y contemplarla sobre el suelo, tan pequeña y débil, sangrando, con los ojos cerrados. Sabía qué tenía que hacer: llamar una ambulancia, esperar con ella, cogerla de la mano, susurrarle al oído que todo iría bien. Eso era lo que pensaba hacer, incluso mientras la agarraba de las deportivas y la arrastraba fuera de la carretera hacia la zanja húmeda junto a la cuneta. Se imaginaba a sí mismo explicando el accidente por teléfono e indicando su localización a la policía, incluso mientras cubría su cuerpo, que aún respiraba, con tierra y hojas, incluso mientras escondía su bicicleta abollada en un arbusto en flor. «Hay una niña, está herida», se oía decir, incluso cuando le gritaba a Peach que se metiera en el coche, mientras le hacía prometer que nunca diría a nadie una palabra de lo sucedido.

Había atropellado un ciervo, eso era todo. Y se convirtió en la verdad.

Si Lyle lo hubiera dejado ahí, si hubiera permitido que Deacon llevara el coche a Jacksonville para que lo repararan, tal vez su hermano seguiría vivo. Lyle no era idiota; había visto los titulares y descubrió la mentira, de modo que tenía que morir. El cálculo le había resultado extrañamente simple. Podía hablar con un abogado, declararse culpable y renunciar a su vida. O podía meterle a su hermano una bala en el cerebro. Por raro que pareciera, le resultó una decisión fácil de tomar. De hecho, se sintió bien al silenciar aquella desagradable y sentenciosa voz para siempre.

No lo lamentaba; odiaba a Lyle. Sólo se arrepentía de no haber podido decirle a la cara quién era en realidad el hombre de la familia. Lyle era un cobarde con grandes aspiraciones, pero que se amedrentaba ante lo que se requería para conseguirlas, que nunca entendió que el fin justificaba los medios. No como Deacon. Ojalá su hermano hubiera conocido la verdad. Aunque tal vez lo hiciera. Tal vez en ese instante final supo quién le apuntaba a la cabeza con la pistola.

Deacon salió de entre los árboles, encorvado y débil. Avanzó a trompicones hacia la pared trasera del garaje y se derrumbó contra ella, respirando pesadamente. El pomo estaba cerrado con llave, pero apretó el cañón contra la cerradura y disparó, haciendo saltar la puerta hacia dentro. El garaje de tres plazas estaba oscuro y húmedo, con un vehículo aparcado en cada plaza. Cojeó entre los coches y abrió la salida de par en par. Junto a la puerta que llevaba al interior de la casa había tres ganchos, en cada uno de los cuales brillaba un llavero. Se arrastró por el suelo de cemento dejando un rastro de sangre, cogió las llaves y se metió dentro del vehículo más cercano, un Cadillac Escalade negro de tamaño monstruoso.

Probó con el primer juego de llaves, pero no encajaban. El segundo juego hizo rugir el motor. Salió disparado marcha atrás, zigzagueando, y abolló el lateral del Audi aparcado al lado. La lluvia se arremolinó a su alrededor mientras retrocedía hacia el camino adoquinado para dar la vuelta, resbalando sobre el barro y la maleza. Agarró el volante con una mano y se cubrió la herida del vientre con la otra; sus entrañas ardían como un soplete que no conseguía apagar. Deacon tuvo que recordarle a su cerebro qué hacer a continuación.

Metió la D en el cambio de marchas automático, hundió el pie en el acelerador y el vehículo dio varios bandazos. Era incapaz de mantenerse erguido. Palpó el salpicadero y accionó el botón de los faros, que iluminaron el camino de entrada como reflectores. A través del aguacero, vislumbró a Cab Bolton corriendo hacia él por el terreno inundado. Deacon se dirigió hacia la verja de hierro, cuyas hojas se abrían y se cerraban con fuertes golpes, y se lanzó contra ella. Los goznes cedieron y el vehículo pasó por encima de las hojas como si fueran simples piedras de playa.

Era libre. Giró por la primera calle levantando olas a su paso, sin distinguir apenas los árboles que había a ambos lados. Los escombros se le pegaban al parabrisas y tuvo que entornar los ojos para ver algo. Sentía la misma amargura que hacía diez años; la cabeza le daba vueltas e iba cada vez más y más rápido.

Y de pronto, allí estaba ella. En mitad de la calle. Bajo los faros.

Igual que entonces. Una niña inocente a punto de ser arrollada por una tonelada de acero. Desplazó el pie hacia el freno y oyó una voz que gritaba en su cabeza: «Detente detente detente detente detente».

No era Alison. Estaba en el presente, no en el pasado.

Era Peach.

Lo vio venir y supo que era su hermano. No albergaba ninguna duda. Conducía como un loco, como un hombre que tratara de huir de sus crímenes. Los faros del SUV eran como los ojos de un dragón. El vehículo se le venía encima, pero ella permaneció de pie en mitad de la calle, inmóvil, con los brazos colgando, mientras la tormenta flagelaba su cuerpo. Ni siquiera intentó ponerse a salvo. Oyó el chirrido de los frenos, oyó cómo los neumáticos se deslizaban sobre el agua, vio como la parte trasera del coche daba un bandazo.

El Escalade se detuvo a escasos centímetros de ella.

Lo vio detrás de los faros. La puerta del conductor se abrió y Deacon salió del vehículo. Agarrado a una ventanilla con una mano para mantenerse erguido, le gritó:

–¡Enana! ¡Apártate de mi camino!

Peach se limitó a negar con la cabeza y no se movió. Las luces la bañaban, haciéndola sentir pequeña. Pequeña, como se había sentido diez años atrás, cuando salió a la carretera desierta, enferma y aturdida. Deacon le había gritado del mismo modo, preso de un terror desesperado, para que volviera a meterse en el coche.

Era el mismo hombre. Su hermano.

–¡Esto no tiene nada que ver contigo! –gritó él.

Ella rodeó el SUV y, al acercarse a la puerta del conductor, vio que estaba gravemente herido.

–¿Nada que ver conmigo? –dijo.

La tormenta gritaba más alto que ella, intentando ahogar sus palabras. Peach alzó la voz y contestó también a gritos. Ya no era una niña.

–¿Nada que ver conmigo? Tú mataste a Lyle, ¿verdad? Y también a Justin. ¡Fuiste tú!

Deacon levantó la otra mano. Sostenía una pistola que apuntaba a su cabeza.

–¡Enana, lárgate de aquí!

–Claro, ¡mátame! Eso es lo que haces, Deacon. Matas a la gente.

–¡No bromeo!

Peach se acercó más, hasta que la pistola quedó ante sus ojos, como una bestia salvaje. La lluvia, convertida en un aguacero descomunal, se precipitaba desde el cielo.

–¡Yo tampoco! ¡Hazlo!

Ahora, Deacon volvía a ser un crío de dieciocho años.

–¡Maldita sea, enana! ¡No me obligues a hacerlo! –chilló.

–¡No me importa! ¿Crees que no sé lo que hiciste? Recuerdo el accidente. Recuerdo a Alison. Así que ahora tienes que matarme como a todos los demás. ¡Vamos, aprieta el gatillo!

Deacon incrustó el cañón en la frente de Peach. Estaba caliente; quemaba. Por encima de su hombro, más allá del coche, Peach distinguió a duras penas a dos personas que corrían bajo la tormenta. Estaban a cincuenta metros, pero se acercaban. Dos personas. Cab. Lala.

Deacon miró hacia atrás y también los vio. Volvió a clavarle la pistola en la cara con tanta fuerza que hizo que se tambaleara.

–¡Vete! ¡Venga, lárgate! ¡No quiero hacerte daño!

Peach levantó las manos y rodeó la pistola con ellas. Bajo sus dedos calientes, notó las manos frías de su hermano. La sangre de Deacon le manchó la cara. Sus miradas se encontraron, y la de él era triste y solitaria. Tenía la piel blanca y el pelo pegado a la cabeza. Todo su cuerpo temblaba.

–¡Deacon, detente! –gritó Cab.

Deacon tiró de la pistola, se la arrancó de las manos y la echó a una alcantarilla, donde se hundió bajó el torrente. Después cerró la puerta del coche, apartó a su hermana de un empujón y se lanzó a una carrera que no duró demasiado. Se tambaleaba como un borracho mugriento. Tras dar seis zancadas, se detuvo y cayó de rodillas en el suelo. El lado izquierdo de su cuerpo cedió y Deacon se desplomó de espaldas, entre sacudidas y con las piernas abiertas. Una riada, lo bastante profunda como para cubrirlo casi por completo, se abatió sobre su cuerpo.

Peach notó que el corazón se le desbocaba y se lanzó hacia él, se arrodilló, deslizó un brazo por debajo de su cuello inerte y lo abrazó. Los ojos de Deacon habían perdido su brillo. La sangre se escurría entre sus labios. Peach percibió vagamente que Cab y Lala se acercaban, que se quedaban de pie a su lado y le ponían una mano en el hombro, pero no se movió. Esperó, porque sabía que el final se acercaba.

Miró a su hermano a la cara, pero parecía haberse convertido en todos aquellos a los que Peach había perdido, en todos aquellos a los que no había tenido la oportunidad de abrazar. Su madre. Su padre. Lyle. Justin. Justin, con su sombrero redondo y el bigote caído, sonriéndole, tomándole el pelo, amándola, alejándose entre los remolinos de agua. Quería permanecer para siempre abrazada a ellos. Mantenerlo allí. Mantenerlo con vida durante un segundo más.

Pero el hombre que sujetaba entre sus brazos no era ninguna de esas personas. Era su hermano. Era un asesino.

–Oh, Deacon –dijo, pero los ojos de él ya se habían cerrado.

55

Chayla había huido.

Las nubes se escurrieron tras ella, dejando a su paso coches zarandeados como juguetes, árboles caídos, tejados arrancados y montones de escombros que brillaban mojados bajo un sol perfecto. De los charcos de agua se elevaban nubes de vapor. Los peces se pudrían en las calles y en las aceras, a más de medio kilómetro de la bahía. De fondo se oía el murmullo rugiente de las retroexcavadoras y los volquetes, que emprendían las tareas de limpieza de la zona.

El elegante trazado del jardín de Diane había quedado arrasado. Había una palmera caída sobre la hierba, con la copa desgreñada medio sumergida en el estanque. La estatua de piedra en forma de flamenco había sido decapitada. Los arbustos estaban arrancados de raíz y, cuando soplaba la brisa, danzaban sobre el suelo como plantas rodadoras. El pavimento del cenador, donde Cab y Diane se encontraban ahora, estaba cubierto de barro y ramas.

Habían limpiado dos sillas y se habían sentado con sendas tazas de porcelana a tomar un té *oolong* de granada. Diane no lo miraba a él, sino que contemplaba el desastre de la vegetación, como si estuviera planeando su renacimiento. Cogió una larga rama de sauce llorón que descansaba sobre el borde de la glorieta y que parecía un alga arrancada de la playa. Intentó doblarla hasta formar un círculo, pero era demasiado rígida y volvió a tirarla al suelo, detrás del cenador.

–No te he dado las gracias por habernos salvado la vida –dijo.

–No tienes por qué hacerlo –contestó Cab–. Lamento que tuvierais que enfrentaros a una situación tan aterradora.

–Bueno, aun así, te estoy muy agradecida. Y estoy segura de que Tarla también.

Cab sonrió.

–Creo que sus palabras exactas fueron: «¿Tenías que esperar hasta el último segundo como si fuera la decimoctava secuela de *La jungla de cristal*?».

–Suena muy propio de Tarla –convino Diane.

–También mencionó que McTiernan la quería a ella para la película y no a Bonnie Bedelia, pero que ella no soportaba a Bruce Willis.

–Veo que lleva bien su segundo roce con la muerte.

–Sí.

Diane cogió la taza de té pero volvió a dejarla sobre la mesa, como si hubiera perdido el interés en ella.

–Aún no me he recuperado de la sorpresa por lo de Deacon. Me sabe mal por él, a pesar de todo. Y por su hermana.

–Peach es fuerte. Me cae bien. Si no fuera por ella, es probable que el plan de Deacon hubiera tenido éxito. El cuerpo de Frank Macy habría desaparecido en los Everglades. Deacon utilizó la pistola que Macy le entregó en Picnic Island, así que las huellas de Macy habrían estado en ella. Todas las pruebas habrían señalado a Macy. Y no sólo por lo de ahora, sino también por los asesinatos de diez años atrás.

–Y a mí –añadió Diane–. O a Drew.

–Sí, mucha gente habría creído que tú o tu hijo habíais pagado a Macy para que matara a Birch. Ninguno de los dos habríais estados vivos para negarlo. Mientras tanto, Deacon habría reaparecido al cabo de un par de días tras haber logrado «escapar» del lugar en el que Macy y sus compinches lo tenían retenido después de su supuesto secuestro.

–¿Qué hay de ese joven, Justin? ¿Por qué lo mató?

–Está claro que Justin sumó dos más dos –explicó Cab–. Relacionó la muerte de Alison con Deacon y concluyó que el verdadero objetivo de los asesinatos del Día del Trabajo era Lyle. Justin debió de empezar a seguir a Deacon y eso lo condujo hasta la casa embargada. Una vez dentro, debió de imaginar qué estaba planeando Deacon, pero acabó con él antes de que pudiera contárselo a nadie.

–El verdadero misterio es por qué, ¿no crees? –dijo Diane–. ¿Por qué llegó Deacon tan lejos? ¿Por qué matarme ahora?

Cab asintió.

–Sí, esa pregunta no tiene respuesta. El FBI ha inspeccionado su casa y su ordenador, pero, por lo visto, no dejó pruebas que arrojen luz sobre sus motivos. Por el momento, sospechan que temía que se descubriera su papel en los asesinatos originales.

–¿Y tú coincides con ellos? –preguntó Diane.

Cab se frotó la barbilla bronceada.

–Oh, estoy seguro de que hay parte de razón en eso.

–¿Pero?

–Pero creo que hay algo más –contestó Cab–. La policía ha descubierto un hecho curioso: hace seis meses, Deacon visitó a Hamilton Brock en la cárcel.

–¿A Brock? ¿Por qué?

–Nadie lo sabe y Brock no tiene intención de hablar. Asegura que es otra teoría de la conspiración para presentar cargos contra él.

–¿Insinúas que Deacon era un miembro secreto de la Alianza por la Libertad del Imperio?

–Bueno, entre sus efectos personales no había nada que sugiriera que hubiera abrazado una ideología radical y resulta difícil creer que hubiera podido ocultárselo a Peach y a los demás durante todo este tiempo. Por otra parte, Deacon habría sido el candidato ideal para la Alianza. Un adolescente enfadado, huérfano, sin afectos. Cuando decidió matar a su hermano, tal vez pensó que podría echar una mano a la Alianza matando también a Birch.

Diane se quedó pensativa.

–¿Crees que alguna vez sabremos la verdad?

–La investigación seguirá su curso, pero nadie de la Alianza tiene ningún incentivo para hablar. –Y añadió–: ¿Y qué me cuentas de ti? He visto los titulares y la aglomeración de la prensa ahí fuera. Has retirado tu candidatura.

Diane asintió.

–Tienes la excusa perfecta para hacerlo –continuó Cab–, después de lo que has vivido.

–Sí, pero no busco excusas. Hice algo mal. He contratado a un abogado para que negocie un trato por mi papel en la condena de Frank Macy. Supongo que tendré que pasar algún tiempo en la cárcel. O quizá no; tal vez se apiaden de una madre consternada.

–Siempre y cuando la muerte del camarero en Pass-a-Grille se tratara realmente de una casualidad –apuntó Cab–. Algunos de mis colegas de la policía creen que Deacon y tú lo planeasteis todo para hundir a Frank Macy.

–Lo entiendo. Por si sirve de algo, no es cierto. Si Deacon lo mató, actuó por su cuenta. Nunca me habría implicado en un asesinato.

–Te creo.

–Aun así, esto es el fin de mi vida pública. Estoy fuera de la política y también voy a dejar mi puesto en la fundación. Le he dicho a Tarla que, si no estoy jugando al solitario en una celda para mujeres, deberíamos irnos de crucero a alguna parte.

–Algo me ha dicho. A algún sitio con hombres atractivos de piel oscura. Espera que, en cuanto Garth se haya recuperado, pueda unirse a vosotras para aplicaros el bronceador.

–Ah, Tarla –dijo Diane meneando la cabeza.

–Supongo que esto significa que Ramona Cortes conseguirá lo que siempre ha querido –continuó Cab–. Ahora que te has retirado, las elecciones son cosa de dos y ella va por delante en las encuestas. Todo el mundo opina que ganará.

–Eso dicen –convino Diane.

Cab vio que una curiosa sonrisa asomaba a sus labios.

–¿Tú no lo crees? –preguntó.

Diane volvió a coger el té, aunque ya estaba frío.

–Creo que faltan todavía cuatro meses hasta las elecciones –contestó–. Puede pasar cualquier cosa.

Walter Fleming cerró los dedos alrededor del largo cuello de su botella de Budweiser y dio un trago. El jefe del sindicato tenía media docena de botellas más a remojo con hielo en un cubo plateado junto a su silla plegable. El sol abrasador del mediodía había teñido de rojo su frente. Llevaba un horroroso bañador a rayas amarillas que hacía años que tenía y sus chanclas estaban sobre la arena, a sus pies. Las Ray-Ban negras tras las que se ocultaban sus ojos se parecían a las gafas de sol que usaba su padre en los cincuenta. Todo lo antiguo volvía a estar de moda.

Estaba sentado en la arena detrás de su casa, cerca de Carrabelle. El agua apenas se movía. Unos cuantos adolescentes chapoteaban en el agua, pero aquel lugar era demasiado aburrido para la mayoría de los chicos. Pasaba los fines de semana allí con su mujer, que vivía en la casa de forma permanente, y el resto de los días entre Tallahassee y las reuniones sindicales por todo el estado.

Era lunes, estaba de mal humor y no tenía ganas de trabajar. Su estado de ánimo no mejoró al ver a Ogden Bush acercarse a él desde la terraza de su casa. Ogden llevaba un traje y un fedora, lo que le confería el aspecto de uno de esos políticos que van estrechando manos por las ferias estatales. El sudor hacía brillar su piel negra, pero lucía la siempre relajada sonrisa que nada podía borrar de su cara. Sujetaba un sobre marrón arrugado entre sus estilizados dedos.

Bush se quitó el sombrero y se secó la calva. Se quedó mirando la playa y admirando a las chicas que jugaban en el agua.

–¿No te preocupa el cáncer de piel, Walter?

–Tú eres el único lunar que me preocupa, Bush –repuso Walter.

Bush soltó una risita.

–Muy bueno.

Walter tomó un sorbo de cerveza y se secó la barba con el antebrazo sudado. Bush se acomodó a su lado en la silla vacía. Sin que nadie se la ofreciera, el espía cogió una de las cervezas de Walter del cubo, la abrió y se bebió la mitad de un solo trago.

–Esto es muy tranquilo –comentó–. ¿De verdad quieres retirarte aquí? Yo me volvería loco.

–Me gusta la tranquilidad. No tengo mucha en mi vida.

Terminaron sus cervezas en silencio. Walter espantó una abeja que zumbaba alrededor de su cabeza. Tenía los labios fruncidos en una mueca perpetua.

–Pareces *Grumpy Cat*, Walter –comentó Bush–. ¿A qué viene ese mal humor?

Walter dejó la botella vacía en el cubo.

–¿Has visto las encuestas?

–Claro. Son una mierda.

–Son una gran mierda. El gobernador no ha recibido ningún empujón por su impecable gestión de *Chayla*. Todos los titulares se han centrado en Ramona Cortes hablando de la ley y el orden, y de la corrupción política. La tía se sienta allí y mezcla el escándalo del gobernador con la porquería de Common Way como si fueran el síntoma de un problema mayor, y los medios nacionales se lo compran. Lleva diez puntos de ventaja. Diez.

–Anímate –le dijo Bush–. No es el fin del mundo.

Walter se quitó las gafas de sol y apuntó con ellas a Bush.

–¿Ves? Esto es lo que odio de los asesores. Para vosotros, todo es un juego; unas veces se gana y otras se pierde, y al final del día, tanto os da. Yo me imagino a una conservadora como Ramona Cortes sentada en el despacho del gobernador y me pongo enfermo. Es un maldito desastre.

–¿Preferirías a Diane Fairmont? –preguntó el otro.

–¿Entre ellas dos? Sí. Prefiero a Diane antes que a Ramona, pero eso no va a pasar.

–No –convino Bush–. Diane está acabada, aunque se las ha apañado para caer con dignidad. La gente vuelve a verla como una víctima. Despierta muchas simpatías.

Walter resopló.

–Y bien, ¿qué haces aquí, Ogden? ¿Necesitas un trabajo?

Bush se encogió de hombros.

–Sí, más o menos. Irónico, ¿eh? Diane está fuera y yo también.

–No contratamos a nadie.

–¿No? Tenemos un trato, Walter, y espero que lo cumplas. Yo cumplí con mi parte. Espié para ti.

–Un espía que no pudo darnos nada –le espetó Walter.

–Oh, no estés tan seguro. Diría que te gustará ver lo que te traigo. Claro que, si lo prefieres, puedo quemarlo y tú puedes pasarte los próximos cuatro años lidiando con la gobernadora Cortes.

Walter entornó los ojos.

–¿De qué estás hablando?

Bush agitó el sobre en el aire.

–Tengo un regalito de despedida de nuestros amigos de Common Way.

–¿Un escándalo?

–Del alcance de una bomba nuclear –contestó Bush.

Walter frunció el ceño.

–¿Qué es? ¿De dónde lo has sacado?

–Apareció en mi escritorio. No sé quién lo dejó ahí, pero puedo imaginarlo. El hecho es que creo que sospechaban de mi lealtad. Respecto al contenido… bueno, será mejor que lo veas tú mismo.

Le tendió el sobre a Walter, que sacó unas gafas de leer de una bolsa de lona que descansaba junto a su silla y lo abrió. Contenía una sola hoja de papel. Era la copia de una minuta enviada por un bufete de Orlando diez años atrás, y los servicios prestados se describían con un escueto «Asesoría».

Walter reconoció el nombre del bufete. Era un selecto despacho de abogados de la vieja escuela con vínculos políticos y que se ocupaba de casos que abarcaban desde asuntos políticos hasta criminales. También reconoció el nombre de la persona a la que iba dirigida la minuta.

Lyle Piper.

–¿Qué coño es esto? –preguntó Walter.

–Fíjate en la fecha de la consulta.

Walter lo hizo. La conversación de dos horas entre Lyle Piper y su abogado había tenido lugar una semana antes de los asesinatos del Día del Trabajo.

–Vale, ¿y? Debo de ser algo obtuso, pero no lo pillo. A mí no me parece una bomba.

–Haz el cálculo, Walter –le indicó Bush–. Deacon Piper atropelló a una niña con el Mercedes de Lyle, la arrastró fuera de la carretera y la dejó morir, ¿no? Su hermano lo descubrió, así que consultó con un abogado criminalista porque su intención era que Deacon se entregara. De ahí la minuta.

–Sí, conozco la historia –repuso Walter.

–Muy bien, pero ¿sabes quién era la socia que se ocupaba de los casos criminales de ese bufete de Orlando hace diez años? Y ¿sabes quién era también la amiga de Lyle Piper desde su época en la Facultad de Derecho?

Walter frunció el ceño, desconcertado, pero su desconcierto se desvaneció al instante como las huellas sobre la arena mojada. Bush tenía razón: el papel que sostenía en la mano era radiactivo.

–Hija de puta –murmuró–. Ramona Cortes.

Bush se dio un golpecito en la nariz con el dedo índice.

–Eso es.

Ramona Cortes.

Walter meneó la cabeza con incredulidad.

–Ella lo sabía. Sabía lo que Deacon Piper le había hecho a esa niña. Lo sabía hace diez años.

–Sí. Qué oportuno, ¿eh? Ramona tenía la vida de Deacon Piper en sus manos. Una sola palabra, y el chico hubiera pasado treinta años entre rejas. Eso es poder.

–Lo negará todo –apuntó Walter–. En la minuta no aparece su nombre y no se indica nada acerca de la naturaleza de la asesoría. Nunca podremos demostrar que estuviera involucrada.

Bush se encogió de hombros.

–¿A quién le importa? Deja que lo niegue todo si quiere. Se pasará los próximos cuatro meses respondiendo preguntas sobre lo que sabía y sobre cuándo lo supo. Las meras sospechas acabarán con ella.

Era cierto. Aquel pedazo de papel cambiaría el curso de las elecciones. Ramona perdería y el gobernador ganaría.

¿O no?

–¿Por qué iba a darte este papel Common Way? –preguntó Walter.

–Está claro que no quieren que nadie los relacione con esto.

–Ya, y ¿qué ganan ellos? Esos cabrones escurridizos no dan nada gratis.

–No les gusta Ramona; quiere hundir la fundación. Si no pueden conseguir que Diane se siente en Tallahassee, prefieren que el gobernador sea reelegido y no tener que enfrentarse a una enemiga acérrima como Ramona.

–No me lo trago –repuso Walter–. Traman algo; siguen intentando manipular las elecciones. Ya sabes lo que hará Ramona si esto sale a la luz: nos lo lanzará a la cara y dirá que es otro truco sucio de la campaña del gobernador. Será una batalla campal. Eso es lo que pretenden los de Common Way, ¿verdad? Que nos enzarcemos durante unas semanas en una lucha sin cuartel para que caigamos en las encuestas y luego entrar ellos con un candidato nuevo que tome la delantera.

–Es posible –convino Bush–, pero ¿tenemos otra opción? Sin esto, no hay carrera. Ramona gana.

Walter odiaba encontrarse entre la espada y la pared. Le gustaba ser la espada que atacaba al resto. Sin embargo, no podía negarse. No confiaba en Common Way, pero en ocasiones había que dar a tus enemigos lo que deseaban y esperar que al día siguiente pudieras joderles.

–Sí, de acuerdo –dijo.

–¿Lanzamos la bomba?

–Lancemos la bomba –aceptó Walter.

–Hay que manejar la filtración con mucho cuidado –señaló Bush–. No debe provenir de ninguna de nuestras fuentes habituales. Debemos permanecer alejados de todo esto. Sospecharán de nosotros, pero no podemos dejar que lo prueben.

–¿Acaso crees que no lo sé? –preguntó Walter–. No te preocupes, conozco a los tipos adecuados para hacerlo. Filtraremos la historia y caerá como Pearl Harbor en el campamento de Ramona.

Ogden se puso en pie y entrelazó las manos en la nuca, disfrutando del sol.

–Estupendo. Siempre es un placer hacer negocios contigo, Walter.

Fleming no le devolvió el cumplido. Observó el papel que tenía en la mano pero no sintió ningún regocijo. Anticipaba la caída e imaginaba los titulares, las conferencias de prensa, las réplicas y contrarréplicas. Sería un baño de sangre, pero las elecciones solían serlo.

–Bueno, ¿y tú qué crees, Ogden?

–¿Sobre qué?

Walter hizo un gesto con la cabeza hacia el papel.

–¿Crees que Ramona lo hizo? ¿Que estaba dispuesta a permitir que Deacon Piper cometiera un asesinato para poder sentarse en la silla del gobernador? No soporto a esa mujer, pero me pregunto si es verdad.

Los labios de Bush se curvaron en una sonrisa divertida.

–Walter, me sorprendes. Esto es política. ¿A quién coño le interesa la verdad?

56

–Hola, Alison.

Peach contempló la crucecita blanca clavada en la tierra cerca de la cuneta. Alguien le había colgado un rosario y estaba decorada con flores de color de rosa. No era una tumba, pero si un fantasma tuviera que elegir un lugar donde morar, aquél habría sido un bonito sitio. *Chayla* debería haber desenterrado y aplastado el frágil monumento, pero Dios había hecho una excepción con Alison. La cruz había sobrevivido intacta a la tormenta.

Se sentó delante con las piernas cruzadas. El suelo estaba seco y su Thunderbird, aparcado a veinte metros. Un camión pasó por la carretera solitaria y el conductor hizo sonar la bocina en señal de respeto.

Alison Garner, catorce años. Era dos años mayor que Peach aquella noche, pero dos años no eran nada.

–Me llamo Peach –dijo–. Tú no me conoces, pero yo estaba allí. Fue mi hermano quien te atropelló. Claro que, estés donde estés, probablemente ya lo sepas. Supongo que yo también lo sabía, pero nunca quise admitirlo. El cerebro funciona de un modo curioso. Bueno, sólo quería decirte que lo siento. Deberías haber disfrutado de una larga vida y no lo has hecho.

Peach aguardó. No esperaba una respuesta, pero era de buena educación dejar que el otro tuviera tiempo de asimilar tus palabras. Con sus maniquís, siempre lo hacía. Les hablaba y luego les dejaba pensar. Annalie –Lala– le había dicho que, a menos que empezaran a contestarle, no tenía de qué preocuparse.

–He conocido a tus padres –continuó–. Te echan mucho de menos, pero parecen felices. Tenía miedo de que me echaran a gritos, pero me han abrazado y han llorado, y yo también me he puesto a llorar. Me han invitado a cenar con ellos, pero no quería abusar. Aunque les he preguntado si podía ver las muchas cosas que conservan de ti. Eras fan de Britney, ¿eh? He visto que guardabas el programa de un concierto. Nunca fue una de mis cantantes favoritas, pero entiendo por qué te gustaba. Y también he visto un vídeo en el que salías cantando en la iglesia. Tenías una voz preciosa. Yo, en cambio, canto fatal.

Peach alzó la vista al cielo. Los pájaros revoloteaban y se llamaban entre los árboles. Había transcurrido un mes y la tormenta apenas era ya un vago recuerdo.

–He intentado decidir si mi hermano era una mala persona –prosiguió–. Bueno, sé que lo era. Probablemente tú lo odies, ¿verdad? Se me ha hecho extraño hablar con tus padres, porque suponía que ellos también lo odiarían, pero me han explicado que los cristianos creen en el perdón. Me han dicho lo mucho que lo sentían por mí y que debía de echar mucho de menos a Deacon, y también que sabían lo duro que es perder a un ser querido, sin importar cómo sucediera. Y el caso es que tienen razón. Lo echo de menos. Aún le quiero. Espero que no pienses mal de mí por eso.

Peach se secó una lágrima a la que siguió otra y, de repente, fueron tantas que no podía secárselas, de modo que las dejó rodar por sus mejillas.

–Me he enterado de que tenías novio. Os he visto en una foto; ibais a un baile. ¿Llegó a besarte? Los adolescentes son muy raros con eso. Yo nunca había tenido novio hasta este año, y él... bueno, ahora está muerto. Nos besábamos. Nunca hicimos nada más, porque a mí no me interesa. El sexo es un obstáculo, aunque me gustaba besarle. Me gustaba abrazarlo y que me abrazara. A él también lo echo de menos. Mucho. No sé, a veces creo que la culpa es mía. La gente que se acerca a mí muere. La verdad es que ahora no tengo a nadie. No me queda nadie.

Consiguió reírse de sí misma a través de las lágrimas. Nunca había sido partidaria de la autocompasión. Las cosas eran como eran. Aun así, ahí estaba, con otra amiga imaginaria. Tenía veintidós años y hablaba con maniquís y fantasmas.

–Lo siento –dijo–. Estoy aquí hablando de mis pesares cuando eres tú la que está muerta. Claro que, quién sabe, tal vez ya hayas regresado. O quizá se tarde un tiempo, no lo sé. Yo creo que hay almas viejas y almas nuevas, ¿sabes? Hay personas que, aunque sean jóvenes, parece que lleven siglos viviendo. Justin era así. En cambio, hay otras que parece que estén jugando su primera partida. Seguro que crees que estoy loca. En fin, si has vuelto y me ves, hazme un guiño, ¿vale? No sé qué voy a hacer ahora. He dejado el trabajo; estoy harta de la política, pero andaré por aquí.

Peach se levantó del suelo y se sacudió la tierra de los pantalones. Metió la mano en el bolsillo trasero y sacó un delgado volumen de poesía. Era el libro de William Blake que había encontrado en el escondite de Justin, el mismo que ella le había regalado. Lo había envuelto en plástico. Lo dejó en el suelo y lo apoyó sobre la cruz.

–No sé cómo funcionan las cosas donde estás –dijo–, pero he pensado que te gustaría. Si ves a Justin, pídele que te lea algún poema. Se le daba muy bien.

Una racha de aire agitó los árboles, y Peach lo tomó como una señal procedente de alguna parte.

–Bueno, tengo que marcharme –continuó–. Esta noche voy a una cena. Con una estrella de cine, ¿puedes creerlo? ¡Yo! Supongo que eso significa que tengo que cambiarme de ropa.

Peach se volvió para alejarse, pero luego se detuvo y se agachó para acariciar una de las flores que decoraban la cruz.

–Cuídate, Alison.

Regresó al Thunderbird, dio media vuelta en la carretera y emprendió el regreso a Tampa.

57

–¿Crees que está bien? –preguntó Lala.

Cab siguió la mirada de Lala hacia Peach, apoyada en la barandilla contemplando las tranquilas aguas del golfo desde la terraza del apartamento de Tarla. Pese a su juventud, ahora parecía mayor. Un alma vieja. Cab le había cogido mucho cariño, como haría un hombre que hubiera perdido a su hija. Era excéntrica, pero él también. Tenía extrañas ideas New Age y en general se mostraba demasiado seria, pero, para alguien que había perdido tanto como ella, lo llevaba bastante bien.

–Pues diría que sí –contestó. Y añadió–: Le ayuda tener una amiga como tú.

Lala sonrió.

–¿Estás siendo encantador?

–Siempre.

Ella entrechocó su copa de vino con la de él. Cab pensaba que nunca la había visto tan elegante. Lala, que vivía enfundada en sus vaqueros y camisetas negros, llevaba un vestido de cóctel fucsia que apenas le cubría las rodillas y dejaba al descubierto sus delgados y torneados brazos. Un fajín de un rojo más profundo le rodeaba la cintura, con un broche de flores en el centro. La melena negra le caía en amplias ondas por debajo de los hombros.

–¿Te he dicho que estás muy guapa? –añadió Cab.

–Tarla dijo que era una cena formal.

–Se pondrá celosa. No está acostumbrada a que le hagan sombra.

–Zalamero –dijo Lala, pero él sabía que estaba encantada–. ¿Yo también tengo que halagarte?

–Sí, porque soy muy inseguro con mi aspecto –repuso Cab.

–Mucho.

Él sonrió.

–¿Te quedarás a pasar la noche?

–Lo único que quieres es ver el vestido hecho un montón en el suelo.

–Así es.

–Ya veremos –dijo ella–. Algunos tenemos que trabajar para vivir, ya sabes.

Cab sabía que Lala tenía que estar de vuelta en casa por la mañana. Era un fin de semana de agosto. Lala se había reunido con él en Clearwater a última hora del viernes, y ahora era domingo. Tarla se había ausentado discretamente la mayor parte del tiempo, pero había insistido en dar una cena antes de que Lala regresara a Naples. Cab sospechaba que, en realidad, sólo quería ver cómo marchaba su relación.

–¿Y tú qué?

Él entendió la pregunta. ¿Cuándo volvería a casa? Vivía en la playa de Naples, pero llevaba en el apartamento de su madre más de un mes. Lala empezaba a preguntarse si regresaría alguna vez o si iba a someterse para siempre al yugo de Tarla. Ya no había ningún trabajo que lo reclamara: había cumplido su promesa de renunciar a su puesto en la policía de Naples. Era un hombre libre, aunque no supiera de qué iba a servirle eso. No sabía con exactitud qué implicaba la libertad y, de momento, no tenía prisa por averiguarlo.

–Tal vez regrese contigo mañana –dijo.

–¿De verdad?

–Echo de menos mi casa. Además, tengo que darle de comer al gato, ¿no?

–Tú no tienes gato.

–Vaya, pues es una suerte.

Ella le sonrió. Aquella sonrisa merecía un beso, de modo que se inclinó y la besó. Algunas cosas se les daban mal y otras bien, y besarse se les daba muy bien.

–¿Tarla no te echará de menos si te vas? –preguntó Lala.

–Ya lo hace. Me echa de menos cuando estoy aquí.

–¿Dónde está, por cierto?

–Ha ido a recoger a Caprice.

Esperó a que el rostro de Lala se crispara en una brusca muestra de desaprobación y añadió rápidamente:

–Estaba bromeando. Detestas a esa mujer, ¿verdad?

–Sí –contestó Lala, y añadió sin rodeos–: ¿La has visto últimamente?

–No, pero ha estado muy ocupada.

–¿La echas de menos?

–He pensado mucho en ella –confesó Cab.

–Respuesta equivocada.

–No del modo en que piensas –replicó él.

Lala parecía desconcertada, pero no le presionó para que se lo explicara. Se dirigió a uno de los sofás y dejó su copa de vino sobre una mesa de nogal. Él se colocó detrás ella y le acarició el hombro.

–He intentado hablar con Ramona –dijo Lala–, pero no he podido contactar con ella.

–También está muy ocupada.

–No me creo lo que dicen de ella en los periódicos.

–¿Como policía o como prima? –preguntó él.

–Las dos cosas. La conozco desde hace años; es una buena persona.

–Admitió que Lyle le había hecho una consulta acerca del atropello.

–Sólo en términos generales, no específicamente sobre Deacon o sobre el accidente.

–Ramona es lista –repuso Cab–. Me cuesta creer que no atara cabos.

–Si lo hizo, se lo habría llevado a la tumba. Es abogada.

–No estoy seguro de compartir tu caritativa opinión sobre los abogados –dijo Cab.

Besó el cuello de Lala, pero ella se puso rígida.

–Lo siento. No digo que estés equivocada con respecto a ella. En ocasiones, no puedo evitar interpretar el papel de abogado del diablo; es una costumbre horrible.

Ella se relajó y se dio la vuelta.

–Perdona. Soy demasiado susceptible. Tienes razón, no conozco la verdad; tan sólo sé lo que creo.

–A mí me basta.

–Me estás dorando la píldora, pero sigo pensando que te interesa más arrancarme el vestido.

–Culpable.

Lala le pasó un dedo por la barbilla.

–¿De verdad volverías mañana conmigo?

–Sí.

–Eso es un incentivo, lo confieso.

–Bien.

Ella volvió a coger la copa de vino.

–Bueno, y la idea de dedicarte a proyectos de investigación especiales, ¿va en serio? ¿O vas a quedarte en casa viendo series por la tele y tejiendo jerséis para tu gato?

–No tengo gato –dijo él.

–Ah, es verdad.

–Sí, va en serio. De hecho, estoy pensando en buscar un socio para mi agencia.

Lala arqueó las cejas.

–¿Tú y yo? Me halagas, pero ¿no crees que es una idea espantosa? Las cosas no nos van demasiado bien cuando pasamos todo el tiempo juntos. Una noche de vez en cuando es más que suficiente. Además, yo soy policía. Es lo que siempre he querido ser y es lo que quiero seguir siendo.

–Lo sé, me gusta que seas poli. No hablaba de ti.

Ella pareció contrariada.

–¿A quién te referías, entonces?

Cab señaló con la cabeza a la chica de la terraza, que continuaba mirando ensoñadoramente las aguas del golfo.

–¿Peach? –preguntó Lala.

–Peach –confirmó Cab–. ¿Qué te parece?

–De hecho, creo que es una gran idea. ¿Se lo has comentado?

–No, todavía no. ¿Le hablarás bien de mí?

–Sí.

Se besaron de nuevo. Lala se volvió hacia la terraza y lo dejó solo. Cab sabía que ella se quedaría a pasar la noche y que, al día siguiente, se marcharían juntos. La vida, que durante un tiempo había permanecido en suspenso, retomaría su curso.

Lala abrió la puerta de la terraza, salió y la cerró a su espalda. Cab contempló a las dos mujeres juntas, Lala y Peach. Había algo entre ellas, intimidad o amistad, una familiaridad sencilla. Peach la abrazó y Lala sonrió, y Cab reconoció un auténtico afecto en su sonrisa. Lala provenía de una gran familia y Peach no tenía a nadie, pero en las grandes familias siempre había sitio para uno más.

Y luego estaban su madre y él.

–Un centavo por tus pensamientos –dijo Tarla.

Cab dio un respingo; no la había oído llegar. Su madre seguía teniendo la capacidad de aparecer milagrosamente a su lado.

–¿Un centavo? –dijo Cab–. Puedes permitirte algo más.

–Estoy jubilada, cielo. Tengo que vigilar mis gastos. Bueno, pareces contento. ¿Algo va mal?

–Nada –dijo él señalando a Lala y a Peach–. ¿Ves a esas dos mujeres? Es muy probable que se queden en mi vida durante mucho tiempo.

–Bueno, lamento fastidiarte el momento –repuso Tarla–, pero yo también.

–¿A pesar de mis esfuerzos?

–Eso me temo.

–Sólo para que lo sepas, mañana regreso a Naples con Lala.

–¡Por fin! No te lo tomes a mal, cielo, pero estabas empezando a ponerme de los nervios.

Su madre le guiñó un ojo y le dio una palmadita en la mejilla. Por un momento Cab se quedó abatido, pero luego sonrió. Tarla era Tarla y nunca cambiaría. Iba vestida para matar, como siempre. Estaba guapa, como siempre. Con el Corvette, Naples estaba a sólo dos horas de Clearwater. Aún quedaban cosas de que hablar y asuntos que resolver.

–Tengo que ir a incordiar al chef –dijo ella–. Intenta no meterte en líos hasta que vuelva.

Se atusó el pelo y se alejó sobre sus tacones de ocho centímetros, dejándolo a solas. Como no tenía nada que hacer, Cab se dirigió a la terraza para aprovechar los últimos rayos de sol del atardecer, rodear con sus largos brazos la cintura de Lala y ofrecerle un trabajo a Peach.

EPÍLOGO

Caprice Dean estaba sentada en un banco en los jardines del santuario de Bok, bajo un fresno del que colgaban hebras de musgo negro. Florida nunca había disfrutado de un día de diciembre más perfecto. El aire era seco y el sol del mediodía, cálido, pero sin ser abrasador. A su espalda, el carillón tocaba un himno de Shaker que competía con el trino de los pájaros. Tenía el maletín en el suelo, a su lado. Había mucho que hacer, pero lo apartó a un lado por un momento para disfrutar de las vistas del terreno cubierto de césped y las lomas que descendían hacia los naranjales.

Comprobó la hora en su reloj. Él llegaba tarde.

Se había preparado meticulosamente para el encuentro. Tenías que enfrentarte a cualquier negociación como si fuera una guerra y disponer todas las armas sobre la mesa. Las mujeres eran las más difíciles; siempre le había parecido que desconfiaban instintivamente unas de otras. No podías creer nada de lo que te dijeran. Los hombres, criaturas del deseo, eran fáciles de manejar. Senadores o contables, todos eran iguales. Te desabrochabas un botón y eran tuyos. Él no iba a ser distinto.

El himno de Shaker terminó y las campanas empezaron a tocar otra canción. Le bastaron unas pocas notas para reconocerla. Esa canción, ésa era. Se levantó automáticamente. No necesitaba oírlo para saber que estaba detrás de ella. Se volvió y lo descubrió mirándola. Alto. Guapo. Con una sonrisa irónica en los labios. La rodilla flexionada, las manos en los bolsillos. Caprice borró el recuerdo de la canción, aunque cada tañido resonaba en su cerebro, y le dedicó una sonrisa indiferente.

–Hola, Cab.

–Caprice –la saludó él.

Después se colocó la mano tras la oreja y ladeó la cabeza.

–Es bonita, ¿eh? Les he pedido que la tocaran para ti.

–Interesante elección.

Él se acercó y se acomodó a su lado en el banco. Ella volvió a sentarse. Él extendió el brazo sobre el respaldo de hierro y ella notó su mano detrás de su hombro. Cab estiró sus piernas ridículamente largas.

–He revisado el programa del concierto del Día del Trabajo –dijo–. Ésta es la última canción que tocaron.

–Has estado muy entretenido.

Él escuchó la música en silencio.

–¿Sabes? Tarla tiene razón. Suena a Supertramp.

–No es cierto –replicó Caprice–. Yo la elegí.

–Sí, lo sé.

Cab le sonrió.

–Estás guapísima, por cierto, aunque no es ninguna sorpresa; siempre lo estás. Dicen que la política envejece a la gente, pero tú pareces cada vez más joven.

En circunstancias normales ella le habría devuelto el cumplido, pero esta vez no lo hizo. La había dejado fuera de juego, y eso no le gustaba.

–Te agradezco que hayas accedido a reunirte conmigo –dijo.

–Cómo no. Este sitio es precioso, aunque debe de traerte malos recuerdos.

–Así es, pero no se puede cambiar el pasado. Éste es uno de mis lugares preferidos.

–¿Aunque aquí asesinaran a tu prometido?

–Puede que venga para pensar en él, ¿no se te había ocurrido?

–Sí, pero no me pareces una sentimental.

Caprice frunció el ceño. No estaba acostumbrada a que jugaran con ella.

–He estado siguiendo tus pasos –dijo–. Los tuyos y los de esa nueva agencia de investigación tuya.

–Me siento halagado –contestó él–. En estos últimos meses has ido de cabeza.

–Bueno, no me dejaste otra alternativa. Algunas de mis fuentes me han contado que has estado escarbando en mi pasado: hablando con gente que me conoce, desenterrando amigos de la Facultad de Derecho, buscando a los voluntarios y el personal que trabajaron en la campaña de Birch... No sólo tú, Peach también. Estoy acostumbrada a los periodistas que buscan historias y antecedentes, pero al ver tu nombre no pude evitar preguntarme qué estabas haciendo exactamente.

Cab se encogió de hombros.

–Tú me contrataste.

–Y, si no recuerdo mal, tú renunciaste.

–Oh, cuando empiezo algo, nunca renuncio del todo. Sólo cambio de aliados. En ese sentido soy como un político.

–Muy gracioso –replicó Caprice, pero no sonrió ni se rio.

–Me pregunto por qué me contrataste, para empezar.

–Ya lo sabes. Sospechaba que Diane pudiera estar en peligro y al final resultó que tenía razón, aunque no me hubiera percatado de que la amenaza provenía de nuestra propia organización.

–Sí, vi tu conferencia de prensa –repuso Cab–. Cómo incrementaste la seguridad y contrataste a un detective. Muy noble por tu parte.

–Creo recordar que te atribuí el mérito de haberle salvado la vida a Diane –señaló ella.

–Así es. Gracias. Eso es bueno para el negocio.

–Entonces ¿cuál es el problema, Cab? El trabajo ha terminado.

–Cierto, pero soy como un perro con su hueso. No puedo evitar regresar a él una y otra vez, aunque sé que debería dejarlo.

–Eso no explica por qué has estado investigándome.

Caprice sonrió y le dedicó una mirada seductora.

–Vaya, estoy tentada de creer que te has obsesionado conmigo, Cab.

–Cualquier hombre lo haría –reconoció él.

–¿Quieres volver a mi vida? La puerta sigue abierta.

–¿Incluso ahora?

–Incluso ahora –confirmó ella–. Sigo sintiéndome atraída por ti.

–Y tú siempre consigues lo que quieres –observó Cab.

Ella sonrió de nuevo.

–Casi siempre.

–Mira el caso de Ramona Cortes: era una enemiga, iba por delante de Common Way en las encuestas y luego fue neutralizada. Destruida. Sin cargos ni delitos, sólo una nube de sospechas.

–Los cargos pueden probarse o no –dijo Caprice–, mientras que las sospechas permanecen.

–Sí, qué conveniente. Le costó su campaña y la obligó a dimitir de su puesto de fiscal general, de modo que la investigación acerca de Common Way se detuvo en seco. Conseguiste todo lo que querías. Una vez más.

–Por lo visto, así es –convino Caprice.

–Casi como si lo hubieras planeado desde un principio –señaló Cab.

–Oh, ahora me atribuyes más mérito del que merezco.

–¿Tú crees? A mí no me lo parece. Pienso que cualquiera que te subestime comete un grave error. Eres brillante, hermosa y absolutamente despiadada.

–Qué agradable.

–La información sobre Ramona... fuiste tú quien la filtró, ¿verdad? Tras la muerte de Lyle, debiste de conservar la copia de la minuta que le envió el bufete de abogados.

Caprice se encogió de hombros.

–Si alguna vez la vi, estoy segura de que no la miré dos veces. No, supongo que un buen samaritano del bufete quiso librarse de un cargo de conciencia. Es una gran firma. Además, ¿tanto te importa? La verdad es que Ramona sabía lo de Deacon desde hacía diez años.

–Y tú también –observó Cab.

–¿Yo? No seas ridículo.

–¿Lyle no te habló de ello? ¿Tu prometido?

–Estoy segura de que en algún momento lo habría hecho, pero Lyle se mostraba muy protector con Deacon. Al final resultó ser un trágico error, pero Lyle siempre fue una persona íntegra.

–Sí, lo fue –convino Cab–. Sabes, Rufus Twill me contó algo sobre Lyle cuando hablé con él. En ese momento no le di mayor importancia, pero debería haberlo hecho. Estaba demasiado obcecado con la teoría de que Drew era el sospechoso de los asesinatos. Fue un error.

Caprice aguardó con una sonrisa petrificada en el rostro.

–Rufus me contó que Lyle le llamó poco antes del Día del Trabajo –continuó Cab–. Le dijo que tenía que hablar con él. ¿Sabías algo de eso?

–No.

–¿Tienes idea de sobre qué podía querer hablar Lyle con Rufus?

–Ninguna.

–¿De verdad? Me sorprende; al fin y al cabo, erais colegas. No me imagino a Lyle llamando a la prensa para hablarles del atropello que había cometido su hermano, puesto que ya había tratado el tema con una abogada. Pero sí que me lo imagino decidiendo dar el soplo sobre Birch Fairmont, ¿tú no? Descubrió lo que Birch le había hecho a Diane y no podía soportarlo. Sabía que su candidato era un monstruo y estaba decidido a acabar con él, fueran cuales fuesen las consecuencias para Common Way. O las consecuencias para ti. Tú misma lo dijiste, ¿no? Si lo de Birch se hubiera sabido, habría sido un desastre.

–¿Adónde quieres llegar, Cab?

–Verás, no puedo dejar de darle vueltas al fascinante hecho de que los acontecimientos siempre parecen desarrollarse exactamente como tú quieres. El asunto de Birch no salió a la luz: lo asesinaron y se convirtió en un mártir. Common Way se hizo más grande que nunca y, en lugar de perderlo todo, ganaste más poder y dinero del que tenías al principio.

–Sólo después de perder al amor de mi vida –le recordó Caprice mordazmente.

–¿El amor de tu vida? Eso es muy bonito, pero recuerdo que me confesaste que vuestra relación era ante todo política. Y si Lyle hablaba... eso habría representado el fin de su utilidad política, ¿me equivoco?

–¿Cómo te atreves? –le espetó ella.

–Me temo que los estallidos emocionales no se te dan nada bien, Caprice. No resultas verosímil. ¿No es increíble que Deacon decidiera matar a Lyle porque temía ir a la cárcel por el atropello, y sin embargo decidiera hacerlo de forma que solucionara un tremendo problema político para ti? Birch muerto, Lyle muerto: era como ganar la lotería, ¿verdad?

Caprice le propinó una bofetada. Cab se llevó la mano a la mejilla, donde afloraba ya la marca roja de sus dedos. Luego se rio.

–¿Qué tienes, uñas o garras? «¡Tigre, tigre! Luz llameante / en los bosques de la noche, / ¿qué mano inmortal, qué ojo / pudo idear tu terrible simetría?» Peach me recordó ese poema y no pude evitar pensar en ti.

–Cállate.

Cab le sonrió sin inmutarse. Su tranquilidad desquiciaba a Caprice. Él se metió una mano en el bolsillo y sacó una fotografía.

–¿Ves esta foto? Me la dio un electricista de Ocala. Es un miembro rehabilitado de la Alianza por la Libertad del Imperio. Un fiel seguidor que agotó su ira. Tomó esta foto a la salida de una reunión de la Alianza en la primavera de hace diez años. No les gusta aparecer en las fotografías, pero en realidad estaba fotografiando el sitio donde había aparcado su coche porque le habían puesto una multa y estaba cabreado. Sin querer, captó a algunos miembros de la Alianza al fondo de la imagen. ¿Reconoces a alguien?

Ella no miró la instantánea.

–No.

–¿El chico pelirrojo? No cabe duda de que es Deacon Piper.

Caprice se encogió de hombros.

–Me alegro por ti, Cab. Has encontrado pruebas de que Deacon simpatizaba con la Alianza. Eso explica muchas cosas. Mató a Birch por la Alianza y a Lyle por sus propias razones. Ham Brock le forzó a hacer lo mismo con Diane, probablemente con el apoyo de Ramona.

–Y, una vez más, todo acaba sirviendo a tus intereses.

–No me gusta tu tono, Cab.

–¿No? El caso es que fui a visitar a Ham Brock la semana pasada y le enseñé la foto. Él cree que en esa época Deacon era el topo infiltrado en la Alianza. Y eso me hizo pensar en cuando me contaste que te gustaba tener siempre a alguien dentro para que te informara. ¿Utilizaste a Deacon para espiar a la Alianza? ¿Ya habías pensado que la Alianza podría resultarte útil como cabeza de turco si las cosas con Birch se torcían?

El primer instinto de Caprice fue dar rienda suelta a su enfado, pero se contuvo. Sabía que él le estaba lanzando el anzuelo. No pensaba dejar que Cab ganara, de modo que se apoyó despreocupadamente en el respaldo del banco.

–Ham Brock –dijo–. Lo consideras un testigo fiable, ¿eh?

–En este caso, sí. ¿Lyle sabía que estabas usando a su hermano como espía?

–Claro que no, porque no es verdad.

–Sólo para satisfacer mi curiosidad morbosa, ¿hasta dónde llegó tu relación con Deacon? ¿Te acostaste con él?

Ella volvió la cabeza con brusquedad.

–Estás pisando terreno resbaladizo, Cab.

–Tan sólo me preguntaba si Deacon estaba enamorado. Parece que estaba dispuesto a hacer cualquier cosa por ti: mató a Birch y estuvo a punto de matar a Diane; incluso se aseguró de que nadie pudiera acusarte si lo atrapaban. Todo un caballero. Que Deacon se reuniera con Ham Brock hace unos meses, eso sí fue un gran acierto. Brock me contó que Deacon se pasó media hora jactándose de lo que Diane pensaba hacer contra los grupos supremacistas cuando la eligieran. ¿Esperabas que Brock hiciera correr la voz? ¿Más rumores sobre la Alianza tras la muerte de Diane? Obviamente, poco importaba lo que Deacon le hubiera dicho a Brock. Si lo cogían, el encuentro bastaría para que la gente supusiera que la Alianza estaba involucrada.

Caprice no dijo nada.

–Aunque Deacon nunca pensó que lo atraparían –añadió Cab–. Su intención era cargarle el muerto a Frank Macy. Pero ¿cuál era tu plan, Caprice? ¿Pensabas matar también a Deacon?

«Polvo al polvo», dijo Caprice desde el umbral del garaje.

Deacon tenía la pistola en la mano y la apuntó hacia ella con un suave giro de muñeca. Instinto. Ella no parpadeó; se quedó allí, de pie, empapada por la lluvia y con la ropa pegada al cuerpo, lasciva. Una levísima sonrisa curvó sus labios. Se extrañó de que, aun sabiendo lo que estaba a punto de ocurrir, fuera capaz de sonreír. Sin embargo, ¿cómo no sonreír cuando no iba a tardar en conseguir lo que siempre había ambicionado?

Se acercó a él, chorreando.

–¿Estás asustado?

–No.

–Pronto habrá terminado.

–Lo sé.

Los dedos de ella acariciaron insinuantemente el cañón del arma, largo y duro.

Deacon la cogió de la mano y la condujo hasta el coche. Los ojos sin vida de Frank Macy la contemplaban desde el maletero y un escalofrío recorrió su cuerpo. No era miedo, era pura excitación. Caprice hundió un dedo en la herida y dejó que uno de los insectos que habían empezado a devorar el cadáver le trepara por la uña. Entonces giró la muñeca, haciendo que el bicho corriera en círculos alrededor de su dedo. Cuando se cansó de jugar con él, lo aplastó con el pulgar y dejó caer el caparazón sobre sus hermanos.

–¿Crees que funcionará? –preguntó él.

–Confía en mí –contestó ella.

–Cabe la posibilidad... quiero decir, es posible que no lo consiga. Te he protegido por si eso ocurre. Lo sabes, ¿verdad?

–Lo sé. Gracias.

Hasta ahí llegaban sus sentimientos. Caprice siempre había sabido qué lugar ocupaba él en el universo. Era una herramienta útil, pero si moría, si lo atrapaban, ella le pasaría por encima como si fuera un montón de basura.

–Hay días en que... –empezó Deacon.

No pudo terminar de formular su pensamiento. No podía mencionar ese tema.

–Todos tenemos que hacer sacrificios –dijo ella.

Caprice oyó cómo él intentaba y no conseguía disimular el resentimiento en su voz.

–¿Y cuál es el tuyo? –preguntó.

Ella tomó la cara de él entre sus manos y él respondió como lo había hecho el insecto ciego y muerto: incapaz de alejarse de ella, a pesar de las consecuencias.

–El mío es vivir con lo que soy –contestó Caprice.

–Afirmaste que nunca habías disparado una pistola –le recordó Cab–. ¿No fue eso lo que le dijiste a Deacon en la terraza acristalada? Todos los disparos fueron al azar, salvo el último, el que lo mató. Justo en el centro de la espalda. Una puntería perfecta.

–Cuestión de suerte –repuso Caprice.

–Sí, eres una mujer con mucha suerte. Si no fuera porque encontré un campo de tiro no muy lejos de donde te criaste. Aún se acuerdan de ti. La hermosa adolescente con la puntería de un francotirador. Están orgullosos de ti, por cierto.

–Hace años que no disparo un arma –dijo Caprice–. Y no creo que tenga ninguna obligación de contarle la verdad a un asesino que amenaza con matarme.

–Eso es cierto –reconoció Cab–. ¿Sabes?, en realidad sólo tengo una pregunta que hacerte. Hay algo de lo que no estoy seguro. La trama contra Diane fue todo idea tuya, por eso me contrataste, ¿no? Para poder engañarme y dar credibilidad a todo el asunto. Me utilizaste desde el principio. No me gusta que me utilicen, pero debo admitir que se te da muy bien. Con respecto a los asesinatos del Día del Trabajo, tenía mis dudas: no sabía si fueron idea tuya o de Deacon, pero vaya, entonces Deacon era un crío. Tú lo maquinaste. ¿Matar a Birch y cargarle el muerto a la Alianza? Políticamente brillante. No, sólo tengo una pregunta que hacerte, y es acerca de Lyle. ¿Sabías que Deacon también tenía intención de matarlo o eso te cogió por sorpresa? Me gustaría creer que no lo viste venir. Me gustaría creer que no estabas fingiendo tu horror cuando apuntó a Lyle a la cara y asesinó a tu prometido. Aunque, por desgracia, no lo creo. Tú le indicaste exactamente a Deacon lo que debía hacer, todo.

Caprice dejó escapar un suspiro.

–Qué relato tan fascinante.

–¿A que sí?

–Estás vertiendo acusaciones extremadamente graves contra una mujer muy poderosa –observó ella–. Supongo que eres consciente.

–Sí, lo soy. Y sí, tienes mucho poder. Eso es lo que siempre codiciaste, ¿verdad? He hablado con tus amigos de la universidad y sé que te admiran profundamente. Nunca habían conocido a nadie tan ambicioso ni tan decidido a conseguir sus propósitos. Todos consideraban que ésa era una de tus mayores virtudes.

–Espero que no hagas públicas tus estúpidas teorías, Cab –le advirtió Caprice–. Por lo que yo sé, no tienes nada que lo pruebe, y mucho menos las atrocidades de las que hablas. Aunque tampoco podrías, porque nada de eso es cierto.

–No llevo ningún micrófono oculto –le dijo Cab.

–En mi negocio, nada es confidencial.

–Por supuesto.

–Es mejor para ti no tenerme como enemiga, Cab. Créeme.

–Me parece que ya es un poco tarde para eso –repuso él.

–Sí, supongo que tienes razón.

–En cualquier caso, no, no tengo pensado revelar nada de todo esto –añadió él–. Todavía no. Hace meses que indago, pero no he podido encontrar ni una sola prueba útil para demostrarlo. Aunque sé que eres más culpable que el diablo.

–¿Por qué estás tan seguro? –quiso saber ella.

–¿La verdad? Porque a mi novia no le gustas. Yo confío en su juicio, pero imagino que el fiscal y el jurado querrían algo más. Y no lo tengo. Así que tú ganas, Caprice. Por ahora.

–Siempre lo hago.

–Aun así, no te quitaré ojo de encima.

–Apuesto a que no.

Caprice vio que uno de sus ayudantes le hacía señas desde el santuario. La música de las campanas había cesado. Era hora de marcharse. Se puso en pie, y Cab hizo lo mismo. Se estrecharon la mano para despedirse. El personal de seguridad, que había permanecido a una distancia prudencial, empezó a acercarse.

–Mantente en contacto –le pidió ella–. Adiós, Cab.

–Adiós, gobernadora –contestó Cab.

Nota del autor

El personaje de Cab Bolton apareció por primera vez en *Marcado a fuego*. Tenía pensado dedicarle sólo uno de mis libros, pero los lectores no tardaron en pedirme más historias acerca de ese detective alto y rico. Espero que disfrutéis con su regreso. Ahora tengo dos series paralelas: una protagonizada por Cab, y otra, por el teniente Jonathan Stride de la policía de Duluth, además de *Bajo sospecha*, una novela independiente que ganó el premio a la mejor novela en los Thriller Awards de 2013.

Puedes ponerte en contacto conmigo a través de la dirección: brian@bfreemanbooks.com. Me encanta recibir correos de mis lectores y siempre los respondo personalmente. También puedes visitar mi página web www.bfreemanbooks.com y añadir tu nombre a mi lista de direcciones, recibir información acerca de los debates que organizan los clubes de lectura, leer contenidos extra, encontrar información sobre presentaciones de libros en tu ciudad y descubrir más sobre mí y mis libros. Asimismo, puedes unirte a mi página oficial de fans en Facebook, www.facebook.com/bfreemanfans, o seguirme en Twiter, Instagram y Tumblr, donde me encontrarás bajo el alias bfreemanbooks.

También me gustaría pedirte un favor: me encantaría que publicaras críticas *online* y que compartieras tus opiniones o enviaras un *tweet* a tus amigos si uno de mis libros te ha gustado. Me sería de gran ayuda... ¡gracias!

Mientras dábamos los últimos retoques a *El verano del candidato* perdí a una amiga muy querida. Ali Gunn, mi agente, me descubrió en 2004 con el manuscrito de mi primera novela, *Inmoral*. Fue mi agente, mi amiga, mi aliada y mi apoyo durante la pasada década. Ali murió de forma trágica e inesperada este invierno, dejando un terrible vacío en la vida de todos los que la conocíamos. Este libro, como el resto de mis novelas, está en tus manos gracias a ella. Siempre le estaré agradecido por dar forma a mi carrera.

Mi agradecimiento asimismo al increíble equipo editorial de Quercus a ambos lados del Atlántico, en especial a David North, Rich Arcus, Nathaniel Marunas, Eric Price y Richard Green.

Éste es el primero de mis libros desde *Venganza* que no está ambientado en el Medio Oeste. Estoy muy agradecido a Mary y Roger Stumo, quienes nos prestaron a Marcia y a mí su apartamento en Indian Rocks Beach mientras realizábamos el trabajo de documentación y buscábamos localizaciones para la novela. La mayoría de los escenarios de la novela existen en la realidad y pueden encontrarse a través de Google Earth.

Los maravillosos lectores que me dan su opinión acerca de los primeros borradores de mis manuscritos desempeñan un papel determinante para dar forma al libro final, así que muchísimas gracias a Marcia, Matt y Paula Davis, Terri Duecker, Mike O'Neill y Alton Koren. Nuestros tres gatos, *Heathrow, Gatwick* y *Baltic* también contribuyen en cada libro, aunque su «ayuda» suele consistir en dormirse sobre mi teclado y mi silla.

Y, hablando de Marcia, veréis su nombre en la primera página de todas mis novelas. Después de treinta años de matrimonio, sigue siendo la persona más importante en todo lo que hago. Así que, si disfrutáis de mis libros, debéis agradecérselo a ella tanto como a mí.

ÍNDICE

Título de la edición original: *Season of Fear*
Traducción del inglés: Begoña Prat Rojo

Diseño: Eva Mutter
Imagen de la sobrecubierta: lassedesign

Círculo de Lectores, S. A. U.
Av. Diagonal, 662-664, 08034 Barcelona
www.circulo.es
1 3 5 7 9 5 1 1 0 8 6 4 2

Licencia editorial para Círculo de Lectores
por cortesía del autor.

Depósito legal: B.19408-2015
Fotocomposición: Maria García, Barcelona
Impresión y encuadernación: Cayfosa (Impresia Ibérica)
Barcelona, 2015. Impreso en España
ISBN 978-84-672-6380-0
N.° 29475